Manfred Elberfeld
28.12.79

Diogenes Taschenbuch 130/xxvi

detebe

Die Menschliche Komödie

Honoré de Balzac

Vetter Pons

Roman

Deutsch von Otto Flake

Diogenes

TITEL DER FRANZÖSISCHEN ORIGINALAUSGABE:
›LE COUSIN PONS‹

MIT FREUNDLICHER GENEHMIGUNG DER
ROWOHLT VERLAG GMBH, REINBEK BEI HAMBURG
VERÖFFENTLICHT ALS DIOGENES TASCHENBUCH, 1977

100/77/E/I
ISBN 3 257 20466 3

Vetter Pons

EIN RUHMVOLLES WRACK DES KAISERREICHS

GEGEN DREI UHR NACHMITTAGS, IM OKTOBER des Jahres 1844, ging über den Boulevard des Italiens ein Mann, der sechzig Jahre zählen mochte, dem aber jeder ein höheres Alter gegeben hätte. Mit seiner spürenden Nase und den verschmitzten Lippen erweckte er ganz den Eindruck eines Kaufmanns, der eben ein ausgezeichnetes Geschäft abgeschlossen hat, oder eines Junggesellen, der selbstzufrieden ein Boudoir verläßt.

Es ist dies der deutlichste Ausdruck für Genugtuung, den man in Paris an einem Menschen finden kann. Beim Anblick des Alten trat auf das Gesicht aller, die dort tagaus tagein sitzen und sich dem Vergnügen hingeben, die Vorübergehenden zu ergründen, das eigentümliche Lächeln der Leute von Paris, das so viel Ironie, Spott oder auch Mitgefühl verrät. Abgestumpft durch alle möglichen Schauspiele, überläßt sich der Pariser doch einer sehr lebhaften Neugier.

Ein Wort wird sowohl den Vergangenheitswert des Biedermannes als auch das Lächeln erklären, das sich wie ein geistiges Echo auf alle Augen übertrug. Man fragte einst Hyazinth, einen durch seine sprudelnden Einfälle berühmten Schauspieler, wo er die Hüte machen ließ, bei deren Anblick der Saal in Gelächter ausbrach. „Ich lasse sie nicht machen, ich hebe sie auf“, antwortete er. In der Million Schauspieler, die den großen, Paris genannten Mimenhaufen bilden, gibt es manchen Hyazinth, der nichts von sich weiß, aber alle Lächerlichkeiten einer Zeit „aufhebt" und eine Periode geradezu verkörpert. Es geht eine Welle der Heiterkeit von ihm aus, der sich selbst der nicht entzieht, den gerade die Untreue eines alten Freundes niederdrücken mag.

Dadurch, daß jener Spaziergänger in seiner Kleidung mit dem Trotz der Treue einige Einzelheiten der Mode von 1806 bewahrte, rief er die Erinnerung an das Kaiserreich wach, ohne gar zu sehr als Karikatur zu wirken. Der Sittenbeobachter weiß es zu schätzen, daß sich kühne Wiederbelebungsversuche so mit einer gewissen Feinheit verbinden. Aber der Gesamtheit kleiner Züge, wie der Alte sie zur Schau trug, wird nur die analysierende Aufmerksamkeit gerecht, die den Meistern des Herumstreifens vorbehalten ist; und wenn der Greis Wert darauf legte, schon von weitem ein Gelächter hervorzurufen, mußte er dem Auge eine der Ungeheuerlichkeiten bieten, die auch wirklich ins Auge springen – die Schauspieler benutzen sie, um den ersten Augenblick ihres Auftretens zu sichern.

Der trockne, magre Alte trug über einem grünlichen Rock einen haselnußfarbnen Spenzer mit Knöpfen aus weißem Metall! ... Ein Mann mit Spenzer im Jahre 1844 – das ist so, als hätte Napoleon geruht, für zwei Stunden wieder aufzuerstehen.

Der Spenzer wurde, wie der Name es verrät, von einem Lord erfunden, der ohne Zweifel auf seine hübsche Taille eitel war. Vor dem Frieden von Amiens hatte dieser Engländer das Problem gelöst, den Rumpf zu bedecken, ohne den Körper mit dem Gewicht des entsetzlichen Garrick zu belasten, der heute auf dem Rücken alter Fiakerkutscher sein Dasein beschließt; aber die feinen Taillen sind in der Minderheit und die Mode des Spenzers für Männer hatte in Frankreich nur einen vorübergehenden Erfolg, obwohl er eine englische Erfindung war.

Beim Anblick des Spenzers bekleideten die Leute von vierzig bis fünfzig Jahren den alten Herrn in Gedanken mit hohen umgeschlagenen Stiefeln und einer pistaziengrünen Kaschmirhose, deren Bandschleifen nicht zu vergessen, und sahen sich im Kostüm ihrer Jugend wieder! Die alten Frauen erinnerten sich an ihre Eroberungen! Die jungen Leute dagegen fragten sich, warum dieser alte Alkibiades seinem Paletot den Schwanz abgeschnitten hatte. Alles stimmte so gut zu dem Spenzer, daß niemand gezögert hätte, den Spaziergänger einen Empire-Mann zu nennen, wie man von einem Empire-Möbel spricht; aber er war doch nur für die ein Symbol jener großartigen, prachtvollen Zeit, die sie wenigstens aus eigenem Augenschein gekannt hatten; denn eine gewisse Schärfe des Gedächtnisses für Moden war nötig. Das Empire liegt schon so weit zurück, daß nicht jeder es sich mehr in seiner französisch-griechischen Wirklichkeit vorstellen kann.

Der rückwärts sitzende Hut ließ fast die ganze Stirn frei – man kennt diese verwegene Geste, durch die Beamte und Zivilisten damals sich ein soldatisches Aussehen gaben. Es war im übrigen ein schrecklicher Seidenhut zu vierzehn Franken mit hohen breiten Krämpen, auf denen sich weißliche Flecken gebildet hatten, gegen die kein Bürsten mehr half. Der Seidenstoff, der wie immer schlecht auf dem formgebenden Karton befestigt war, warf stellenweise Falten und schien von der Lepra befallen zu sein, der Hand zum Trotz, die ihn jeden Morgen pflegte.

Unter diesem Hut, der immer den Eindruck machte, als wolle er herunterfallen, breitete sich eines jener bleichen und unwahrscheinlichen Gesichter aus, wie die Chinesen allein sie für ihre Pagoden zu erfinden wissen.

Das Gesicht war breit und wie ein Schaumsieb durchlöchert – jedes Loch ein Schatten – oder wie eine römische Maske durchfurcht, und sprach allen Gesetzen der Anatomie Hohn. Der Blick, der auf dieses Gesicht fiel, fand nichts, woran er sich halten konnte. Dort wo Knochen zu erwarten waren, bot das Fleisch schwammige Flächen, und dort wo andre Gesichter gewöhnlich Höhlungen aufweisen, trug dieses schlaffe Höcker. Nicht genug damit, daß die Kopfform grotesk der eines Kürbisses glich und unter zwei roten Linien, die die Brauen vertraten, graue Augen unheilbar melancholisch in die Welt schauten – den Ausschlag gab eine Nase im Stil des Don Quixote; ein erratischer Block beherrscht so eine Ebene. Solche Nasen drücken, wie Cervantes bemerkt haben mußte, eine angeborene, aber ins Närrische entartete Neigung zu großen Dingen aus. Jedoch, ungeachtet ihrer Komik, forderte diese Häßlichkeit die Lachlust nicht heraus. Die maßlose Schwermut, die aus den farblosen Augen des armen Menschen förmlich herausquoll, griff nach dem Spötter und ließ das Witzwort auf seinen Lippen erstarren. Man war sich sofort darüber klar, daß die Natur diesen Biedermann vor die Wahl gestellt hatte, auf den Ausdruck zärtlicher Gefühle zu verzichten oder Frauen zum Lachen zu bringen und zu reizen. Der Franzose verstummt vor solchem Unglück, es erscheint ihm das schlimmste von allen: nicht gefallen können. Der von der Natur so stiefmütterlich bedachte Mann war wie alle Armen der guten Gesellschaft angezogen – es gibt genug Reiche, die ihnen zu gleichen suchen. Er trug über den Schuhen Gamaschen nach dem Modell der Kaiserlichen Garde; sie erlaubten ihm ohne Zweifel, eine Zeitlang dieselben Socken zu benutzen. Die Hosen aus schwarzem Tuch glänzten rötlich, die Falten leuchteten weiß und verrieten ebenso wie ihr Schnitt, daß die Anschaffung drei Jahre zurücklag. Die Weite dieses Kleidungsstückes verbarg nur schlecht seine Magerkeit, die eher von der Konstitution als einem enthaltsamen Regime herrührte; denn der gute Mann zeigte zwischen seinen sinnlichen Lippen Zähne, deren Weiß eines Haifisches würdig war. Die Shawlweste, ebenfalls aus schwarzem Tuch, bedeckte eine weiße Weste, unter der in dritter Instanz der Rand eines roten Trikots hervorschaute: man wurde an die fünf Westen Garats erinnert. Eine ungeheure Binde aus weißem Musselin, deren anspruchsvoller Knoten von einem Dandy erfunden worden war, der es auf die Bezauberung der Zauberinnen von 1809 abgesehen hatte, reichte so hoch über das Kinn hinauf, daß das Gesicht wie in einem Abgrund darin versank. Eine schwarze Seidenkordel, die die Haare streifte, lief quer über das Hemd und sicherte die Uhr vor einem Diebstahl, der recht unwahrscheinlich war. Der grünliche Überrock war von bemerkenswerter Sauberkeit, zählte aber drei Jahre mehr als die Hose, während der schwarze Samtkragen und die weißen jüngst erneuerten Metallknöpfe eine bis zur Pedanterie getriebene häusliche Sorgfalt verrieten.

Die Art, wie er den Hut auf dem Hinterkopf trug, die dreifache Weste, die ungeheure Binde, in der das Kinn verschwand, die Gamaschen und die Metallknöpfe auf dem grünlichen Rock – alle diese Überreste der Moden des Kaiserreichs vertrugen sich vortrefflich mit einer unbeschreiblichen Haltung, die er ganz im Stil der Incroyables zur Schau trug, mit irgendeinem Sinn für das Kleine, Korrekte und Trockne, das an die Schule Davids oder die gebrechlichen Möbel Jacobs erinnerte. Man erkannte übrigens auf den ersten Blick den wohlerzogenen Mann, der das Opfer irgendeines geheimen Lasters ist, oder einen der bescheidenen Rentner, deren Ausgaben so scharf durch die Mittelmäßigkeit der Einkünfte begrenzt sind, daß ihre kleinen Vergnügungen dank einer zerbrochenen Scheibe, eines zerrissenen Rockes, der Pest einer philantropischen Sammlung für einen ganzen Monat ausfallen.

Wenn ihr zugegen gewesen wärt, hättet ihr euch gefragt, weshalb ein Lächeln dieses groteske Gesicht belebte, dessen gewöhnlicher Ausdruck sicher traurig und kalt war, wie es immer der Fall ist, wenn jemand heimlich kämpft, um nur die banalsten Forderungen der Existenz zu befriedigen. Aber angesichts der Tatsache, daß der merkwür-

dige Greis in der Rechten mit mütterlicher Vorsicht einen offenbar kostbaren Gegenstand hielt, den er unter den beiden linken Schößen des doppelten Rockes barg, um ihn vor unvorhergesehenen Stößen zu schützen; vor allem angesichts des Umstandes, daß er ganz die geschäftige Miene angenommen hatte, die ein Müßiggänger annimmt, wenn man ihm einen Auftrag gibt, hätte man vermuten können, daß er etwas vom gleichen Wert wie das Schoßhündchen einer Marquise wiedererlangt habe und es nun triumphierend mit der ganzen eifrigen Galanterie eines Mannes aus dem Kaiserreich der reizenden alten Dame von sechzig Jahren zurückbringe, die noch nicht gelernt hat, auf den täglichen Besuch ihres Getreuen zu verzichten.
Paris ist der einzige Ort der Welt, in dem man dergleichen Schauspiele beobachten kann. Die Boulevards dieser Stadt sind so ein ununterbrochenes Drama, die Franzosen führen es umsonst auf, zum Vorteil der Kunst.

☆

DAS ENDE EINES PREISGEKRÖNTEN

ANGESICHTS DER RUNDUNGEN DIESES KNOCHIGEN Menschen und seines verwegenen Spenzers hätte man schwerlich an einen Pariser Künstler gedacht; denn diese Klasse hat ähnlich wie der Pariser Straßenjunge die herkömmliche Pflicht, den Vorstellungen des Bürgers von tollster Ausgelassenheit zu entsprechen.
Und doch war er einer der großen Preisträger

des Instituts, das in einem seiner Werke zum erstenmal eine Kantate gekrönt hatte, als die Akademie zu Rom wieder hergestellt worden war – kurz, er war Silvain Pons, Komponist berühmter, von unseren Müttern gesungener Romanzen, von zwei oder drei Opern, die 1815 und 1816 gespielt wurden, und schließlich von einigen unveröffentlichten Partituren. Zuletzt war der würdige Mann Dirigent in einem Boulevardtheater gewesen. Dank seinem Äußeren wirkte er jetzt als Professor in einigen Mädchenpensionaten und hatte keine anderen Einkünfte als sein Gehalt und Stundengelder. Den Stunden in diesem Alter nachlaufen... Wieviel Geheimnisse in dieser wenig romantischen Lage!

Dieser letzte Spenzerträger trug also mehr als die Symbole des Kaiserreichs, er trug auch noch auf seinen drei Westen eine große Lehre. Er war ein lebendes Beispiel für die verhängnisvollen Wirkungen des Systems der sogenannten Wettbewerbe, die nach hundert Jahren ergebnislosen Daseins noch immer in Frankreich bestehen. Diese Presse der Gehirne wurde von Poisson de Marigny, dem Bruder der Frau von Pompadour, erfunden, der gegen 1746 das Ministerium der schönen Künste übernahm.

Man versuche doch, an den Fingern die Leute von Genie aufzuzählen, die seit einem Jahrhundert aus den Preisgekrönten hervorgegangen sind. Vor allem wird niemals die Bemühung einer Behörde oder einer Schule die Wunder des Zufalls ersetzen können, denen man die großen Männer verdankt. Von allen Geheimnissen der Vererbung ist keines der ehrgeizigen modernen Analyse unzugänglicher. Und dann, was würde man von den Egyptern, die, wie es heißt, Brutöfen für Hühnchen erfanden, wohl denken, wenn sie nicht denselben Hühnchen zu fressen gegeben hätten? Aber genau das tut Frankreich, das in den Treibhäusern der Wettbewerbe Künstler zu erzeugen sucht: ist durch diesen mechanischen Prozeß erst ein Bildhauer, Kupferstecher, Musiker hervorgebracht, so kümmert es sich nicht mehr um sie als abends der Dandy um die Blumen, die er ins Knopfloch steckte.

Unter Männern von Talent wird man Greuze oder Watteau, Félicien David oder Pagnesi, Géricault oder Decamps, Auber, David (d'Angers) oder Eugène Delacroix verstehen müssen – nun, das sind alles Leute, die sich recht wenig um die ersten Preise kümmerten und doch in der unsichtbaren Sonne der Berufung die schönsten Blüten trieben.

Vom Staat nach Rom geschickt, um ein großer Musiker zu werden, kehrte Silvain Pons mit einer lebhaften Neigung für Altertümer und Werke der schönen Künste zurück. Er kannte sich ausgezeichnet in all den Meisterwerken der Hand oder des Geistes aus, denen man meist unter der Bezeichnung Gelegenheitskauf begegnen kann.

Als der Zögling Euterpes gegen 1810 nach Paris zurückkehrte, war er als leidenschaftlicher Sammler mit Bildern, Statuetten, Rahmen, Elfenbein- und Holzschnitzereien, Schmelzarbeiten, Porzellan und anderen Dingen beladen, die während seines Aufenthaltes in Rom den größten Teil des väterlichen Erbes verschlungen hatten – teils durch die Transportkosten, teils durch die Erstehungspreise.

Auf dieselbe Weise brauchte er während einer italienischen Reise, die er drei Jahre nach der ersten offiziellen römischen machte, das Erbteil seiner Mutter auf. Er wollte in Muße Venedig, Mailand, Florenz, Bologna, Neapel besuchen, überall als Träumer, als Philosoph oder als unbekümmerter Künstler lebend, der auf sein Talent zählt, wie die Freudenmädchen auf ihre Schönheit zählen.

Pons fühlte sich während dieser prachtvollen Reise so glücklich, wie ein Mann sein kann, der zwar Seele und Empfindung besitzt, aber wegen seiner Häßlichkeit keinen Erfolg bei Frauen hat und die tatsächlichen Dinge immer unter dem erträumten Ideal findet, das er sich geschaffen hat. Mit dem Mißverhältnis zwischen Vorstellung und Wirklichkeit hatte er sich jedoch abgefunden. Die Liebe zum Schönen erhielt sich rein und lebendig in seinem Herzen und war ohne Zweifel der Quell, dem die erfindungsreichen, feinen, anmutigen Melodien entsprangen, denen er zwischen 1810 und 1814 seinen Ruf verdankte.

In Frankreich bringt jeder Ruf, der sich auf die tragende Welle, die Mode, die kurzlebigen Launen der Pariser gründet, Erscheinungen wie Pons hervor. In keinem anderen Lande ist man so streng gegen große Leistungen und so herablassend nachsichtig gegen die kleinen. Zuerst ertrank er in den Fluten der deutschen Harmonie und der Rossinischen Produktion; immerhin war er 1824 noch ein angenehmer und durch ein paar neue Romanzen beliebter Musiker, aber was konnte er noch 1831 sein? In dem Jahre, in dem das einzige Drama seines glanzlosen Lebens begann, war er

bereits verschollen; kein Musikalienhändler wußte, daß er überhaupt existierte, obwohl er, billig genug, die Musik zu einigen Stücken seines Theaters und der benachbarten Bühnen machte.
Der Biedermann ließ im übrigen den berühmten Meistern der Zeit alle Ehre widerfahren; die gute Aufführung eines ausgewählten Stückes entlockte ihm Tränen; aber seine Erregung stieg nicht bis zu dem Punkt, wo sie in Besessenheit umzuschlagen droht, wie bei Hoffmanns Kreisler; er ließ sich nichts anmerken, er genoß insgeheim, ähnlich wie Haschischesser oder Fakire.
Bewunderung und verstehendes Erfassen, die einzige Fähigkeit, durch die ein gewöhnlicher Mensch zum Bruder eines großen Dichters wird, sind so selten in Paris, wo alle Gedanken Reisenden gleichen, die in einem Gasthaus absteigen, daß man Pons die ihm gebührende Achtung nicht versagen darf. Die Tatsache, daß der Biedermann keinen Erfolg hatte, mag befremden; aber er gestand seine Unkenntnisse in der Harmonielehre naiv ein: er hatte das Studium des Kontrapunktes vernachlässigt, und die moderne Orchestrierung, die über ihr Maß hinausgewachsen ist, schien ihm unerreichbar in einem Augenblick, wo er sich bei etwas Eifer unter den modernen Komponisten hätte halten und, wenn nicht Rossini, so doch Hérold werden können.
Wie dem auch war, er fand in den Freuden des Sammlers auch so lebendigen Ersatz für den mangelnden Ruhm, daß er, vor die Wahl gestellt, seine Schätze oder den Namen eines Rossini zu besitzen, für sein geliebtes Kabinett gestimmt hätte. Der alte Musiker teilte die Meinung Chena-

vards, des gelehrten Sammlers wertvoller Kupferstiche, daß man beim Anblick eines Ruysdael, Hobbema, Holbein, Raffael, Murillo, Greuze, Sebastian del Piombo, Giorgione, Albrecht Dürer nur dann Vergnügen empfinden könne, wenn das Blatt oder Bild nur fünfzig Franken gekostet habe.

Pons lehnte jede Erwerbung ab, die mehr als hundert Franken kostete; und damit er eine Arbeit mit fünfzig bezahlte, mußte sie dreitausend wert sein. Der schönste Gegenstand der Welt existierte nicht mehr für ihn, wenn er dreihundert Franken kostete. Die Gelegenheiten waren selten gewesen, aber er besaß die drei Voraussetzungen des Erfolges: die Beine des Hirsches, die Zeit des Bummlers und die Geduld des Juden.

Vierzig Jahre lang in Rom wie in Paris ausgeübt, hatte dieses System seine Früchte getragen. Nachdem er seit seiner Rückkehr aus Rom etwa zweitausend Franken jährlich ausgegeben hatte, verbarg Pons vor jedermann eine Sammlung von Meisterwerken aller Art, deren Katalog die fabelhafte Nummer 1907 erreichte.

Zwischen 1811 und 1816 hatte er auf seinen Streifzügen durch Paris für zehn Franken gefunden, was heute tausend bis zwölfhundert Franken kostet: ausgesuchte Stücke aus den fünfundvierzigtausend Gemälden, die jedes Jahr auf den Pariser Versteigerungen und Ausstellungen feilgeboten werden; Sèvresporzellan, feinste Erde, bei Auvergnaten gekauft, die als Parteigänger der schwarzen Bande auf Karren die Wunder des Frankreich aus der Zeit der Pompadour heranführten.

Kurz, er hatte die Reste des 17. und 18. Jahr-

hunderts zusammengelesen und war den Talenten der französischen Schule gerecht geworden, den großen Unbekannten, den Lepautre, Lavallée-Poussin u. a., die den nach Ludwig XV. und Ludwig XVI. benannten Stil geschaffen haben und mit ihren mächtigen Schöpfungen die angeblichen Erfindungen von Künstlern erst ermöglichten, die sich heute unaufhörlich über die Schätze des Kupferstichkabinetts beugen und Neues zu liefern behaupten, während sie geschickt kopieren. Pons verdankte manches Stück dem Tauschverkehr mit diesen Leuten; man weiß, daß darin das unaussprechliche Glück der Sammler besteht.
Das Vergnügen, Kunstgegenstände zu kaufen, steht in zweiter Linie; in erster, damit zu handeln. Noch vor den Herren Dosne und Dablin hatte Pons begonnen, Tabatieren und Miniaturen zu sammeln. Unbekannt mit dem Drum-und-dran seiner Wissenschaft, zeigte er sich bei Versteigerungen so wenig wie bei Händlern; der Kaufwert seines Schatzes war ihm nicht bekannt.
Der verstorbene du Sommerard hatte versucht, sich mit dem Musiker zusammenzutun; aber der Fürst des sogenannten Bric-à-Brac starb, ohne daß es ihm gelungen wäre, in das Museum Pons einzudringen, das allein einen Vergleich mit der berühmten Sammlung Sauvageot ausgehalten hätte. Zwischen Pons und Herrn Sauvageot bestand eine gewisse Ähnlichkeit. Sauvageot, der wie Pons Musiker war und über kein großes Vermögen verfügte, ging auf die gleiche Weise vor, mit denselben Mitteln, mit derselben Liebe zur Kunst und demselben Haß gegen die Reichen, die sich berühmte Kabinette anlegen, um den Händlern ge-

schickte Konkurrenz zu machen. Ganz wie sein Nebenbuhler, sein Nacheiferer, sein Gegenspieler empfand Pons vor diesen Meisterwerken der Hand, diesen Wundern der Arbeit eine unersättliche, habsüchtige Gier, die Liebe des Liebhabers zu seiner Geliebten, und die Hammerschläge, mit denen in den Sälen der Rue des Jeûneurs die Versteigerungsbeamten die Stücke zusprachen, erschienen ihm schlimmste Majestätsbeleidigung. Er besaß sein Museum, um es zu jeder Stunde zu genießen, denn die Seelen, die zur Bewunderung der großen Werke geschaffen sind, verfügen über die hohe Tugend der echten Liebe: sie fühlen heute genau soviel Freude wie gestern, sie werden nie müde, und die Meisterwerke bleiben ja zum Glück ewig jung. Daher mußte der Gegenstand, den Pons unter dem Mantel so sorgfältig trug, einer jener Funde sein, die man mit einer Liebe in Sicherheit bringt, die dem Sammler nicht erst beschrieben zu werden braucht.
Nach den ersten Umrissen dieser Lebensskizze wird alle Welt rufen: „Also trotz seiner Häßlichkeit der glücklichste Mann der Welt!“ In der Tat, kein Kummer, kein Spleen widersteht dem Beruhigungsmittel, das man der Seele dadurch gibt, daß man sich einer Manie verschreibt. Ihr alle, die ihr nicht mehr aus dem trinken könnt, was zu allen Zeiten der Kelch der Lust hieß, versucht zu sammeln, was es auch sei (man hat Mauerankündigungen gesammelt!), und ihr werdet den Goldbarren finden, auch wenn er sich aus einer Unzahl kleiner Scheidemünzen zusammensetzt.
Eine Manie ist das bis zur Idee vorgetriebene Vergnügen! Trotzdem hüte man sich, den Biedermann

Pons zu beneiden: dieses Gefühl würde wie alle derartigen Empfindungen auf einem Irrtum beruhn.

Der feinnervige Mann, in dessen Seele eine unerschütterliche Bewunderung für die Leistungen menschlichen Könnens und seines Wetteifers mit der Natur lebte, war der Sklave derjenigen der sieben Todsünden, die Gott am mildesten bestrafen möge: Pons war Feinschmecker. Sein geringes Vermögen und seine Leidenschaft für die Dinge, die er sammelte, erlegten ihm eine Diät auf, die derart im Widerspruch mit seiner feinen Zunge stand, daß der Junggeselle die Frage zunächst dadurch zu lösen suchte, daß er sich täglich einladen ließ.

Unter dem Kaiserreich trieb man ja viel mehr Kultus mit den berühmten Leuten als heute, vielleicht weil es noch nicht so viele gab und sie ihrerseits sich von der Politik fernhielten. Man wurde Dichter, Schriftsteller, Musiker mit so wenig Kosten! Pons, der als der vermutliche Nebenbuhler der Nicolo, Paër und Berton galt, erhielt damals so viele Einladungen, daß er sie in ein Heftchen notieren mußte, ähnlich wie ein Advokat seine Prozesse. Er benahm sich im übrigen als Künstler, schenkte allen Gastgebern Exemplare seiner Romanzen, spielte Klavier bei ihnen, brachte ihnen Logen für das Feydautheater, dessen Hauskomponist er war, stellte Konzerte zusammen und spielte sogar bei Verwandten bisweilen Geige, wenn ein kleiner Ball improvisiert wurde.

Die schönsten Männer Frankreichs tauschten in jenen Jahren Säbelhiebe mit den schönsten Männern auf der gegnerischen Seite, daher die Häßlichkeit unseres Freundes Pons Originalität hieß, wie es Molière in den berühmten Strophen Eliantes auseinandergesetzt hat. Wenn er der einen oder anderen Schönen einen Dienst erwiesen hatte, konnte er sich manchmal einen reizenden Menschen nennen hören; aber sein Glück ging nie über dieses Wort hinaus.

Während seiner Zeit, die etwa die sechs Jahre von 1810 bis 1816 umfaßte, nahm Pons die verhängnisvolle Angewohnheit an, gut zu speisen und bei Leuten zu verkehren, die es sich etwas kosten ließen, um ihn zu bewirten, indem sie ihm junges Gemüse, die besten Weine, vorzüglichen Nachtisch, Kaffee und Liköre vorsetzten, ihn überhaupt so gut verpflegten, wie man es unter dem Kaiserreich gewohnt war, als viele Häuser das Auftreten aller der Könige, Königinnen und Fürsten nachahmten, mit denen Paris angefüllt war. Man spielte damals Königreich, wie man heute Kammer spielt und eine Menge von Gesellschaften mit Vorsitzenden, stellvertretenden Vorsitzenden und Sekretären gründet: Gesellschaft für Flachsbau, Weinbau, Seidenzucht, Landwirtschaft, Industrie usf. Ist man doch soweit gekommen, dem sozialen Organismus Wunden zu wünschen, nur um Gesellschaften zu ihrer Heilung gründen zu können! Ein Magen, dessen Erziehung sich auf diese Weise vollzieht, muß unbedingt die Moral beeinflussen und sie an die hohe kulinarische Weisheit verraten, an der ihm gelegen ist.

Die Wollust, die sich in allen Falten des Herzens versteckt, spricht dort als Gebieterin, schlägt Willenskraft und Ehre in die Flucht und verlangt Befriedigung um jeden Preis. Man hat nie die Ansprüche dargestellt, die der Schlund erhebt, sie entgehn der literarischen Kritik, weil sie durch die Lebensbedürfnisse geschützt werden; aber man hat keine Vorstellung von der Zahl derer, die dem Verlangen nach gutem Essen zum Opfer fallen. In dieser Beziehung ist in Paris die Tafel der Konkurrent der Kurtisane; sie verhalten sich wie Einnahme und Ausgabe.

Nachdem Pons dank seinem Niedergang als Künstler vom Zustand des Ewig-Eingeladenen zu dem des Schmarotzers herabgesunken war, schien es ihm unmöglich, von den gut besetzten Tischen zu der spartanischen Suppe eines Zweifrankenrestaurants überzugehen. Ein Frösteln überlief ihn bei dem Gedanken, daß seine Unabhängigkeit so große Opfer erforderte, und er fühlte sich der ärgsten Feigheiten fähig, um sein Wohlleben fortzusetzen, alle Erstlinge zu ihrer Zeit zu genießen, kurz, sich's bei guten kleinen Platten wohl sein zu lassen.

Wie ein Körner pickender Vogel mit vollem Schnabel davonfliegt und zum Dank nur ein Lied pfeift, so empfand Pons ein gewisses Vergnügen, auf Kosten einer Gesellschaft gut zu leben, die von ihm nicht viel mehr als Nichtigkeiten verlangte. Gleich allen Junggesellen, die vor ihrem Zuhause zurückschrecken und sich bei den anderen einnisten, an die Formeln und Grimassen gewöhnt, durch die man in der Welt die Gefühle ersetzt, handhabte er die Komplimente wie die gangbarste Scheidemünze, und was die Persönlichkeiten betrifft, so begnügte er sich mit der Etikette, die ihnen aufgeklebt war, ohne neugierig hinter die Kulissen zu spähen.

Diese noch ziemlich erträgliche Zeit dauerte abermals zehn Jahre, aber was für Jahre! Sie glichen einem regnerischen Herbst. Pons behauptete an den Tischen den Platz, der ihn nichts kostete, indem er sich in allen diesen Häusern unentbehrlich machte. Er schlug damit einen unheilvollen Weg ein: er ließ sich eine Menge von Besorgungen aufladen und ersetzte die Pförtner und Dienstboten bei allen möglichen Gelegenheiten. Mit manchem Ankauf beauftragt, wurde er der ehrliche und harmlose Spion, den eine Familie in die andere sandte; aber für alle diese Gänge und Feigheiten wußte man ihm keinen Dank.

„Pons ist ein Junggeselle," sagte man, „er weiß ja doch nicht, was er mit seiner Zeit anfangen soll, und ist nur zu glücklich, wenn er für uns laufen darf." Was sollte aus ihm werden?

Bald konnte man die Kälte feststellen, die ein Greis um sich verbreitet. Sie ist ein Eishauch, der sich mitteilt und seine Wirkung auf die moralische Temperatur nicht verfehlt, zumal wenn der Greis häßlich und arm ist. Heißt das nicht dreimal alt sein? Der Winter des Lebens kam über ihn, in dem die Wangen einfallen, die Nase sich rötet und der ganze Organismus erstarrt.

Zwischen 1836 und 1843 sah Pons sich selten eingeladen. Weit entfernt, den Mitesser aufzufordern, ließ jede Familie ihn zu, wie man eine Steuer zuläßt; man hielt ihm nichts mehr zugute, nicht einmal seine wirklichen Dienste.

Die Familien, in denen der Biedermann seine Wandlungen vollzog, brachten alle der Kunst wenig Achtung entgegen und beteten um so mehr greifbare Resultate an; sie schätzten nur das, was

sie seit 1830 erobert hatten, tüchtige Vermögen und hervorragende gesellschaftliche Stellung. Pons hatte weder im Geist noch in den Manieren genug Hoheit, um die Beklemmung hervorzurufen, die der Bürger immer dem Geist oder dem Talent gegenüber empfindet, und war so auf ganz natürlichem Wege zuletzt weniger als nichts geworden, immerhin verachtete man ihn nicht vollständig.
Obwohl er wie alle furchtsamen Leute in einer derartigen Welt stark litt, schwieg er doch. Auch hatte er sich stufenweise daran gewöhnt, seine Gefühle zusammenzuhalten und aus seinem Herzen ein Heiligtum zu machen, in das er sich zurückzog. Oberflächliche Leute bezeichnen diesen Vorgang gern als Selbstsucht. Die Ähnlichkeit zwischen dem Einsamen und dem Egoisten ist groß genug, um den bösen Zungen gegenüber dem Mann von Herz recht zu geben, zumal in Paris, wo man niemand in der Gesellschaft beachtet, wo alles den reißenden Lauf eines Flusses hat und alles so rasch wie ein Ministerium vorübergeht.
Vetter Pons unterlag also der Anklage der Selbstsucht, die heimtückisch gegen ihn vorgebracht wurde, denn die Welt verurteilt schließlich immer diejenigen, die sie angeklagt hat. Weiß man, bis zu welchem Grad eine unverdiente Mißgunst einen schüchternen Menschen zerschmettert? Wer wird jemals die Qualen der Schüchternheit beschreiben? Diese Lage, die sich von Tag zu Tag verschlimmerte, erklärt den Zug von Trauer, der sich auf dem Gesicht des armen Musikers ausbreitete, lebte er doch von infamen Zugeständnissen. Aber die Feigheiten, die jede Leidenschaft erfordert, sind ebenso viele Fesseln; sie nehmen mit der Leiden-

schaft zu und lähmen den Willen; es gehört zum Wesen dieser Leidenschaft, daß sie aus allen Opfern eine Art negativen Schatzes oder Ideals macht, in dem der Mensch ungeheure Reichtümer sieht. Wenn er den unverschämt wohlwollenden Blick eines von Dummheit geschwollenen Bürgers empfangen hatte, genoß Pons das Glas Porter oder die gebratene Wachtel wie eine Rache, indem er zu sich selbst sagte: „Das ist nicht zu teuer bezahlt."

Die Augen des Moralisten können jedoch in diesem Dasein mildernde Umstände entdecken. Der Mensch lebt ja nur dadurch, daß er sich irgendeine Genugtuung verschafft. Ein Mensch ohne Leidenschaften, der vollkommene Gerechte ist ein Ungeheuer, ein Halbengel, dem die Flügel noch nicht gewachsen sind. In der katholischen Mythologie haben die Engel nur Köpfe, auf Erden ist der Gerechte der langweilige Grandisson, für den sogar die Venus von der Straßenecke ohne Geschlecht wäre.

Ausgenommen die seltenen und gewöhnlichen Abenteuer seiner italienischen Reise, wo ohne Zweifel seine Erfolge auf Rechnung des Klimas zu setzen waren, hatte Pons niemals erlebt, daß eine Frau ihm zulächelte. Viele Männer haben dieses verhängnisvolle Schicksal. Zeit seines Lebens stieß er ab; sein Vater und seine Mutter hatten ihn im Alter bekommen, und er trug das Kainszeichen dieser unnormalen Geburt auf sich in Gestalt seiner kadaverhaften Farbe, die in einem jener Spiritusgläser erworben zu sein schien, in denen die Wissenschaft gewisse außerordentliche Föten aufbewahrt.

Der Künstler mit der zarten, träumerischen, empfindsamen Seele sah sich gezwungen, den Charakter anzunehmen, den sein Gesicht ihm vorschrieb, und verzweifelte daran, jemals geliebt zu werden. Das Zölibat war daher bei ihm weniger Neigung als Notwendigkeit. Die Feinschmeckerei, das Laster der tugendbeflissenen Mönche, öffnete ihm die Arme: er stürzte sich hinein, wie ehemals in die Anbetung der Kunstwerke und die Verehrung der Musik. Das gute Essen und die Sammelwut waren ihm Ersatz für die Frau, denn die Musik war sein Beruf, und gibt es einen Menschen, der den Beruf liebt, von dem er lebt? Auf die Dauer geht es mit einem Beruf wie mit der Ehe, man fühlt nur noch die Nachteile.
Brillat-Savarin hat durch eigene Parteinahme die Neigungen der Feinschmecker gerechtfertigt; aber vielleicht hat er nicht genug die Lust betont, die der Mensch bei Tisch findet. Indem die Verdauung die menschlichen Kräfte in Anspruch nimmt, ruft sie einen inneren Kampf hervor, der bei den Anbetern des Magens den höchsten Genüssen der Liebe gleichkommt. Man verspürt eine so große Entfaltung der Lebenskräfte, daß das Hirn sich zugunsten des zweiten Hirnes, das im Zwerchfell liegt, auslöscht, und die Trunkenheit stellt sich durch die Ausschaltung aller anderen Fähigkeiten ein. Die Riesenschlange, die einen Stier verschlungen hat, ist so berauscht, daß sie sich töten läßt. Welcher Mann, der die vierzig überschritten hat, wagt nach Tisch zu arbeiten? Deshalb sind auch alle großen Männer nüchtern gewesen. Genesende, denen man nach schwerer Krankheit so vorsichtig die gewählteste Nahrung

zumißt, haben oft eine Art Magenrausch beobachten können, der durch einen einzigen Hühnerflügel hervorgerufen wurde.
Der weise Pons, bei dem sich alle Genüsse auf das Spiel seines Magens konzentrierten, war fortwährend in der Lage jener Genesenden: er verlangte vom Essen alle Erregungen, die es geben kann, und hatte sie bis dahin jeden Tag erhalten. Niemand wagt der Gewohnheit den Abschied zu geben. Manche Selbstmörder haben auf der Schwelle des Todes haltgemacht, weil sie von der Erinnerung an das Café ergriffen wurden, in dem sie jeden Abend ihre Partie Domino spielten.

☆

DIE BEIDEN NUSSKNACKER

IM JAHRE 1835 ENTSCHÄDIGTE DER ZUFALL Pons für die Gleichgültigkeit des schönen Geschlechts; er gab ihm das, was im Familienstil eine Stütze fürs Alter heißt. Der von Geburt greisenhafte Mann fand in der Freundschaft eine Hilfe fürs Leben und ging die einzige Ehe ein, die die Gesellschaft ihm erlaubte: er heiratete sozusagen einen Mann, einen Greis und Musiker wie er.
Ohne die göttliche Fabel Lafontaines hätte ich der hier versuchten Skizze den Titel „Die beiden Freunde" gegeben. Aber wäre das nicht wie ein literarisches Attentat, eine Entweihung gewesen, vor der jeder wahre Schriftsteller zurückweichen wird? Das Meisterwerk unseres Fabeldichters, das zugleich seine Seele und die Geschichte seiner Träume enthüllt, hat für alle Ewigkeit den aus-

schließlichen Anspruch auf jenen Titel. Die Seite, an deren Spitze die drei Worte „Die beiden Freunde“ stehen, ist ein geheiligter Besitz, ein Tempel, den jede Generation ehrfürchtig betreten und die Welt besuchen wird, solange es eine Buchdruckerkunst gibt.

Der Freund unseres Pons war ein Klavierlehrer, dessen Leben und Sitten so sehr seinen eigenen entsprachen, daß er zu sagen pflegte, er sei ihm zu spät für sein Glück begegnet: denn ihre Bekanntschaft begann erst 1834, bei der Preisverteilung, die in einem Pensionat stattfand. Kaum jemals fanden sich zwei so ähnliche Seelen im menschlichen Ozean, der gegen den Willen Gottes seinen Ursprung im irdischen Paradies hat. Die beiden Musiker wurden einander in kurzer Zeit unentbehrlich. Einer eröffnete sich dem anderen, und innerhalb zweier Wochen empfanden sie sich als Brüder. Schmucke glaubte ebensowenig, daß ein Pons existieren könne, wie Pons, daß es einen Schmucke gab.

Schon das würde genügen, um einen Begriff von den beiden braven Männern zu geben; aber die kurzen Formeln genügen nicht für alle Köpfe. Den Ungläubigen wird eine etwas eingehendere Darstellung willkommen sein.

Der Pianist war wie alle Klavierspieler ein Deutscher – Deutscher wie der große Liszt und der große Mendelssohn, Deutscher wie Steibelt, Deutscher wie Mozart und Dusseck, Deutscher wie Meyer, Deutscher wie Döhler, Deutscher wie Thalberg, wie Dreyschok, wie Hiller, wie Leopold Mayer, wie Cramer, wie Zimmermann und Kalkbrenner, wie Herz, Wötz, Karr, Wolff, Pixis, Clara

Wiek und überhaupt jedermann in Deutschland. Obwohl er ein großer Komponist war, konnte Schmucke nichts anderes als Lehrer sein, so sehr scheute sein Charakter vor aller Kühnheit zurück, die für das musikalische Talent unentbehrlich ist. Die Naivität vieler Deutschen ist nicht dauernd, sie hört auf; diejenige, die ihnen in einem gewissen Alter bleibt, entstammt wie das Wasser, das man aus einem Bett schöpft, der Quelle ihrer Jugend, und sie bedienen sich ihrer, um dem Mißtrauen zu begegnen und so in allen Dingen, in Wissenschaft, Kunst oder Geldgeschäften, den Erfolg zu beschleunigen. In Frankreich ersetzen einige Schlauköpfe diese deutsche Naivität durch die Dummheit des Pariser Krämers. Aber Schmucke hatte seine ganze kindliche Naivität bewahrt, wie Pons unbewußt die Reliquien des Kaiserreichs bewahrte. Der Deutsche, ein echter edler Mann seiner Rasse, war zugleich Schauspiel und Zuschauer, er machte sich selber Musik. Er bewohnte Paris wie eine Nachtigall ihren Wald und sang, das einzige Individuum seiner Art, seit zwanzig Jahren bis zu dem Augenblick, wo er in Pons sein zweites Ich fand.

Pons und Schmucke wiesen in Herz und Charakter bis zum Überfluß beide die Züge kindlicher Empfindsamkeit auf, die den Deutschen eigentümlich sind, etwa die Liebe zu Blumen, oder die Anbetung natürlicher Effekte, indem sie z. B. in ihre Gärten große Flaschen pflanzen, um im kleinen dieselbe Landschaft zu sehen, die sie im großen vor den Augen haben, oder den Hang zu Forschungen, der bewirkt, daß ein deutscher Gelehrter hundert Kilometer in seinen Gamaschen

zurücklegt, um unter dem Jasmin des Hofs eine Wahrheit zu finden, die auf dem Brunnenrand sitzt und ihn anlacht, oder jenen Trieb, den belanglosesten Vorgängen der Schöpfung eine seelische Bedeutung zuzusprechen, dem die unerklärlichen Werke Jean Paul Richters, die gedruckten Rauschzustände Hoffmanns und die Foliomauern ihren Ursprung verdanken, die Deutschland um die einfachsten Fragen türmt – man könnte auch sagen, die Abgründe, die es vor den einfachsten Fragen aufreißt.
Beide gute Katholiken, gingen sie zusammen zur Messe und erfüllten ihre religiösen Pflichten wie Kinder, die ihren Beichtvätern niemals etwas zu sagen haben. Sie glaubten unerschütterlich, daß die Musik, die Himmelssprache, für die Ideen und Gefühle dasselbe ist wie Ideen und Gefühle für das Wort, und sie beschäftigten sich bis ins Unendliche mit diesem System, indem sie einander mit wahren Musikorgien antworteten, um gleich Liebenden ihre Überzeugungen zu beweisen.
Schmucke war ebenso zerstreut wie Pons aufmerksam, Pons Sammler, Schmucke Träumer; dieser studierte Dinge von seelischer Schönheit, jener rettete die physisch schönen. Pons sah und kaufte eine Porzellantasse in derselben Zeit, die Schmucke brauchte, um sich zu schneuzen, wobei er an irgendein Motiv Rossinis, Bellinis, Beethovens, Mozarts dachte und in der Welt der Gefühle nachforschte, wo sich Ursprung oder Antwort eines bestimmten musikalischen Satzes fand. Schmucke, dessen Ersparnisse durch seine Zerstreutheit gemäßigt wurden, und Pons, der aus Leidenschaft verschwenderisch war, gelangten zum

selben Ergebnis: Null in der Börse am Silvester jedes Jahres.

Ohne diese Freundschaft wäre Pons vielleicht seinen Sorgen erlegen, aber seitdem er ein Herz hatte, auf das er sie abladen konnte, wurde das Leben erträglich für ihn. Als er das erstemal seinen Kummer Schmucke anvertraute, riet ihm der gute Deutsche, gleich ihm von Brot und Käse zu leben, statt auswärts teure Mahlzeiten einzunehmen. Pons wagte Schmucke nicht zu gestehen, daß sich bei ihm Herz und Magen nicht vertrugen, daß der Magen sich recht wohl mit dem abfand, was dem Herzen weh tat, und daß es für ihn ebenso notwendig war, ein gutes Essen auszukosten, wie für einen galanten Mann, eine Geliebte zu... quälen.

Mit der Zeit verstand Schmucke Pons, er war zu sehr Deutscher, um mit der Raschheit zu beobachten, über die ein Franzose verfügt; aber er liebte den armen Pons darum nicht weniger. Nichts stärkt die Freundschaft so, wie wenn der eine der beiden Freunde sich dem andern überlegen glaubt. Ein Engel hätte nichts zu sagen gehabt, wenn er gesehen hätte, wie sich Schmucke die Hände rieb, als er entdeckte, in welchem Grad sein Freund der Feinschmeckerei bereits untertan war. Am nächsten Tag schmückte der gute Deutsche das Frühstück mit Leckereien, die er selbst einkaufte, und trug fortan Sorge, jeden Tag neue für seinen Freund zu finden; denn seit ihrer Vereinigung frühstückten sie täglich gemeinsam zu Hause.

Man würde Paris nicht kennen, wenn man glaubte, daß die beiden Freunde dem Pariser Spott entgangen wären; dieser Spott hat noch nie vor etwas

haltgemacht. Als Schmucke und Pons ihren Reichtum und ihr Elend miteinander verbanden, hatten sie den sparsamen Gedanken gehabt, zusammen zu hausen, und teilten sich in die Miete für eine recht ungleich geteilte Wohnung, die im Marais-Viertel in einem Haus der ruhigen Rue de Normandie lag. Da sie oft zusammen ausgingen und oft auf denselben Boulevards Seite an Seite gesehen wurden, hatten die Bummler des Quartiers sie die beiden Nußknacker genannt. Dieser Spitzname macht es überflüssig, das Porträt Schmuckes hier zu zeichnen: er war neben Pons das, was neben der Venus der Tribuna die Amme der Niobe, die berühmte Statue des Vatikans, ist.
Frau Cibot, die Pförtnerin des Hauses, war der Zapfen, auf dem der Haushalt der beiden Nußknacker sich drehte. Aber sie spielte eine so große Rolle in dem Drama, das zur Auflösung dieser doppelten Existenz führte, daß wir ihr Porträt bis zu ihrem Auftreten zurückstellen.
Bleibt etwas über das moralische Verhältnis der beiden Freunde zu sagen. Aber neunundneunzig von hundert Lesern werden es im siebenundvierzigsten Jahr des neunzehnten Jahrhunderts sehr schwer verstehen, wahrscheinlich infolge der wunderbaren finanziellen Entwicklung, die durch die Einführung der Eisenbahn hervorgerufen wurde. Es handelt sich um eine Kleinigkeit oder auch um mehr – in jedem Fall aber darum, einen Begriff von der geradezu ausschweifenden Zartheit der beiden Herzen zu geben.
Entleihen wir dem Eisenbahnwesen ein Bild, sei es auch nur, um die Anleihen, die es bei uns macht, zurückzuzahlen. Indem die Züge über die Schie-

nen hinwegsausen, zerreiben sie unmerklich kleine Sandkörnchen. Führt man ein solches Korn, das für das Auge des Reisenden unsichtbar ist, in seine Niere ein, so empfindet er die Schmerzen der abscheulichsten Krankheit, des Nierensteins; man stirbt daran. Was nun für unsere Gesellschaft, die mit der Schnelligkeit einer Lokomotive auf ihre Stahlbahn gestoßen wird, das unsichtbare Sandkorn ist, um das sie sich nicht kümmert, das erzeugte, in die Fasern der beiden Organismen unaufhörlich eingeführt, bei ihnen etwas wie eine Art Herzstein.

Maßlos empfindsam für die Schmerzen anderer, beweinten sie beide ihre Ohnmacht; und für ihre eigenen Gefühle waren sie von einer Feinheit der Empfindung, die an Krankhaftigkeit grenzte. Weder das Alter noch der fortwährende Anblick der Dramen des Pariser Lebens hatte diese beiden frischen, kindlichen und reinen Seelen verhärten können. Je weiter sie nebeneinander hergingen, desto lebhafter litten sie in ihrem innersten und persönlichsten Wesen. Aber so ist es bei allen keuschen Naturen, bei den ruhigen Denkern und den wahren Dichtern, die keiner Ausschweifung verfallen sind.

Seit der Vereinigung der beiden Greise hatten ihre Beschäftigungen, die sich sowieso ähnelten, jenen brüderlichen Trottelgang angenommen, der in Paris den Fiakerpferden eigentümlich ist.

Nachdem sie, gleichgültig ob es Sommer oder Winter war, sich gegen sieben Uhr morgens erhoben und gefrühstückt hatten, gaben sie ihre Stunden in den Pensionaten, wobei sie einander im Notfall vertraten. Gegen Mittag ging Pons in sein Theater, wenn eine Probe es erforderte, und benutzte im übrigen alle seine freien Augenblicke, um durch Paris zu streifen. Am Abend trafen sich die beiden Freunde wieder im Theater, in dem Pons Schmucke auf folgende Weise untergebracht hatte.

Zur Zeit, als Pons Schmucke traf, hatte er gerade ohne sein Zutun den Marschallstab der unbekannten Komponisten erobert: den Kapellmeisterstab. Dank dem Grafen Popinot, der damals Minister war, wurde diese Stelle für den armen Musiker in dem Moment eingerichtet, als jener Bürgerheld der Julirevolution für einen Freund eine Theatererlaubnis erwirkte, und zwar für einen jener Freunde, über die ein Emporkömmling errötet, wenn er, auf seinen Rädern rollend, in Paris einen alten Jugendfreund bemerkt, der mit abgerissenen Stiefeln, einem unwahrscheinlich gefärbten Rock und einer Nase herumläuft, die zwar hoch genug getragen wird, aber nur deshalb, weil das Kapital, nach dem sie schnüffelt, zu hoch hängt.

Ehemaliger Geschäftsreisender, war dieser Freund namens Gaudissart früher dem großen Hause Popinot sehr nützlich gewesen. Als Popinot Graf und Pair von Frankreich und obendrein zweimal Minister geworden war, verleugnete er den „erlauchten Gaudissart“ nicht. Mehr als das, er wollte den Reisenden in die Lage versetzen, seine Garderobe zu erneuern und seine Börse zu füllen; denn die Politik und die Eitelkeiten des Hofes des Bürgerkönigs hatten das Herz des alten Drogisten nicht verdorben. Gaudissart, der noch immer auf die Frauen versessen war, bat ihn um die Konzession eines Theaters, das sich gerade im Konkurs befand, und der Minister, der sie ihm gab, schickte ihm sorgsam gleichzeitig ein paar alte Liebhaber des schönen Geschlechts, die reich genug waren, um eine gut fundierte Kommanditgesellschaft zur Pflege aller vom Flitter verborgenen Reize zu gründen. Pons, einer der Schmarotzer des Hotels Popinot, gehörte zu den Bedingungen der Konzession. Das Gaudissart-Unternehmen, das sich im übrigen gut entwickelte, beschloß im Jahre 1834 auf dem Boulevard einen großen Gedanken zu verwirklichen: eine Oper fürs Volk. Die Musik für die Ballette und die Verwandlungen verlangte einen brauchbaren Kapellmeister, der zugleich ein wenig Komponist war. Die Vorgängerin der von Gaudissart gegründeten Gesellschaft hatte sich zu lange im Konkurs befunden, um einen Kopisten zu unterhalten. So führte Pons Schmucke beim Theater in der Eigenschaft als Kopist ein; das ist ein ruhmloser Beruf, der aber ernste musikalische Kenntnisse verlangt. Auf den Rat seines Freundes verständigte sich Schmucke mit dem Vorsteher dieses Dienstes bei der Komischen Oper, so daß er nichts mit den mechanischen Geschäften zu tun hatte. Die Zusammenarbeit von Schmucke und Pons hatte eine wunderbare Wirkung. Schmucke, der wie alle Deutschen in der Harmonie sehr stark war, instrumentierte die Partituren, deren Singstimme Pons lieferte. Wenn die Kenner bei zwei oder drei großen Stücken, die Erfolg hatten, ein paar frische Kompositionen bewunderten, erklärten sie sie durch das Wort Fortschritt, ohne sich um die Urheber zu kümmern. Pons und Schmucke verschwanden im Ruhm, schließlich ertrinken ja

manche Leute in ihrer Badewanne. Zumal seit 1830 kommt in Paris niemand ans Ziel, ohne mit allen Mitteln und größter Energie eine erschrekkende Menge von Mitbewerbern zur Seite zu stoßen: dazu gehört eine große Kraft, und die beiden Freunde hatten, wie wir sahen, im Herzen jenen Stein, der alle Bewegungen des Ehrgeizes aufhält.
Gewöhnlich begab sich Pons gegen acht Uhr in sein Orchester; zu dieser Stunde werden die erfolgreichen Stücke gespielt, deren Ouvertüren und Begleitungen die Herrschaft des Taktstockes erfordern. Diese Freiheit besteht in den meisten kleinen Theatern, aber Pons verfügte um so mehr über sie, als er in allen seinen Beziehungen zur Verwaltung eine große Uneigennützigkeit zeigte. Im übrigen vertrat Schmucke Pons, wenn es notwendig war.
Mit der Zeit hatte sich die Stellung Schmuckes im Orchester gefestigt. Der erlauchte Gaudissart hatte, ohne etwas zu sagen, den Wert und die Nützlichkeit dieses Mitarbeiters erkannt. Man war gezwungen worden, im Orchester wie bei den großen Theatern ein Piano aufzunehmen. Schmucke spielte das Instrument gratis, es stand als überzählig beim Pult des Kapellmeisters. Als man den guten Deutschen, der ohne Ehrgeiz und Forderungen auftrat, näher kennengelernt hatte, war er allen Orchestermitgliedern willkommen. Die Leitung ließ für eine mäßige Bezahlung Schmucke die Instrumente spielen, die in dem Orchester der Boulevardtheater nicht vertreten und trotzdem oft notwendig sind, zum Beispiel das Piano, die Viola d'amour, das englische Horn, das Cello, die Harfe,

die Kastagnetten, die Glocken, die Saxschen Erfindungen u. a. m. Die Deutschen wissen zwar nicht die großen Instrumente der Freiheit, wohl aber von Natur aus alle Instrumente der Musik zu spielen.

Die beiden alten Künstler waren beim Theater außerordentlich beliebt und lebten dort wie zwei Philosophen. Sie hatten sich eine Binde um die Augen gelegt, um niemals die Übelstände zu sehen, die von einer Truppe unzertrennlich sind, sobald neben Schauspielern und Schauspielerinnen ein Ballettkorps gehalten wird – eine der schlimmsten Kombinationen, die für die Kasseneinnahme notwendig sind, aber die Qual der Direktoren, Autoren und Musiker ausmachen. Der große Respekt, den er für andere und für sich selbst hatte, verschaffte dem guten und bescheidenen Pons die allgemeine Achtung. Übrigens erwecken in jeder Gesellschaft ein reineres Leben, eine fleckenlose Ehrlichkeit selbst in den Herzen der Schlechtesten etwas wie Bewunderung.

In Paris hat eine solche Tugend denselben Erfolg wie ein großer Diamant, wie eine seltene Sehenswürdigkeit. Kein Schauspieler, kein Bühnendichter, nicht einmal die schamloseste Tänzerin hätte sich gegen Pons oder seinen Freund die geringste Irreführung oder sonst einen schlechten Spaß erlaubt. Pons zeigte sich manchmal im Foyer, Schmucke dagegen kannte nur den unterirdischen Weg, der von der Straße zum Orchester führte. Wenn er einer Vorstellung beiwohnte, wagte der gute alte Deutsche in den Zwischenakten in den Saal zu schauen und fragte bisweilen die erste Flöte, einen jungen Straßburger aus einer deut-

schen Familie in Kehl, nach den exzentrischen Personen, die fast immer die Logen besetzt halten. In der Hand dieser ersten Flöte lag die soziale Erziehung Schmuckes, und nach und nach ließ seine kindliche Phantasie Dinge zu, wie die nebelhafte Existenz der Lorette, die Möglichkeit der Heirat im 13. Arrondissement, die Verschwendung einer ersten Tänzerin und den zweideutigen Handel der Logenschließerinnen. Die Harmlosigkeiten des Lasters schienen dem würdigen Mann das letzte Wort der Verkommenheit Babylons zu sein, und er lächelte ihnen zu, wie er es mit chinesischen Arabesken getan hätte. Alle geschickten Leute werden übrigens mit Recht behaupten, daß Pons und Schmucke ausgenutzt wurden, aber was sie an Geld verloren, das gewannen sie an Achtung und guter Behandlung.
Nach dem Erfolg eines Balletts, womit die glänzenden Geschäfte der Gaudissart-Gesellschaft begannen, schickten die Direktoren Pons eine silberne, dem Benvenuto Cellini zugeschriebene Arbeit, deren erschreckender Preis Gegenstand einer Unterhaltung im Foyer gewesen war. Handelte es sich doch um zwölfhundert Franken! Der arme Ehrenmann wollte das Geschenk zurückgeben! Gaudissart hatte die größte Mühe, es ihm aufzureden. Zu seinem Teilhaber sagte er nachher: „Solche Leute müßte es unter den Schauspielern geben!“
Das allem Anschein nach so ruhige Leben der beiden wurde nur durch das Laster gestört, dem Pons immer wieder opferte, nämlich durch sein wildes Bedürfnis, zu Tisch eingeladen zu werden. So oft Pons sich zu diesem Zweck ankleidete, be-

dauerte der gute Deutsche, vorausgesetzt, daß er sich gerade in der Wohnung befand, jene verhängnisvolle Neigung:
„Wenn es ihn noch wenigstens fett machte!“ rief er oft aus.
Und Schmucke sann nach, mit welchen Mitteln er seinen Freund von diesem demütigenden Laster heilen konnte. Denn die moralische Spürkraft eines wahren Freundes ist so vollkommen wie etwa diejenige einer Hundenase: sie wittert jeden Kummer, ahnt seinen Anlaß und kommt ihm zuvor.
Pons, der immer am kleinen Finger der rechten Hand einen jener Diamantringe trug, die unter dem Kaiserreich als möglich galten, während sie heute lächerlich sind, Pons, der viel zu sehr Troubadour und Franzose war, zeigte auf seinem Gesicht nicht die göttliche Heiterkeit, durch die die abschreckende Häßlichkeit Schmuckes gemildert wurde. An dem melancholischen Ausdruck seines Freundes hatte der Deutsche die wachsenden Schwierigkeiten erkannt, die das Handwerk eines Mitessers von Tag zu Tag peinlicher machten. Und in der Tat, im Oktober 1844 war die Zahl der Häuser, in denen Pons speiste, natürlich schon sehr beschränkt. Es blieb dem armen Kapellmeister nichts übrig, als den Kreis der Familie zu durchlaufen, und man wird sehen, daß er die Bedeutung des Wortes Familie viel zu weit ausgedehnt hatte.
Der alte Preisträger war ein entfernter Vetter der ersten Frau des Herrn Camusot, des reichen Seidenhändlers aus der Rue des Bourdonnais. Dieses Fräulein Pons hatte einen der als Hofsticker

berühmten Brüder Pons beerbt, deren Haus vor der Revolution unter Teilhaberschaft der Eltern des Musikers gegründet und im Jahre 1815 von Herrn Rivet, dem Vater der ersten Frau, Camusot abgekauft worden war. Dieser Camusot, der sich seit zehn Jahren von den Geschäften zurückgezogen hatte, war 1844 Mitglied des Generalrats der Fabrikanten, Abgeordneter usw. Mit dem Stamm der Camusot in Freundschaft verbunden, betrachtete sich der biedere Pons als Vetter der Kinder, die der Seidenhändler aus zweiter Ehe hatte, trotzdem sie in keiner Weise mit ihm verwandt waren.

Da die zweite Frau Camusot eine geborene Cardot war, so führte sich Pons als Verwandter der Camusot in der zahlreichen Familie der Cardot ein, die dank ihren Heiraten eine nicht weniger mächtige Gesellschaft als die Camusot bildeten. Der Notar Cardot, Bruder der zweiten Frau Camusot, hatte ein Fräulein Chiffreville zur Frau genommen. Die berühmte Familie Chiffreville, die Königin der chemischen Branche, war mit der Drogerie en gros verschwägert, deren Haupthahn lange Zeit Herr Anselm Popinot war, den die Julirevolution, wie man weiß, in das Herz der dynastischsten Politik gebracht hatte. Und Pons war nicht faul, am Schwanz der Camusot und Cardot zu den Chiffreville zu gehen und von diesen wieder zu den Popinot, immer in seiner Eigenschaft als Vettersvetter. Dieser kurze Abriß der letzten Beziehungen, die dem alten Musiker geblieben waren, macht verständlich, weshalb er im Jahre 1844 noch intim empfangen werden konnte bei erstens dem Herrn Grafen

Popinot, Pair von Frankreich, vordem Minister der Landwirtschaft und des Handels; zweitens Herrn Cardot, ehemaligem Notar, Bürgermeister und Abgeordneten eines Pariser Kreises; drittens bei dem alten Herrn Camusot, der Abgeordneter, Mitglied des Pariser Stadtrates und des Generalrates der Fabrikanten und außerdem Anwärter auf die Pairschaft war; viertens bei Herrn Camusot de Marville, dem Sohn aus erster Ehe, der der einzige wirkliche Vetter unseres Pons, wenn auch in zweiter Linie, war.

Dieser Camusot, der zum Unterschied von seinem Vater und von seinem Bruder aus zweiter Ehe seinem Namen den des Gutes Marville beigefügt hatte, war im Jahre 1844 Kammerpräsident des Königlichen Gerichtshofes in Paris.

Als der ehemalige Notar Cardot seine Tochter mit seinem Nachfolger, der Berthier hieß, verheiratet hatte, bildete Pons gleichsam einen Teil der übernommenen Masse und verstand, seinen Freitisch zu retten, und dies geradezu unter notarieller Bürgschaft, wie er sagte. Das war also das bürgerliche Firmament, das Pons seine Familie nannte, und wo er so mühsam sein Recht auf Gabel und Messer behauptet hatte. Das Haus des Präsidenten Camusot war dasjenige unter diesen zehn Häusern, in dem der Künstler den besten Empfang hätte finden sollen, weshalb er sich auch mit ihm aufs sorgfältigste abgab. Aber leider hatte die Präsidentin, die Tochter des verstorbenen Thirion, der Beamter im Kabinett der Könige Ludwig XVIII. und Karl X. gewesen war, den kleinen Vetter ihres Mannes nie gut behandelt. Und Pons hatte bei dem Versuch, diese ge-

fährliche Verwandte zu gewinnen, nur seine Zeit verloren, denn die Stunden, die er Fräulein Camusot umsonst gab, schlugen nicht an, und aus dem ein wenig rothaarigen Mädchen war keine Musikerin geworden.
Zu diesem Vetter, dem Präsidenten, nun trug Pons in diesem Augenblick den Wertgegenstand, von dem die Rede war. Beim Eintritt glaubte er sich in die Tuilerien versetzt, so sehr wirkten die feierlichen grünen Draperien, die karmeliterfarbenen Tapeten und die Moquetteteppiche, die schweren Möbel und die ganze Luft dieser Wohnung eines hohen Richters auf seine seelische Verfassung.
Seltsam, er fühlte sich ganz zwanglos im Haus Popinot, das in der Rue Basse-du-Rempart gelegen war, und zwar ohne Zweifel wegen der Kunstgegenstände, die sich dort befanden; denn der frühere Minister hatte seit seinen politischen Erfolgen die Gewohnheit angenommen, schöne Dinge zu sammeln, vermutlich weil die Politik selbst eine heimliche Sammlung der häßlichsten Handlungen ist.

✩

EINE DER TAUSEND SAMMLERFREUDEN

DER PRÄSIDENT DE MARVILLE BEWOHNTE in der Rue de Hanovre ein Haus, das die Präsidentin vor zehn Jahren nach dem Tod ihrer Eltern gekauft hatte: Herr und Frau Thirion hinterließen ihr etwa hundertfünfzigtausend Franken Ersparnisse.
Die Front des Hauses war nach Norden gekehrt

und wirkte so von der Straße aus ziemlich düster, dagegen ging die Hofseite nach Süden, wo sich ein recht schöner Garten anschloß. Der Richter nahm das ganze erste Stockwerk in Anspruch; unter Ludwig XV. hatte darin einer der mächtigsten Finanzleute der Zeit gewohnt. Der zweite Stock war an eine reiche alte Dame vermietet, und so machte das ganze Haus einen ruhigen, ehrbaren Eindruck, der einem hohen Richter wohl ansteht. Die Überreste des prachtvollen Gutes Marville, an deren Erwerbung der Präsident seine Ersparnisse aus zwanzig Jahren sowie das Erbe seiner Mutter gewandt hatte, bestehen aus dem Schloß, einem glänzenden Bau, wie man solche noch in der Normandie antrifft, und einem guten Pachthof, der zwölftausend Franken eintrug. Ein Park von hundert Hektar umgibt das Schloß. Dieser Luxus, der heute fürstlich heißen muß, kostete den Präsidenten tausend Taler, derart, daß das Gut kaum mehr als neuntausend Franken netto einbrachte, wie man zu sagen pflegt. Diese neuntausend Franken und sein Gehalt bedeuteten für den Präsidenten damals eine Rente von ungefähr zwanzigtausend Franken, die dem Anschein nach genügten, zumal wenn man in Betracht zieht, daß er als einziger Sohn erster Ehe die Hälfte aus der Erbschaft seines Vaters zu erwarten hatte; aber die Pariser Lebensführung und die Anforderungen ihrer Stellung hatten Herrn und Frau de Marville gezwungen, beinahe den ganzen Betrag ihres Einkommens auszugeben. Bis zum Jahr 1834 waren sie sogar in Verlegenheit gewesen.

Diese Bestandaufnahme erklärt, weshalb Fräulein de Marville, ein junges Mädchen von dreiundzwanzig Jahren, noch nicht verheiratet war, trotzdem sie hunderttausend Franken Mitgift zu erwarten hatte, und trotzdem ihre Aussichten für später mit allem Geschick und oft genug erwähnt wurden. Seit fünf Jahren hörte Vetter Pons die Klagen der Präsidentin an, die alle jüngeren Beamten ihres Mannes verheiratet, die neuen Richter schon als Väter sah, nicht zu rechnen, daß man die Aussichten der jungen Dame vor den wenig entzückten Augen des jungen Vicomte Popinot vergeblich hatte erglänzen lassen. Der Vicomte war der älteste Sohn des Löwen der Drogerie, zu dessen Vorteil, wenn man auf die bösen Zungen hören wollte, die Julirevolution mindestens ebensosehr gemacht worden war wie zu dem der jüngeren Linie des Königshauses.

Als Pons die Rue de Choiseul erreichte und in die Rue de Hanovre einbog, empfand er die unerklärliche Bewegung, die alle reinen Gewissen quält. Es ist dieselbe Furcht, die die größten Verbrecher beim Anblick eines Gendarmen fühlen, und sie wurde einzig und allein durch die Frage veranlaßt, wie wohl die Präsidentin ihn empfangen werde.

Diese Angst, die ihm das Herz zerriß, hatte sich nie gelegt, im Gegenteil, sie wurde immer heißer, und die Dienstboten des Hauses Marville taten alles, um sie am Leben zu erhalten. Die geringe Rücksicht, die die Camusot auf ihren Vetter Pons nahmen, die Entwertung seiner Person, die sich im Schoß der Familie vollzog, verfehlte nicht ihre Wirkung auf die Dienstboten, die, ohne gerade rücksichtslos gegen ihn zu sein, doch nur eine Art Bettler in ihm sahen.

Sein Hauptfeind war eine gewisse Madeleine Vivet, eine trockene, dürre alte Jungfer, die Kammerfrau der Frau de Marville und ihrer Tochter. Ungeachtet ihrer kupfernen Gesichtsfarbe oder vielleicht gerade wegen dieser Farbe und ihrer schlangenhaften Länge, hatte sich diese Madeleine in den Kopf gesetzt, Frau Pons zu werden. Sie breitete umsonst zwanzigtausend Franken Ersparnisse vor den Augen des alten Junggesellen aus, Pons hatte das allzu kupferfarbene Glück verschmäht. Daher spielte diese Dido des Vorzimmers, die so gern die Kusine ihrer Herrin geworden wäre, dem armen Musiker die häßlichsten Streiche. Wenn der Biedermann die Treppe hinaufstieg, kam es ihr nicht darauf an, laut zu rufen: „Aha, da kommt der Tellerlecker!“ Wenn sie in Abwesenheit des Kammerdieners bei Tisch bediente, goß sie in das Glas ihres Opfers wenig Wein und viel Wasser und zwang Pons zu dem schwierigen Versuch, ein bis zum Überlaufen gefülltes Glas zum Mund zu führen. Sie vergaß, ihm die Platten anzubieten, und ließ sich von der Präsidentin daran erinnern (in welchem Ton! – der Vetter errötete darüber!), oder schüttete ihm Sauce auf die Kleider. Kurz, es war der Krieg, den der Untergeordnete gegen den Übergeordneten führt, wenn er merkt, daß er nicht zur Rechenschaft gezogen wird. Zugleich Beschließerin und Kammerfrau, stand Madeleine seit der Heirat der Ehegatten im Dienst des Hauses. Sie hatte ihre Herren in der Dürftigkeit der ersten Jahre gekannt, als Camusot noch in der Provinz, in Alençon, Richter war; sie hatte ihrem Aufstieg beigewohnt, als der Präsident des Gerichts von

Mantes im Jahre 1828 nach Paris kam, wo er zum Untersuchungsrichter ernannt wurde. Sie gehörte also zu sehr zur Familie, als daß sie nicht Gründe zu ihrer Rache gehabt hätte. Hinter diesem Verlangen, der hochmütigen und ehrgeizigen Präsidentin einen Streich zu spielen und ihre Kusine zu werden, verbarg sich ein dumpfer Haß, zu dem eine Kleinigkeit genügt haben mochte, wie ein Sandkorn genügt, um eine Lawine ins Rollen zu bringen.

„Frau Präsidentin, Ihr Herr Pons ist da und dazu im Spenzer", meldete Madeleine ihrer Herrin. „Ich möchte gern wissen, wie er ihn durch fünfundzwanzig Jahre gerettet hat!"

Als Frau Camusot in dem kleinen Salon, der zwischen dem großen und dem Schlafzimmer lag, einen Männerschritt hörte, sah sie ihre Tochter an und zuckte die Achseln.

„Sie machen das immer so geschickt, Madeleine, daß mir nie Zeit bleibt, einen Entschluß zu fassen", sagte die Präsidentin.

„Jean ist ausgegangen, ich war allein, Herr Pons hat geschellt, ich habe ihm die Tür geöffnet, und da er hier beinahe zu Hause ist, konnte ich ihn nicht hindern, mir zu folgen: so ist er da und zieht seinen Spenzer schon aus."

„Mein armes Kind," sagte die Präsidentin zu ihrer Tochter, „jetzt sind wir gefangen und müssen hier essen." Und als sie sah, daß ihre liebe Kleine ein klägliches Gesicht schnitt, fuhr sie fort: „Sollte man nicht dafür sorgen, daß wir ihn für immer los werden?"

„O der arme Mann," erwiderte Fräulein Camusot, „ihm eine Mahlzeit wegnehmen!"

Aus dem kleinen Salon drang der falsche Husten eines Mannes, der auf diese Weise seine Anwesenheit kund tun will.
„In Gottes Namen, so mag er eintreten“, beschied Frau Camusot mit einem Achselzucken Madeleine.
„Sie sind so früh gekommen, lieber Vetter,“ sagte Cécile Camusot mit einer kleinen spöttischen Miene zu Pons, „daß Sie uns in dem Augenblick überrascht haben, in dem meine Mutter sich ankleiden wollte.“
Vetter Pons, dem das Achselzucken der Präsidentin nicht entgangen war, fühlte sich so grausam getroffen, daß er sich zu keinem Kompliment aufraffen konnte; er begnügte sich mit dem tiefen Wort:
„Sie sind immer reizend, Kusinchen.“
Danach wandte er sich zur Mutter und begrüßte sie mit den Worten:
„Liebe Kusine, zürnen Sie mir nicht, daß ich ein wenig früher als sonst komme, ich bringe das mit, worum Sie mich zu meiner Freude gebeten haben.“
Und der arme Pons, der jedesmal mit dem Wort Kusin oder Kusine dem Präsidenten, der Präsidentin und Cécile einen Stich ins Herz gab, zog aus der Seitentasche seines Rockes eine entzückende kleine, längliche Schachtel. Sie war aufs wunderbarste geschnitzt.
„Ich hatte sie ganz vergessen“, sagte trocken die Präsidentin, und das war ohne Zweifel eine zu herzlose Bemerkung, die dem Eifer des armen Verwandten jedes Verdienst nahm; schließlich bestand seine ganze Schuld darin, daß er ein armer Verwandter war.

„Aber,“ fuhr sie fort, „es ist sehr gütig von Ihnen, lieber Vetter, ich bin Ihnen wohl eine ganze Menge für diese Kleinigkeit schuldig?“
Den Vetter durchlief ein Zittern; er hatte die Absicht, alle seine Mahlzeiten durch das Angebot dieser Kostbarkeit zu begleichen.
„Ich glaubte, Sie würden mir erlauben, sie Ihnen anzubieten“, antwortete er mit bewegter Stimme.
„Wie, wie?“ sagte die Präsidentin. „Machen wir unter uns keine Umstände, wir kennen uns genau genug, um unsere Wäsche zusammen zu waschen. Ich weiß, daß Sie nicht reich genug sind, als daß Sie sich in Unkosten stürzen könnten. Ist es nicht schon viel, daß Sie sich die Zeit genommen haben und bei den Händlern herumgelaufen sind?“
„Sie würden keinen Wert auf diesen Fächer legen, liebe Kusine, wenn Sie diesen Wert wirklich bezahlen müßten,“ erwiderte, in seinen Gefühlen getroffen, der arme Mann, „denn es ist ein Meisterwerk Watteaus, der ihn auf beiden Seiten bemalt hat; aber seien Sie unbesorgt, Kusine, ich habe nicht den hundertsten Teil seines Kunstwertes bezahlt.“
Einem Reichen sagen: „Sie sind arm“, heißt dem Erzbischof von Granada sagen, daß seine Predigten nichts taugen. Die Frau Präsidentin war viel zu eingebildet auf die Stellung ihres Gatten, auf das Gut Marville und die Einladungen, die sie zu den Hofbällen erhielt, um nicht lebhaft durch eine derartige Bemerkung gereizt zu werden, zumal wenn sie von einem elenden Musiker kam, als dessen Wohltäterin sie sich aufspielte.
„Die Leute, bei denen Sie diese Sachen kaufen, sind also rechte Dummköpfe?“ sagte sie rasch.

„In Paris gibt es keine dummen Händler", erwiderte Pons beinahe trocken.

„Dann haben Sie also viel Geist", fiel Cécile ein, um dem Streit ein Ende zu machen.

„Kleine Kusine, ich habe den Geist, Lancret, Pater, Watteau, Greuze zu kennen, aber ich hatte vor allem den Wunsch, Ihrer teuren Mama zu gefallen."

Unwissend und eitel wollte Frau de Marville nicht den Anschein erwecken, als nehme sie den geringsten Gegenstand von ihrem Tellerlecker an, und ihre Unwissenheit kam ihr wunderbar zu Hilfe, sie kannte den Namen Watteau nicht. Wenn etwas zeigen kann, bis zu welchem Grad die Eigenliebe der Sammler geht, die gewiß eine der lebhaftesten ist, denn sie wetteifert mit der Eigenliebe der Autoren, dann war es die Kühnheit, mit der Pons soeben seiner Kusine zum erstenmal seit zwanzig Jahren die Stirn geboten hatte. Selbst darüber maßlos erstaunt, kehrte er in seine friedliche Haltung zurück und erklärte Cécile im einzelnen die Schönheiten der feinen Schnitzerei, mit der die Rippen dieses wunderbaren Fächers bedeckt waren. Aber um die ganze innere Erregung des braven Mannes zu verstehen, ist eine leichte Skizze des Charakters der Präsidentin nötig.

Mit sechsundvierzig Jahren war Frau de Marville, die ehemals üppige und frische Blondine, ausgetrocknet, nur die kleine Statur hatte sich unverändert erhalten. Ihre runde Stirn, der eingezogene Mund, der nun die feinen Farben der Jugend verloren hatte, verwandelte ihre von Natur aus hochmütige Miene in eine ausgesprochen verdrießliche. Die vollkommene Herrschaft, die sie im Haus ausübte, hatte mit der Zeit ihr Gesicht hart und unangenehm gemacht. Langsam war aus ihrem Blond ein glanzloses Braun geworden. Die Augen, die noch lebhaft und von durchdringendem Spott waren, drückten einen Hochmut aus, in dessen Anmaßung ein verhaltener Neid glomm. Und in der Tat, die Präsidentin war fast arm inmitten der Gesellschaft emporgekommener Bürger, bei denen Pons zu speisen pflegte. Sie verzieh dem reichen Drogenhändler und ehemaligen Präsidenten des Handelsgerichtes nicht, daß er Schlag auf Schlag Abgeordneter, Minister, Graf und Pair geworden war. Sie verzieh ebensowenig ihrem Schwiegervater, daß er sich zum Schaden ihres ältesten Sohnes zum Abgeordneten seines Kreises hatte ernennen lassen, als Popinot zur Pairschaft gelangt war. Nach achtzehn Dienstjahren in Paris erwartete sie für Camusot noch die Stelle eines Rates am Kassationshof, von der ihn im übrigen seine im Justizgebäude wohlbekannte Unfähigkeit ausschloß. Der Justizminister von 1844 bedauerte, daß Camusot zehn Jahre früher Präsident geworden war; man hatte ihn in die Anklagekammer gesetzt, wo er dank seiner Gewandtheit als alter Untersuchungsrichter bei den Urteilsfällungen Dienste zu erweisen wußte. Diese betrogenen Hoffnungen hatten die Präsidentin, die sich im übrigen über den Wert ihres Mannes nicht täuschte, verbraucht und zu einer unausstehlichen Frau gemacht. Ihr an sich unliebenswürdiger Charakter war vollkommen verhärtet. Mehr gealtert als alt, machte sie sich steif und rauh wie eine Bürste, um durch Furcht alles zu erhalten, was die Welt ihr zu verweigern beliebte. Dank ihren maßlos beißenden Bemerkungen hatte sie wenig Freundinnen, wußte sich aber sehr in Respekt zu setzen, da sie immer von ein paar alten Frömmlerinnen ihres Kalibers umgeben war, die ihr in der Hoffnung auf Gegenseitigkeit zu Hilfe kamen. Daher glichen die Beziehungen des armen Pons zu diesem Teufel im Unterrock denen eines Schülers zum Lehrer, der nur mit Ruten spricht. Die Präsidentin ließ sich also nicht über die plötzliche Verwegenheit des Vetters aus, sie kannte den Wert des Geschenkes nicht.

„Wo haben Sie das gefunden?" fragte Cécile und prüfte das Stück.

„Rue de Lappe, bei einem Trödler, er brachte es von Aulnay mit. Das ist ein Schloß in der Nähe von Dreux, in dem manchmal die Frau von Pompadour wohnte, bevor sie Ménars baute; es wurde gerade abgerissen, aber man hat das Tafelwerk, das zu den hervorragendsten gehört, gerettet; es ist so schön, daß Liénard, unser berühmter Holzschnitzer, als den Gipfel des Möglichen zwei ovale Rahmen als Modell bewahrt hat ... es gab da Schätze. Mein Trödler fand diesen Fächer in einem eingelegten Tischchen, das ich gekauft hätte, wenn ich solche Gegenstände sammelte ... aber es war viel zu teuer für mich; ein Möbel von Riesener ist drei- bis viertausend Franken wert. Man beginnt in Paris wieder anzuerkennen, daß die berühmten deutschen und französischen Einleger des 16., 17. und 18. Jahrhunderts richtige Gemälde in Holz komponiert haben. Das Verdienst des Sammlers besteht darin, der Mode zuvorzukommen. Zum Beispiel in fünf Jahren wird man in Paris

Frankenthaler Porzellan, das ich seit zwanzig Jahren sammle, doppelt so teuer wie die zartesten Sèvres-Arbeiten bezahlen."

„Was ist Frankenthal", fragte Cécile.

„Der Name der Fabrik, in der das Porzellan für den Kurfürsten von der Pfalz hergestellt wurde; sie ist älter als unsere Manufaktur in Sèvres, wie die berühmten Gärten von Heidelberg, die Turenne vernichtete, das Unglück hatten, vor denen von Versailles zu bestehen. Sèvres hat Frankenthal eifrig nachgeahmt... Die Deutschen haben, diese Gerechtigkeit muß man ihnen lassen, früher als wir wunderbare Sachen in Sachsen und in der Pfalz gemacht."

Mutter und Tochter sahen sich an, als wenn Pons chinesisch gesprochen hätte, denn man kann sich nicht vorstellen, wie unwissend und ablehnend die Pariser sind; sie wissen nur das, was man sie lehrt, wenn sie es lernen wollen.

„Und woran erkennen Sie Frankenthal?"

„An der Bezeichnung!" sagte Pons voll Feuer. „Alle diese hinreißenden Meisterwerke sind gezeichnet. Frankenthaler Porzellan zeigt ein C und ein T (Carl Theodor), die verschlungen sind und von einer Fürstenkrone gekrönt werden. Altes Sachsen hat seine zwei Degen und die Ordnungsnummer in Gold. Vincennes zeichnete mit einem Horn. Wien hat ein geschlossenes und durchstrichenes V. Berlin hat zwei Striche. Mainz hat das Rad. Sèvres die beiden LL, und das für die Königin bestimmte Porzellan ein A mit der königlichen Krone, das Antoinette bedeutet. Im 18. Jahrhundert wetteiferten alle Fürsten Europas in der Herstellung von Porzellan. Man entriß sich die

Arbeiter. Watteau zeichnete Gedecke für die Manufaktur in Dresden, und seine Arbeiten haben verrückte Preise erlangt. (Man muß sich gut auskennen, denn heute wiederholt und kopiert Dresden sie.) Damals hat man wunderbare Dinge fabriziert, wie man sie nicht wieder herstellen wird."

„Ach was!"

„Doch, Kusine! Gewisse Einlegearbeiten und gewisse Porzellane wird man so wenig wieder herstellen wie die Bilder von Raffael, Tizian, Rembrandt, van Eyck, Cranach. Die Chinesen zum Beispiel sind sehr geschickt und gewandt und doch kopieren sie heute die sogenannten Großmandarine, das heißt die schönsten Stücke ihrer Porzellanfabrikation. Zwei große Vasen aus dieser Klasse kosten sechs-, acht-, zehntausend Franken, die moderne Kopie aber bekommt man für zweihundert!"

„Sie scherzen."

„Kusine, diese Preise erstaunen Sie, aber das ist nichts. Ein vollständiges Gedeck für zwölf Personen aus der sogenannten weichen Sèvresmasse, die nicht zum Porzellan gehört, kostet in der Fabrik hunderttausend Franken. In Sèvres kostete 1750 ein gleiches Service fünfzigtausend Livres, ich habe Originalrechnungen gesehen."

„Kehren wir zum Fächer zurück", sagte Cécile, der das Kleinod zu alt erschien.

„Sie können sich denken, daß ich mich sofort auf die Suche machte, als Ihre teure Mama mir die Ehre erwies und mich um einen Fächer bat," erwiderte Pons, „ich war bei allen Pariser Händlern, ohne etwas Schönes zu finden, denn für die teure Präsidentin wollte ich ein Meister-

werk und gedachte ihr den Fächer Marie Antoinettes zu geben, der der schönste aller berühmten Fächer ist. Aber gestern wurde ich von dem wunderbaren Meisterwerk hier geblendet, das sicher auf eine Bestellung Ludwigs XV. zurückgeht. Wie ich darauf kam, einen Fächer in der Rue de Lappe bei einem Auvergnaten zu suchen, der mit Gegenständen aus Kupfer und Eisen oder mit vergoldeten Möbeln handelt? Nun, ich glaube an die Intelligenz der Kunstwerke; sie kennen die Liebhaber, sie rufen sie, sie machen ihnen pst, pst.“
Die Präsidentin zuckte die Schultern und blickte ihre Tochter an, ohne daß Pons diese blitzschnelle Mimik sehen konnte.
„Ich kenne sie alle, diese Geizhälse! ‚Was haben Sie Neues, Papa Monistrol? Haben Sie Türfüllungen?‘ fragte ich den Händler, der mir erlaubt, seine Erwerbungen vor den Großhändlern zu besichtigen. Infolge dieser Frage erzählte mir Monistrol, wie Liénard, der in der Kapelle von Dreux ausgezeichnete Schnitzereien für die Zivilliste ausführte, beim Verkauf von Aulnay vor den Pariser Händlern, die mit Porzellanen und eingelegten Möbeln beschäftigt waren, die geschnitzten Täfelungen gerettet hatte. ‚Ich habe nicht viel erwischt,‘ sagte er zu mir, ‚aber das hier genügt vielleicht, um die Reisekosten herauszuholen‘. Und er zeigte mir das Tischchen, ein Wunder! Die Einlagen gehn auf Zeichnungen Bouchers zurück und sind mit einer Kunst ausgeführt, daß man davor knien möchte. ‚Sehen Sie, Herr,‘ sagte er, ‚ich finde da eben in einer kleinen verschlossenen Schublade, die ich erbrechen mußte, weil der Schlüssel fehlte, diesen Fächer! Sie können mir sicher sagen, an

wen ich ihn verkaufen kann.' Und er zeigt mir diese kleine geschnitzte Schachtel aus Holz von den Inseln. ‚Das ist doch derselbe Pompadourstil, der der späten Gotik ähnelt.' – ‚Oh,' antwortete ich ihm, ‚die Schachtel ist hübsch, ich würde sie ganz gern mitnehmen, aber was den Fächer betrifft, so habe ich keine Frau, der ich das alte Stück geben könnte; außerdem macht man recht hübsche neue, man bemalt heute dieses Velinpapier auf die vortrefflichste und dabei billigste Weise, Sie wissen ja, daß es hundert Maler in Paris gibt.' Und nachlässig öffnete ich den Fächer, indem ich meine Bewunderung unterdrückte und die beiden kleinen Bilder kalt betrachtete – in Wirklichkeit sind sie von hinreißender Leichtigkeit der Ausführung. Ich hielt den Fächer der Frau von Pompadour in Händen! Watteau gab sein Bestes für diesen Entwurf her. ‚Wieviel wollen Sie für das Möbel?' – ‚Nun, tausend Franken hat man schon geboten.' Ich sagte ihm einen Preis, der den Kosten seiner Reise ungefähr entsprechen mochte. Darauf schauen wir uns in das Weiße der Augen, und ich sehe, daß ich meinen Mann in der Hand habe. Sofort lege ich den Fächer wieder in seinen Kasten, damit der Auvergnate ihn nicht untersucht, und singe in den höchsten Tönen das Lob des Kästchens, das ja in der Tat ein wahres Kleinod ist. ‚Wenn ich kaufe,' sage ich zu Monistrol, ‚tue ich es nur der Schachtel wegen, was das Tischchen betrifft, so bekommen Sie mehr als tausend Franken dafür, sehen Sie nur, wie fein das Kupfer bearbeitet ist; das sind wahre Modelle, man kann sie ausbeuten, sie sind nicht wiederholt worden, man machte alles einzig und allein für die

Pompadour.' Mein Mann fing Feuer für das Tischchen und vergaß den Fächer, den er mir beinahe umsonst dafür ließ, daß ich ihn auf die Schönheit dieses Stücks von Riesener hinwies. Aber es gehört viel Erfahrung dazu, um einen solchen Handel abzuschließen. Es sind Kämpfe Auge in Auge, aber in welches Auge – in das eines Juden oder Auvergnaten!"

Das Feuer des alten Künstlers, das prachtvolle Mienenspiel, mit dem er den Triumph der Feinheit über die Unwissenheit erzählte, diese ganze eines holländischen Pinsels würdige Szene ging für die Präsidentin und ihre Tochter verloren; mit kalten und verächtlichen Blicken sagten sie sich:

„Was für ein Original!"

„Das macht Ihnen also Vergnügen?" fragte die Präsidentin.

Pons versteinerte und empfand Lust, die Präsidentin zu schlagen.

„Aber, liebe Kusine," antwortete er, „es handelt sich um die Jagd auf Meisterwerke! Und man hat es mit Gegnern zu tun, die das Wild wohl zu verteidigen wissen! List steht gegen List! Ein Meisterwerk in den Händen eines Normannen, eines Juden oder eines Auvergnaten, das ist wie im Märchen eine von Zauberern bewachte Prinzessin!"

„Und wie wissen Sie, daß das von Wat... ist? Wie sagten Sie doch?"

„Watteau, Kusine, einer der größten französischen Maler des 18. Jahrhunderts! Sehen Sie, hier ist die Unterschrift", sagte er, indem er auf eine der Schäferszenen zeigte: verkleidete Bäuerinnen und große Herren in den Kostümen von Hirten tanzten eine Runde. „Das hat einen Schwung und ein Feuer! Und welche Farben! Alles ist aus einem Zug wie bei einem Meister der Handschrift, man merkt keine Arbeit mehr! Und nun auf der anderen Seite: ein Ball in einem Salon! Winter und Sommer! Welche Ausschmückung, und wie gut es erhalten ist! Sie sehen, der Ring ist aus Gold und schließt auf jeder Seite mit einem ganz kleinen Rubin, den ich gesäubert habe!"

„Wenn es sich so verhält, Vetter, könnte ich ein Stück von so großem Wert nicht von Ihnen annehmen. Es ist besser, wenn Sie sich Rente dafür kaufen", sagte die Präsidentin, verlangte aber nichts Besseres, als den prachtvollen Fächer behalten zu können.

„Es ist Zeit, daß das, was dem Laster gedient hat, in die Hände der Tugend gelangt", sagte der Biedermann, der seine Sicherheit wiederfand. „Hundert Jahre waren nötig, um dies Wunder zu vollbringen. Seien Sie sicher, daß keine Prinzessin am Hof etwas besitzt, das mit diesem Meisterwerk verglichen werden kann, denn es liegt unglücklicherweise in der menschlichen Natur, mehr für eine Pompadour als für eine tugendhafte Königin zu tun!"

„Nun gut, ich nehme ihn an," sagte lachend die Präsidentin, „Cécile, mein Engel, sorge doch mit Madeleine dafür, daß das Diner unseres Vetters würdig wird."

Die Präsidentin wollte die Rechnung ausgleichen. Die Anweisung, die sie allen Regeln des guten Geschmacks zum Trotz laut gab, glich so sehr einem Zuschuß der Bezahlung, daß Pons wie ein junges Mädchen errötete, das auf einem Fehler ertappt wird. Das Körnchen, das ihm da ins Herz rollte, war doch ein wenig zu groß. Cécile, die junge, rothaarige Person, die pedantisch genug die richterliche Steifheit des Präsidenten nachahmte und die Trockenheit ihrer Mutter im Blut fühlte, verschwand und ließ den armen Pons in den Händen der unangenehmen Frau.

☆

EINE DER TAUSEND DEMÜTIGUNGEN DIE EIN TELLERLECKER ERTRAGEN MUSS

„SIE IST SEHR LIEB, MEINE KLEINE LILI", sagte die Präsidentin, die immer noch die einst in der Kinderzeit gebrauchte Abkürzung des Namens Cécile benutzte.
„Reizend", erwiderte der alte Musiker und drehte seine Daumen.
„Ich verstehe die Zeit nicht, in der wir leben", fuhr die Präsidentin fort. „Was nützt es denn, einen Präsidenten des königlichen Gerichtshofs in Paris und Kommandeur der Ehrenlegion zum Vater zu haben und zum Großvater einen Abgeordneten, der Millionär ist und Pair von Frankreich sein wird, kurz, den reichsten aller Seidengroßhändler?"
Die Ergebenheit des Präsidenten für die neue Dynastie hatte ihm jüngst das Band eines Kommandeurs eingetragen, während ein paar Eifersüchtige diese Gunst seiner Freundschaft mit Popinot zuschrieben. Trotz seiner Bescheidenheit hatte der Minister, wie wir schon gesehen haben, sich zum

Grafen machen lassen. ‚Meinem Sohn zuliebe', erklärte er seinen zahlreichen Freunden.
„Man will heute nur Geld," erwiderte Vetter Pons, „man nimmt nur Rücksicht auf die Reichen und..."
„Was wäre geschehen," rief die Präsidentin, „wenn der Himmel mir meinen armen kleinen Karl gelassen hätte."
„Oh, mit zwei Kindern wären Sie arm", erwiderte der Vetter. „Das ist die Wirkung der Erbschaft zu gleichen Teilen; aber seien Sie unbesorgt, schöne Kusine, Cécile wird sich sicher verheiraten, ich sehe nirgends ein gleich vollkommenes junges Mädchen."
Soweit hatte Pons seinen Geist im Haus seiner Gastgeber verleugnet: er wiederholte ihre Gedanken und erläuterte sie ihnen auf die platteste Manier im Stil der antiken Chöre. Er wagte es nicht, sich der Originalität zu überlassen, die die Künstler auszeichnet und ihm in seiner Jugend zu einer Menge feiner Züge verholfen hatte – die Gewohnheit, sich auszulöschen, hatte sie verschüttet, und wenn sie wie vorhin wieder erschien, wurde sie zurückgewiesen.
„Aber ich habe mich mit nicht mehr als zwanzigtausend Franken Mitgift verheiratet..."
„Im Jahre 1819, Kusine," unterbrach sie Pons, „und es handelte sich um Sie, eine Frau von Verstand, ein junges Mädchen, das im Schutze König Ludwigs XVIII. stand!"
„Aber meine Tochter ist doch ein Engel an Vollkommenheit und Geist und voll Herz, sie bekommt hunderttausend Franken mit, ohne ihre Aussichten zu zählen, und dabei bleibt sie uns doch sitzen..."

Frau de Marville sprach seit zwanzig Minuten von ihrer Tochter und sich selbst, indem sie sich in den Klagen der Mütter erging, die heiratsfähige Töchter haben. Seit zwanzig Jahren speiste der alte Musiker bei seinem einzigen Vetter Camusot und hätte noch auf das erste Wort über seine eigenen Angelegenheiten, über sein Leben und seine Gesundheit warten können. Pons war übrigens überall eine Art Abflußröhre, in die alle vertraulichen Bemerkungen über die Familie geschüttet wurden; er bot die größte Sicherheit durch seine bekannte und nebenbei notwendige Verschwiegenheit, denn ein einziges unvorsichtiges Wort hätte ihm die Türen von zehn Häusern verschlossen; neben der Rolle des Zuhörers mußte er also auch die des ewigen Beifallspenders spielen; er lächelte zu allem, er klagte nie an, er verteidigte niemand, für ihn hatte alle Welt recht. Deshalb zählte er auch gar nicht als Mann, er war ein Magen!

Der kurze Sinn der langen Rede der Präsidentin war die vorsichtige Mitteilung, daß sie sich geneigt fühlte, für ihre Tochter beinahe blind jede Partie anzunehmen, die sich anbot. Sie ging soweit, einen Mann von achtundvierzig Jahren für eine gute Sache anzusehen, vorausgesetzt, daß er zwanzigtausend Franken Rente besaß.

„Cécile steht in ihrem dreiundzwanzigsten Jahr, und wenn das Unglück wollte, daß sie mit 25 oder 26 Jahren noch keinen Mann hat, wäre es außerordentlich schwierig, sie überhaupt zu verheiraten. Denn in diesem Fall fragt die Welt immer, warum eine junge Person so lange ledig geblieben ist. Man spricht in unserer Gesellschaft schon zuviel von der Lage. Wir haben die gewöhnlichen Gründe längst erschöpft: ‚Sie ist noch so jung – sie liebt ihre Eltern viel zu sehr, um sie zu verlassen – sie ist glücklich zu Hause – sie ist wählerisch, sie verlangt einen schönen Namen.' Wir werden lächerlich, ich merke es wohl. Außerdem ist Cécile des Wartens müde, sie leidet, die arme Kleine..."

„Und woran?" fragte Pons töricht.

„Aber", erwiderte die Mutter im Ton einer Duenna, „es demütigt sie, daß alle ihre Freundinnen vor ihr heiraten."

„Kusine, was hat sich denn geändert, seitdem ich zum letztenmal bei Ihnen aß, daß Sie an Leute von 48 Jahren denken?" sagte demütig der arme Musiker.

„Was sich geändert hat?" erwiderte die Präsidentin. „Wir sollten eine Begegnung bei einem Hofrat haben, dessen dreißigjähriger Sohn ein beträchtliches Vermögen besitzt und für den Herr de Marville gegen einen Griff in die Tasche eine Stelle als Referendar an der Rechnungskammer erhalten hätte. Der junge Mann wird dort als Überzähliger schon geführt. Und nun läßt man uns eben wissen, daß er die Tollheit beging, mit einer Herzogin vom Bal Mabille nach Italien zu reisen... Das ist eine verkleidete Zurückweisung. Man will uns den jungen Mann nicht geben, dessen Mutter tot ist, der schon über dreißigtausend Franken Rente verfügt und auf das Vermögen seines Vaters wartet. Darum müssen Sie auch unsere schlechte Laune verzeihen, lieber Vetter, Sie kamen mitten in die Krise."

In dem Augenblick, wo Pons eine jener beruhigenden Schmeicheleien suchte, die ihm bei Gastgebern, vor denen er Furcht hatte, immer zu spät einfielen, trat Madeleine ein, überreichte der Präsidentin ein Briefchen und wartete auf Antwort. Das Briefchen lautete: ‚Liebe Mama, wenn Du vorgibst, daß dieses Billett vom Vater aus der Sitzung kommt und uns auffordert, bei seinem Freund zu speisen, wo die Frage meiner Heirat wieder in Angriff genommen werden soll, würden wir den Vetter los und könnten unsere Pläne bei den Popinots ausführen.'

„Wen hat denn der Herr geschickt?" fragte die Präsidentin lebhaft.

„Einen Gerichtsdiener", erwiderte die vertrocknete Madeleine schamlos.

Durch diese Antwort verriet die alte Zofe ihrer Herrin, daß sie mit der ungeduldigen Cécile diese Verschwörung ausgeheckt hatte.

„Geben Sie zur Antwort, daß wir beide um halb sechs dort sein werden."

Als Madeleine gegangen war, sah die Präsidentin Pons mit jener falschen Anmut an, die auf eine fein empfindende Seele wie Essig und Milch zusammen auf die Zunge eines Feinschmeckers wirkt.

„Lieber Vetter, das Diner ist angeordnet, Sie werden es ohne uns essen, denn mein Mann schreibt mir aus dem Gericht, daß das Heiratsprojekt wieder mit dem Rat angeknüpft wird, und wir gehen zu Tisch hin ... Wir sind ja ohne alle Förmlichkeit. Tun Sie hier, als wenn Sie zu Hause wären. Sie sehen, wie offen ich mit Ihnen spreche, da wir kein Geheimnis voreinander haben ... Sie möchten doch gewiß nicht, daß die Heirat dieses kleinen Engels nicht zustande kommt."

„Ich, Kusine, der im Gegenteil am liebsten einen Gatten für sie fände? Aber in dem Kreis, in dem ich lebe ...“

„Ja, das ist nicht anzunehmen“, unterbrach ihn rücksichtslos die Präsidentin. „Sie bleiben also? Cécile wird Ihnen Gesellschaft leisten, während ich mich ankleide.“

„Kusine, ich kann anderswo essen“, sagte der Biedermann.

Die Art, wie die Präsidentin ihn seine Dürftigkeit fühlen ließ, verletzte ihn grausam, aber noch mehr erschreckte ihn die Aussicht, sich mit der Dienerschaft allein zu finden.

„Aber warum denn? Das Essen steht bereit, und die Diener würden es verzehren.“

Bei diesem schlimmen Satz fuhr Pons in die Höhe, als wenn die Entladung eines galvanischen Stromes ihn getroffen hätte, grüßte kalt seine Kusine und ging hinaus, um seinen Spenzer anzuziehen. Die Tür zu Céciles Schlafzimmer, das neben dem kleinen Salon lag, stand halb offen, so daß er im Spiegel vor sich das junge Mädchen erblicken konnte: von einem tollen Lachen ergriffen, machte sie ihrer Mutter durch Kopfbewegungen und Mienenspiel Zeichen, die dem alten Künstler verrieten, daß er das Opfer eines feigen Betruges war. Er drängte seine Tränen zurück, während er langsam die Treppe hinunterstieg: er sah sich aus diesem Haus vertrieben, ohne zu wissen warum.

„Ich bin jetzt zu alt,“ sagte er sich, „die Welt verabscheut Alter und Armut, zwei häßliche Dinge. Ohne Einladung will ich nirgends mehr hingehen.“

Heldenhaftes Wort...
Die Tür zur Küche, die im Erdgeschoß gegenüber der Pförtnerloge gelegen war, blieb häufig offen, wie in allen vom Eigentümer bewohnten Häusern, deren Einfahrt immer geschlossen ist: Pons konnte daher das Gelächter der Köchin und des Dieners hören, denen Madeleine den Streich erzählte, denn sie vermutete nicht, daß der Biedermann das Feld so rasch räumte. Der Diener billigte laut diesen Scherz, dessen Opfer ein ständiger Besucher des Hauses war, gab doch, wie er sagte, dieser nie ein Trinkgeld außer einen kleinen Taler zu Neujahr.
„Ja, aber, wenn er einschnappt und nicht mehr kommt," gab die Köchin zu bedenken, „so sind das immer drei Franken, die uns verloren gehn."
„Woher soll er es erfahren?" antwortete der Diener.
„Ach was," sagte Madeleine, „ein bißchen früher oder ein bißchen später, was macht das uns? Er langweilt die Herrschaften in den Häusern, wo er zu Tisch erscheint, derartig, daß man ihn überall hinauswerfen wird."
In diesem Augenblick rief der alte Musiker am Vorhang: „Bitte öffnen."
Seine Stimme zitterte vernehmbar, die Küche antwortete mit einem tiefen Schweigen.
„Er hat alles gehört", sagte der Diener.
„Um so schlimmer oder vielmehr um so besser," antwortete Madeleine, „das ist eine krepierte Ratte."
Der arme Mann, dem keine von den Reden in der Küche entgangen war, hörte noch dieses letzte Wort. Er kehrte über die Boulevards heim in dem-

selben Zustand, in dem sich etwa eine alte Frau nach einem erbitterten Kampf mit Mördern befinden mochte. Mit sich selbst sprechend, schritt er mit krampfhafter Schnelligkeit einher, die tödlich verletzte Ehre trieb ihn wie der Sturm einen Strohhalm. Zuletzt befand er sich gegen fünf Uhr auf dem Boulevard du Temple, ohne zu wissen, wie er dahin gekommen war; aber er fühlte, etwas ganz Außerordentliches, nicht den geringsten Hunger.

Um die Bestürzung zu verstehn, die die Rückkehr unseres Freundes zu dieser Stunde in seinem Haus hervorrief, werden die schon versprochenen Erklärungen über Frau Cibot hier notwendig.

✩

QUERSCHNITT DURCH EINEN PFÖRTNER (MÄNNLICH ODER WEIBLICH)

DIE RUE DE NORMANDIE IST EINE JENER Straßen, in denen man sich mitten in die Provinz versetzt glaubt: zwischen ihrem Pflaster wächst Gras, ein Fremder erregt Aufsehen, und alle Welt kennt sich. Die Häuser stammen aus der Zeit, als man, unter der Regierung Heinrichs IV., ein Viertel anlegte, in dem jede Gasse den Namen einer anderen Provinz erhielt, während im Mittelpunkt ein schöner Platz den Namen Frankreich selbst tragen sollte. Der Plan zum europäischen Viertel war die Wiederholung dieses Gedankens. Die Welt wiederholt sich in allem, sogar in Bauspekulationen.

Das Haus, in dem die beiden alten Musiker wohnten, ist ein altes Privathaus zwischen Hof und Garten; aber das Vorderstück mit der Straßenfront entstand im 17. Jahrhundert, als das Marais sich einer geradezu grenzenlosen Beliebtheit erfreute. Die beiden Freunde bewohnten den ganzen zweiten Stock des alten Teiles.

Dieses Doppelhaus gehörte Herrn Pillerault, einem Achtziger, der die Verwaltung dem Ehepaar Cibot überließ, das seit sechsundzwanzig Jahren den Pförtnerdienst versah. Da die Bezüge eines Pförtners im Marais nicht groß genug sind, um davon zu leben, auch nicht, wenn man, wie herkömmlich, auf die Livre einen Sou schlägt und von jeder Fuhre Holz sein Scheit beansprucht, so betrieb Cibot noch sein Privatgeschäft; er war wie so viele Pförtner Schneider. Mit der Zeit brauchte er nicht mehr für die Unternehmer in seinem Fach zu arbeiten, sondern hatte sich das Vertrauen der Kleinbürger seines Viertels in dem Maße gewonnen, daß er im Umkreis von drei Straßen ein allgemein anerkanntes Privileg auf alle Ausbesserungen und Auffrischungen besaß.

Die Pförtnerloge war geräumig und gesund, auch schloß sich eine Kammer daran. Daher galt der Cibotsche Haushalt als einer der glücklichsten unter den Herren Pförtnern des Viertels.

Cibot, ein kleiner, verkümmerter Mann mit gelber Gesichtsfarbe, saß den ganzen Tag wie ein Türke auf dem Tisch vor dem vergitterten Fenster, das auf die Straße ging, und in gleicher Höhe mit dieser. Er verdiente ungefähr vierzig Sous täglich durch sein Handwerk. Obwohl schon achtundfünfzig Jahre alt, arbeitete er noch – aber achtundfünfzig Jahre, das ist das schönste Alter für

einen Pförtner, sie sind mit ihrer Loge verwachsen, die Loge ist für sie das geworden, was die Schale für die Auster ist, und vor allem, sie sind „im Viertel bekannt“!
Frau Cibot, ehemals eine der schönsten Austernhändlerinnen, hatte ihren Stand beim „Cadran bleu“ aus Liebe zu Cibot aufgegeben, in ihrem achtundzwanzigsten Jahr und nach allen Abenteuern, die eine schöne Austernverkäuferin findet, ohne sie zu suchen. Die Schönheit der Frauen aus dem Volk dauert nicht lange, zumal wenn sie vor den Türen eines Restaurants Spalier sitzen. Die heißen Küchendämpfe treffen sie ins Gesicht und machen es hart; die Flaschenreste, die sie mit den Kellnern trinken, schwemmen die Haut auf, und keine Blume reift rascher als die einer schönen Austernverkäuferin.
Aber Frau Cibot hatte Glück, die legitime Ehe und das Pförtnerleben stellten sich früh genug ein, um sie zu erhalten; sie blieb etwas wie ein Rubenssches Modell, das eine männliche Schönheit bewahrte: ihre Nebenbuhlerinnen in der Rue de Normandie verleumdeten sie und nannten sie dicke Pute. Die Töne ihres Fleisches konnten sich mit den appetitreizenden Flächen der Butterhügel von Isigny vergleichen; und ungeachtet ihrer Wohlbeleibtheit entwickelte sie eine unvergleichliche Beweglichkeit bei allem, was sie tat.
Mutter Cibot erreichte das Alter, in dem diese Art Frauen genötigt wird, sich um ihren Bart zu kümmern. Heißt das nicht ohne weiteres, daß sie achtundvierzig Jahre zählte? Eine Pförtnerin mit Schnurrbart ist eine der größten Bürgschaften für Ordnung und Sicherheit, die ein Hauseigentümer

wünschen kann. Wenn Delacroix Mutter Cibot, stolz auf ihren Besen gelehnt, gesehen hätte, würde er eine Bellona aus ihr gemacht haben!

Um mit den Anklageschriften zu reden: die näheren Umstände der Ehegatten Cibot sollten eines Tages, seltsam genug, diejenigen der beiden Freunde beeinflussen; daher ist der auf Genauigkeit bedachte Geschichtsschreiber gezwungen, auf einige Einzelheiten der Loge einzugehn.

Das Haus brachte ungefähr achttausend Franken ein, denn es hatte im Vorderhaus je drei vollständige Wohnungen nach der Straße und nach dem Hof; das ehemalige Hotel zwischen Hof und Garten enthielt nochmals drei Wohnungen. Außerdem saß in einem Raum der Straßenseite ein Eisenhändler namens Rémonencq. Dieser Rémonencq war seit ein paar Monaten Altertumshändler geworden und kannte den Wert, der Pons in seinem Fach zukam, so gut, daß er ihn aus den Hintergründen seines Ladens grüßte, sooft der Musiker das Haus betrat oder verließ.

Der Sou vom Franken brachte dem Cibotschen Haushalt etwa vierhundert Franken ein, außerdem hatten sie Wohnung und Holz frei. Und da der Verdienst Cibots aus seinem Handwerk im Jahresmittel sieben- bis achthundert Franken ausmachte, so hatten die Ehegatten, ihre Trinkgelder zu Neujahr mitgerechnet, ein Einkommen von sechzehnhundert Franken, aßen sie aber buchstäblich auf, denn sie lebten besser, als sonst die Leute aus dem Volk leben. „Man lebt nur einmal!" pflegte die Cibot zu sagen. Wie man sieht, kannte sie den Katechismus nicht – sie war während der Revolution geboren.

Dank ihren Beziehungen zum „Cadran bleu“ hatte diese Pförtnerin mit dem Orangenauge und dem hochfahrenden Blick einige Küchenkenntnisse gewonnen, die ihren Gatten zum Gegenstand des Neides aller seiner Kollegen machten. Aber an der Schwelle des Alters mußten die Cibots feststellen, daß sie keine hundert Franken gespart hatten. Gut gekleidet, gut genährt, genossen sie übrigens im Viertel ein Ansehn, das der Lohn für sechsundzwanzig Jahre strikter Rechtlichkeit war. Wenn sie nichts besaßen, so schuldeten sie auch nichts. Beide stolz auf dieses Leben ohne Geheimnisse, auf die Achtung von sechs oder sieben Straßen und die Selbständigkeit, die ihnen der Eigentümer in allen Fragen der Verwaltung ließ, seufzten sie doch unter vier Augen über den Mangel an Renten. Cibot klagte über Schmerzen in den Händen und Beinen, und Frau Cibot jammerte darüber, daß ihr armer Cibot in seinem Alter noch gezwungen war, zu arbeiten. Es kommt immer der Tag, wo nach dreißig Jahren eines solchen Lebens ein Hauswart die Regierung der Ungerechtigkeit beschuldigt und verlangt, daß man ihm die Ehrenlegion gibt. Sooft die Gevatterinnen des Viertels von dieser oder jener Dienerin berichteten, die nach acht oder zehn Jahren Dienst in einem Testament mit einer Lebensrente von drei-, vierhundert Franken bedacht worden war, ging durch alle Pförtnerslogen ein Klagen, das einen Begriff von der Eifersucht geben kann, die in Paris unter den niederen Berufen wütet.

„Ja, das passiert uns niemals, daß wir bedacht werden! Wir haben nur Pech! Dabei sind wir nützlicher als die Dienstboten. Wir sind Ver-

trauensleute, wir ziehn das Geld ein, bewachen das Korn und werden nicht besser und nicht schlechter als Hunde behandelt, weiß Gott!"
„Der eine hat Glück, der andere hat Unglück", sagte Cibot, mit einem Rock in der Hand.
„Wenn ich Cibot in seiner Loge gelassen und einen Platz als Köchin angenommen hätte, wären uns jetzt dreißigtausend Franken in guten Papieren sicher," erklärte Mutter Cibot ihrer Nachbarin, die Hände auf ihre dicken Hüften gestemmt, „ich habe es falsch angefangen. Worauf kommt es denn an? Ein warmes Nest zu haben und nichts zu entbehren."
Als im Jahre 1836 die beiden Freunde den zweiten Stock des ehemaligen Privathotels mieteten, veranlaßten sie eine Art Revolution in der Cibotschen Wirtschaft, nämlich folgendermaßen: Schmucke hatte so gut wie sein Freund Pons die Gewohnheit, seine Wohnung von den Pförtnern oder Pförtnerinnen besorgen zu lassen. Die beiden Musiker waren also beim Einzug in die Rue de Normandie derselben Meinung und verständigten sich mit Frau Cibot, die ihre Zugehefrau wurde, um fünfundzwanzig Franken monatlich, zwölf Franken fünfzig für jeden.
Nach Verlauf eines Jahres herrschte die ehemalige Austernhändlerin über die beiden Junggesellen, wie sie über das Haus des Herrn Pillerault, des Großonkels der Frau Gräfin Popinot, herrschte; die Angelegenheiten der beiden, die sie „meine zwei Herren" zu nennen pflegte, wurden ihre eigenen.
Als sie herausgefunden hatte, daß die beiden Nußknacker mild wie Hämmel, leicht zu behandeln,

gar nicht mißtrauisch, kurz, wahre Kinder waren, trieb das Herz der Frau aus dem Volke sie, jene in ihren Schutz zu nehmen, sie anzubeten, ihnen mit einer so echten Hingabe zu dienen, daß sie ihnen manchmal eine Predigt hielt, sie im übrigen aber vor all den zahllosen Betrügereien schützte, die in Paris die Wirtschaftskosten so verteuern. Für fünfundzwanzig Franken im Monat hatten die Junggesellen, ohne es zu wollen oder auch nur zu ahnen, eine Mutter erworben.
Als sie den ganzen Wert der Frau Cibot erkannten, überschütteten sie sie mit Lob, Dankesbezeugungen und kleinen Angebinden, wodurch die Bande dieser häuslichen Freundschaft noch fester wurden. Mutter Cibot wollte tausendmal lieber nach ihrem Wert geschätzt als bezahlt sein – eine Erwägung, die, wie bekannt, zuletzt auch immer der Bezahlung zugute kommt. Cibot selbst führte die Besorgungen aus und ebenso die Ausbesserungen der Garderobe, alles zu halbem Preis, und tat alles, um den beiden Herren seiner Frau zu Diensten zu sein.
Im zweiten Jahr trat ein neuer Umstand ein, der die engen Beziehungen zwischen dem zweiten Stock und der Loge förderte. Schmucke traf mit Frau Cibot ein Abkommen, das seiner Trägheit und seinem Wunsch, sich um nichts zu kümmern zu brauchen, entgegenkam. Gegen dreißig Sous täglich oder fünfundvierzig Franken monatlich übernimmt es Frau Cibot, Schmucke Frühstück und Mittagessen zu liefern. Pons, der das Frühstück seines Freundes sehr zufriedenstellend fand, schloß einen gleichen Handel zu achtzehn Franken betreffend sein Frühstück.

Dieses System der Nahrungslieferung, das die Einnahmen der Loge um etwa neunzig Franken monatlich vermehrte, machte aus den beiden Mietern unverletzliche Wesen, Engel, Götter. Es ist sehr zweifelhaft, daß der König der Franzosen, der sich darauf versteht, bedient wird, wie nunmehr die beiden Nußknacker. Für sie floß die Milch unvermischt aus der Kanne, sie lasen kostenlos die Zeitungen des ersten und dritten Stocks, deren Inhaber spät aufstanden und denen man im Notfall gesagt hätte, daß die Blätter ausgeblieben seien. Frau Cibot hielt im übrigen Wohnung, Kleider, Stiege, alles im Zustand einer holländischen Sauberkeit. Schmucke war so glücklich, wie er nie zu hoffen gewagt hatte: Mutter Cibot machte ihm das Leben leicht; er gab ungefähr sechs Franken im Monat für die Wäsche, die sie besorgte, wie für die Ausbesserungen. Seine Ausgabe für Tabak betrug fünfzehn Franken monatlich. Diese drei Posten bildeten einen monatlichen Gesamtbetrag von sechsundsechzig Franken, die mit zwölf multipliziert siebenhundertzweiundneunzig Franken ergaben. Man füge zweihundertzwanzig Franken für Miete und Abgaben hinzu, und man kommt auf zwölfhundert Franken. Cibot bekleidete Schmucke, und der mittlere Betrag für diese Leistung belief sich auf hundertfünfzig Franken.

Dieser tiefe Philosoph lebte also mit zwölfhundert Franken im Jahr. Wie viele heute in Europa, deren einziger Gedanke darauf gerichtet ist, in Paris zu leben, werden angenehm überrascht sein zu hören, daß man da mit zwölfhundert Franken Einkommen glücklich sein kann: Rue de Normandie, im Marais, unter den Fittichen einer Mutter Cibot!

Mutter Cibot also war starr, als sie den guten Pons um fünf Uhr abends heimkommen sah. Nicht nur hatte dieses Ereignis noch nie stattgefunden, sondern „ihr Herr" sah sie nicht einmal, grüßte sie nicht.

„Cibot," sagte sie zu ihrem Mann, „Herr Pons ist entweder Millionär oder verrückt geworden!"

„Hat ganz den Anschein", erwiderte Cibot und ließ einen Ärmel des Rockes fallen, an dem er arbeitete.

✩

EIN LEBENDES BEISPIEL FÜR DIE FABEL VON DEN BEIDEN TAUBEN

ALS PONS MECHANISCH SEINE WOHNUNG betrat, hatte Frau Cibot gerade Schmuckes Mahl zubereitet. Es bestand in einem gewissen Ragout, das den ganzen Hof mit seinem Geruch erfüllte: Reste gekochten Rindfleisches, wie man sie beim Höker in der Garküche erstand, waren mit feingeschnittenen Zwiebeln solange in Butter gedünstet worden, bis Fleisch und Zwiebel die Butter aufgesaugt hatten und dieses echte Pförtnergericht das Aussehen eines Bratens erhielt. Cibot teilte sich mit Schmucke in das liebevoll zubereitete Gericht, das, zusammen mit einer Flasche Bier und einem Stück Käse, dem alten deutschen Musiklehrer genügte.

Und man darf überzeugt sein, daß König Salomo in seinem Glanz nicht besser als Schmucke aß. Bald dieses gedünstete Zwiebelfleisch, bald die

Reste eines gebratenen Huhns, bald ein Petersiliengericht und Fisch mit einer von der Cibot erfundenen Soße, in der eine Mutter ihr Kind verzehrt hätte, ohne es zu merken, bald Wild, dessen Qualität und Quantität davon abhing, was die Boulevardrestaurants dem Garkoch in der Rue Boucherat verkauften – das war die gewöhnliche Kost Schmuckes, der ohne ein Wort zu verlieren mit allem zufrieden war, was ihm „die gute Frau Cibot" hinsetzte. Und von Tag zu Tag gelang es der guten Frau Cibot besser, an dem Gericht zu sparen, so daß sie es jetzt für zwanzig Sou herstellen konnte.

„Ich werde ja jetzt hören, was ihm passiert ist, dem braven armen Herrn," sagte sie zu ihrem Mann, „das Essen ist fertig."

Sie deckte die irdene Schüssel mit einem gewöhnlichen Porzellanteller zu, und trotz ihres Alters erreichte sie die Wohnung der beiden Freunde in dem Augenblick, als Schmucke Pons die Tür öffnete.

„Was hast du, mein armer Freund?" fragte der Deutsche, durch das Aussehen des Musikers erschreckt.

„Du sollst alles hören, aber ich will mit dir essen."

„Essen, essen!" rief Schmucke entzückt aus, „aber das ist ja unmöglich", fügte er hinzu, indem er an die feinschmeckerischen Gewohnheiten des anderen dachte.

Der alte Deutsche bemerkte jetzt Frau Cibot, die auf Grund ihres Rechtes als legitime Wirtschafterin zuhörte. Er hatte einen jener Einfälle, die nur den Herzen eines wahren Freundes entspringen können, trat auf die Pförtnerin zu und zog sie auf die Stiege:

„Frau Cibot, dieser gute Pons liebt die guten Sachen; gehen Sie zum ‚Cadran bleu' und lassen Sie sich ein kleines feines Diner geben: Sardellen, Makkaroni, kurz, ein Lucullusmahl!"

„Was für ein Mahl?" fragte die Cibot.

„Also: Kalbfleisch nach Hausmannsart, ein guter Fisch, eine Flasche Bordeaux und das Beste, was es an Leckerbissen gibt, z. B. Reisauflauf mit geräuchertem Speck! Zahlen Sie alles, sagen Sie nichts, ich gebe Ihnen das ganze Geld morgen früh zurück."

Schmucke ging wieder hinein und rieb sich freudig die Hände; aber sein Gesicht nahm allmählich den Ausdruck schmerzlichen Erstaunens an, als er von dem Kummer vernahm, der über seinen Freund hereingestürzt war.

Er suchte Pons zu trösten, indem er ihm die Welt von seinem Standpunkt aus schilderte. Paris war ein unaufhörlicher Wirbelsturm, der Männer und Frauen wie ein rasender Tanz mit sich riß, und man mußte nichts von der Welt verlangen, die nur aufs Äußere sieht und gar nicht aufs Innere. Er erzählte zum hundertstenmal, wie die drei einzigen Schülerinnen, die er geliebt hatte, die ihn selbst hochhielten, für die er sein Leben gab und von denen er sogar eine kleine Pension von neunhundert Franken bezog, zu der jede ihren Teil von dreihundert Franken beisteuerte – wie diese Schülerinnen von Jahr zu Jahr ihn mehr vergaßen, ihn nicht mehr besuchten und von dem Strudel des Pariser Lebens derart mitgerissen wurden, daß sie in den drei letzten Jah-

ren keine Zeit fanden, um ihn zu empfangen, so oft er sich bei ihnen meldete (es muß gesagt werden, daß Schmucke sich bei diesen großen Damen früh um zehn Uhr melden ließ), die Raten seiner Pension wurden beim Notar eingezahlt.
„Und trotzdem, es sind Goldherzen," meinte er, „meine drei Sankt Cäcilien, reizende Frauen, Frau de Portendière, Frau de Vandenesse, Frau du Tillet. Ich sehe sie in den Champs-Elysées, ohne daß sie mich sehen ... und sie lieben mich sehr, und ich könnte mich an ihren Tisch setzen, und sie wären es sehr zufrieden. Ich kann sie auf dem Land besuchen, aber ich bin viel lieber mit meinem Freund Pons, weil ich ihn sehen kann, so oft ich will, und jeden einzelnen Tag."
Pons nahm des Freundes Hand in seine Hände und preßte sie mit einer Innigkeit, die seine ganze Seele verriet, und so verharrten sie ein paar Augenblicke, gleich Liebenden, die sich nach langer Trennung wiedersehen.
„Iß alle Tage hier", fuhr Schmucke fort, der innerlich die Härte der Präsidentin segnete; „wir wollen gemeinsam deine Sammlung pflegen und der Teufel soll unsren Haushalt in Ruhe lassen."
Ein heroisches Wort, das über die Sammlung. Schmucke war von der gröbsten Unwissenheit in allem, was die Leidenschaft seines Freundes anging. Seine ganze Liebe war nötig, um ihn daran zu hindern, daß er in dem Salon und dem Kabinett, die er Pons für sein Museum abgetreten hatte, nichts zerbrach. Ganz Musiker, Komponist, schaute er den kleinen Torheiten seines Freundes etwa so zu, wie ein Fisch, der eine Einladung erhalten hat, eine Blumenausstellung im Luxem-

bourg anschauen würde. Er respektierte die Kostbarkeiten, weil er sah, mit welcher Vorsicht Pons sie beim Abstauben behandelte. Auf die Rufe der Bewunderung, die sein Freund ausstieß, antwortete er mit einem: „Ja, sehr hübsch“, wie eine Mutter mit unbestimmten Worten auf das Lallen ihres Kindes antwortet. Seitdem die beiden Freunde zusammenlebten, hatte Pons nicht weniger als siebenmal eine Uhr umgetauscht, und zwar immer zu seinem Vorteil. Pons besaß jetzt die großartigsten Boulleuhren, Ebenholz mit Kupfereinlagen und mit Schnitzereien geschmückt, wie es der ersten Manier Boulles entsprach.

Boulle hat zwei Manieren gehabt, wie Raffael drei In der Zeit der ersten verwandte er Kupfer und Ebenholz zusammen, während er in der Zeit der zweiten Manier gegen seine Überzeugung dem Schildpatt opferte; er hat Wunder vollbracht, um seine Nebenbuhler, die Erfinder dieser Arbeitsweise, niederzuringen.

Ungeachtet der gelehrten Unterweisungen seines Freundes merkte Schmucke nicht den geringsten Unterschied zwischen der prächtigen Uhr aus der ersten Zeit Boulles und den sechs anderen. Weil aber das Glück des guten Pons an diesem „Brimborium“ hing, widmete ihm Schmucke noch mehr Sorgfalt als Pons selbst. Es ist daher nicht verwunderlich, daß das erhabene Wort Schmuckes die Macht besaß, den verzweifelten Pons zu beruhigen, denn die Bemerkung des braven Deutschen wollte sagen: ich beteilige mich an deinen Anschaffungen, wenn du bereit bist, hier zu essen.

„Meine Herren, es ist angerichtet“, meldete mit erstaunlicher Sicherheit Frau Cibot.

Die Überraschung, mit der Pons das Mahl erblickte und kostete, das er der Freundschaft Schmuckes verdankte, wird leicht verständlich, wenn man bedenkt, daß sie selten im Leben vorkommt und nicht davon abhängt, daß zwei Menschen sich in ihrer gegenseitigen Ergebenheit fortwährend versichern: du hast an mir dein zweites Ich (denn daran gewöhnt man sich), sondern einem Vergleich entspringt: zwischen der Lieblosigkeit des Lebens draußen und dem liebevollen Glück solcher Handlungen drinnen im engen Winkel. Das Leben draußen ist es, das unaufhörlich zwei Freunde oder zwei Liebende von neuem aneinander bindet, wenn nur zwei große Seelen sich in Liebe oder Freundschaft vermählt haben. Darum trocknete auch Pons zwei dicke Tränen und Schmucke wurde seinerseits veranlaßt, sich die feuchten Augen zu wischen. Sie sagten sich nichts, aber sie liebten sich noch heißer und nickten einander kleine Ermunterungen zu, die wohltätig die Schmerzen linderten, an denen Pons nach dem herzlosen Benehmen der Präsidentin litt. Schmucke rieb sich die Hände, bis beinahe die Haut abgegangen wäre, hatte er doch einen jener Gedanken gehabt, die einen Deutschen nur im Augenblick des Entstehens erstaunen, wenn sie seinem vor den souveränen Fürsten erstarrten Hirn entspringen.

„Mein guter Pons ...“ sagte Schmucke [1].

---

[1] Im französischen Text wird die Originalität des guten Schmucke dadurch vermehrt, daß er eine fürchterliche Aussprache hat, alle „weichen“ Konsonanten kommen hart heraus und umgekehrt; z. B. sagt er Bons und Ssippo. Das läßt sich natürlich nicht übersetzen, ebensowenig wie übrigens die Merkwürdigkeiten der Sprache der Mutter Cibot. D. Ü.

„Ich errate, was du willst: daß wir jeden Tag zusammen essen."

„Ich wollte reich genug sein, um dir jeden Tag so etwas vorzusetzen", antwortete melancholisch der gute Deutsche.

Frau Cibot, der Pons von Zeit zu Zeit Freikarten für die Boulevardtheater mitbrachte, was ihn in ihrem Herzen auf denselben Platz wie ihren Kostgänger Schmucke hob, machte nun folgenden Vorschlag:

„Für drei Franken, ohne den Wein, kann ich täglich für Sie beide ein Mittagessen liefern, um sich die Finger danach zu lecken."

„Alles was wahr ist," bestätigte Schmucke, „mit dem, was mir Frau Cibot kocht, esse ich besser als die Leute, die an den Fleischtöpfen des Königs sitzen."

In seiner freudigen Erwartung ging der ehrerbietige Deutsche so weit, die Unehrerbietigkeit der kleinen Blätter nachzuahmen und die Verköstigung an der königlichen Tafel zu verleumden.

„Wirklich?" sagte Pons, „nun gut, morgen wollen wir den Versuch beginnen!"

Bei dieser Zusage sprang Schmucke von einem Ende des Tisches zum anderen, wobei er Tuch, Schüsseln, Flaschen mitriß, und packte Pons in einer Umarmung, die der Heftigkeit entsprach, mit der ein Gas sich eines anderen Gases bemächtigte, für das es chemische Verwandtschaft fühlt.

„Was für ein Glück," rief er.

„Herr Pons wird jeden Tag hier speisen!" sagte stolz und gerührt Frau Cibot.

Ohne den Vorfall zu kennen, dem sie die Erfüllung ihres Traumes verdankte, stieg die treff-

liche Mutter Cibot in ihre Loge hinab und trat in sie ein, wie Josefa im „Wilhelm Tell“ eintritt. Sie setzte Schüsseln und Teller klirrend hin und rief:
„Cibot, hol' zwei Täßchen türkischen Kaffee und sage dem Koch, daß es für mich ist!“
Darauf setzte sie sich, legte die Hände auf ihre mächtigen Knie, schaute aus dem Fenster auf die gegenüberliegende Mauer und sagte:
„Heute abend gehe ich zur Fontaine.“
Die Fontaine war die Kartenlegerin aller Köchinnen, Stubenmädchen, Lakaien, Pförtner usw. des Marais.
„Seitdem die beiden Herren bei uns sind, haben wir zweitausend Franken auf die Sparkasse getragen. In acht Jahren, das heißt Glück haben! Soll man nicht auch an Herrn Pons' Diner verdienen und ihn ans Haus fesseln? Mutter Fontaines Huhn wird darüber Bescheid wissen.“
Da sie keine Erben weder um Schmucke noch um Pons sah, schmeichelte sich seit etwa drei Jahren Frau Cibot mit der Vorstellung, daß im Testament der Herren eine Zeile sie bedenken werde, und verdoppelte ihren Eifer, seitdem dieser begierige Gedanke in ihrem bis dahin so rechtschaffenen Schnurrbart gekeimt war. Dadurch, daß er täglich in der Stadt aß, war Pons der vollständigen Unterwerfung entgangen, auf die die Pförtnerin für ihre Herren sann. Das Nomadenleben des alten Troubadours und Sammlers störte bis dahin die unklaren Gedanken an eine Verführung, die durch das Hirn der Mutter Cibot flatterten und sich von dieser denkwürdigen Mahlzeit an zu einem fürchterlichen Plan verdichteten.

Eine Viertelstunde später erschien Frau Cibot von neuem im Eßzimmer, bewaffnet mit zwei Tassen ausgezeichneten Kaffees zwischen zwei Gläschen Kirschwasser.

„Kluge Frau Cibot!" rief Schmucke, „sie hat mich erraten."

Infolge einiger klagender Bemerkungen des Tellerleckers, die Schmucke mit denselben Schmeicheleien niederschlug, die in der Fabel die gezähmte Taube für ihre wilde Taube fand, gingen die Freunde zusammen aus. Schmucke wollte Pons in der Lage, in die ihn das Benehmen der Herrinnen und der Leute im Hause Camusot versetzt hatte, nicht verlassen. Er kannte Pons und wußte, daß die trostlosesten Überlegungen ihn mitten im Orchester auf seinem Kapellmeisterstuhl überfallen und die gute Wirkung seiner Rückkehr ins Nest zerstören konnten.

Als Schmucke gegen Mitternacht Pons in die Wohnung zurückführte, hielt er ihn untergefaßt; und wie ein Liebender für seine Angebetete tut, machte er Pons auf die Stellen aufmerksam, wo der Bürgersteig endigte oder wieder begann; er unterrichtete ihn, wenn eine Rinne kam; er hätte gewünscht, daß das Pflaster aus Baumwolle bestand, der Himmel blau war und Pons gleich ihm die Musik der Engel vernahm. Hatte er doch den letzten Winkel erobert, der in diesem Herzen noch nicht sein gewesen war!

Etwa drei Monate lang speiste Pons Tag für Tag mit Schmucke. Zuerst mußte er monatlich achtzig Franken von den Einkünften für seine Sammlung abziehen, denn er brauchte ungefähr fünfunddreißig Franken für Wein zu den fünfund-

vierzig Franken, die das Essen kostete. Dann vermißte, ungeachtet der Sorgfalt und der deutschen Späße Schmuckes, der alte Künstler die sorgfältigen Gerichte, die Gläschen Likör, den guten Kaffee, das Geschwätz, die falschen Höflichkeiten, die Tischgenossen und die boshaften Unterhaltungen der Häuser, in denen er gespeist hatte. Man bricht nicht auf der Neige des Lebens mit einer Gewohnheit von sechsunddreißig Jahren. Ein Stückfaß zu hundertdreißig Franken liefert in das Glas eines Feinschmeckers einen wenig vornehmen Wein; daher erinnerte sich Pons auch, so oft er sein Glas an die Lippen führte, mit tausend bitteren Schmerzen an die ausgezeichneten Weine seiner Gastgeber.
Nach Ablauf von drei Monaten hatten sich die grausamen Verletzungen, an denen sein empfindsames Herz fast verblutet wäre, geschlossen, und er dachte nur noch an die Annehmlichkeiten der Gesellschaft – wie ein alter Frauenliebhaber eine Geliebte entbehrt, die er wegen ihrer Untreue verlassen hatte.
Obwohl er die tiefe Schwermut, die ihn verzehrte, zu verbergen trachtete, machte der alte Musiker doch ganz den Eindruck eines Mannes, den eine jener unerklärlichen Erkrankungen überfallen hat, deren Ursprung im Seelischen liegt. Um das Heimweh nach einer alten Gewohnheit zu erklären, genügt es, auf eines der tausend Nichts hinzuweisen, die ähnlich den Maschen eines Panzerhemds die Seele in ein Eisennetz pressen. Eine der lebhaftesten Freuden seines früheren Lebens, einer der Genüsse des Tellerleckers überhaupt war die Überraschung, die Antwort der Magennerven

auf die Extraschüssel, mit der in den bürgerlichen Häusern der Genußsüchtigkeit geopfert wird, wenn die Herrin ihrem Gastmahl den Nimbus eines Festes geben will.

Diese Magenweide fehlte also Pons, Frau Cibot teilte ihm stolz den Speisezettel immer vorher mit. Die Erwartung auf das Pikante spielte keine Rolle mehr in seinem Leben, sein Wohl verlief ohne die Aussicht auf das, was im Haushalt unserer Vorfahren die bedeckte Schüssel genannt worden war. Schmucke konnte das nicht verstehn.

Pons war zu feinfühlig, um sich zu beklagen, und wenn es noch etwas Traurigeres gibt als das verkannte Genie, ist es der unverstandene Magen. Das Herz, dessen Liebe zurückgestoßen wird, dieses mißbrauchte Drama, beruht auf einem falschen Bedürfnis; denn wenn das Geschöpf uns verläßt, kann man den Schöpfer lieben, er hat uns Schätze zu spenden. Aber der Magen...! Nichts läßt sich mit seinen Leiden vergleichen; denn vor allem leben!

Pons trauerte gewissen Cremespeisen nach, wahren Gedichten, gewissen weißen Soßen, Meisterwerken, gewissen getrüffelten Geflügelpasteten, Schöpfungen der Liebe, und mehr als allem anderen den berühmten Rheinkarpfen, die es nur in Paris und mit welchen Gewürzen gibt! An manchen Tagen rief Pons: „O Sophie", und dann dachte er an die Köchin des Grafen Popinot. Ein Vorübergehender hätte bei diesem Ausruf gewiß geglaubt, der Biedermann denke an eine Geliebte – aber es handelte sich um etwas, das seltener ist, einen fetten Karpfen und eine Soße, die in der Schüssel klar, auf der Zunge dick ist, eine Soße, die den Mon-

tyonpreis verdient hätte! Die Erinnerung an diese längst gegessenen Gänge bewirkte also, daß der Kapellmeister bedeutend abfiel, ein gastrisches Heimweh verzehrte ihn.
Zu Anfang des vierten Monats, gegen Ende Januar 1845, hielt es der junge Flötenbläser für nötig, Schmucke über den Zustand des Kapellmeisters, über den man sich im Theater unterhielt, aufzuklären. Der junge Mann hieß, wie fast alle Deutschen, Wilhelm, und dazu, um sich von allen anderen Wilhelms zu unterscheiden, Schwab, was ihn noch nicht von allen Schwabs unterschied. Es war am Tag einer Erstaufführung, an dem die Instrumente, die der alte deutsche Meister spielte, zu tun hatten.
„Es geht mit dem guten Mann abwärts, etwas ist bei ihm nicht in Ordnung, die Augen sehen trübe aus, es strengt ihn an, die Arme zu bewegen", sagte Wilhelm Schwab und wies auf Pons, der mit einer Leichenbittermiene zu seinem Pult stieg.
„Das ist immer so mit sechzig Jahren", antwortete Schmucke.
Ähnlich jener Mutter in den „Chroniken der Canongate", die ihren Sohn totschießen läßt, weil sie ihn vierundzwanzig Stunden länger genießen will, war Schmucke fähig, Pons dem Vergnügen, ihn täglich am gleichen Tisch zu sehen, aufzuopfern.
„Jedermann im Theater ist in Unruhe, und die erste Tänzerin, Fräulein Heloise Brisetout, hat recht: er macht schon beinahe kein Geräusch mehr, wenn er sich schneuzt."
Man muß wissen, daß der alte Musiker ein Waldhorn zu blasen schien, wenn er sich schneuzte,

so laut tönte seine lange, hohle Nase im Taschentuch. Dieser Lärm war der Anlaß zu immer wiederkehrenden Klagen der Präsidentin.
„Ich würde alles geben, um ihn zu zerstreuen,“ sagte Schmucke, „er langweilt sich.“
„Wirklich,“ meinte Wilhelm Schwab, „Herr Pons scheint mir ein uns armen Teufeln so überlegenes Wesen zu sein, daß ich nicht wagte, ihn zu meiner Hochzeit einzuladen. Ich heirate...“
„Und wie?“ fragte Schmucke.
„Oh, sehr anständig“, antwortete Wilhelm, der in der merkwürdigen Frage Schmuckes einen Spott fand, dessen dieser vollkommene Christ unfähig war.
„Vorwärts, meine Herren, an die Plätze“, sagte Pons, der nach seiner kleinen Armee spähte, nachdem er die Klingel des Leiters gehört hatte.
Man spielte die Ouvertüre der Teufelsbraut, eines Zauberstücks, das es zu zweihundert Aufführungen brachte. Im ersten Zwischenakt blieben Wilhelm und Schmucke allein im Orchesterraum. Die Temperatur des Saales betrug zweiunddreißig Grad Réaumur.
„Erzählen Sie mir doch Ihre Geschichte“, forderte Schmucke Wilhelm auf.
„Sehen Sie dort in der Loge den jungen Mann...? Erkennen Sie ihn?“
„Ganz und gar nicht.“
„Weil er gelbe Handschuhe trägt und in allen Strahlen der Wohlhabenheit schillert; aber es ist mein guter Freund Fritz Brunner aus Frankfurt am Main...“
„Derselbe, der sonst ins Orchester kam, um die Stücke anzusehen, er stand bei Ihnen?“

„Derselbe. Nicht wahr, man sollte an eine solche Verwandlung nicht glauben?"

Dieser Held der versprochenen Geschichte war einer jener Deutschen, deren Gesicht zugleich den düsteren Spott des Goetheschen Mephistopheles und die Biederkeit der Romane August Lafontaines friedlichen Gedenkens aufweist; List und Naivität, die Steifheit des Geschäftsmanns und die überlegene Lässigkeit eines Mitglieds des Jockeiklubs; aber vor allem den Überdruß, der die Pistole in die Hand Werthers drückt, der weit mehr der deutschen Fürsten als Charlottens müde war. In der Tat eine typische deutsche Gestalt: viel judenmäßige Gerissenheit und viel Unkompliziertheit; stumpfer Sinn und rascher Mut; ein Wissen, das der Langeweile günstig ist, eine Erfahrung, die bei der geringsten Kinderei ihren Wert verliert; Mißbrauch von Bier und Tabak; aber, um alle diese Gegensätze auf eine gewisse Höhe zu heben, ein teuflischer Funke in den schönen müden blauen Augen.

Mit der Eleganz eines Bankiers gekleidet, bot Fritz Brunner den Blicken des ganzen Saales ein kahles Haupt von tizianischen Farben; auf beiden Seiten lockten sich die paar hochblonden Haare, die Ausschweifung und Armut ihm gelassen hatten, damit er am Tag seiner finanziellen Gesundung das Recht ausüben konnte, einen Coiffeur in Anspruch zu nehmen.

Sein Gesicht, das einstmals schön und frisch wie das des Malerchristus gewesen war, hatte scharfe Töne angenommen, die durch einen roten Schnurrbart und einen gelben Backenbart beinahe ins Düstere gesteigert wurden. Das reine Blau der

Augen war in seinem Kampf mit der Sorge verblaßt. Und schließlich hatten die tausend Schändlichkeiten des nächtlichen Paris die Lider und Ränder der Augen gezeichnet, in denen einst eine Mutter verzückt das Spiegelbild ihrer eigenen suchte. Dieser vorreife Philosoph, dieser junge Greis war das Werk einer Stiefmutter.
Hier beginnt die seltsame Geschichte eines verlorenen Sohnes aus Frankfurt am Main, die außerordentlichste und bizarrste, die je in dieser ehrbaren aber zentral gelegenen Stadt vorgefallen ist.

☆

MAN SIEHT, DASS DIE VERLORENEN SÖHNE ALS BANKIERS UND MILLIONÄRE ENDIGEN, WENN SIE AUS FRANKFURT AM MAIN SIND

HERR GIDEON BRUNNER, DER VATER DIESES Fritz, eines der berühmtesten Mitglieder der Gilde der Frankfurter Hotelwirte, die im Einverständnis mit den Bankiers gesetzlich geschützte Eingriffe an den Börsen der Reisenden vornehmen, hatte, obwohl Calvinist, eine getaufte Jüdin geheiratet, deren Mitgift er die Grundlagen seines Vermögens verdankte. Diese Jüdin starb, als Fritz zwölf Jahre alt war. Der Vater und ein Onkel mütterlicherseits, der Pelzhändler in Leipzig und Chef des Hauses Virlaz & Companie war, teilten sich in die Vormundschaft.
Dieser Onkel, der nicht so weich wie seine Pelze war, zwang den Vater Brunner, das Vermögen des jungen Fritz, ohne es anzurühren, in vielen Mark beim Bankhaus Al. Sarschild anzulegen. Um sich

für diese israelitische Forderung zu rächen, verheiratete sich der Vater Brunner wieder, indem er vorschützte, daß er seine ungeheure Herberge nicht ohne Auge und Arm einer Frau lassen könne. Er wählte die Tochter eines anderen Gastwirts, in der er eine Perle sah; aber er hatte nicht gewußt, was eine einzige, von Vater und Mutter verzogene Tochter ist.

Die zweite Frau Brunner wurde, was die jungen Deutschen sind, wenn sie zu den bösen und leichtfertigen Frauen gehören. Sie verschleuderte das Geld und rächte die erste Frau Brunner, indem sie ihrem Gatten das unglücklichste Heim schuf, das es auf dem Gebiet der freien Stadt Frankfurt gab, wo, wie man sagt, die Millionäre ein Gesetz vorbereiten, das den Frauen befehlen wird, ausschließlich ihre Männer zu kosen. Diese Deutsche liebte die unterschiedlichen Essigsorten, die bei den Deutschen gemeinhin Rheinwein heißen; sie liebte die Pariser Artikel; sie liebte aufs Pferd zu steigen; sie liebte den Aufwand, und die einzig kostspielige Sache, die sie nicht liebte, waren die Frauen.

Sie faßte eine Abneigung gegen den kleinen Fritz und würde ihn verrückt gemacht haben, wenn dieses junge Produkt aus Calvin und Moses nicht Frankfurt zur Wiege und das Haus Virlaz in Leipzig zum Vormund gehabt hätte; indessen, Onkel Virlaz, der ganz in seinen Pelzen aufging, wachte nur über die Mark auf der Bank und lieferte das Kind an die Stiefmutter aus.

Diese Hyäne wütete um so mehr gegen den Engel, der der Sohn der schönen Frau Brunner war, als sie ungeachtet ihrer einer Lokomotive würdigen

Anstrengungen selber keine Kinder bekam. Sie verfiel auf den teuflischen Gedanken, den jungen Fritz von seinem einundzwanzigsten Jahr an auf undeutsche Verschwendungen zu stoßen. Sie hoffte, die englischen Pferde, die rheinischen Weine und die Gretchen Goethes würden das Kind der Jüdin und sein Vermögen aufzehren; denn Onkel Virlaz hatte dem jungen Fritz ein schönes Erbe übergeben, als dieser mündig geworden war.
Aber wenn auch das Roulette der Bäder und die Freunde des Weins, unter denen sich Wilhelm Schwab befand, dem Virlazschen Kapital ein Ende machten, blieb doch der verlorene Sohn übrig, um nach dem Geheiß des Herren den jüngeren Söhnen der Stadt Frankfurt als Beispiel zu dienen; alle Familien benutzen ihn als Vogelscheuche für ihre Kinder, die weise und erschrocken in ihren mit Eisen und Bankkonto doppelt gesicherten Kontoren sitzen.
Statt in der Blüte der Jahre zu sterben, hatte Fritz Brunner das Vergnügen, seine Stiefmutter in einem jener reizenden Friedhöfe begraben zu können, auf denen die Deutschen unter dem Vorwand der Totenverehrung sich ihrer zügellosen Leidenschaft für die Gartenkunst überlassen. Die zweite Frau Brunner starb also vor ihren Eltern, und der alte Brunner war des Geldes ledig, das sie aus seinen Koffern und Kasten gezogen hatte, und auch aller Mühsale, die er auf sich genommen, derart, daß dieser Mann von herkulischer Natur mit siebenundsechzig Jahren eingeschrumpft war, als hätte er das berühmte Gift der Borgia geschluckt. Daß er nach zehn Jahren des Duldens seine Frau nicht beerben konnte, machte aus die-

sem Gastwirt eine zweite Heidelberger Ruine, die allerdings immer wieder durch die Rechnungen ausgebessert wurde, die er den Reisenden schrieb – ganz wie man das Heidelberger Schloß ausbessert, um den Eifer der Fremden zu erhalten, die herbeiströmen, um die schöne, wohlunterhaltene Ruine anzusehen.
In Frankfurt sprach man von der Geschichte Brunners wie von einem Bankerott, man zeigte mit dem Finger auf ihn und sagte:
„Soweit kann einer mit einer schlechten Frau, die er nicht beerbt, und einem französisch erzogenen Sohn kommen!"
In Italien und Deutschland sind die Franzosen an allem Unglück schuld, die Zielscheibe für jeden Vorwurf; aber „der Gott, der seinem Laufe folgt..." (der Rest wie in der Ode Lefrancs de Pompignan).
Der Zorn des Eigentümers des „Grandhotel Holländischer Hof" fiel nicht allein auf die Reisenden, die es an ihren Rechnungen merkten. Als sein Sohn zugrunde gerichtet war, verweigerte Gideon, der ihn als die indirekte Ursache seines ganzen Elends ansah, Brot und Wasser, Salz und Feuer, Wohnung und Pfeife! Was in Deutschland bei einem Vater, der zugleich von Beruf beherbergt, den äußersten Grad der Verfluchung bedeutet.
Die Behörden des Landes, die sich nicht um das ursprüngliche Unrecht des Vaters kümmerten und in ihm einen der gebeugtesten Männer Frankfurts sahen, kamen ihm zu Hilfe: sie verbannten Fritz aus dem Gebiet der freien Stadt, indem sie einen Prozeß vom Zaun brachen. Die Justiz ist in

Frankfurt weder menschlicher noch weiser als anderswo.
Selten folgt ein Richter dem Lauf des Verbrechens und Unglücks so weit rückwärts, daß er feststellen könnte, wer den Krug hielt, aus dem der erste dünne Wasserstrahl sprang, der dann zum reißenden Fluß anschwoll. Wenn Brunner seinen Sohn vergaß, vergaßen die Freunde des Sohns den Hotelwirt.
Diese Geschichte hätte man den im Theater Versammelten vorspielen müssen, wo die Journalisten, die Salonlöwen und einige Pariserinnen sich fragten, woher die tief tragische Figur dieses Deutschen stammte, der im eleganten Paris am Abend einer Premiere allein in einer Loge auftauchte: es hätte ein besseres Stück gegeben als die Zauberposse Die Teufelsbraut, obwohl es die zweihunderttausendste Aufführung des erhabenen Gleichnisses gewesen wäre, das dreitausend Jahre vor Christus in Mesopotamien gespielt worden ist.
Fritz ging zu Fuß nach Straßburg und traf dort das, was der verlorene Sohn der Bibel im Land der Heiligen Schrift nicht gefunden hat. Darin offenbart sich die Überlegenheit des Elsaß, wo soviel großmütige Herzen schlagen, um Deutschland die schöne Möglichkeit einer Vereinigung französischen Geistes mit germanischer Gründlichkeit vorzuführen. Wilhelm hatte vor wenigen Tagen seine Eltern beerbt und besaß nun hunderttausend Franken. Er öffnete seine Arme Fritz, er öffnete ihm sein Herz, er öffnete ihm sein Haus, er öffnete ihm seine Börse.
Den Augenblick beschreiben, wo Fritz, verstaubt, unglücklich und sozusagen aussätzig auf der an-

deren Seite des Rheins ein wirkliches Zwanzigfrankstück in der Hand eines wirklichen Freundes fand, hieße eine Ode beginnen wollen, und Pindar allein könnte sie auf Griechisch der Menschheit schenken, auf daß die absterbende Freundschaft zu neuem Leben erwache. Man stelle die Namen Fritz und Wilhelm neben Damon und Pythias, Kastor und Pollux, Orestes und Pylades, Dubreuil und Pmejah, Schmucke und Pons und alle Phantasienamen, die wir den beiden Freunden des Monomotapa geben, denn Lafontaine hat, als genialer Mensch, der er war, körperlose, unwirkliche Erscheinungen aus ihnen gemacht; man kann die zwei neuen Namen mit um so größerem Recht mit allen diesen Berühmtheiten zusammenbringen, als Wilhelm sein Erbe in Gesellschaft Fritzens aufaß, wie Fritz das seinige mit Wilhelm vertrunken hatte – aber wohlverstanden, indem sie dabei jede erdenkliche Tabaksorte rauchten!
Die Freunde brachten dieses Erbe, seltsamer Einfall, in den Wirtshäusern Straßburgs durch, auf die sinnloseste, gewöhnlichste Weise mit Statistinnen vom Stadttheater und mit Elsässerinnen, denen von ihrem kleinen Besen sozusagen nur der Stumpf übriggeblieben war. Und jeden Morgen versicherten sie einander:
„Wir müssen doch ein Ende machen, einen Entschluß fassen, etwas mit dem, was uns noch bleibt, beginnen!"
„Ach was, heute nicht mehr," antwortete Fritz, „aber morgen ... ja morgen."
Im Leben der Verschwender ist Heute ein ganz großer Geck, aber Morgen ein großer Feigling, der sich vor dem Mut seines Vorgängers entsetzt.

Heute ist der Prahlhans der alten Komödie und Morgen Hanswurst der Hüpfer. Als ihnen nur noch ein Tausendfrankenschein blieb, nahmen die beiden Plätze bei der sogenannten Königlichen Post und fuhren nach Paris, wo sie in der höchsten Mansarde des Hotel zum Rhein in der Rue du Mail abstiegen; der Inhaber war Graff, der ehemalige Oberkellner Gideon Brunners. Fritz trat mit einem Gehalt von sechshundert Franken als Kommis ins Bankgeschäft der Gebrüder Keller ein, wohin Graff ihn empfohlen hatte. Graff ist der Bruder des berühmten Schneiders Graff.

Der Schneider nahm Wilhelm als Buchhalter auf. Graff verschaffte den beiden verlorenen Söhnen diese bescheidenen Plätze in Erinnerung an seine Lehrjahre im „Holländischen Hof".

Diese beiden Tatsachen: ein zugrunde gerichteter Freund, der von einem reichen Freund anerkannt wird, und ein deutscher Wirt, der sich zweier mittelloser Landsleute annimmt, werden einige Leser glauben machen, diese Erzählung sei ein Roman, aber alles, was wirklich geschieht, gleicht um so mehr der Fabel, als die Fabel in unseren Zeiten unerhörte Anstrengungen macht, um der Wirklichkeit zu gleichen.

Fritz, der Kommis mit sechshundert Franken Jahresgehalt, und Wilhelm, der Buchhalter mit denselben Einkünften, merkten, wie schwer es sich in einer so verbuhlten Stadt wie Paris leben läßt. Im zweiten Jahr ihres Aufenthalts, es war 1837, trat daher Wilhelm, der ein hübsches Talent fürs Flötenspiel besaß, in das von Pons dirigierte Orchester ein, um manchmal Butter auf sein Brot streichen zu können. Was Fritz betraf, so konnte er sich einen Zuschuß nur dadurch verschaffen, daß er sich auf die finanzielle Begabung eines Sprosses der Virlaz besann. Trotz seiner Hartnäckigkeit und vielleicht wegen seiner Talente brachte der Frankfurter es erst 1843 zu zweitausend Franken.

Das Elend, diese göttliche Stiefmutter, bewirkte, was die Mütter der jungen Leute nicht hatten bewirken können: es lehrte sie die Sparsamkeit, die Welt und das Leben kennen, es gab ihnen die echte, die starke Erziehung, die sie mit Peitschenhieben den großen Männern beibringt, die alle in ihrer Kindheit unglücklich waren. Fritz und Wilhelm, die zu den ziemlich gewöhnlichen Menschen gehörten, begriffen nicht alle Lehren des Elends, verteidigten sich gegen seine Angriffe, fanden seine Brust hart, seine Arme fleischlos und zogen aus ihm nicht heimlich die gute Fee Urgèle, die dem Werben der Berufenen nachgibt. Immerhin lernten sie den ganzen Wert des Besitzes kennen und nahmen sich vor, Fortuna die Flügel zu stutzen, wenn ja sie noch einmal an ihre Tür klopfen sollte.

„Also, Papa Schmucke; alles erklärt sich mit einem Wort," sagte Wilhelm, der diese Geschichte dem Klavierspieler umständlich auf Deutsch erzählte, „Brunners Vater ist gestorben. Er war, ohne daß sein Sohn oder Herr Graff, bei dem wir wohnen, davon etwas wußten, einer der Gründer der badischen Eisenbahnen, an denen er ungeheuer verdient hat, und hinterließ vier Millionen! Ich spiele heute abend zum letztenmal Flöte. Wenn es nicht eine Premiere wäre, hätte ich mich schon seit ein paar Tagen nicht mehr sehen lassen, aber ich wollte niemand im Stich lassen."

„Das ist ausgezeichnet, junger Mann," antwortete Schmucke, „aber wen heiraten Sie?"
„Fräulein Emilie, die Tochter unseres Wirtes, des Besitzers des Hotel zum Rhein. Ich liebe sie seit sieben Jahren; sie hat so viele unmoralische Romane gelesen, daß sie alle Partien mir zuliebe ausschlug, ohne zu wissen, was daraus werden sollte. Die junge Dame wird sehr reich sein, sie ist die einzige Erbin der Graff, der Schneider aus der Rue de Richelieu. Fritz gibt mir fünfmal das, was wir zusammen in Straßburg durchbrachten, fünfhunderttausend Franken...! Er steckt eine Million in ein Bankhaus, an dem Herr Graff, der Schneider, sich ebenfalls mit fünfhunderttausend Franken beteiligt; der Vater meiner Braut erlaubt mir, darin die Mitgift anzulegen, die sich auf eine Viertelmillion beläuft, und er gibt uns als stiller Teilhaber ebensoviel. Das Haus Brunner, Schwab & Cie wird also zwei eine halbe Million Kapital haben, Fritz hat soeben für anderthalb Millionen Aktien der Banque de France gekauft, um dort unser Konto zu garantieren. Das ist nicht sein ganzes Vermögen, es bleiben ihm noch die Häuser seines Vaters in Frankfurt, die auf eine Million geschätzt werden, und er hat den „Holländischen Hof" schon an einen Vetter der Graff vermietet."
„Sie sehen Ihren Freund traurig an," bemerkte Schmucke, der Wilhelm aufmerksam zugehört hatte, „sollten Sie eifersüchtig auf ihn sein?"
„Ich denke in Sorge an Fritz", antwortete Wilhelm. „Sieht so ein zufriedener Mensch aus? Ich fürchte Paris für ihn, ich möchte, daß er denselben Entschluß faßt wie ich. Der alte Dämon kann sich wieder in ihm regen. Von uns beiden

ist nicht er der gesetztere. Dieser Schnitt, diese Lorgnette, das alles beunruhigt mich. Er hat nur für die Loretten im Theater einen Blick. Wenn Sie wüßten, wie schwierig es ist, Fritz zu verheiraten! Er hat einen Abscheu vor dem, was man in Frankreich den Hof machen nennt; und man müßte ihn in die Familie stoßen, wie man in England einen Menschen in die Ewigkeit stößt."

Während des Lärms, der dem Ende aller Uraufführungen eigentümlich ist, brachte der Flötenspieler bei seinem Kapellmeister seine Einladung vor. Pons nahm freudig an. Schmucke bemerkte zum erstenmal seit drei Monaten ein Lächeln auf dem Gesicht seines Freundes; in tiefem Schweigen führte er ihn in die Rue de Normandie zurück, hatte er doch an jener aufblitzenden Freude die Tiefe des Übels, das Pons verzehrte, erkannt. Daß ein so edler, so uneigennütziger, so gefühlsstarker Mann einer solchen Schwäche erliegen konnte ... das war es, was der Stoiker Schmucke nicht begriff. Er wurde entsetzlich traurig, er erkannte, daß es galt, darauf zu verzichten, seinen lieben Pons jeden Tag am Tisch neben sich sitzen zu sehen – um des Glückes seines Freundes willen; und er wußte nicht, ob er das Opfer bringen konnte: der Gedanke machte ihn verrückt.

Das stolze Schweigen, das Pons bewahrte, seitdem er sich auf den Aventin der Rue de Normandie geflüchtet hatte, war notwendig der Präsidentin aufgefallen, aber sie machte sich, froh, des Schmarotzers ledig zu sein, wenig Sorgen darum; sie dachte mit ihrer reizenden Tochter, der Vetter habe den Scherz ihrer kleinen Lilli verstanden; anders der Präsident.

Der Präsident Camusot de Marville, ein kleiner dicker Mann, war seit seiner Berufung an den Pariser Gerichtshof feierlich geworden; er bewunderte Cicero, zog die Komische Oper den Italienern vor, verglich die Schauspieler untereinander, folgte der Menge Schritt um Schritt, wiederholte, als seien sie von ihm geschrieben, alle Artikel des ministeriellen Organs, und bei der Abstimmung variierte er die Gedanken das Rates, der vor ihm geredet hatte. Dieser Beamte, dessen Charakter in den Grundzügen bekannt war, wurde durch seine Stellung gezwungen, alles ernst zu nehmen: ganz besonders hielt er auf die Familienbande.

Wie die Mehrzahl der Ehemänner, die völlig in den Händen ihrer Frauen sind, trug der Präsident in den kleinen Dingen eine Unabhängigkeit zur Schau, der die Präsidentin kein Hindernis in den Weg legte. Nachdem er sich einen Monat lang bei den banalen Gründen beruhigt hatte, mit denen seine Gattin das Verschwinden des guten Pons erklärte, fand er es zuletzt doch seltsam, daß der alte Musiker, seit vierzig Jahren Freund des Hauses, nicht mehr kam, nachdem er ein so beträchtliches Geschenk wie den Fächer der Frau de Pompadour gemacht hatte.

Der Fächer, den der Graf Popinot als ein Meisterwerk erkannte, trug der Präsidentin, und zwar in den Tuilerien, wo man sich das Kleinod von Hand zu Hand reichte, Komplimente ein, die ihrer Eigenliebe außerordentlich schmeichelten; man setzte ihr im einzelnen die Schönheiten der zehn

Elfenbeinrippen auseinander, deren jede Schnitzereien von unerhörter Feinheit aufwies. Eine Russin (die Russen glauben sich immer in Rußland zu befinden) bot der Präsidentin beim Grafen Popinot sechstausend Franken für diesen außerordentlichen Fächer, wobei sie darüber lächelte, ihn in solchen Händen zu sehen, denn es war ein Fächer für eine Herzogin, man kann es nicht leugnen.

„Ich muß es dem armen Vetter lassen, daß er sich in diesen kleinen Torheiten gut auskennt", sagte tags nach diesem Angebot Cécile zu ihrem Vater.

„Kleine Torheiten!" rief der Präsident aus, „aber der Staat ist gerade im Begriff, für dreihunderttausend Franken die Sammlung des verstorbenen Rats Du Sommerard anzukaufen und zugleich mit der Stadt Paris fast eine Million auszugeben, um das Hotel de Cluny zu kaufen und auszubessern, nur damit diese kleinen Torheiten darin aufbewahrt werden... Diese kleinen Torheiten, mein liebes Kind, sind oft die einzigen Beweisstücke, die von verschwundenen Kulturen auf uns kommen. Ein etruskischer Topf, ein Halsband, von denen der eine manchmal vierzig-, das andere fünfzigtausend Franken kostet, sind kleine Torheiten, die uns die Vollkommenheit der Kunst zur Zeit des Trojanischen Krieges enthüllen und beweisen, daß die Etrusker nach Italien geflüchtete Trojaner waren!"

In dieser Art scherzte der dicke kleine Präsident: er verschmähte bei seiner Frau und Tochter derbe Ironien nicht.

„Die Summe der Kenntnisse, Cécile, die diese kleinen Torheiten erfordern," fuhr er fort, „ist eine Wissenschaft, die sich Archäologie nennt. Die Archäologie umfaßt die Baukunst, die Bildhauerei, die Malerei, die Arbeit der Goldschmiede, der Töpfer, der Kunsttischler, die angeblich so modern sind, die Spitzen, Teppiche und alle anderen menschlichen Schöpfungen."

„Vetter Pons ist danach ein Gelehrter?" fragte Cécile.

„Und ob! Warum sieht man ihn nicht mehr?" forschte der Präsident mit der Miene eines Menschen, der spürt, daß ihm tausend vergessene Dinge einfallen.

„Er wird wegen eines Nichts verschnupft sein," antwortete die Präsidentin; „vielleicht zeigte ich mich nicht so empfänglich, wie ich es bei seinem Geschenk hätte sein sollen. Ich bin, wie du weißt, recht unerfahren ..."

„Du, eine der besten Schülerinnen Servins, kennst Watteau nicht!"

„Ich kenne David, Gérard, Gros und Girodet und Guérin, und Herrn de Forbin, und Herrn Turpin de Crissé ..."

„Du hättest ..."

„Was hätte ich?" fragte die Präsidentin und sah ihren Gatten mit der Miene einer Königin von Saba an.

„... wissen müssen, wer Watteau ist, meine Teure, er ist sehr in Mode", erwiderte der Präsident mit einer Demut, die seine ganze Abhängigkeit verriet.

Diese Unterhaltung fand einige Tage vor der Uraufführung der Teufelsbraut statt, bei der das ganze Orchester über das krankhafte Aussehen des Kapellmeisters tuschelte. Aber auch die Leute, die gewöhnt waren, Pons an ihrem Tisch zu sehen und ihn als Boten zu benutzen, hatten alle nach ihm gefragt, und so verbreitete sich in dem Kreis, in dem der Biedermann sich bewegte, eine Unruhe, die um so größer war, als mehrere Personen ihn auf seinem Posten im Theater sahen. Trotz der Sorgfalt, mit der Pons bei seinen Spaziergängen allen alten Bekannten auswich, falls er jemand traf, fand er sich doch eines Tages Nase an Nase mit dem ehemaligen Minister, dem Grafen Popinot, im Laden Monistrols, eines der berühmten und kühnen Händler des neuen Boulevard de Beaumarchais, von dem Pons früher der Präsidentin gesprochen hatte und dessen abgefeimte Begeisterung dazu beiträgt, daß Altertümer von Tag zu Tag teurer werden, angeblich weil sich keine mehr auffinden lassen.

„Mein lieber Pons, warum sieht man Sie nicht mehr? Sie fehlen uns sehr, und meine Frau weiß nicht, was sie von dieser Untreue denken soll."

„Herr Graf," antwortete der Biedermann, „man hat mir in einem Hause, bei einem Verwandten, zu verstehen gegeben, daß jemand mit meinem Alter in der Welt zuviel ist. Man hat mich nie mit großer Rücksicht empfangen, mich aber wenigstens noch nicht beleidigt. Ich habe nie etwas von jemand verlangt," fügte er mit dem Stolz des Künstlers hinzu, „für einige Höflichkeiten, die man mir erwies, suchte ich mich manchmal denen nützlich zu machen, die mich empfingen; aber es scheint, daß ich mich getäuscht habe und zoll- und fronpflichtig bin für die Ehre, bei meinen Freunden, meinen Verwandten speisen zu dürfen... Also reichte ich meinen Abschied als

Schmarotzer ein. Bei mir finde ich jeden Tag, was keine Gasttafel mir geboten hat, einen wahren Freund!"

Diese Worte, in denen die Kränkung des alten Künstlers nachzitterte und die durch seine Bewegungen und seinen Ton unterstützt wurden, machten einen so starken Eindruck auf den Pair von Frankreich, daß er den würdigen Musiker zur Seite nahm.

„Mein alter Freund, was ist Ihnen zugestoßen? Können Sie mir nicht anvertrauen, wodurch Sie sich so getroffen fühlen? Sie werden mir doch zugestehen, daß Sie bei mir jede Rücksicht gefunden haben..."

„Sie sind die einzige Ausnahme, die ich mache", sagte der Biedermann. „Außerdem sind Sie ein großer Herr, ein Staatsmann, und Ihre Sorgen würden im Notfall alles entschuldigen."

Popinot hatte durch Menschen und Dinge eine große diplomatische Geschicklichkeit erworben, der Pons nicht widerstehen konnte: er erzählte schließlich, welche schlechte Aufnahme er im Haus des Präsidenten de Marville gefunden hatte. Popinot eignete sich die Klagen des Opfers so lebhaft an, daß er sofort zu Hause seiner Frau davon sprach, und diese, die ein ausgezeichnetes und würdiges Herz hatte, machte der Präsidentin Vorstellungen, sobald sie sie traf.

Der alte Minister hatte seinerseits über diesen Punkt einige Worte beim Präsidenten unterlaufen lassen; so gab es eine Familienauseinandersetzung bei den Camusot de Marville. Obwohl Camusot nicht genug Herr und Meister in seinem Hause war, erwiesen sich seine Vorstellungen doch so sehr auf Recht und Tatsache gestellt, wie er als Jurist sagte, daß seine Frau und seine Tochter sie nicht bestreiten konnten. Sie demütigten sich beide und schoben die Schuld auf die Dienstboten. Zur Rede gestellt und heruntergemacht, erhielten diese ihre Verzeihung nur nach einem vollständigen Geständnis, das dem Präsidenten bewies, wie sehr Vetter Pons im Recht war, wenn er zu Hause blieb.

Wie alle Hausherren, die unter dem Pantoffel stehen, entfaltete der Präsident seine ganze eheliche und richterliche Majestät, als er den Leuten erklärte, daß sie davongejagt würden und damit alle Vorteile verlören, auf die sie sich vielleicht angesichts ihrer langen Dienstzeit Hoffnung machten, wenn in Zukunft nicht sein Vetter Pons und überhaupt jeder, der ihm die Ehre seines Besuches erwiese, genau so behandelt werden sollten wie er selbst. Dieser Ausspruch entlockte Madeleine ein Lächeln.

„Es gibt nur einen Ausweg für euch," schloß der Präsident, „meinen Vetter dadurch milde zu stimmen, daß ihr euch bei ihm entschuldigt. Geht zu ihm und laßt ihn wissen, daß es ganz von ihm abhängt, ob ihr hierbleibt, denn ich entlasse euch alle, wenn er euch nicht verzeiht."

☆

PONS BRINGT DER PRÄSIDENTIN EIN GESCHENK, DAS ETWAS WERTVOLLER ALS EIN FÄCHER IST

AM NÄCHSTEN TAG VERLIESS DER PRÄSIDENT ziemlich früh das Haus, um vor der Sitzung seinem Vetter einen Besuch zu machen. Die Anmeldung des Herrn Präsidenten de Marville durch Frau Cibot wurde ein Ereignis. Pons, dem diese Ehre zum erstenmal in seinem Leben widerfuhr, fühlte eine Aussöhnung nahen.

„Mein lieber Vetter," begann der Präsident nach den herkömmlichen Komplimenten, „es ist mir schließlich gelungen, den Grund Ihrer Zurückgezogenheit zu erfahren. Ihr Verhalten vermehrt, wenn das möglich wäre, noch meine Achtung für Sie. Lassen Sie mich darüber nur ein Wort sagen. Meine Dienstboten sind alle entlassen. Meine Frau und meine Tochter sind verzweifelt, sie wollen Sie sehen, um sich vor Ihnen zu erklären. Bei dem allem gibt es einen Unschuldigen, lieber Vetter, und das ist ein alter Richter; lassen Sie ihn nicht büßen für den Mißgriff eines unbesonnenen Mädchens, das bei den Popinot speisen wollte, zumal wenn ich Frieden heischend zu Ihnen komme und anerkenne, daß alles Unrecht auf unsrer Seite ist... Eine Freundschaft von sechsunddreißig Jahren hat, selbst wenn sie beleidigt worden ist, gewiß noch Anspruch auf Nachsicht. Ich bitte Sie, unterzeichnen Sie den Friedensschluß, indem Sie heute abend zu uns zu Tisch kommen..."

Pons stolperte über eine verwirrte Antwort und erwiderte zuletzt seinem Vetter, daß er an diesem Abend dem Verlobungsessen eines Musikers aus

seinem Orchester beiwohnte, der die Flöte an den Nagel hing, um Bankier zu werden.
„Dann morgen abend."
„Vetter, zu morgen hat mir die Frau Gräfin Popinot eine derartig liebenswürdige Einladung geschickt..."
„Also übermorgen", meinte der Präsident.
„Übermorgen erwidert der Gesellschafter meiner ersten Flöte, ein Deutscher namens Brunner, die Höflichkeit des jungen Paares..."
„Ein Beweis, wie gesucht Sie als Gesellschafter sind", sagte der Präsident. „Wie ist es mit nächsten Sonntag?"
„Da speisen wir bei einem Herrn Graff, dem Schwiegervater der Flöte."
„Bleibt nur Samstag! Bis dahin werden Sie Zeit gehabt haben, ein kleines Mädchen zu beruhigen, das über seinen Fehler schon Tränen vergossen hat. Gott verlangt nur Reue; werden Sie strenger als der ewige Vater gegen die arme kleine Cécile sein?"
Pons, der sich an seiner schwachen Seite genommen fühlte, rettete sich in die äußerste Höflichkeit und geleitete den Präsidenten bis zur Stiege. Eine Stunde später meldeten sich die Leute des Präsidenten bei dem Biedermann; sie benahmen sich, wie Dienstboten sind, feig und schmeichlerisch: sie weinten! Madeleine zog Herrn Pons zur Seite und warf sich entschlossen ihm zu Füßen.
„Ich bin die Hauptschuldige," sagte sie unter Tränen, „und Herr Pons weiß, daß ich ihn liebe. Ich wollte mich rächen, der Herr wird es verstehen. Wir verlieren unsre Leibrente... Herr

Pons, ich war von Sinnen, und ich ertrüge es nicht, wenn meine Kameraden durch mich zu Schaden kämen ... Ich sehe ein, daß es mir nicht bestimmt ist, Ihre Lebensgefährtin zu sein, aber ich liebe Sie immer. Zehn Jahre lang habe ich nur an das Glück gedacht, Ihr Glück auszumachen und alles hier treu zu besorgen. Es wäre so schön gewesen ... Oh, wenn Herr Pons wüßte, wie ich ihn liebe! Aber er muß es ja bei allen meinen Schlechtigkeiten bemerkt haben. Wenn ich morgen stürbe, was würde sich finden? Ein Testament zu Ihren Gunsten .... ja, Herr Pons, in meinem Koffer, unter meinen Schmucksachen!"

Indem sie diese Saite spielte, gewährte sie dem alten Junggesellen den Genuß seiner Eigenliebe, auf den eine geschickte Frau immer rechnen kann, auch wenn sie mißfällt. Er verzieh also großmütig Madeleine, nahm alle anderen in Gnaden auf und versprach, mit seiner Kusine zu sprechen, damit jedermann bei ihr blieb. Er stellte mit unaussprechlichem Vergnügen fest, daß seine gewohnten Freuden ihn wieder erwarteten, ohne daß er sie durch Feigheit erkauft hatte. Die Welt war zu ihm gekommen, die Würde seines Charakters gewann dabei; aber als er seinen Triumph Schmucke auseinandersetzte, ergriff es ihn schmerzlich, daß der Freund traurig wurde und eine Menge Zweifel offenbar unterdrückte.

Gleichwohl atmete der gute Deutsche beim Anblick der plötzlichen Veränderung im Ausdruck seines Gefährten auf, freute sich mit ihm und brachte das Glück, fast vier Monate lang Pons ungeteilt besessen zu haben, zum Opfer.

Die seelischen Krankheiten haben einen ungeheuren Vorteil vor den körperlichen: sie heilen augenblicklich, sobald das Verlangen, dem sie entsprungen sind, erfüllt wird. Pons war an diesem Morgen nicht mehr derselbe Mann. Der niedergedrückte, sterbensmatte Greis machte dem befriedigten Pons Platz, der damals der Präsidentin den Fächer der Pompadour gebracht hatte. Schmucke überließ sich tiefsinnigen Vermutungen über dieses Ereignis, ohne es zu verstehen, denn der wahre Stoizismus wird sich nie das französische Schranzentum erklären können.

Pons war ein echter Franzose des Kaiserreichs, die Galanterie des letzten Jahrhunderts verband sich in ihm mit jener Hingabe an die Frau, die in den Romanzen des Aufbruchs nach dem fernen Syrien so gefeiert wurde. Schmucke begrub seinen Herzenskummer unter den Blumen seiner deutschen Philosophie; aber in acht Tagen wurde er gelb, und Frau Cibot mußte eine List gebrauchen, um dem Arzt, an den man sich im Viertel wandte, Zutritt bei Schmucke zu verschaffen. Dieser Arzt fürchtete Gelbsucht, gebrauchte aber ein lateinisches Wort, das Frau Cibot nicht schlecht in die Glieder fuhr!

Zum erstenmal vielleicht gingen die beiden Freunde gemeinsam zu einer Einladung; aber für Schmucke war dieser Abend zugleich ein Ausflug nach Deutschland: Johann Graff, der Besitzer des Hotels zum Rhein, und seine Tochter Emilie, Wolfgang Graff, der Schneider, und seine Frau, Fritz Brunner und Wilhelm Schwab, alle waren Deutsche, Pons und der Notar die einzigen Franzosen, die zum Festmahl geladen worden waren.

Die Schneider, die in der Rue de Richelieu,

zwischen der Rue Neuve-des-Petits-Champs und der Rue de Villedo ein prachtvolles Privathotel besaßen, hatten ihre Nichte erzogen; deren Vater fürchtete mit Recht die Berührung mit Leuten aller Art, die in einem Hotel aus und ein gehen. Die würdigen Schneider, die das Kind wie ihre eigene Tochter liebten, räumten jetzt ihr Erdgeschoß dem jungen Paar ein. Dort sollte auch das Bankhaus Brunner, Schwab & Cie seine Schalter öffnen.

Diese Anordnung lag einen Monat zurück, Brunner hatte inzwischen Zeit gehabt, die an ihn gefallene Erbschaft anzutreten, und so war dank diesem Urheber der ganzen Glückseligkeit die Wohnung der künftigen Gatten, ohne zu sparen, neu hergerichtet und von dem berühmten Schneider möbliert worden. Die Räume der Bank befanden sich in dem Flügel, der ein prachtvolles Zinshaus an der Straßenfront mit dem alten, zwischen Hof und Garten gelegenen Hotel verband.

Während sie von der Rue de Normandie zur Rue de Richelieu gingen, vernahm Pons von dem zerstreuten Schmucke die Einzelheiten dieser neuen Abwandlung der Geschichte vom verlorenen Sohn, für den der dicke Frankfurter Wirt rechtzeitig gestorben war. Pons, der nun mit seinen nächsten Verwandten neu ausgesöhnt war, geriet alsbald auf den Gedanken, Fritz Brunner mit Cécile de Marville zu verheiraten. Der Zufall wollte, daß der Notar der Brüder Graff der Schwiegersohn und Nachfolger Cardots war; bei diesem, dem ehemaligen zweiten Erstgehilfen des Bureaus, hatte Pons oft gespeist.

„Wie, Sie sind es, Herr Berthier", sagte der alte Musiker und streckte seinem Exgastgeber die Hand entgegen.
„Und weshalb machen Sie uns nicht mehr das Vergnügen, sich an unserem Tisch zu zeigen?" fragte der Notar, „meine Frau beunruhigte sich Ihretwegen; wir sahen Sie bei der Uraufführung der Teufelsbraut, und unsere Unruhe wurde Neugierde."
„Ein Greis ist empfindlich," erwiderte der Biedermann, „er hat das Unrecht, einem rückständigen Jahrhundert anzugehören; aber was ist da zu machen? ... es genügt, eines zu vertreten, und er kann nicht zu dem gehören, das ihn sterben sieht."
„Nun, nun," meinte der Notar geistreich, „man fährt nicht mit zwei Jahrhunderten."
„Etwas anderes," entgegnete der Biedermann und zog den jungen Notar in eine Ecke, „warum verheiraten Sie nicht meine Kusine Cécile de Marville?"
„Warum? Weil in diesem Jahrhundert, wo der Luxus bis in die Pförtnerlogen gedrungen ist, die jungen Leute zögern, ihr Los an das der Tochter eines Präsidenten am Königlichen Gerichtshof in Paris zu knüpfen, wenn man ihr nicht mehr als hunderttausend Franken Mitgift aussetzt. Die Frau ist noch unbekannt, die ihren Mann nur dreitausend Franken im Jahr kostet, versteht sich in der Gesellschaftsklasse, der der künftige Gatte des Fräuleins de Marville angehören muß. Die Zinsen einer solchen Mitgift könnten also kaum die Toilettenausgaben der jungen Frau bestreiten. Ein Junggeselle mit fünfzehn- bis zwanzigtausend

Franken Rente wohnt in einem hübschen Entresol, die Welt verlangt keinerlei Aufwand von ihm, er kann sich mit einem einzigen Diener begnügen und alle Einkünfte an sein Vergnügen wenden, er hat keinen Schein zu wahren, den ihm nicht sein Schneider abnehmen könnte. Von allen vorausschauenden Müttern verhätschelt, ist er einer der Könige der Pariser Gesellschaft. Eine Frau dagegen verlangt ein Haus, das in Gang gehalten wird, Wagen und Pferd stehen für sie im Stall; im Theater will sie eine Loge, wo der Junggeselle nur seinen Klappsitz bezahlte; kurz, sie wird die Nutznießerin des ganzen Vermögens, das vorher der unverheiratete Mann genoß. Nehmen Sie an, die Ehegatten haben eine Rente von dreißigtausend Franken: damit wird in der heutigen Welt der reiche Junggeselle ein armer Teufel, der nachrechnen muß, ob er sich ein Rennen in Chantilly leisten kann. Zählen Sie noch Kinder dazu – die gedrückte Lage wird offenkundig. Da Herr und Frau de Marville eben erst die Fünfzig beginnen, so sind die „Aussichten" für die nächsten fünfzehn oder zwanzig Jahre gering; kein Junggeselle denkt daran, sie solange auf dem Papier stehen zu wissen, und das Rechnen zersetzt so sehr das Herz der rücksichtslosen Herren, die bei Mabille Polka mit den Loretten tanzen, daß alle ehefähigen jungen Herren die beiden Seiten dieses Problems studieren, ohne uns für Erklärungen nötig zu haben. Unter uns, Fräulein de Marville bringt das Blut ihrer Anwärter nicht genug in Wallung, um ihnen den kühlen Verstand zu nehmen, und so überlassen sie sich alle diesen ehefeindlichen Überlegungen. Wenn ein junger Mann, der im Besitz seiner Vernunft und von zwanzigtausend Franken Rente ist, sich in petto eine Verbindung ausmalt, weil ihn ehrgeizige Träume plagen, entspricht Fräulein de Marville seinen Wünschen sehr wenig."

„Aber weshalb nur?" fragte der Musiker, der aus allen Wolken fiel.

„Weshalb? Weil heute," antwortete der Notar, „fast alle Junggesellen, und wären sie häßlich wie wir beide, mein lieber Pons, die Anmaßung besitzen, eine Mitgift von sechshunderttausend Franken zu verlangen, dazu Mädchen aus großem Hause mit Schönheit, Geist, Erziehung und ohne jeden Tadel, kurz, die reinen Vollkommenheiten."

„Meine Kusine wird sich also nur mit Mühe verheiraten?"

„Sie wird unverheiratet bleiben, solange ihre Eltern sich nicht entschließen, ihr Marville als Mitgift zu überlassen – wenn sie gewollt hätten, wäre ihre Tochter schon Vicomtesse Popinot... Aber da ist Herr Brunner; wir verlesen jetzt den Gesellschaftsvertrag des Hauses Brunner und den Ehevertrag."

Nach den Vorstellungen und Höflichkeitsbezeigungen wohnte Pons, der von den Eltern aufgefordert worden war, als Zeuge zu unterschreiben, der Verlesung des Aktes bei; gegen halb sechs ging man in den Speisesaal. Das Mahl erwies sich als eine jener prunkvollen Veranstaltungen, wie sie von Kaufleuten gegeben werden, die einmal die Geschäfte ausschalten. Im übrigen bezeugte dieses Mahl die Beziehungen, die Graff, den Besitzer des Hotels zum Rhein, mit den ersten Pariser Lieferanten verbanden.

Weder Pons noch Schmucke hatten je eine solche Bewirtung erlebt. Es gab hinreißende Gänge, Nudeln von unerhörter Feinheit, unvergleichlich gebackenen Stint, einen Genfer Ferra mit echter Genfer Soße, und einen Plumpudding, der den berühmten Doktor, der ihn in London erfunden haben soll, in Erstaunen versetzt hätte.

Man stand um zehn Uhr abends von der Tafel auf. Was an Rheinweinen und französischen Sorten getrunken worden war, würde die Dandys verblüffen, denn man weiß gar nicht, was die Deutschen an Flüssigkeiten aufnehmen können, ohne ihre Ruhe und ihren Gleichmut zu verlieren, Man muß in Deutschland ein Essen mitgemacht haben und Zeuge gewesen sein, wie Flasche sich auf Flasche folgt (am Mittelländischen Meer folgt so eine Welle der anderen am schönen Strand) und verschwindet, als wenn die Deutschen die aufsaugende Fähigkeit des Schwammes und des Sandes besäßen, und wie sie dabei die Harmonie nicht verlieren und gar nicht gleich den Franzosen lärmen: die Unterhaltung bleibt verständig wie die Improvisation eines Wucherers, die Gesichter röten sich wie die der Bräute auf den Fresken von Cornelius oder Schnorr, das heißt unmerklich, und die Erinnerungen breiten sich, wie der Rauch von Pfeifen, langsam aus.

Gegen zehneinhalb fanden Pons und Schmucke sich auf einer Bank des Gartens, zwischen ihnen die ehemalige Flöte, und wußten nicht recht, wer sie veranlaßt hatte, sich ihren Charakter, ihre Meinungen und ihre Leiden auseinanderzusetzen. Inmitten dieses Durcheinanders von Bekenntnissen sprach Wilhelm von seinem Wunsch, Fritz zu verheiraten; er sprach mit großer, dem Wein entspringender Energie.

„Was sagen Sie zu folgendem Vorschlag?“ rief Pons in Wilhelms Ohr, „eine junge reizende vernünftige Person von vierundzwanzig Jahren, aus einem Hause von höchstem Ansehen, der Vater bekleidet eine der ersten Stellen der Richterschaft? Es gibt hunderttausend Franken Mitgift und Aussicht auf eine Million.“

„Warten Sie,“ antwortete Schwab, „ich will sofort mit Fritz sprechen.“

Und die beiden Musiker sahen Brunner mit seinem Freund im Garten auf und ab gehen, vor ihren Augen, der Reihe nach hörte immer einer dem anderen zu. Pons, dessen Kopf ein wenig schwer war und der, ohne ganz betrunken zu sein, ebensoviel Leichtigkeit im Denken als Schwere im Ausdruck spürte, sah Fritz Brunner in dem durchscheinenden Nebel, den der Wein verursacht, und glaubte auf seinem Gesicht Neigung zum Familienglück zu entdecken.

Schwab stellte nach einer Weile Pons seinen Freund, seinen Teilhaber, vor, der dem Greis für die Mühe, die er sich gegeben hatte, dankte. Eine Unterhaltung entspann sich, in der Schmucke und Pons, die beiden Junggesellen, die Ehe in den höchsten Tönen priesen und sich, ohne an Spott zu denken, den Kalauer leisteten, sie sei „des Mannes Ende“.

Während man in der künftigen Wohnung des künftigen Paares Eis, Tee, Punsch und Gebäck anbot, stieg die Heiterkeit unter diesen ehrenwerten Kaufleuten, die fast alle berauscht waren, aufs höchste, als sie erfuhren, daß der Teilhaber des Hauses seinen Genossen nachahmen wolle.

Um zwei Uhr früh kehrten Schmucke und Pons über die Boulevards nach Hause zurück und philosophierten auf Leben und Tod über die musikalische Ordnung der Dinge in dieser Welt.

Am Vormittag ging Pons zu seiner Kusine, der Präsidentin, der tiefen Freude hingegeben, Böses mit Gutem zu vergelten. Arme schöne Seele! Ohne Zweifel durfte er das Höchste erwarten, denn wir sind in einem Jahrhundert, in dem man nach der Vorschrift des Evangeliums den Tugendpreis denen gibt, die ihre Pflicht tun.

„Oh, sie werden ihrem Tellerlecker noch unendlich verpflichtet sein," sagte er sich, als er in die Rue de Choiseul einbog.

Ein Mann, der etwas weniger in seine Zufriedenheit versunken gewesen wäre, ein Mann der Welt, ein mißtrauischer Mann, hätte die Präsidentin und ihre Tochter bei seiner Rückkehr in dieses Haus beobachtet; aber dieser arme Musiker war ein Kind, ein Künstler voll Naivität, der nur an das Gute glaubte, wie er in der Kunst an das Schöne glaubte – so entzückten ihn die Liebenswürdigkeiten, mit denen ihn Cécile und die Präsidentin überhäuften.

Der Biedermann, der seit zwölf Jahren Posse, Drama und Lustspiel vor den Augen hatte, erkannte nicht die Grimassen der Gesellschaftskomödie; er war ohne Zweifel für sie abgestumpft. Wer in der Pariser Welt zu Hause ist und Bekannte hat wie diese an Seele und Körper trockene Frau, die nur für gesellschaftliche Ehren und ihren Ruf als tugendhafte Frau glühte, durch und durch falsch und hochmütig war, braucht nicht einmal in Betracht zu ziehen, daß sie gewohnt war, zu Hause zu herrschen, um sich den Haß vorzustellen, den sie heimlich gegen den Vetter ihres Mannes im Herzen trug, seitdem sie ihm einen solchen Schimpf angetan hatte. Daher lauerte hinter allen Versicherungen der Präsidentin und ihrer Tochter das böse Verlangen nach Rache, sei es auch verspäteter. Zum erstenmal im Leben hatte Amélie dem Gatten gegenüber, den sie lenkte, Unrecht behalten und mußte sich sogar noch liebenswürdig gegen den Urheber ihrer Niederlage benehmen... Analogien zu dieser Lage gibt es nur unter Kardinälen vom Heiligen Kollegium oder in den Kapiteln der Ordenshäupter, wo die Scheinheiligkeit ebenfalls jahrelang auf der Lauer liegt.

Als der Präsident um drei Uhr vom Gericht zurückkehrte, hatte Pons eben berichtet, wie merkwürdig er mit Friedrich Brunner bekannt geworden war, wie das Festmahl erst gegen Morgen geendet hatte, und was sonst noch den besagten Brunner betraf. Cécile war gerade aufs Ziel losgegangen und hatte Pons ausgefragt, wie Friedrich Brunner sich kleidete, wie er sich hielt, welche Farbe seine Haare und Augen besaßen; als sie vermuten zu dürfen glaubte, daß Friedrich distinguiert aussah, bewunderte sie die Großzügigkeit seines Charakters.

„Fünfhunderttausend Franken seinem Gefährten im Unglück zu geben! Oh, Mama, ich bekomme Wagen und Loge in der italienischen Oper."

Und Cécile wurde beinahe hübsch, als sie überlegte, daß alle Forderungen, die ihre Mutter an ihre Zukunft stellte, und ihre eigenen Hoffnungen, an die sie schon nicht mehr geglaubt hatte, sich erfüllen konnten.

Was die Präsidentin betrifft, so sagte sie nur: „Liebe Kleine, in vierzehn Tagen kannst du verheiratet sein."

Alle Mütter nennen ihre Töchter von dreiundzwanzig Jahren Kleine.

„Gleichwohl muß man sich soviel Zeit nehmen, um Erkundigungen einzuziehen," sagte der Präsident, „niemals gebe ich meine Tochter dem ersten besten ..."

„In dieser Hinsicht", antwortete der alte Künstler, „wird Berthier die beste Auskunft geben können, er hat den Akt ausgefertigt. Um auf den jungen Mann zurückzukommen, so wissen Sie, liebe Kusine, was Sie gesagt haben. Er ist über vierzig, die Hälfte des Kopfes ohne Haar. Er will in der Ehe eine Zuflucht vor den Stürmen des Lebens finden, ich habe ihm das nicht ausgeredet, jeder Geschmack ist berechtigt."

„Grund mehr, um Herrn Friedrich Brunner zu sehen," erwiderte der Präsident, „ich will meine Tochter nicht irgendeinem kränklichen Menschen geben."

„Nun also, Kusine, Sie können sich in fünf Tagen einen Begriff von meinem Bewerber machen, wenn Sie wollen; denn Sie glauben ja, daß eine Zusammenkunft genügt" ...

Cécile und die Präsidentin machten eine Bewegung des Entzückens.

„Friedrich, der ein sehr ansehnlicher Kunstkenner ist," fuhr Vetter Pons fort, „hat mich gebeten, ihm die Einzelheiten meiner kleinen Sammlung zu zeigen. Sie selbst haben nie meine Bilder oder Merkwürdigkeiten betrachtet: kommen Sie," schlug er den beiden Damen vor, „mein Freund Schmucke wird Sie als seine Bekannte mitbringen, und Sie können, ohne bloßgestellt zu werden, Bekanntschaft mit dem künftigen Bräutigam schließen. Friedrich braucht gar nicht zu wissen, wer Sie sind."

„Ausgezeichnet", rief der Präsident.

Man kann sich die Rücksichten vorstellen, mit denen der früher verachtete Schmarotzer überschüttet wurde. An diesem Tag rückte der arme Mann zum Vetter der Präsidentin auf. Die glückliche Mutter ertränkte ihren Haß in den Fluten der Freude und fand Blicke, lächelnde Mienen und Worte, die den Biedermann in Verzückung versetzten: er tat Gutes und ahnte eine Zukunft. Würde er nun nicht in den Häusern Brunner, Schwab, Graff Diners finden, die dem Mahl vom Tage der Unterzeichnung des Ehevertrages entsprachen? Er sah ein Schlaraffenleben voraus, eine wunderbare Folge von „bedeckten Schüsseln", von Überraschungen für die Magennerven, von ausgezeichneten Weinen!

„Wenn unser Vetter Pons die Angelegenheit zum Abschluß bringt," sagte der Präsident zu seiner Frau, als Pons gegangen war, „müssen wir ihm eine Rente aussetzen, die seinem Gehalt als Kapellmeister entspricht."

„Ohne Zweifel", antwortete die Präsidentin.

Und Cécile erhielt die Aufforderung, dafür zu sorgen, daß der alte Musiker diese unrühmliche Gabe annahm, falls die Ehe zustande kam.

Am nächsten Tag begab sich der Präsident zum

Notar, er war begierig, einwandfreie Beweise für das Vermögen Friedrich Brunners zu sehen. Berthier, der von der Präsidentin benachrichtigt worden war, hatte seinen neuen Kunden, den Bankier und ehemaligen Flötenbläser Schwab, kommen lassen.

Man weiß, mit welcher Ehrfurcht die Deutschen die gesellschaftlichen Unterschiede behandeln. In Deutschland ist eine Frau die Frau Generalin, die Frau Rat, die Frau Rechtsanwalt. Die Aussicht auf eine Verbindung, wie Pons sie vorschlug, mußte daher den Bankier blenden, und er war zuvorkommend wie ein Sammler, der glaubt, einen Händler hereinlegen zu können.

„Vor allem," sagte der Vater Céciles zu Schwab, „da ich meiner Tochter vertraglich mein Gut Marville als Mitgift geben werde, möchte ich Gütertrennung vorschlagen. Herr Brunner würde eine Million einlegen, um Marville abzurunden. Dieser unbewegliche Besitz, der wie gesagt der Gütergemeinschaft entzogen ist, hätte dazu zu dienen, die Zukunft meiner Tochter und ihrer Kinder unabhängig vom Schicksal der Bank zu machen."

Berthier strich sich das Kinn und dachte:

„Er hat es gut vor, der Herr Präsident."

Schwab ließ sich das System der Gütertrennung auseinandersetzen und stellte das Einverständnis seines Freundes in Aussicht. Diese Bedingung erfüllte den Wunsch, den er Fritz Brunner hatte aussprechen hören, einen Weg zu finden, der ihn verhinderte, je wieder ins Elend zurückzusinken.

„Es sind im Augenblick für zwölfhunderttausend Franken Bauernhöfe und Wiesen zu kaufen", sagte der Präsident.

„Eine Million in Aktien der Bank“, sagte Schwab, „wird genügen, um das Konto unseres Hauses bei der Bank sicherzustellen. Fritz will nicht mehr als zwei Millionen in die Geschäfte stecken, er wird also tun, was Sie wünschen, Herr Präsident.“

Der Präsident sah seine Frauen vor Freude beinahe tanzen, als er ihnen die Verhandlungen berichtete. Nie war ein so reicher Fang so bereitwillig ins Heiratsnetz gegangen.

„Du wirst Frau Brunner de Marville,“ erklärte der Präsident seiner Tochter, „denn ich werde deinem Mann die Erlaubnis erwirken, diesen Namen zu seinem eigenen hinzuzufügen, und später läßt er sich naturalisieren. Wenn ich Pair von Frankreich werde, folgt er mir nach!“

Die Präsidentin benutzte die fünf Tage dazu, ihre Tochter vorzubereiten. Am Tage der Begegnung kleidete sie Cécile selbst an und richtete sie eigenhändig mit der Sorgfalt her, die der Admiral der blauen Flotte anwandte, um die Vergnügungsjacht der Königin von England auszurüsten, als sie nach Deutschland fuhr.

Ihrerseits reinigten und putzten Pons und Schwab die Sammlung, die Wohnung, die Möbel mit der Geschicklichkeit von Matrosen, die das Admiralsschiff bürsten. Kein Staubkörnchen in den Holzschnitzereien. Alle Kupferteile glänzten. Das Glas auf den Pastellen hob die Werke Latours, Greuzes und Liautards, des berühmten Meisters des Schokoladenmädchens, des Meisterstücks dieser leider so vergänglichen Malerei. Das unnachahmliche Email der florentinischen Bronzen funkelte. Die farbigen Fenster leuchteten in warmer Glut. Jedes einzelne Stück ruhte in seiner Form und war Ton in diesem Konzert von Meisterwerken, das zwei Musikerdichter gaben.

☆

EIN DEUTSCHER EINFALL

DIE DAMEN HATTEN GENUG GESCHICK, UM die Schwierigkeiten des ersten Auftretens zu vermeiden: sie kamen, bevor der Vorhang aufging. Pons stellte seinen Freund Schmucke den Verwandten vor, die ihn für einen Idioten hielten.
In ihren Gedanken mit einem Bräutigam beschäftigt, der sich einen vierfachen Millionär nennen durfte, und unwissend, wie sie waren, brachten sie für die künstlerischen Auseinandersetzungen des biederen Pons nur eine mäßige Aufmerksamkeit auf.
Sie betrachteten gleichgültigen Blicks die Schmelzarbeiten von Petitot, die ihnen aus drei rotsamtnen Feldern mit wunderbaren Rahmen entgegenleuchteten. Die Blumen van Huysums und David van Heims, die Insekten Abraham Mignons, die van Eyck, Albrecht Dürer, die echten Cranach, der Giorgione, der Sebastiano del Piombo, Backuysen, Hobbema, Géricault, die gesuchtesten Werke der Malerei, nichts erregte ihr Interesse, denn sie warteten auf die Sonne, die diese Schätze beleuchten sollte; trotzdem waren sogar sie überrascht von der Schönheit einiger etruskischer Schmuckstücke und dem Geldwert der Tabaksdosen. Aus Höflichkeit begeisterten sie sich gerade über florentinischen Bronzen, die sie in der Hand hielten, als Frau Cibot Herrn Brunner anmeldete. Sie wandten sich

nicht um und benutzten einen herrlichen venezianischen Spiegel, der in einem ungeheuerlichen Rahmen aus geschnitztem Ebenholz lag, um den Phönix aller Kandidaten zu mustern.
Friedrich, dem Wilhelm einen Wink gegeben hatte, war darauf bedacht gewesen, die paar Haare, die er noch besaß, zu verteilen. Er trug ein hübsches Beinkleid von dunklem, aber mildem Ton, eine außerordentlich elegante Seidenweste von ganz neuem Schnitt, ein Hemd mit durchbrochener Arbeit, dessen Leinen von einer Friesin mit der Hand gesponnen worden war, eine blaue Krawatte mit weißen Streifen. Die Kette seiner Uhr stammte von Florent und Chanor, ebenso der runde Stockgriff. Was den Rock betraf, so hatte der Vater Graff ihn selbst aus dem feinsten Tuch geschnitten. Schwedische Handschuhe kündigten den Mann an, der schon das Vermögen seiner Mutter durchgebracht hatte. Aus dem ungetrübten Glanz seiner Lackschuhe allein hätten die beiden Damen auf sein kleines niederes Coupé mit den zwei Pferden schließen können, wenn sie es nicht durch die Rue de Normandie hätten rollen hören.
Wenn der Verschwender von zwanzig Jahren die Puppe ist, aus der mit vierzig Jahren ein Bankier ausschlüpft, dann darf man einen ungewöhnlich feinen Beobachter voraussetzen. Dieser hier war um so feiner, als Brunner den ganzen Vorteil kannte, den ein Deutscher aus seiner Naivität schlagen kann. Er trug an diesem Morgen die träumerische Miene eines Mannes zur Schau, der zwischen dem zu ergreifenden Familienleben und den fortzusetzenden Zerstreuungen des Junggesellenlebens die Wahl hat. Bei einem französierten

Deutschen hielt Cécile diesen Ausdruck für den Gipfel des Romantischen.
Sie sah in dem Sproß der Virlaz einen Werther. Welches junge Mädchen erlaubt sich nicht, in die Geschichte ihrer Heirat einen kleinen Roman einzuschieben? Cécile hielt sich für die glücklichste der Frauen, als Brunner beim Anblick der prachtvollen, in vierzig Jahren zusammengebrachten Sammlung in Begeisterung ausbrach, und Pons zum erstenmal die ganze Anerkennung erfuhr, auf die er Anspruch erheben konnte.
„Er ist ein Dichter," sagte sich Fräulein de Marville, „er sieht da Millionen. Ein Dichter ist ein Mann, der nicht rechnet, der seine Frau zur Herrin über sein Kapital macht, ein Mann, den man leicht führen kann und mit Nichtigkeiten beschäftigt."
Jede Scheibe in den zwei Fenstern des Zimmers des Biedermanns war farbige Schweizerarbeit, die geringste hatte einen Wert von tausend Franken, und Brunner zählte sechzehn dieser Meisterwerke, für die heute die Liebhaber weite Reisen nicht scheuen. Im Jahre 1815 waren die Scheiben für fünf, sechs Franken zu haben gewesen.
Der Wert der sechzig Gemälde, die den Kern dieser göttlichen Sammlung ausmachten, reine Meisterwerke ohne eine Kopie, alle authentisch, hätte sich nur bei einer hochwogenden Versteigerung feststellen lassen.
Jedes Bild hing in einem Rahmen von ungeheurem Wert, man sah die verschiedensten Formen: venezianische Rahmen mit den üppigen Ornamenten, die an das gegenwärtige Geschirr der Engländer erinnern, sehr üppige, anspruchsvolle römische Rahmen, spanische mit kühnem Laubwerk, flä-

mische und deutsche mit ihren naiven menschlichen Gestalten, Schildpattrahmen mit eingelegtem Zinn, Kupfer, Perlmutt, Elfenbein, Rahmen aus Ebenholz, aus Buchsbaum, Kupfer, Rahmen im Stil Ludwigs XIII., XIV., XV. und XVI., kurz, eine Sammlung der schönsten Muster. Pons, der darin glücklicher als die Konservatoren der Kronschätze in Dresden oder Wien war, besaß einen Rahmen des berühmten Brustolone, des Michelangelo des Holzes.

Natürlich verlangte Fräulein de Marville bei jeder neuen Sehenswürdigkeit neue Erklärungen. Sie ließ sich vor Brunner in die Kenntnis dieser Wunder einführen. Sie überließ sich so naiven Ausrufen, schien so beglückt, sich von Friedrich den Wert und die Schönheit eines Bildes, einer Plastik, einer Bronze auseinandersetzen zu lassen, daß der Deutsche auftaute: sein Gesicht wurde jung. Mit einem Wort, auf beiden Seiten ging man bei dieser ersten Begegnung weiter, als man sich vorgenommen hatte; der Zufall läßt sich nicht berechnen.

Die Besichtigung dauerte drei Stunden. Brunner bot Cécile auf der Stiege die Hand an, um sie zu stützen. Cécile, die mit kluger Bedächtigkeit Stufe für Stufe nahm und noch immer Kunst redete, war über die Bewunderung erstaunt, die ihr Künftiger dem Zeug ihres Vetters Pons zollte.

„Sie glauben also, daß alles, was wir sahen, großen Wert hat?“

„Wenn Ihr Herr Vetter mir seine Sammlung verkaufen wollte, gäbe ich heute abend achthunderttausend Franken dafür und machte kein schlechtes Geschäft. Die sechzig Bilder allein brächten es bei einer öffentlichen Versteigerung zu einer höheren Summe."

„Ich glaube es, weil Sie es mir sagen," antwortete sie, „und es gehört sich so, denn die Sammlung war das, womit Sie sich am meisten beschäftigten."

„Oh, mein gnädiges Fräulein!" rief Brunner aus; „als Antwort auf diesen Vorwurf werde ich Ihre Frau Mutter um die Erlaubnis bitten, sie besuchen zu dürfen; ich hoffe so, das Glück zu haben, Sie wiederzusehen."

„Ist die Kleine geistreich", dachte die Präsidentin, die ihrer Tochter auf den Fersen folgte; laut sagte sie: „Mit dem größten Vergnügen, Herr Brunner, ich hoffe, daß Sie mit unserem Vetter Pons zu Tisch kommen; der Präsident wird entzückt sein, Ihre Bekanntschaft zu machen . . . Dank, Vetter."

Sie drückte den Arm des guten Pons so bedeutsam, daß das feierliche Gelöbnis der Treue bis zum Tod nicht so stark gewesen wäre. Und dem „Dank, Vetter" ließ sie einen Blick folgen, der Pons förmlich umarmte.

Nachdem der gemietete Wagen mit dem jungen Mädchen in der Rue Charlot verschwunden war, redete Brunner mit Pons über Kunst, während Pons mit Brunner über Heiraten redete.

„Sie sehen also kein Hindernis?" fragte Pons.

„Nun, die Kleine ist unbedeutend, die Mutter ein wenig steif," antwortete Brunner, „wir werden sehen."

„Ein schönes Vermögen ist da zu erwarten, mehr als eine Million", bemerkte Pons.

„Auf Montag", unterbrach ihn der Millionär; „wenn Sie bereit wären, Ihre Bildersammlung zu verkaufen, gäbe ich gern fünf- bis sechshunderttausend Franken..."

„Oh," rief der Biedermann, der sich nicht so reich geglaubt hatte, „aber ich könnte mich nicht davon trennen, sie machen mein Glück aus... Ich würde die Sammlung nur unter der Bedingung verkaufen, daß sie erst nach meinem Tod übergeben werden darf."

„Nun gut, wir werden sehen."

„Hier sind zwei Geschäfte im Gang", sagte der Sammler, der nur an die Verheiratung dachte. Brunner grüßte Pons und verschwand, von seinem eleganten Wagen entführt. Pons sah dem kleinen Coupé nach, ohne auf Remonencq zu achten, der seine Pfeife auf der Schwelle seiner Tür rauchte.

Am selben Abend traf die Präsidentin bei ihrem Schwiegervater, mit dem sie sich besprechen wollte, die Familie Popinot. In ihrem Verlangen nach einer kleinen Rache, die bei einer Mutter sehr natürlich ist, wenn es ihr nicht gelang, ein Familiensöhnchen zu fangen, gab Frau de Marville zu verstehen, daß Cécile eine glänzende Heirat machen werde.

„Wen heiratet Cécile nur?" war eine Frage, die auf allen Lippen lag. Worauf die Präsidentin, immer im Glauben, sie verrate ihr Geheimnis nicht, so viele Andeutungen und Vertraulichkeiten fallen ließ, die im übrigen von Frau Berthier ihrerseits bestätigt wurden, daß man sich am nächsten Tag in dem kleinen bürgerlichen Reich, in dem Pons seine gastronomischen Wanderungen zurücklegte, folgendes erzählte:

„Cécile de Marville heiratet einen jungen Deutschen, der aus Menschenliebe Bankier wird, denn er besitzt vier Millionen, einen Romanhelden, einen wahren Werther, einen reizenden Menschen mit dem besten Herzen, der seine tollen Streiche gemacht hat und nun in Cécile besinnungslos verliebt ist – eine Liebe auf den ersten Blick und um so sicherer, als Cécile als Nebenbuhlerinnen die gemalten Madonnen hatte, die bei Pons hängen usw."

Am übernächsten Tag beglückwünschten einige Besucher die Präsidentin, nur um zu erfahren, ob der Goldvogel auch wirklich existierte, und die Präsidentin gab die bewunderungswürdigen Variationen von sich, die den Müttern empfohlen seien zum Ersatz für den „Perfekten Briefsteller".

„Eine Heirat ist zustande gekommen," sagte sie zu Frau Chiffreville, „wenn man von Standesamt und Kirche zurückkehrt, während wir noch bei den ersten Begegnungen sind; daher rechne ich auch auf Ihre Freundschaft, damit Sie niemand von unseren Hoffnungen erzählen."

„Sie sind zu beneiden, Frau Präsidentin, Ehen kommen heute nur schwer zustande."

„Was wollen Sie, es ist ein Zufall, aber so geht es ja oft mit den Heiraten."

„Also, Sie verheiraten Cécile nun doch?" fragte Frau Cardot.

„Ja", antwortete die Präsidentin, die die Bosheit des „Nun doch" wohl verstand; „wir waren anspruchsvoll, und das verursachte die Verzögerung. Aber wir finden alles, Geld, Liebenswürdigkeit, guten Charakter und ein männliches Äußeres. Meine liebe Kleine verdiente das auch. Herr Brunner ist ein reizender, sehr distinguierter Mensch, er liebt

den großen Zug, er kennt das Leben, er ist auf Cécile versessen, er liebt sie aufrichtig, und trotz seiner drei oder vier Millionen nimmt Cécile ihn an... So hoch gingen unsere Ansprüche gar nicht ... aber dieser Vorteil verdirbt ja nichts... Wir ließen uns nicht so sehr von Geld als von der Neigung bestimmen, die Cécile in dem jungen Mann entzündet hat", erklärte die Präsidentin Frau Lebas. „Herr Brunner hat es so eilig, daß die Heirat vollzogen wird, sobald die gesetzlichen Formalitäten erfüllt sind."
„Er ist Ausländer?"
„Ja, aber ich gestehe, daß ich sehr glücklich bin. Ich werde mehr als einen Schwiegersohn haben: einen Sohn. Herr Brunner ist von einem einfach hinreißenden Feingefühl. Sie können sich nicht vorstellen, mit welchem Eifer er auf Gütertrennung bestand... Nichts sichert den Bestand der Familien besser. Er kauft für zwölfhunderttausend Franken Wiesen, die eines Tages mit Marville vereinigt werden."
Andere Variationen über dasselbe Thema folgten am nächsten Tag. Brunner wurde so zu einem großen Herren, der alles im Stil des großen Herren tat und nicht rechnete; und wenn Herr de Marville nicht nur die kleine, sondern die große Naturalisation durchsetzen konnte (das Ministerium durfte ihm zuliebe schon ein Auge zudrücken), würde der Schwiegersohn noch als Pair von Frankreich enden. Man hatte keine Ahnung von dem Reichtum Brunners, er hatte die schönsten Pferde und die schönsten Equipagen von Paris usw.
Die Freude, mit der die Camusot ihre Erwar-

tungen zur öffentlichen Kenntnis brachten, verriet, wie unverhofft dieser Triumph kam.

Gleich nach der Begegnung beim Vetter Pons bewog auf Drängen seiner Frau Herr de Marville den Justizminister, seinen ersten Präsidenten und den Generalstaatsanwalt, bei ihm am Tage der Vorstellung des Musters aller Schwiegersöhne zu speisen. Die drei hohen Persönlichkeiten nahmen trotz der Kürze der Zeit die Einladung an; jeder von ihnen begriff die Rolle, die der Familienvater ihm zudachte, und kam ihm gern zu Hilfe. In Frankreich steht man gern den Müttern bei, die einen reichen Schwiegersohn angeln. Ebenso liehen sich der Graf und die Gräfin Popinot dazu her, den Luxus dieses Tages vollständig zu machen, trotzdem die Einladung als solche ihnen geschmacklos erschien.

Im ganzen waren elf Personen versammelt. Der Großvater Céciles, der alte Camusot, und seine Frau durften bei dieser Auswahl nicht fehlen, die getroffen war, um Brunner vollends zu bestimmen, Brunner, einen der reichsten Kapitalisten Deutschlands, einen Mann von Geschmack (liebte er doch „die Kleine“), den künftigen Wettbewerber der Nucingen, Keller, du Tillet u. a.

„Es ist unser Empfangstag,“ sagte mit studierter Einfachheit die Präsidentin zu dem, den sie schon als ihren Schwiegersohn betrachtete, und nannte ihm die Gäste, „die alle zu unseren Intimen gehören. Zuerst der Vater meines Mannes, der, wie Sie wissen, demnächst die Pairswürde erhalten wird; dann der Graf und die Gräfin Popinot, deren Sohn nicht reich genug für Cécile war, was aber der Freundschaft nicht geschadet hat; unser

Justizminister, unser erster Präsident, unser Generalstaatsanwalt, kurz, unsere Freunde... Wir werden ein wenig spät speisen müssen, der Kammer wegen, die nie vor sechs schließt."
Brunner sah Pons bedeutsam an, und Pons rieb sich die Hände als Mann, der sagt: „Das sind unsere Freunde, meine Freunde!..."
Als geschickte Frau hatte die Präsidentin ihrem Vetter etwas Besonderes zu sagen, auf daß Cécile einen Augenblick unter vier Augen mit ihrem Werther bleiben konnte. Cécile schwatzte beträchtlich und richtete es ein, daß Friedrich bemerkte, was sie verborgen hatte, ein deutsches Wörterbuch, eine deutsche Grammatik und einen Goethe.
„Oh, Sie lernen Deutsch?" fragte Brunner errötend.
Nur Franzosen können eine solche Falle ersinnen.
„Oh," sagte sie, „Sie sind schlimm – so in meinen Sachen zu kramen. Ich will Goethe im Original lesen," fügte sie hinzu, „und ich lerne schon seit zwei Jahren Deutsch."
„Die Grammatik muß doch recht schwer zu lernen sein, denn es sind keine zehn Seiten aufgeschnitten", bemerkte Brunner naiv.
Verwirrt wandte sich Cécile ab, um ihre Röte nicht sehen zu lassen. Ein Deutscher widersteht einem solchen Eingeständnis nicht – er ergriff Céciles Hand, zwang sie, ihn wieder anzusehen, und schaute ihr in die Augen, wie die Verlobten sich in den Romanen August Lafontaines schamhaften Andenkens in die Augen schauen.
„Sie sind anbetungswürdig", sagte er.
Cécile antwortete mit einer neckischen Bewegung,

die bedeutete: „Und wer müßte Sie nicht lieben!“ „Mama, es geht gut“, flüsterte sie der Mutter, die mit Pons zurückkehrte, ins Ohr.
Der Anblick, den eine Familie an einem solchen Abend bietet, läßt sich nicht beschreiben. Jeder ist zufrieden, eine Mutter zu sehen, die ihre Hand auf eine gute Partie für ihre Tochter legt. Man beglückwünschte mit bedeutsamen Unbedeutendheiten Brunner, der sich stellte, als verstehe er nichts, und Cécile, die alles verstand, und den Präsidenten, der nach Komplimenten fischte. Pons brauste das Blut in den Ohren, er glaubte alle Gasflammen an der Rampe seines Theaters zu sehen, als Cécile ihm leise und mit der größten Vorsicht mitteilte, daß ihr Vater die Absicht habe, ihm eine Leibrente von zwölfhundert Franken auszusetzen. Der alte Künstler lehnte sie ein für allemal ab, indem er darauf hinwies, daß er seit dem Angebot Brunners als wohlhabender Mann gelten könne.
Der Minister, der erste Präsident, der Generalstaatsanwalt, die Popinot, alle beschäftigten Leute gingen. Es blieben bald nur noch der alte Camusot und Cardot, der ehemalige Notar, mit seinem Schwiegersohn Berthier. Als der Biedermann Pons sich im Kreis der Familie sah, dankte er ziemlich ungeschickt dem Präsidenten und der Präsidentin für den Vorschlag, den Cécile ihm vorhin gemacht hatte. Menschen von Herz sind so, ganz ihrer ersten Bewegung untertan. In Brunner, der in dieser Rente eine Prämie erkannte, die auf ihn gezahlt wurde, vollzog sich ein israelitischer Umfall und er nahm eine Haltung ein, aus der sich die mehr als kalte Träumerei des Rechners erraten ließ.
„Meine Sammlung oder ihr Preis wird immer

Ihrer Familie gehören, ob ich nun mit unserem Freund Brunner abschließe oder ob ich sie behalte", erklärte Pons und unterrichtete die erstaunte Verwandtschaft über die hohen Werte, die er besaß.
Brunner beobachtete die Bewegung, die bei diesen Ignoranten zugunsten eines Mannes entstand, der plötzlich für sie aus dem Zustand der Armut in den des reichen Mannes aufrückte. Ebenso hatte er schon vorher bemerkt, wie die Mutter und der Vater ihre Cécile verdarben und zum Idol des Hauses machten, und gefiel sich nun darin, diese würdigen Bürger zu noch größerem Erstaunen und noch lauteren Ausrufen anzustacheln.
„Ich habe dem gnädigen Fräulein gesagt, daß die Bilder des Herrn Pons diese Summe für mich wert sind; aber bei dem Preis, den einmalige Kunstgegenstände erreicht haben, kann niemand voraussagen, bis zu welchem Betrag sie es bei einer öffentlichen Versteigerung bringen mögen. Leicht möglich, daß die zwanzig Bilder eine Million erreichen würden, ich habe mehrere zu fünfzigtausend Franken gesehen."
„Man ist gern Ihr Erbe", sagte der ehemalige Notar zu Pons.
„Mein Erbe ist meine Kusine Cécile", erwiderte der Biedermann, der auf seiner Verwandtschaft bestand.
Eine Bewegung der Bewunderung für den alten Musiker ging durch die Anwesenden.
„Es wird eine sehr reiche Erbin werden", sagte lachend Cardot, der aufbrach.
Man ließ Camusot Vater, den Präsidenten, die Präsidentin, Cécile, Brunner, Berthier und Pons

allein, denn man nahm an, daß der Augenblick für die offizielle Brautwerbung gekommen sei. Und in der Tat, als man unter sich war, begann Brunner mit einer Frage, die den Eltern von guter Vorbedeutung zu sein schien. Brunner wandte sich an die Präsidentin und sagte:

„Wenn ich recht verstanden habe, ist Ihr Fräulein Tochter das einzige Kind ..."

„Gewiß", antwortete sie mit Stolz.

„Sie werden mit niemand Schwierigkeit haben", fügte der Biedermann Pons hinzu, um Brunner auf den Weg zu stoßen.

Brunner nahm eine sorgenvolle Miene an, und ein fatales Stillschweigen verbreitete die seltsamste Kälte. Es war, als habe die Präsidentin zugegeben, ihre Tochter sei epileptisch. Der Präsident, der fand, daß seine Tochter nicht hierher gehörte, gab ihr ein Zeichen, das sie verstand: sie ging hinaus. Brunner blieb stumm. Man sah sich an. Die Lage wurde peinlich. Der alte Camusot, ein erfahrener Mann, zog den Deutschen ins Zimmer der Präsidentin, unter dem Vorwand, ihm den von Pons entdeckten Fächer zeigen zu wollen. Er hatte erraten, daß sich eine Schwierigkeit erhob, und er forderte mit einer Geste seinen Sohn, seine Schwiegertochter und Pons auf, ihn mit dem Künftigen allein zu lassen.

„Hier ist das Meisterwerk", sagte der alte Seidenhändler und zeigte den Fächer.

„Er ist fünftausend Franken wert", antwortete Brunner nach der Prüfung.

„Waren Sie nicht gekommen, Herr Brunner, um die Hand meiner Enkelin zu erbitten?" fragte der künftige Pair von Frankreich.

„Ja," erwiderte Brunner, „und ich bitte Sie zu glauben, daß keine Verbindung schmeichelhafter für mich sein kann. Ich werde nie eine junge Dame von größerer Schönheit und größerer Liebenswürdigkeit finden, auch keine, die mir willkommener wäre – aber ..."

„Kein Aber," fiel der alte Camusot ein, „oder geben Sie sofort das Kommentar dazu, mein lieber Herr."

„Herr Camusot," erklärte Brunner ernst, „ich bin glücklich, daß weder die eine noch die andere Seite festgelegt ist, denn die Eigenschaft als einzige Tochter, die in den Augen aller Welt als so wertvoll erscheint, dagegen in meinen nicht, eine Eigenschaft, die ich nicht kannte, wie ich Sie zu glauben bitte, ist ein absolutes Hindernis ..."

„Wie," rief starr der Greis, „aus einem unermeßlichen Vorteil machen Sie ein Unrecht? Ihr Benehmen ist wirklich außergewöhnlich, und ich möchte Ihre Gründe kennenlernen."

„Ich kam", erwiderte der Deutsche mit Phlegma, „heute abend mit der Absicht hierher, den Herrn Präsidenten um die Hand seiner Tochter zu bitten, und mit dem Wunsch, Fräulein Cécile alles, was ich habe, zu Füßen zu legen. Aber eine einzige Tochter ist ein Kind, das unbeschränkt über die Nachsicht seiner Eltern verfügt und ihnen seinen Willen aufzuerlegen gewöhnt ist, daher es niemals Widerstand gekannt hat. Es verhält sich hier wie in mehreren anderen Familien, in denen ich früher den Kult beobachten konnte, den man mit diesen vergötterten Kindern trieb: nicht nur ist Ihre Enkelin der Abgott des Hauses, sondern die Frau Präsidentin trägt in dem gleichen Hause die ... Sie wissen, was. Herr Camusot, ich erlebte es, wie das Haus meines Vaters aus diesem Grund eine Hölle wurde. Meine Stiefmutter, Ursache aller meiner Leiden, einzige, angebetete Tochter, die reizendste Braut, wurde der leibhaftige Teufel selbst. Ich zweifle nicht, daß Fräulein Cécile eine Ausnahme ist, aber ich bin kein junger Mann mehr: ich bin vierzig Jahre alt, und der Altersunterschied kann Schwierigkeiten nach sich ziehen, die mir nicht erlauben würden, eine junge Person glücklich zu machen, die gewohnt ist, daß die Frau Präsidentin ihr jeden Willen tut, daß die Frau Präsidentin ihr wie einem Orakel lauscht. Mit welchem Recht würde ich von Fräulein Cécile eine Änderung ihrer Ideen und Gewohnheiten verlangen? Statt mit Eltern, die auf ihre geringste Laune eingehen, hätte sie es mit der Selbstsucht eines Vierzigjährigen zu tun; widersteht sie, so ist der Vierzigjährige der Besiegte. Ich handle daher als anständiger Mann, ich ziehe mich zurück. Im übrigen wünsche ich völlig geopfert zu werden, falls es überhaupt nötig ist, zu erklären, weshalb ich hier nur einen Besuch gemacht habe ...“

„So eigenartig Ihre Gründe sind,“ sagte der künftige Pair von Frankreich, „so sind sie doch verständlich ...“

„Herr Camusot,“ unterbrach ihn Brunner lebhaft, „ziehen Sie meine Aufrichtigkeit nicht in Zweifel; wenn Sie in einer kinderreichen Familie ein armes, aber gut erzogenes Mädchen kennen, wie es ja genug in Frankreich gibt, so heirate ich es, vorausgesetzt, daß sein Charakter mir Gewähr ist.“

Während des Stillschweigens, das dieser Erklärung

folgte, verließ Friedrich Brunner den Großvater Céciles, verabschiedete sich höflich von dem Präsidenten und der Präsidentin und verließ das Zimmer. Als lebendes Kommentar zum Abschied ihres Werther stand Cécile bleich wie eine Sterbende da. Sie hatte alles gehört, im Kleiderschrank ihrer Mutter versteckt.
„Zurückgewiesen", flüsterte sie der Mutter ins Ohr.
„Und weshalb?" fragte die Präsidentin ihren bedrückten Schwiegervater.
„Unter dem hübschen Vorwand, daß die einzigen Töchter verzogene Kinder sind," antwortete der Greis, „und er hat nicht völlig Unrecht", fügte er hinzu und ergriff die Gelegenheit, um seine Schwiegertochter zu tadeln, die ihm seit zwanzig Jahren auf die Nerven ging.
„Meine Tochter wird daran sterben, und Sie haben sie getötet!" sagte die Präsidentin zu Pons, indem sie ihre Tochter umfing, die es hübsch fand, ihr recht zu geben und in ihre Arme zu sinken. Der Präsident und seine Frau betteten Cécile in einen Sessel, in dem sie vollends ohnmächtig wurde. Der Großvater klingelte nach den Dienstboten.

☆

PONS BRICHT ZUSAMMEN

„ICH DURCHSCHAUE DIE INTRIGE, DIE DER Herr da angerichtet hat", schrie die wütende Mutter und zeigte auf den armen Pons.
Pons richtete sich auf, als wenn er die Trompete des jüngsten Gerichts vernommen hätte.

„Der Herr,“ fuhr die Präsidentin fort, und ihre Augen glichen zwei Strömen grüner Galle, „der Herr erlaubt sich, auf einen unschuldigen Scherz mit einer Beleidigung zu antworten. Wem wird man einreden, daß dieser Deutsche in gutem Glauben handelt? Entweder ist er der Mitschuldige einer abscheulichen Rache oder verrückt. Ich hoffe, Herr Pons, daß Sie in Zukunft uns das Mißvergnügen sparen werden, Sie in einem Hause zu sehen, in das Sie Schande und Unruhe zu tragen versuchten.“

Zur Bildsäule erstarrt, haftete Pons die Augen auf ein Rosenmuster des Teppichs und drehte seine Daumen. Die Präsidentin wandte sich um und rief:

„Wie, Sie sind noch da, Sie Ungeheuer an Undankbarkeit! ... Wir werden nie zu Hause sein, wenn je der Herr sich anmelden sollte,“ sagte sie den Dienstboten und zeigte ihnen Pons, „holen Sie den Doktor, Jean, und Sie, Madeleine, bringen Hirschhornwasser!“

In den Augen der Präsidentin waren die von Brunner angegebenen Gründe nur Vorwände, über die sie sich nicht klar wurde; aber das Scheitern der Heirat stand fest. Mit der Gedankenschnelligkeit, die den Frauen in den großen Entscheidungen eigentümlich ist, hatte Frau de Marville die einzige Möglichkeit gefunden, um der Niederlage zu begegnen: sie schob Pons den wohlbedachten Versuch einer Rache zu. Diese Auslegung war Pons gegenüber ein teuflischer Einfall, stellte aber die Ehre der Familie wieder her. Ihrem Haß gegen Pons getreu, hatte sie aus einem einfachen Weiberverdacht eine Wahrheit gemacht. Die Frauen haben ganz allgemein einen besonderen Glauben, eine Moral für sich: sie sind von der Wirklichkeit dessen überzeugt, was ihren Interessen und ihren Leidenschaften dient. Die Präsidentin ging weiter, sie suchte den ganzen Abend über den Präsidenten von ihrer Auffassung zu überzeugen, und am nächsten Morgen war der Richter von der Schuld seines Vetters überzeugt.

Jedermann wird das Benehmen der Präsidentin abscheulich finden; aber unter ähnlichen Umständen wird jede Mutter Frau Camusot nachahmen und lieber die Ehre eines Fremden als die ihrer Tochter opfern. Die Mittel werden wechseln, das Ziel wird dasselbe sein.

Der Musiker stürzte die Treppe hinunter, ging aber langsamen Schrittes über die Boulevards bis zum Theater, wo er mechanisch eintrat: er stellte sich mechanisch an sein Pult und dirigierte mechanisch das Orchester. In den Zwischenakten gab er auf die Fragen Schmuckes so unbestimmte Antworten, daß Schmucke seine Unruhe verbarg – er dachte ganz einfach, Pons sei verrückt geworden.

Bei einer so kindlichen Natur wie Pons nehmen Auftritte wie der eben vorgefallene den Umfang einer Katastrophe an. Einen entsetzlichen Haß erwecken, wo er hatte Glück spenden wollen, bedeutete einen völligen Umsturz aller Dinge. Er hatte endlich in den Augen, in den Bewegungen, in der Stimme der Präsidentin eine tödliche Feindschaft erkannt.

Am nächsten Tag faßte Frau Camusot de Marville einen großen Entschluß, den die Umstände übrigens erforderten und der die Billigung des

Präsidenten fand. Man setzte fest, daß Cécile als Mitgift das Gut Marville, das Haus in der Rue de Hanovre und hunderttausend Franken erhalten sollte. Noch am gleichen Vormittag suchte die Präsidentin die Gräfin Popinot auf, sie hatte begriffen, daß man einen solchen Mißerfolg nur mit einer vollzogenen Heirat beantworten konnte. Sie erzählte die fürchterliche Rache und abscheuliche Irreführung, die Pons ausgesonnen hatte. Alles erschien glaubhaft, wenn man erfuhr, daß Céciles Eigenschaft als einzige Tochter den Vorwand zum Bruch hatte abgeben müssen. Die Präsidentin rückte mit Kunst die Vorteile ins Licht, die es hatte, wenn man sich Popinot de Marville nennen und über eine so ungeheure Mitgift verfügen konnte. Bei den zwei Prozent, mit denen sich die Güter in der Normandie damals verzinsten, hatte Marville einen Wert von ungefähr neunhunderttausend Franken, während das Haus in der Rue de Hanovre auf zweihundertfünfzigtausend Franken geschätzt wurde.

Keine vernünftige Familie konnte eine derartige Verbindung ablehnen; daher sagten der Graf Popinot und seine Frau zu und versprachen, als Leute, die an der Ehre der Familie, in die sie eintraten, interessiert waren, ihre Mitwirkung, um die Katastrophe vom vorigen Tag zu entwirren.

So kam es, daß bei demselben alten Camusot, dem Großvater Céciles, vor denselben Persönlichkeiten, die dort ein paar Tage vorher zusammengekommen waren, um von der Präsidentin das Lob Friedrich Brunners zu hören, diese selbe Präsidentin, mit der zu reden sich jeder fürchtete, tapfer ihre Erklärungen begann.

„Weiß Gott, daß man heutzutage“, sagte sie, „gar nicht vorsichtig genug sein kann, wenn es sich um Verheiratung handelt, zumal wenn man mit Ausländern zu tun hat.“

„Und warum, gnädige Frau?“

„Was ist geschehen?“ fragte Frau Chiffreville.

„Sie kennen nicht unser Abenteuer mit diesem Brunner, der die Kühnheit hatte, nach der Hand unserer Cécile zu trachten? ... Er ist der Sohn eines deutschen Schankwirtes, der Neffe eines Kaninchenfellhändlers.“

„Ist es möglich? Sie, so vorsichtig?“ sagte eine Dame.

„Diese Abenteurer sind so gerieben! Aber wir haben von Berthier alles erfahren. Der Deutsche hat einen armen Teufel zum Freund, der die Flöte spielt! Er ist mit einem Menschen zusammen, der in der Rue du Mail bei Schneidern haust... Wir haben gehört, daß er das verkommenste Leben geführt hat, und daß kein Vermögen für einen Burschen ausreicht, der schon das seiner Mutter durchgebracht hat.“

„Ihr Fräulein Tochter wäre sehr unglücklich geworden!“ meinte Frau Berthier.

„Und wie ist er Ihnen vorgestellt worden?“ fragte die alte Frau Lebas.

„Ein Racheakt des Herrn Pons; er hat uns diesen sauberen Herrn vorgestellt, um uns der Lächerlichkeit auszuliefern... Dieser Brunner oder übersetzt Fontaine (man sprach uns von einem großen Herrn) ist von schwächlicher Gesundheit, kahl, und hat verdorbene Zähne; ich brauchte ihn auch nur einmal zu sehen, um sofort mißtrauisch zu werden.“

„Aber das große Vermögen, von dem Sie mir erzählten?" fragte furchtsam eine junge Frau. „Das Vermögen ist nicht so beträchtlich, wie man angab. Die Schneider, der Hotelführer und er haben alle miteinander ihre Kassen zusammengekratzt, um ein Bankhaus zu gründen... Was ist heute eine Bank, wenn man sie anfängt? Die Erlaubnis, sich zugrunde zu richten. Eine Frau, die als Millionärin zu Bett geht, kann beim Aufwachen nichts mehr haben, als was sie auf dem Leibe trägt. Beim ersten Wort, beim ersten Auftreten stand unsere Meinung über diesen Herrn, der nichts von unseren Gebräuchen weiß, fest. Man sieht an seinen Handschuhen, an seiner Weste, daß er ein Arbeiter, der Sohn eines deutschen Schankwirts ist, ohne vornehme Gesinnung, ein Biertrinker, der dazu, oh, ich sage Ihnen, fünfundzwanzig Pfeifen im Tag raucht. Was wäre aus meiner armen Lili geworden? ... Ich zittere noch beim bloßen Gedanken. Gott hat uns bewahrt. Übrigens machte sich Cécile nichts aus diesem Herrn, ... konnten wir eine solche Irreführung von einem Verwandten erwarten, der bei uns aus und ein ging und seit zwanzig Jahren zweimal in der Woche bei uns speist, den wir mit Wohltaten überhäuften und der so gut Komödie spielte, daß er vor dem Siegelbewahrer, dem Generalstaatsanwalt und dem ersten Präsidenten Cécile als seine Erbin bezeichnete? ... Dieser Brunner und Herr Pons verständigten sich, um einer dem anderen Millionen zuzuschieben ... Nein, ich versichere Ihnen allen, meine Damen, Sie wären diesem Künstler in die Falle gegangen!"
Innerhalb weniger Wochen hatten die vereinigten

Familien der Popinot, der Camusot und ihre Anhänger in der Welt einen leichten Triumph davongetragen, denn niemand ergriff die Verteidigung des elenden Pons, des Schmarotzers, des Hinterlistigen, des Geizigen, des Wolfs im Schafspelz, der Viper, die man am Busen der Familie ernährt hatte; jeder sah in ihm einen Menschen von ungewöhnlicher Bosheit, einen gefährlichen Hanswurst, den man meiden mußte.

Etwa einen Monat nach der Weigerung des falschen Werther verließ der arme Pons zum erstenmal sein Bett, an das ihn ein nervöses Fieber gefesselt hatte. Auf den Arm Schmuckes gestützt, ging er im Sonnenschein über die Boulevards. Auf dem Boulevard du Temple lachte niemand mehr über die beiden Nußknacker, angesichts des Verfalles des einen und der rührenden Sorge des anderen für seinen kaum genesenen Freund.

Als sie den Boulevard Poissonnière erreichten, gewann Pons wieder etwas Farbe, die Boulevardluft besitzt eine außerordentliche belebende Kraft: Wo sich Mengen drängen, ist das Fluidum so energiegeladen, daß in Rom in dem von Menschen wimmelnden, stinkenden Ghetto die Malaria unbekannt ist. Vielleicht wirkte auch das auf den Kranken, was er sonst jeden Tag zu sehen gewohnt war, das große Schauspiel von Paris.

Gegenüber dem Theater des Variétés löste sich Pons von Schmucke, denn sie gingen zwar Seite an Seite, aber der Rekonvaleszent verließ manchmal seinen Freund, um die Neuigkeiten der Händler zu studieren. Bei einer solchen Gelegenheit geschah es, daß Pons mit dem Grafen Popinot förmlich zusammenstieß. Er redete ihn respektvoll an, der ehemalige Minister war einer der Menschen, denen Pons die größte Verehrung und Achtung entgegenbrachte. Aber der Pair von Frankreich sagte streng:

„Ich muß Ihnen sagen, daß ich nicht verstehe, wie Sie so taktlos sein können und einen Verwandten der Familie grüßen, die Sie in Schande und Lächerlichkeit zu stürzen suchten, als Sie jene Rache unternahmen, die allerdings nur dem Kopf eines Künstlers entspringen kann. Es tut mir leid, aber von heute an existieren wir einer nicht mehr für den anderen. Die Gräfin teilt den Unwillen, den Ihr Benehmen bei den Marville der ganzen Gesellschaft eingeflößt hat."

Der Exminister ging weiter und ließ Pons wie vom Blitz getroffen stehen. Niemals fragen Leidenschaft, Gericht, Politik oder die gesellschaftlichen Mächte nach dem Zustand dessen, den sie treffen. Der Staatsmann, den das Familieninteresse getrieben hatte, Pons zu zerschmettern, hatte nichts von der körperlichen Schwäche des gefürchteten Feindes bemerkt.

„Was hast du, mein armer Freund?" rief Schmucke und wurde so bleich wie Pons.

„Eben hat man mir einen neuen Dolchstoß mitten ins Herz versetzt", antwortete der Biedermann und stützte sich auf den Arm Schmuckes; „ich glaube, daß nur der liebe Gott das Recht hat, Gutes zu tun – deshalb werden alle, die sich in sein Geschäft hineinmischen, so grausam bestraft."

Der Sarkasmus des Künstlers war die erhabene Anstrengung eines braven Mannes, der die Angst zerstreuen wollte, die sich auf dem Gesicht seines Freundes malte.

„Du hast recht", sagte Schmucke einfach.
Alles war unerklärlich für Pons, dem weder die Camusot noch die Popinot eine Anzeige der Heirat Céciles geschickt hatten. Auf dem Boulevard des Italiens sah Pons Herrn Cardot auf sich zukommen. Durch die Worte des Pairs von Frankreich vorsichtig geworden, hütete sich Pons, Cardot anzusprechen, obwohl er im letzten Jahre alle vierzehn Tage bei ihm gegessen hatte. Er begnügte sich damit, ihn zu grüßen; aber der Bürgermeister, der Abgeordnete von Paris, betrachtete ihn unwillig, ohne seinen Gruß zu erwidern.
„Geh zu ihm und frage ihn, was sie alle gegen mich haben", bat der Biedermann Schmucke, der bis in jede Einzelheit das Unheil kannte, das über Pons hereingebrochen war.
„Herr Cardot, mein Freund Pons hat sich soeben von einer schweren Krankheit erhoben, und Sie erkannten ihn ohne Zweifel nicht wieder", begann Schmucke verschlagen.
„Doch!"
„Aber was haben Sie ihm dann vorzuwerfen?"
„Ihr Freund ist ein Ungeheuer an Undankbarkeit, ein Mann, der, wenn er noch lebt, das Sprichwort wahr macht: Unkraut vergeht nicht. Die Welt hat recht, den Künstlern zu mißtrauen, sie sind schlau und bösartig wie die Affen. Ihr Freund hat versucht, seine eigene Familie zu entehren, und den Ruf eines jungen Mädchens zu vernichten, alles nur, um sich für einen harmlosen Scherz zu rächen. Ich mag nicht mehr die geringste Beziehung zu ihm haben; ich werde mir Mühe geben, um zu vergessen, daß ich ihn gekannt habe, daß er überhaupt existiert. Und diese Empfindungen,

Herr Schmucke, werden von allen Gliedern meiner Familie, von allen seiner Familie und von jedermann geteilt, der dem Herrn Pons die Ehre erwies, ihn zu empfangen ..."

„Aber Sie sind doch ein vernünftiger Mensch, und wenn Sie erlauben, werde ich Ihnen die Angelegenheit auseinandersetzen."

„Bleiben Sie, wenn Sie den Mut aufbringen, sein Freund," erwiderte Cardot, „aber gehen Sie nicht weiter, denn ich glaube, daß ich diejenigen, die ihn zu entschuldigen oder zu verteidigen versuchen sollten, nicht weniger streng ablehnen müßte."

„Er soll sich also nicht rechtfertigen dürfen?"

„Nein, denn sein Benehmen läßt sich nicht rechtfertigen, es ist unentschuldbar."

Damit setzte der Abgeordnete des Seinekreises seinen Weg fort und wollte keine Silbe mehr hören.

„Die beiden Staatsgewalten habe ich schon gegen mich", sagte lächelnd der arme Pons, als Schmucke ihm diese wilden Ausfälle wiedererzählt hatte.

„Alles ist wider uns," erwiderte Schmucke schmerzlich, „gehen wir, sonst treffen wir noch mehr von diesem Vieh."

Zum erstenmal in seinem lammfrommen Leben gebrauchte Schmucke einen solchen Ausdruck. Nie war seine nahezu göttliche Gelassenheit gestört worden; allen Unglücksfällen, die ihm zugestoßen wären, hätte er naiv zugelächelt, aber Zeuge sein, wie sein erhabener Pons, dieser unerkannte Aristides, dieses resignierte Genie, diese Seele ohne Hehl, dieser Abgrund an Güte, dieser lautere Mensch mißhandelt wurde, das war zu viel; er empfand den Unwillen Alkests und nannte die Gastgeber seines Freundes Vieh! Die Erregung einer so friedlichen Natur stand auf einer Stufe mit den Wutausbrüchen Rolands.

In weiser Voraussicht führte Schmucke Pons zum Boulevard du Temple zurück, und Pons ließ sich willig führen; krank, wie er war, befand er sich in der Lage der Kämpfer, die die Schläge nicht mehr zählen. Der Zufall wollte, daß dem armen Musiker nichts erspart blieb, die Lawine, die auf ihn niederging, enthielt alles, die Kammer der Pairs, die Kammer der Abgeordneten, die Familie, die Fremden, die Starken, die Schwachen, die Unschuldigen.

Auf dem Boulevard Poissonnière, während des Heimwegs, begegnete Pons der Tochter desselben Cardot, einer jungen Frau, die selbst genug erlitten hatte, um nachsichtig zu sein. Ein vor der Welt geheim gehaltener Fehltritt hatte sie zur Sklavin ihres Mannes gemacht. Von allen Frauen, an deren Tisch er aß, war Frau Berthier die einzige, die Pons mit ihrem Vornamen Félicie anredete – er glaubte sich manchmal von ihr verstanden.

Dieses sanfte Geschöpf schien von der Begegnung mit dem Vetter Pons unangenehm berührt zu sein; trotzdem er mit der Familie der zweiten Frau seines Vetters, der alten Camusot, gar nicht verwandt war, wurde er als Vetter behandelt. Da sie ihm nicht aus dem Weg gehen konnte, blieb Félicie vor dem sterbensmatten Mann stehen und sagte:

„Ich hielt Sie nicht für schlecht, Vetter; wenn aber von allem, was ich über Sie hörte, nur der vierte Teil wahr ist, sind Sie ein ganz falscher Mensch... Oh, rechtfertigen Sie sich nicht," fügte sie hinzu, als Pons eine Bewegung machte, „es ist aus zwei Gründen nutzlos: einmal habe ich nicht das Recht, jemand anzuklagen oder abzuurteilen oder zu verdammen, da ich von mir selbst weiß, daß der dem Anschein nach Schuldigste mildernde Gründe aufführen kann; zweitens weil Ihre Gründe zu nichts dienen würden. Berthier, der den Vertrag zwischen Fräulein de Marville und dem Vicomte Popinot aufgesetzt hat, ist derartig gegen Sie aufgebracht, daß er mich ausschelten würde, wenn er erführe, daß ich ein einziges Wort an Sie gerichtet, daß ich zum letztenmal mit Ihnen gesprochen habe. Alle Welt ist gegen Sie."

„Das sehe ich wohl", erwiderte mit bewegter Stimme der arme Musiker, grüßte die Frau des Notars ehrerbietig und setzte den Weg nach der Rue de Normandie fort.

Er stützte sich dabei so schwer auf den Arm Schmuckes, daß der alte Deutsche erriet, wie mutig er gegen eine körperliche Ohnmacht ankämpfte. Bei der dritten Begegnung hatte ihm das Lamm zu Füßen Gottes selbst das Urteil gesprochen; der Zorn dieses Engels der Armen, des Symbols der Völker, ist das letzte Wort des Himmels.

Ohne ein Wort gesprochen zu haben, erreichten die beiden Freunde ihre Wohnung. In gewissen Lebenslagen kann man seinen Freund nur neben sich fühlen. Ausgesprochener Trost verschlimmert die Wunde, denn er enthüllt ihre Tiefe. Der alte Pianist besaß, wie man sieht, das Genie der Freundschaft, das Feingefühl derer, die viel gelitten haben und um die Gewohnheiten des Leidens wissen.

Dieser Spaziergang sollte der letzte des Biedermanns Pons sein. Schon krank, fiel er von einer Krankheit in die andere. Bei seinem sanguinisch-galligen Temperament trat die Galle ins Blut, es folgte eine heftige Entzündung der Leber. Diese beiden aufeinanderfolgenden Krankheiten waren die einzigen seines Lebens; so kannte er keinen Arzt, und in einer ausgezeichneten, ja mütterlichen Regung holte die mitleidige und ergebene Frau Cibot den Arzt des Viertels.

In Paris lebt in jedem Viertel ein Arzt, dessen Name und Wohnung nur den unteren Klassen, den kleinen Bürgern, den Pförtnern bekannt sind, und der konsequent der Arzt des Viertels heißt. Dieser Arzt, der entbindet und zur Ader läßt, ist in der Medizin das, was in den Stellengesuchen der Zeitungen das Mädchen für alles ist. Gut zu den Armen und dank seiner langen Praxis ziemlich erfahren, wird er allgemein geliebt. Frau Cibot holte also den Dr. Poulain, und Schmucke erkannte ihn. Der Arzt hörte, ohne ihnen Beachtung zu schenken, die Klagen des alten Musikers an, der sich die ganze Nacht die unempfindlich gewordene Haut gekratzt hatte. Der Zustand der gelb geränderten Augen paßte zu diesem Symptom.

„Haben Sie in den letzten Tagen einen heftigen Kummer gehabt?“ fragte der Doktor seinen Kranken.

„Ja“, antwortete Pons.

„Sie haben die Krankheit, die der Herr da beinahe bekommen hat,“ sagte der Arzt und zeigte auf Schmucke, „die Gelbsucht, aber es ist nichts", fügte er hinzu und schrieb ein Rezept.

Trotz seiner so tröstlichen Versicherung hatte der Doktor auf den Kranken einen jener Blicke geworfen, aus denen Zeugen, die der Wahrheit nachgehen, immer das heimliche Todesurteil gelesen haben. Und Frau Cibot, die in die Augen des Arztes einen wahren Spionsblick geworfen hatte, täuschte sich weder über den Ton seiner Worte, noch über seinen Ausdruck und folgte ihm beim Hinausgehen.

„Glauben Sie, daß es nichts ist?" fragte sie ihn auf der Stiege.

„Meine liebe Frau Cibot, Ihr Herr ist ein Mann des Todes, nicht weil die Galle ins Blut getreten ist, sondern weil er keinen seelischen Widerstand mehr leistet. Bei großer Sorgfalt kann er sich noch herausziehen, aber dazu müßte man ihn von hier fortbringen und ihn reisen lassen..."

„Und womit?" fragte die Pförtnersfrau, „sein ganzes Einkommen besteht aus seinem Gehalt, und sein Freund lebt von einigen kleinen Renten aus der Tasche von ein paar großen Damen, denen er, wenn man ihn hört, Dienste erwiesen hat – sehr mildtätigen Damen. Es sind zwei Kinder, die ich seit neun Jahren pflege."

„Ich bringe mein Leben damit zu, Leute zu sehen, die nicht an ihren Krankheiten, sondern an dieser großen und unheilbaren Wunde, dem Geldmangel, sterben. In wieviel Dachkammern muß ich nicht, weit entfernt, mir meinen Besuch bezahlen zu lassen, ein Hundertsoustück auf dem Kamin zurücklassen!..."

„Armer, lieber Herr Poulain," sagte Frau Cibot,

„wenn Sie die hunderttausend Livres Rente mancher Knauser im Viertel hätten, wären Sie der Stellvertreter des lieben Gottes auf Erden.“

Der Arzt, dem es durch die Wertschätzung der Herren Pförtner seines Bezirks gelungen war, sich eine Kundschaft zu schaffen, die kaum zu seinem Lebensunterhalt genügte, hob die Augen zum Himmel und dankte Frau Cibot durch eine Tartuffes würdige Träne.

„Sie sagen also, mein lieber Herr Poulain, daß bei viel Pflege unser teurer Kranker wieder gesund würde?“

„Ja, wenn der Kummer, den er erlitten hat, nicht zu tief gegangen ist.“

„Armer Mann, wer hat ihn nur so erregen können? Ein braver Mann, der nicht seinesgleichen auf Erden hat, es sei denn seinen Freund, Herrn Schmucke. Ich will mich erkundigen, was ihm passiert ist. Und ich selber will denen den Kopf zurechtsetzen, die meinen Herrn unglücklich gemacht haben.“

„Hören Sie, meine liebe Frau Cibot,“ sagte der Arzt, der sich nun vor der Haustür befand, „zu den wichtigsten Eigenschaften der Krankheit Ihres Herrn gehört eine fortwährende Ungeduld, die über nichts ausbricht; da er sich wahrscheinlich keine Pflegerin nehmen kann, werden Sie ihn pflegen müssen. Also ...“

„Sprechen Sie von Herrn Pons?“ fragte der Eisenhändler, der seine Pfeife rauchte, ein ausgesprochener Auvergnate, und trat über die Türschwelle, um sich in die Unterhaltung der Pförtnerin und des Arztes zu mischen.

„Ja, Papa Rémonencq“, antwortete Frau Cibot.

„Nun, er ist reicher als Monistrol und die Antiquitätenhändler. Ich kenne mich in der Kunst genug aus, um Ihnen versichern zu können, daß der liebe Mann Schätze hat."

„Sieh an, ich glaubte neulich, Sie wollten sich über mich lustig machen, als ich Ihnen all das alte Zeug in der Abwesenheit der Herren zeigte," meinte Frau Cibot.

In Paris, wo das Pflaster Ohren, die Türen eine Zunge, die Fensterkreuze Augen haben, ist nichts gefährlicher, als vor den Haustüren zu sprechen. Die letzten Worte, die man sich da sagt, und die in der Unterhaltung das sind, was in einem Briefe eine Nachschrift ist, enthalten Indiskretionen, die ebenso gefährlich für die werden können, die sie verlauten lassen, als für die, die sie vernehmen. Das Folgende genügt, um diese Behauptung zu beweisen.

✩

GOLD IST TRUG

Worte von Scribe, Musik von Meyerbeer, Ausstattung von Rémonencq

EINES TAGES UNTER DEM KAISERREICH, zu einer Zeit, als die Männer ihre Haare sorgsam pflegten, verließ einer der ersten Coiffeure ein Haus, in dem er soeben eine hübsche Frau bedient hatte – das ganze Haus mit seinen reichen Mietern gehörte zu seiner Kundschaft.

Zu diesen gehörte ein alter Junggeselle, der eine Haushälterin hatte, die ihrerseits die Erben ihres Herren verabscheute. Der ehemals junge Mann

war schwer krank und soeben Gegenstand einer Beratung der berühmtesten Ärzte gewesen, die sich damals noch nicht Fürsten der Wissenschaft nannten.
Die Ärzte verließen zufällig gleichzeitig mit dem Haarkünstler das Haus. Während sie sich unter der Tür voneinander verabschiedeten, ließen sie ihren Worten freien Lauf, wie Ärzte immer tun, wenn die Farce der Konsultation zu Ende ist und sie unter sich sind.
„Ein Mann des Todes", sagte der Dr. Haudry. – „Er hat keinen Monat mehr zu leben," fügte Desplein hinzu, „es müßte denn ein Wunder geschehen."
Der Coiffeur hörte diese Worte. Wie alle Coiffeure unterhielt er Vertraulichkeiten mit den Dienstboten. Beute einer abscheulichen Habgier, eilt er sofort zu dem ehemals jungen Mann hinauf und verspricht der Haushälterin eine recht schöne Belohnung, wenn sie ihren Herren dazu bestimmen kann, einen großen Teil seines Vermögens in eine Leibrente zu verwandeln. Unter den Besitztümern des Junggesellen, der seine sechsundfünfzig Jahre doppelt zählen konnte, da er der Liebe stark geopfert hatte, befand sich ein prachtvolles Haus in der Rue de Richelieu, das damals zweihundertfünfzigtausend Franken wert war. Dieses Haus war der Gegenstand der Begehrlichkeit des Coiffeurs, und wurde ihm auch gegen eine Lebensrente von jährlich dreißigtausend Franken verkauft. Das trug sich im Jahre 1806 zu. Der Coiffeur, der sich vom Geschäft zurückgezogen hat, ist heute siebzig Jahre alt und zahlt 1846 die Rente noch immer. Da jener ehe-

mals junge Mann sechsundneunzig Jahre alt und zur Kindheit zurückgekehrt ist und seine Frau Evrard geheiratet hat, kann es noch lange so weiter gehen. Der Coiffeur hatte damals der Bonne einige dreißigtausend Franken gegeben: so kostet ihn das Haus mehr als eine Million, ist allerdings heute auch acht- bis neunhunderttausend Franken wert.

So wie der Coiffeur hatte der Auvergnate die letzten Worte gehört, die Brunner am Tage seiner Begegnung mit Cécile auf der Türschwelle an Pons gerichtet hatte; er war infolgedessen begierig gewesen, in das Museum unseres Pons einzudringen. Rémonencq, der in gutem Einvernehmen mit den Cibot lebte, erlangte rasch Zutritt, während der Abwesenheit der beiden Freunde. Die angehäuften Reichtümer blendeten ihn und er sah, daß da „etwas zu machen", d. h. in der Sprache der Kaufleute etwas zu stehlen war; seit fünf oder sechs Tagen zerbrach er sich den Kopf darüber.

„Ich scherze so wenig," antwortete er Frau Cibot und dem Doktor, „daß wir die Sache gleich besprechen können. Wenn der brave Mann eine Lebensrente von fünfzigtausend Franken im Jahr annehmen will, zahle ich Ihnen gleich einen Korb voll Wein für die Vermittlung ..."

„Was," sagte der Arzt zu Rémonencq, „fünfzigtausend Franken Rente! Aber wenn der gute Mann so reich ist, kann er mit meiner Hilfe und Frau Cibots Pflege gesund werden, denn Leberkrankheiten gehen auf hitziges Temperament zurück."

„Habe ich fünfzig gesagt? Aber ein Herr hat

ihm da auf der Schwelle Ihrer Tür siebenhunderttausend Franken angeboten, und bloß für Bilder, zum Kuckuck!"

Als Frau Cibot diese Erklärung Rémonencqs vernahm, sah sie den Doktor Poulain mit einem seltsamen Blick an, der Teufel entzündete ein düsteres Feuer in ihren orangenfarbenen Augen.

„Ach was, lassen wir uns nichts weiß machen", meinte der Arzt, zufrieden damit, zu wissen, daß sein Patient alle seine Besuche bezahlen konnte.

„Herr Doktor, wenn die gute Frau Cibot einverstanden ist, daß ich meinen Sachverständigen in die Wohnung bringe (der Herr braucht nichts zu merken, da er ja zu Bett liegt), finde ich das Geld in zwei Stunden, sagen wir siebenhunderttausend Franken."

„Gut, mein Freund," erwiderte der Arzt, „aber Sie, Frau Cibot, vergessen Sie nicht, daß der Kranke nie gereizt werden darf; Sie müssen sich mit Geduld wappnen, denn alles wird ihn erregen, alles ihn anstrengen, sogar Ihre Aufmerksamkeiten. Machen Sie sich darauf gefaßt, daß er nichts gut findet."

„Er wird schöne Schwierigkeiten machen", sagte die Pförtnerin.

„Ich wünsche, daß Sie mich gut verstehn," wiederholte der Arzt mit Autorität, „das Leben des Herrn Pons liegt in den Händen derer, die ihn pflegen; daher werde ich mich öfter nach ihm umsehen, vielleicht täglich zweimal, und beginne meine Besuche bei ihm."

Der Arzt war von der tiefen Gleichgültigkeit, mit der ihn das Los seiner armen Patienten erfüllte, zur zärtlichsten Besorgtheit übergegangen, als die

Möglichkeit auftauchte, daß Pons ein reicher Mann war; ein Spieler rechnet mit dem Wahrscheinlichen.

„Er soll wie ein König gepflegt werden", erwiderte Frau Cibot mit erkünstelter Begeisterung.

Die Pförtnerin wartete, bis der Doktor in der Rue Charlot verschwunden war; dann nahm sie die Unterhaltung mit Rémonencq wieder auf. Der Eisenhändler rauchte seine Pfeife fertig, an die Türfüllung seines Ladens gelehnt. Er hatte diese Haltung nicht ohne Absicht gewählt, er wollte die Pförtnerin an sich herankommen lassen.

Der Laden war ehemals ein Café gewesen und so geblieben, wie der Auvergnate ihn gemietet hatte. Man las noch „Café zur Normandie" auf dem langen Schild, das die Scheiben aller modernen Läden krönt. Der Auvergnate hatte, offenbar kostenlos, unter „Café zur Normandie" mit einem Pinsel und schwarzer Farbe folgende Zuschrift malen lassen: „Rémonencq, Eisenhändler, kauft Gelegenheitswaren." Die Spiegel, die Tische, die Stühle, die Ständer, die ganze Einrichtung des Cafés zur Normandie war natürlich verkauft worden. Rémonencq hatte um sechshundert Franken den leeren Saal, den Raum dahinter, die Küche und ein einziges Zimmer im Zwischenstock gemietet; in diesem Zimmer schlief früher der erste Kellner, die zum Café gehörende Wohnung wurde anderweitig vermietet. Von dem primitiven Luxus des Cafés war nur eine hellgrüne ungemusterte Tapete im Laden und die starken Eisenbarren des Schaufensters mit ihren Bolzen übriggeblieben.

Rémonencq war im Jahre 1831, nach der Julirevolution, eingezogen und hatte damit begonnen, zerbrochene Schellen, gesprungene Platten, Eisenzeug, gebrauchte Wagen und Gewichte auszulegen, die durch das neue Gesetz ungültig geworden sind, der Staat allein befolgt es nicht, denn er läßt die Ein- und Zweisoustücke aus der Zeit Ludwigs XVI. noch im Verkehr. Danach kaufte dieser Auvergnate, der die Schlauheit von fünf Auvergnaten besaß, Kücheneinrichtungen, alte Rahmen, altes Kupfer, beschädigtes Porzellan. Unmerklich, durch Ankauf und Absatz, verbesserte sich die Natur der Waren, man wurde an die Possen Nicolets erinnert. Der Eisenhändler beherrschte dieses System des verdoppelten Einsatzes bis zur Vollkommenheit, und auch hier konnte sich ein philosophischer Spaziergänger über den steigenden Wert der Auslagen Gedanken machen. Auf das Weißblech, die Lampen, das Bruchzeug folgten Rahmen und Kupfergegenstände, schließlich Porzellan, worauf es nicht mehr lange dauerte, bis der Laden sich in ein Museum verwandelte. Eines Tages waren die Fensterscheiben von Staub gereinigt, das Innere neu hergerichtet: der Auvergnate legte Samt und Jackenweste ab und trug Gehröcke. Fortan behütet er gleich einem Drachen seinen Schatz, umgibt sich mit Meisterwerken, ist ein gewiegter Kenner geworden, hat seine Kapitalien verzehnfacht und fällt auf keine List mehr herein, er kennt die Schliche des Handwerks. Das Ungeheuer ist fertig wie eine alte Kupplerin, die zwanzig Mädchen dem Publikum anbietet. Die Schönheit, die Wunder der Kunst sind diesem Mann gleichgültig, der zu-

gleich feinfühlig und plump ist; er berechnet seinen Gewinn und legt die Unwissenden hinein. Schauspieler geworden, spielt er den, der sich von seinen Leinwänden und eingelegten Arbeiten nicht trennen kann, oder den, der in Geldverlegenheit ist; er erfindet enorme Einkaufspreise und bietet sich an, an den Verkaufspreisen nachzuweisen, daß er verliert. Er ist ein Proteus, er ist in derselben Stunde der Einfaltspinsel Jocrisse, der Hanswurst Janot, Bajazzo mit dem roten Band oder der Marktschreier Mondor, der Geizhals Harpagon, der Erztölpel Nicodemus. Vom dritten Jahr an sah man bei Rémonencq hübsche Uhren, Rüstungen, alte Gemälde. Während seiner Abwesenheit hütete den Laden eine dicke, sehr häßliche Frau, seine Schwester, die er zu Fuß vom Land hatte nach Paris kommen lassen. Die Rémonencq war eine Art Idiotin mit leerem Blick, und wie ein japanisches Götzenbild gekleidet; sie ließ nicht einen Centime von den Preisen ihres Bruders ab, führte im übrigen den Haushalt und löste das unlösbare Problem, wie man von den Nebeln der Seine leben kann.
Rémonencq und seine Schwester nährten sich von Brot und Hering, von Schalen und Gemüseabfällen, die sie in den Kehrichthaufen der Restaurants aus der Straßenrinne auflasen. Beide zusammen gaben sie, das Brot einbegriffen, nicht mehr als zwölf Sou im Tag aus, und die Schwester nähte oder spann, um sie zu verdienen.
Diese Anfänge Rémonencqs, der nach Paris gekommen war, um Dienstmann zu werden, und von 1825 bis 1831 in der Tat die Aufträge der Althändler des Boulevard Beaumarchais und der

Kupferschmiede der Rue de la Lappe ausgeführt hatte, sind diejenigen sehr vieler Händler mit sogenannten Kuriositäten. Die Juden, die Normannen, die Auvergnaten und die Savoyarden, diese vier Rassen, haben dieselben Instinkte und machen sich ihr Vermögen mit denselben Mitteln. Nichts ausgeben, kleinen Verdiensten nachgehn, Zinsen und Verdienste zusammenlegen: das ist ihr Grundgesetz. Und dieses Gesetz ist eine Wahrheit.

Im Augenblick ging Rémonencq, der mit seinem alten Gevatter Monistrol ausgesöhnt war und zu Großhändlern in Beziehung stand, „hausieren", d. h. er machte Gelegenheiten ausfindig und schloß vorteilhaft mit unwissenden Besitzern ab. Sein Arbeitsfeld war die Bannmeile von Paris, die bekanntlich einen Halbmesser von vierzig französischen Meilen oder hundertsechzig Kilometern hat. Nach vierzehn Jahren Arbeit sah er sich im Besitz eines Vermögens von sechzigtausend Franken und eines wohlgefüllten Geschäftes.

Ohne Nebeneinkünfte zu beziehen, verkaufte er in dem Laden der Rue de Normandie, der ihn wegen seiner billigen Miete festhielt, seine Waren an die Händler und begnügte sich mit einem mäßigen Gewinn. Allen seinen Geschäften oblag er in auvergnatischem Kauderwelsch, dem sogenannten Charabia*).

Er hing einem Traum nach: er wollte sich auf den Boulevards niederlassen, ein reicher Antiquitätenhändler werden und eines Tages direkt mit

---

*) In diesem, das durch die reichliche Verwendung von ch auffällt, läßt auch Balzac den Rémonencq sprechen; solche Lokalfarben lassen sich nicht übertragen. D. Ü.

den Liebhabern verhandeln. Im übrigen steckte ein gefährlicher Unterhändler in ihm. Auf seinem Gesicht lag eine Art Staubmaske, eine Mischung aus Eisenabfällen und Schweiß, denn er machte alles selbst. Durch diese Schicht wurde sein Ausdruck um so undurchdringlicher, als die Gewohnheit körperlicher Anstrengung ihm die stoische Unbeweglichkeit des alten Soldaten von 1799 verliehen hatte.

Äußerlich erschien Rémonencq als ein kurzstämmiger, magerer Mensch mit kleinen Augen, die große Ähnlichkeit mit Schweinsaugen hatten und in ihrem kalten Blau die konzentrierte Gier, die durchtriebene Listigkeit der Juden zeigten – jedoch fehlte ihm deren zur Schau getragene Demut, hinter der sich ihre tiefe Verachtung der Christen verbirgt.

Die Beziehungen zwischen den Cibot und den Rémonencq waren die des Wohltäters und des Verpflichteten. Frau Cibot, die von der außerordentlichen Armut der Auvergnaten überzeugt war, verkaufte ihnen zu märchenhaft billigen Preisen die Reste, die Cibot und Schmucke übrigließen. Die Rémonencq bezahlten für ein Pfund trockner Krusten und Brotkrumen zweieinhalb Centime, für einen Napf voll in Fett gesiedeter Kartoffeln anderthalb Centime und so weiter. Der schlaue Rémonencq kam niemals dazu, Geschäfte für eigene Rechnung zu machen. Er schob immer Monistrol vor und jammerte darüber, daß die reichen Händler ihm nicht den Bissen im Mund gönnten; die Cibot hatten ehrlich Mitleid mit den Rémonencq. Seit elf Jahren hatte der Auvergnate noch nicht den Samtkittel, die Samthose und die

Samtweste aufgetragen; diese drei für die Auvergnaten so charakteristischen Kleidungsstücke waren mit Flicken besetzt, die Cibot umsonst aufnähte. Wie man sieht, wohnen nicht alle Juden in Israel.

„Machen Sie sich nicht über mich lustig, Rémonencq?“ fragte die Pförtnersfrau, „Wie kann Herr Pons leben, wie er lebt, wenn er ein derartiges Vermögen besitzt? Er hat keine hundert Franken auf sich.“

„Die Sammler sind alle so“, gab Rémonencq seine Erfahrungen zum besten.

„Sie glauben also wirklich, daß mein Herr für siebenhunderttausend Franken . . .“

„In den Bildern allein . . . Eins ist dabei, für das er fünfzigtausend nur zu fordern braucht, ich würde sie finden, und wenn ich mir die Zunge aus dem Hals laufen müßte. Sie kennen doch die kleinen Rahmen in Kupfer und Email, innen roter Samt, mit den Porträts . . .? Das sind Emailarbeiten von Petitot, und der Minister von der Regierung würde Stück für Stück mit dreitausend Franken bezahlen.“

„Es sind dreißig in den beiden Rahmen!“ rief die Pförtnerin, deren Augen sich weiteten.

„Danach können Sie sich einen Begriff von seinen Schätzen machen.“

Frau Cibot wurde vom Schwindel ergriffen und schwenkte um. Sie beschloß augenblicklich, dafür zu sorgen, daß sie in das Testament des Biedermannes kam, gleich allen Haushälterinnen, deren Leibrenten soviel Begehrlichkeit im Maraisviertel entzündet hatten. Sie sah sich schon in der Umgebung von Paris in einem Landhäuschen wohnen und ihren Hühnerhof halten, sie sah den Garten, mit dem sie ihre Tage beschließen würde, wie eine Königin gepflegt – ihren armen Cibot nicht zu vergessen, der ein bißchen Wohlergehen so sehr verdient hätte, aber wie alle Engel vergessen und unverstanden blieb.

In der plötzlichen, naiven Erregung der Pförtnerin sah Rémonencq eine Gewähr für seine Pläne. Im Beruf des Gelegenheitshändlers besteht die Schwierigkeit darin, in die Häuser zu kommen. Der Gelegenheitshändler benutzt die Listen Scapinos, die Ränke Sganarellos und die Verführungen Dorinas, um beim Bürger Zutritt zu erlangen. Ganze Komödien spielen sich ab, und sie bauen sich immer wie hier auf der Habgier der Dienstboten auf. Zumal auf dem Land oder in der Provinz vermitteln die Dienstboten für dreißig Franken bar oder in Waren Verträge, an denen der Händler tausend bis zweitausend Franken verdient. An manches alte Sèvresgeschirr aus sog. weicher Masse wurden die diplomatischen Listen des westfälischen Friedens, die ganze Intelligenz der Friedensschlüsse von Nymwegen, Utrecht, Ryswijk, Wien gewandt und von diesen Aufkäufern noch überboten, deren Humor dazu freier als der der Diplomaten ist. Sie benutzen Mittel, die ebenso bis auf den Grund des persönlichen Interesses reichen wie die so mühsamen Mittel, durch die die Diplomaten die festesten Bündnisse zu sprengen suchen.

„Der Cibot hab ich einen Floh ins Ohr gesetzt," sagte der Bruder zur Schwester, die ihren Sitz auf dem wackligen Stuhl wieder einnahm, „aber ich will doch den einzigen zu Rate ziehen, der etwas davon versteht, unsren Juden, einen guten

Juden, der nur fünfzehn Prozent von uns nimmt."
Rémonencq hatte der Cibot ins Herz geblickt. Bei Frauen dieser Art heißt Wollen Handeln; sie schrecken vor keinem Mittel zurück, um ihr Ziel zu erreichen, gehen von der vollkommensten Ehrlichkeit zur tiefsten Schurkerei über, besinnungslos. Die Ehrlichkeit sollte sich, wie übrigens alle unsere Empfindungen, in zwei Arten spalten: die negative und die positive Ehrlichkeit.
Für die negative Ehrlichkeit wären die Cibot ein Beispiel, die ehrlich sind, solange die Möglichkeit, reich zu werden, sich ihnen nicht bietet. Die positive Ehrlichkeit bleibt in allen Versuchungen unerschütterlich wie die der Steuereinnehmer.
Durch die Bresche, die die teuflischen Worte des Eisenhändlers geöffnet hatten, ergoß sich in Verstand und Herz der Pförtnersfrau eine Menge schlimmer Pläne. Die Cibot stieg nicht nur, sie flog von der Loge nach der Wohnung ihrer beiden Herren und trat mit dem Ausdruck der zärtlichsten Besorgnis in das Zimmer, in dem Pons und Schmucke stöhnten. Schmucke gebot ihr sofort durch ein Zeichen, in Gegenwart des Kranken nichts über die wirkliche Meinung des Doktors verlauten zu lassen; denn er, der Freund, der hochherzige Deutsche, hatte in den Augen des Arztes gelesen. Sie antwortete mit einem anderen Zeichen, das den tiefsten Schmerz ausdrückte.
„Oh, teurer Herr Pons, wie fühlen Sie sich?" fragte die Cibot.
Die Pförtnerin pflanzte sich am Fußende des Bettes auf, stützte die Hände auf die Hüften und richtete die Augen liebevoll auf den Kranken. Aber welche gelben Lichter funkelten in diesen

Augen! Für einen Beobachter wären sie schrecklich gleich denen eines Tigers gewesen.

„Schlecht genug," antwortete der arme Pons, „ich fühle nicht mehr den geringsten Appetit. Oh, die Welt, die Welt", rief er und drückte die Hand Schmuckes, der am Kopfende saß und die Hand des Freundes hielt – so hatten sie offenbar von der Ursache dieser Krankheit gesprochen. „Wie viel besser hätte ich getan, deinem Rat zu folgen, mein lieber Schmucke, immer hier zu essen, seitdem wir uns zusammengetan haben, und auf die Gesellschaft zu verzichten, die über mich wie ein Karren über ein Ei hinweggeht – warum nur?"

„Nun, nun, mein guter Herr, keine Klagen, der Doktor hat mir die Wahrheit gesagt", erwiderte die Cibot.

Schmucke zog sie am Rock.

„Also, Sie können sich aus der Sache ziehen, bei sorgfältiger Pflege ... keine Angst, dafür ist ein guter Freund da und, ohne mich zu rühmen, eine Frau, die Sie pflegen wird, wie eine Mutter ihr erstes Kind pflegt. Ich habe Cibot gesund bekommen, als Herr Poulain schon keinen Pfennig mehr für ihn gab! ... Und Sie, der nicht so weit ist, obwohl Sie tüchtig krank sind, zählen Sie auf mich ... ich allein würde Sie schon hochbringen! Seien Sie ganz ruhig, Sie müssen Ihre Hände still liegen lassen, so ..."

Und sie zog die Decke über die Hände des Kranken.

„Abgemacht, Söhnchen," fuhr sie fort, „Herr Schmucke und ich wachen die Nächte hier, an Ihrem Lager ... Sie sollen besser als ein Prinz behütet werden ... und außerdem sind Sie ja auch reich genug, um sich nichts zu versagen, was bei Ihrer Krankheit nötig ist... Mit Cibot hab' ich mich schon eingerichtet, der arme Kerl, was sollte er ohne mich machen?... Also, ich hab' ihm gut zugeredet, und wir lieben Sie beide so sehr, daß er einverstanden ist, daß ich nachts hier bin... Und für einen Mann wie ihn ist das ein hohes Opfer, denn er liebt mich wie am ersten Tag. Ich weiß nicht, woher es kommt – wahrscheinlich ist es die Loge, immer Seite an Seite! ... Decken Sie sich doch nicht so auf," sagte sie, sprang ans Kopfende und zog die Decke über die Brust des Kranken, „wenn Sie nicht artig sind, wenn Sie nicht genau tun, was der Doktor, der der liebe Gott selbst ist, vorschreibt, sorge ich nicht mehr für Sie . . . Sie müssen mir gehorchen."

„Er gehorcht auch, Mutter Cibot, er gehorcht auch," fiel Schmucke ein, „denn er will für seinen Freund Schmucke leben, ich bin sicher."

„Vor allem nicht ungeduldig werden," fuhr die Cibot fort, „denn Ihre Krankheit treibt Sie dazu, und Sie sind es so schon genug. Gott sucht uns heim, mein lieber, guter Herr, er straft uns für unsre Fehler, Sie haben sicherlich ein paar liebe kleine Fehler zu bereuen."

Der Kranke neigte leicht den Kopf.

„Oh, Sie werden in Ihrer Jugend geliebt haben und lustig gewesen sein; vielleicht gibt es irgendwo eine Frucht der Liebe und ist ohne Brot und Wärme und Wohnung... Schlimme Männer! Das liebt einen Tag und dann Ade! Das kümmert sich um nichts mehr, nicht einmal um die Stillzeit! ... Arme Frauen!"

„Aber außer Schmucke und meiner armen Mutter hat mich nie jemand geliebt", sagte traurig der arme Pons.

„Wie, Sie sind ein Heiliger? Sie waren doch jung und müssen mit Zwanzig ein recht hübscher junger Mann gewesen sein ... Ich hätte Sie sicher geliebt, einen so guten Menschen ..."

„Ich war immer häßlich wie eine Kröte!" antwortete Pons zerknirscht.

„Das sagen Sie aus Bescheidenheit, denn man muß es Ihnen lassen, bescheiden sind Sie."

„Aber nein, meine liebe Frau Cibot, ich wiederhole es: ich bin immer häßlich gewesen und bin nie geliebt worden ..."

„Was Sie nicht sagen! Sie? Wollen Sie mich glauben machen, daß Sie, in Ihrem Alter, wie eine Rosenjungfer leben, die den Tugendpreis bekommt? ... Andere mögen das glauben! Ein Musiker! Ein Theatermann! Nicht einmal einer Frau würde ich das glauben."

„Frau Cibot, Frau Cibot!" mahnte Schmucke in seiner deutschen Aussprache, „Sie werden ihn aufregen, er krümmt sich wie ein Wurm im Bett."

„Oh, seien Sie nur auch still! Sie sind zwei alte Sünder! ... Häßlich sind Sie? Es gibt keinen so häßlichen Deckel, der nicht sein Töpfchen findet, sagt das Sprichwort; Cibot hat eine der hübschsten Austernverkäuferinnen von Paris herumgekriegt, und Sie sind viel, viel besser als er! Nicht wahr, Sie haben sich einen Spaß erlaubt und Gott straft Sie dafür, daß Sie wie Abraham Ihre Kinder verließen ..."

Der Kranke, der ganz zerschlagen war, fand noch die Kraft, eine verneinende Bewegung zu machen.

„Aber seien Sie nur ruhig, das hindert Sie nicht, so lange wie Methusalem zu leben."

„Aber lassen Sie mich doch in Ruhe," rief Pons, „ich habe nie gewußt, was Liebe ist, ich habe keine Kinder gehabt, ich stehe allein auf der Welt."

„Nein, wirklich?" fragte die Pförtnerin, „Sie sind doch so gut und die Frauen lieben nur die Güte, das zieht sie an ... und ich konnte gar nicht glauben, daß Sie in Ihrer guten Zeit nicht ..."

„Bring sie fort," flüsterte Pons in das Ohr Schmuckes, „sie bringt mich um."

„Dann hat aber Herr Schmucke wenigstens Kinder? ... Ihr seid alle so, Ihr alten Junggesellen ..."

„Ich," rief Schmucke und sprang auf die Füße, „aber ..."

„Gehen Sie doch! Oder sind auch Sie vielleicht ohne Erben? Sie sind beide wie die Pilze auf diese Erde gekommen, wie?"

„Genug, genug, kommen Sie", sagte Schmucke.

Der gute Deutsche faßte heroisch Frau Cibot um die Hüfte und führte sie in den Salon, ohne auf ihr Geschrei zu achten.

☆

ABHANDLUNG ÜBER DIE GEHEIMEN WISSENSCHAFTEN

„IN IHREM ALTER WERDEN SIE EINE ARME Frau nicht mißbrauchen wollen!" schrie die Cibot in den Armen Schmuckes.

„Schreien Sie doch nicht!"

„Sie, der beste von beiden!" antwortete die Cibot, „oh, ich tat Unrecht, als ich mit zwei Alten, die

nie Frauen gekannt haben, von Liebe sprach! Jetzt sind Sie in Brand geraten!" rief sie und fürchtete sich vor den Augen Schmuckes, die vor Zorn glühten. „Zu Hilfe, zu Hilfe, man entführt mich!"
„Sie sind verrückt", antwortete der Deutsche, „fassen Sie sich doch! Was hat der Doktor gesagt?"
„Sie mißhandeln mich," sagte die Cibot weinend, als er sie freigegeben hatte, „mich, die für Sie beide ins Feuer ginge! Aber nicht umsonst sagt man, daß die Männer es zu mißbrauchen wissen. Mein alter Cibot würde nicht so grob mit mir verfahren ... behandle ich Sie nicht wie meine Kinder? Denn ich habe keine Kinder, und gestern, ja erst gestern, sagte ich zu Cibot: ‚Mein Freund, Gott wußte, was er tat, als er uns Kinder versagte: ich habe zwei Kinder, sie wohnen über uns.' Das hab' ich, beim heiligen Kreuz Gottes, bei der Seele meiner Mutter, ihm gesagt."
„Was aber hat der Doktor gesagt?" fragte wütend Schmucke, der zum erstenmal in seinem Leben mit dem Fuß aufstampfte.
„Er hat gesagt," antwortete Frau Cibot und zog Schmucke ins Eßzimmer, „er hat gesagt, daß unser lieber, teurer, braver Herr sterben muß, wenn er nicht gut gepflegt wird. Aber ich bin da, Ihren Brutalitäten zum Trotz: denn Sie sind brutal, und ich hielt Sie für so sanft. Alle Achtung, an Temperament fehlt es Ihnen nicht! Wie, Sie Scheusal, Sie wären imstande, noch in Ihrem Alter eine Frau zu mißbrauchen?"
„Scheusal, ich? Sie begreifen also nicht, daß ich nur Pons liebe?"
„Gott sei Dank. Mich lassen Sie also in Ruhe?" fragte sie Schmucke lächelnd. „Sie tun gut daran,

denn Cibot würde jedem, der an seine Ehre zu rühren wagt, die Knochen zerschlagen."

„Pflegen Sie ihn gut, Mutter Cibot", bat Schmucke und versuchte ihre Hand zu ergreifen.

„Oho, noch immer!"

„So hören Sie mich doch an! Alles, was ich habe, soll Ihnen gehören, wenn wir ihn retten."

„Gut, dann gehe ich zum Apotheker, um alles Nötige zu holen ... Denn, sehen Sie, das kostet, diese Krankheit. Wie wollen Sie es anstellen?"

„Ich werde arbeiten! Ich will, daß Pons wie ein Prinz gepflegt wird."

„Das wird er, mein lieber Herr Schmucke, und Sie brauchen sich nicht zu sorgen. Cibot und ich, wir haben zweitausend Franken gespart, sie gehören Ihnen, es ist nicht das erstemal, daß ich etwas von dem Meinigen beisteure."

„Weib, Weib," rief Schmucke und wischte sich die Augen, „welches Herz!"

„Trocknen Sie Tränen, die mich ehren und meine persönlichste Belohnung sind", sagte melodramatisch die Cibot. „Ich bin das uneigennützigste Geschöpf, das Sie finden können, aber lassen Sie drinnen Ihre Tränen nicht sehn, Herr Pons würde glauben, daß er kränker als in Wirklichkeit ist."

Schmucke, den dieses Zartgefühl rührte, ergriff endlich ihre Hand und preßte sie.

„Schonen Sie mich!" rief die ehemalige Austernverkäuferin und warf ihm einen zärtlichen Blick zu.

„Wirklich," sagte der gute Deutsche, als er bei Pons wieder eintrat, „wirklich, sie ist ein Engel, ein vollkommener Engel."

„Du glaubst? ... Ich bin seit einem Monat mißtrauisch geworden", erwiderte der Kranke, indem er den Kopf schüttelte. „Nach allen meinen schlimmen Erfahrungen glaube ich an nichts mehr als an Gott und dich!“

„Werde gesund, und wir wollen alle drei wie Könige leben!“ rief Schmucke.

„Cibot, mein Freund,“ sagte die Pförtnerin, als sie ihre Loge betrat, „unser Glück ist gemacht! Meine Herren haben weder Erben noch natürliche Kinder noch sonst einen Anhang . . . Oh, ich gehe zu Mutter Fontaine und lasse mir aus den Karten sagen, wie groß unsre Rente sein wird.“

„Frau,“ antwortete der kleine Schneider, „wer Schuhe braucht, soll nicht auf die Schuhe eines Toten rechnen.“

„Du willst mich wohl ärgern?“ fragte sie und gab ihm einen freundschaftlichen Schlag. „Ich weiß, was ich weiß! Herr Poulain hat Herrn Pons zum Tod verurteilt. Und wir werden reich sein! Ich komme ins Testament! Dafür laß mich sorgen! Hantiere mit deiner Nadel und wache in deiner Loge, das Handwerk hast du die längste Zeit ausgeübt! Aufs Land ziehn wir uns zurück, nach Batignolles. Ein schönes Haus, ein schöner Garten, in dem du machen kannst, was du willst, und für mich ein Mädchen!“

„Nun, Nachbarin, wie geht's da oben?“ fragte Rémonencq; „wissen Sie, was die Sammlung wert ist?“

„Nein, noch nicht! So schnell geht's nicht, mein lieber Mann; ich hab mir zuerst einmal Wichtigeres sagen lassen.“

„Wichtigeres!“ rief Rémonencq, „was ist denn noch wichtiger als diese Frage?“

„Laß nur, mein Alter, ich werde die Sache schon

machen", antwortete die Pförtnerin mit Würde. „Dreißig aufs Hundert, vergessen Sie das nicht, Sie hätten genug, um für den Rest Ihrer Tage wie ein dicker Bürger zu leben."

„Keine Sorge, Papa Rémonencq; wenn es gilt, festzustellen, was alle die Sachen des guten Mannes da oben wert sind, werden wir weiter sehn."

Als die Pförtnerin beim Apotheker die Heilmittel des Doktors Poulain hatte anfertigen lassen, verschob sie ihren Besuch bei der Fontaine auf den nächsten Tag, in der Erwägung, daß am frühen Morgen, bevor noch alle Welt gekommen war, das Orakel frischer und bestimmter sein werde; man drängte sich häufig bei der Fontaine.

Nachdem sie vierzig Jahre lang die Widersacherin der berühmten Lenormond gewesen war und diese übrigens überlebt hatte, galt sie als das unbestrittene Orakel des Marais. Man ahnt nicht, was in Paris die Kartenschlägerinnen für die unteren Klassen bedeuten, noch, welchen ungeheuren Einfluß sie auf die Entscheidungen der ungebildeten Leute ausüben. Die Köchinnen, die Pförtnersfrauen, die ausgehaltnen Frauen, die Arbeiter, alle, die in Paris von Hoffnungen leben, ziehen die bevorrechtigten Wesen zu Rate, die die seltsame und unerklärliche Macht besitzen, in der Zukunft zu lesen.

Der Glaube an die geheimen Wissenschaften ist weit mehr verbreitet, als Gelehrte, Anwälte, Notare, Ärzte, Richter und Philosophen wissen. Gewisse Instinkte des Volkes sind unzerstörbar. Zu ihnen gehört der, den man abgeschmackt genug Aberglauben nennt: er sitzt ebenso tief im Blut des Volkes wie im Geist der gehobenen Klassen.

In Paris befragt mehr als ein Staatsmann die Kartenschlägerin.

Für die Ungläubigen ist die Sterndeutekunst nichts als die Ausbeutung eines eingeborenen Gefühls, eines der stärksten unsrer Natur, der Neugierde. Die Ungläubigen leugnen also vollständig die Beziehungen, die für die Wahrsagekunst zwischen der Bestimmung des Menschen und den Umständen bestehen, die man durch die sieben oder acht hauptsächlichen Mittel erhält, auf denen die Astrologie beruht.

Aber es verhält sich mit den geheimen Wissenschaften wie mit so vielen Naturerscheinungen, die von den starken Geistern oder den materialistischen Philosophen abgelehnt werden (also von denen, die sich nur an die sichtbaren, handgreiflichen Tatsachen halten, z. B. an die Ergebnisse der Retorte oder der Wage der modernen Physik und Chemie); diese Wissenschaften bestehen weiter und gehen ihren Weg, ohne doch Fortschritte aufweisen zu können, da seit ungefähr zwei Jahrhunderten die auserlesenen Geister dieses Feld nicht mehr bebauen.

Um nur die mögliche Seite der Wahrsagekunst zu betrachten, so ist es abgeschmackt zu glauben, daß die früheren Ereignisse im Leben eines Menschen, die nur ihm bekannten Geheimnisse unmittelbar durch Karten dargestellt werden können, die er mischt und abhebt, worauf sie der Kartenschläger nach mysteriösen Gesetzen in Päckchen teilt; aber diese Abgeschmacktheit stand vor der Nutzbarmachung des Dampfes, wie sie noch vor der Luftschiffahrt steht, sie stand vor der Erfindung des Pulvers und der Buchdruckerei, vor

der der Brille, des Kupferstichs und der letzten großen Entdeckung, der Photographie.
Wenn jemand zu Napoleon gekommen wäre und ihm gesagt hätte, daß ein Gebäude und ein Mensch jederzeit und unaufhörlich ein Bild in die Luft werfen, daß alle existierenden Gegenstände auf diese Weise als ungreifbares Gespenst sich wiederholen, würde er diesen Mann in Charenton eingesperrt haben, wie Richelieu Salomon von Caus in Bicêtre einsperrte, als der normännische Märtyrer ihm die ungeheure Entdeckung des durch Dampf bewegten Schiffes vortrug. Und doch hat Daguerre genau das durch seine Entdeckung bewiesen.
Wohlan, wenn Gott für gewisse klarsehende Augen die Bestimmung eines jeden Menschen seiner Physiognomie aufgedrückt hat – dieses Wort als Begriff für das gesamte Äußere genommen – warum sollte dann die Hand nicht die Physiognomie in gedrängter Kürze zusammenfassen, da ja die Hand das menschliche Tun selber, geradezu die Manifestation des Tuns ist? Hierauf beruht das Wahrsagen aus der Hand.
Ahmt die Gesellschaft nicht Gott nach? Daß jemand einem anderen aus der Hand die Geschehnisse seines Lebens voraussagen kann, ist für den, der die Gabe des Hellsehens empfangen hat, nicht erstaunlicher, als wenn man einem Soldaten sagt, daß er sich schlagen wird, einem Anwalt, daß er reden wird, einem Schuster, daß er seine Stiefel machen wird, einem Landmann, daß er seinen Boden düngen und bebauen wird. Wählen wir ein in die Augen springendes Beispiel.
Der Genius prägt sich so deutlich im Äußeren

eines Menschen aus, daß in Paris bei einem Spaziergang die unwissendsten Leute den großen Künstler, der gerade vorübergeht, erraten. Eine geistige Sonne beleuchtet gleichsam alles, was in ihren Bereich fällt, mit ihren Strahlen. Erkennt man einen Dummkopf nicht sofort an einer Wirkung, die das Gegenteil der von einem Genie ausgehenden ist? Ein gewöhnlicher Mensch geht beinahe unbemerkt vorüber. Die meisten Beobachter der Gesellschaft und der Pariser Zustände können die Beschäftigung eines Mannes, den sie sich nahen sehen, angeben. Heute sind die Mysterien des Hexensabbats, die von den Malern des 16. Jahrhunderts so trefflich gemalt wurden, keine Mysterien mehr. Die Zigeunerinnen oder die Zigeuner, diese seltsame aus Indien stammende Rasse, gaben ganz einfach ihren Kunden Haschisch ein. Die phantastischen Vorstellungen, die der Wirkung dieser Droge entsprangen, erklären völlig den Ritt auf dem Besen, die Fahrt aus dem Kamin, die beschworenen Visionen von alten Weibern, die sich in junge verwandelt haben, oder wilden Tänzern, und ebenso die hinreißende Musik, die die Träume der angeblichen Teufelsanbeter begleitete.

Heute haben so viele beglaubigte, authentische Tatsachen ihren Ausgang von den geheimen Wissenschaften genommen, daß diese eines Tages gelehrt werden werden, wie man Chemie und Astronomie lehrt. Zu einer Zeit, wo man in Paris Lehrstühle für Slawisch, Mandschu und Literaturen des Nordens einrichtet, die so wenig lehrbar sind, daß sie eher Unterricht empfangen als geben sollten, und deren Professoren ewig dieselben Ar-

tikel über Shakespeare oder das 16. Jahrhundert wiederholen – in einer solchen Zeit ist es sogar befremdlich, daß man nicht unter der Bezeichnung Anthropologie den Unterricht in der okkulten Philosophie wiederhergestellt hat, der einer der Glanzpunkte der alten Universität war.
Darin ist Deutschland, dieses zugleich so große und so kindliche Land, Frankreich vorangegangen, denn dort lehrt man diese Wissenschaft, die weit nützlicher ist als die verschiedenen Philosophien, die alle auf dasselbe hinauslaufen.
Daß gewisse Wesen die Macht besitzen, aus dem Keim die Folgen abzulesen, wie der große Erfinder in einer von der Masse nicht bemerkten Erscheinung eine Industrie, eine Wissenschaft sieht, gehört nicht mehr zu jenen gewaltigen Ausnahmen, die Aufsehen erregen, sondern wird als Wirkung einer Fähigkeit anerkannt, die gewissermaßen als Somnambulismus des Geistes anzusprechen wäre. Diese Behauptung, auf der die verschiedenen Arten, die Zukunft zu entziffern, beruhen, mag abgeschmackt erscheinen, die Tatsache besteht. Kommende Ereignisse in großen Zügen vorauszusagen, ist für den Hellseher keine ungewöhnlichere Leistung, als die Vergangenheit zu erraten. Für den Ungläubigen ist es ebenso unmöglich, die Vergangenheit wie die Zukunft zu kennen.
Wenn vollzogene Geschehnisse Spuren hinterlassen, ist es wahrscheinlich, daß die künftigen Wurzeln haben. Wenn ein Wahrsager uns mit allen Einzelheiten aus unserem vergangenen Leben Dinge erzählt, die nur wir kennen, vermag er auch anzugeben, welche Geschehnisse bestehenden Ursachen

entspringen werden. Die geistige Welt ist nach dem Muster der materiellen zugeschnitten, wenn man so sagen darf; dieselben Wirkungen müssen sich darin nachweisen lassen, Unterschiede entsprechen der Verschiedenheit des Milieus.
Ebenso wie die Körper tatsächlich in den Raum das flüchtige Abbild ausstrahlen, das durch die lichtempfindliche Platte gezwungen wird, zu verweilen, ebenso bringen die Vorstellungen, die wirkliche und handelnde Wesen sind, in dem, was man die Atmosphäre der geistigen Welt nennen muß, Eindrücke im Wortsinn hervor, haben Wirkungen, leben ihr Leben als Schatten der Dinge, und damit können gewisse, mit ungewöhnlichen Fähigkeiten begabte Wesen diese Formen oder Ideenspuren deutlich erkennen.
Was die Mittel betrifft, durch die man zu einem solchen Schauen gelangt, sobald die Hand des Ratsuchenden die Gegenstände ordnet, die dazu dienen, die Zufälle seines Lebens darzustellen, so läßt sich hier das Wunder am leichtesten erklären. In der realen Welt ist alles miteinander verkettet. Jede Bewegung hängt von einer Ursache ab, jede Ursache ist mit dem Ganzen verknüpft, folglich äußert sich das Ganze in der kleinsten Bewegung. Rabelais, der größte Geist der neuen Zeit, der Pythagoras, Hippokrates, Aristophanes und Dante zusammenfaßte, hat vor nun drei Jahrhunderten gesagt: ‚Der Mensch ist ein Mikrokosmos.' Drei Jahrhunderte später sagte Swedenborg, der große schwedische Seher, die Erde sei ein Mensch. Der Seher und der Vorläufer des Unglaubens begegneten sich so in der höchsten Formulierung.
Alles im menschlichen Leben ist schicksalbestim-

mend, ebenso im Leben unsres Planeten. Die geringsten, die flüchtigsten Geschehnisse ordnen sich unter. Daher äußern sich die großen Ereignisse, die großen Absichten, die großen Gedanken notwendig in den kleinsten Handlungen und mit solcher Treue, daß ein Verschwörer z. B. ein Kartenspiel nur zu mischen und abzuheben braucht, damit der als Zigeuner, Kurpfuscher oder wie immer bezeichnete Hellseher das Geheimnis der Verschwörung abliest.

Sobald man die Schicksalsverkettung zugibt, existiert das Wahrsagen und wird das, was es einst war, eine unermeßliche Wissenschaft, denn sie schließt die Fähigkeit der Deduktion ein, durch die Cuvier so groß wurde; aber dort ist sie spontan, während dieses Genie sie in den Nächten des Studierzimmers ausübte.

Die Wahrsagekunst hat sieben Jahrhunderte lang geherrscht – nicht wie heute über die Leute aus dem Volke, sondern über die größten Geister, über die Kaiser, die Königinnen und die reichen Leute. Eine der größten Wissenschaften des Altertums, vom tierischen Magnetismus, ist aus den geheimen Wissenschaften hervorgegangen, wie die Chemie aus den Öfen der Alchimisten. Die Schädelkunde, die Physiognomik, die Nervenlehre entsprangen ihr ebenfalls, und die hervorragenden Begründer dieser dem Anschein nach so neuen Wissenschaften haben nur ein Unrecht begangen, das sie mit allen Entdeckern teilen: sie systematisierten fanatisch vereinzelte Tatsachen, deren letzte und allgemeinste Ursache sich der Analyse noch entzieht.

Eines Tages fanden sich die katholische Kirche

und die moderne Philosophie mit den Juristen in dem Bemühen, die Geheimnisse der Kabala und ihre Anhänger zu ächten, verfolgen, lächerlich zu machen, und so entstand eine bedauerliche Lücke von hundert Jahren in der Herrschaft und im Studium der geheimen Wissenschaften.

Wie dem auch sei, das Volk und viele Leute von Geist, zumal Frauen, fahren fort, ihren Zoll an die zu entrichten, die die geheimnisvolle Fähigkeit besitzen, die Zukunft zu entschleiern, sie suchen sie auf, um bei ihnen Hoffnung, Mut, Stärke, kurz alles das zu kaufen, was die Religion allein geben kann. Daher wird diese Wissenschaft auch immer weiter ausgeübt, selbst auf einige Gefahr hin. Heute haben die Zauberer dank der Aufklärungsarbeit der Enzyklopädisten des 18. Jahrhunderts keine Folter mehr zu fürchten und unterstehen nur noch der Strafpolizei und auch nur dann, wenn sie sich mit betrügerischen Manövern abgeben und ihre Kunden in Furcht versetzen, um ihnen Geld abzunehmen – eine einfache Prellerei. Unglücklicherweise findet man Prellerei und oft sogar verbrecherisches Tun im Gefolge dieser erhabenen Fähigkeit, aus folgenden Gründen:

Man trifft die wunderbaren Anlagen, die den Hellseher ausmachen, gewöhnlich bei den Ungebildeten an. Diese Ungebildeten sind das auserwählte Gefäß, in das Gott die Elixiere gießt, die die Menschheit in Erstaunen versetzen. Die gleichen Ungebildeten liefern die Propheten, den Heiligen Petrus wie den Eremiten. So oft der Gedanke Einheit bleibt und sich nicht zersplittert, sei es in Unterhaltungen, Ränken, Werken der Literatur, sei es in Einbildungen der Gelehr-

ten, Verwaltungsideen, Erfinderträumen, Kriegsarbeit, ist er fähig, in einer Flamme von erstaunlichster, ganz verhaltener Kraft zu brennen, wie der rohe Diamant die Glut seiner Fazetten in sich verschließt. Wenn aber ein Anstoß erfolgt, entzündet sich die Intelligenz, es wachsen ihr Flügel, um den Raum zu durcheilen, und göttliche Augen, um alles zu sehen: was gestern noch Kohle war, ist morgen von dem unbekannten Fluidum durchströmt, ein funkelnder Diamant.
In gebildeten Menschen, deren Intelligenz gleichmäßig abgeschliffen ist, verkörpert sich nie diese erhabene Macht, es sei denn, daß Gott eines der Wunder geschehen läßt, die er sich manchmal erlaubt. Daher sind Wahrsager und Wahrsagerinnen fast immer Bettler und Bettlerinnen mit jungfräulichem Geist, Menschen von grobem Äußern, Kiesel in dem Strom des Elends, in den Geleisen des Lebens, der Stätte ihrer körperlichen Prüfungen. Der Prophet, der Seher dagegen ist der Bauer Martin, der Ludwig XVIII. zum Zittern brachte, weil er ihm ein Geheimnis sagte, das der König allein wissen konnte, Fräulein Lenormand, eine Köchin wie die Fontaine, eine fast idiotische Negerin, ein Hirt, der mit seinem Hornvieh lebt, ein Fakir, der am Rand einer Pagode kauert und durch Abtötung des Fleisches dem Geist die ganze Stärke der hellseherischen Kraft zuführt.
In Asien haben sich von jeher die Größen der geheimen Wissenschaften zusammengefunden. Diese Leute, die im gewöhnlichen Zustand bleiben, was sie sind – denn sie versehen in gewissem Sinn die chemischen und physischen Funktionen

der Elektrizitätsleiter unter den Körpern, der Reihe nach leblose Metalle oder Kanäle voll geheimnisvollen Fluidums – diese Leute geben sich, wenn sie wieder sie selbst geworden sind, mit Machenschaften und Berechnungen ab, die sie mit der Strafpolizei zusammenführen, oder gar wie z. B. den berüchtigten Balthazar vor die Geschworenen und auf die Galeere bringen.

Und schließlich kann nichts den ungeheuren Einfluß, den die Kartenschlägerin auf die Leute aus dem Volk ausübt, besser beweisen als der Umstand, daß Leben oder Tod des armen Musikers von dem Horoskop abhing, das die Fontaine nun für Frau Cibot stellen sollte.

Obwohl gewisse Wiederholungen unvermeidlich in einer Geschichte sind, die so beträchtlich und so sehr mit Einzelheiten überladen ist wie eine vollständige Geschichte der französischen Gesellschaft im 19. Jahrhundert, wäre es doch nutzlos, die Behausung der Fontaine zu beschreiben, die bereits in den „Komödianten ohne es zu wissen“ geschildert wurde. Man möge nur beachten, daß Frau Cibot bei der Fontaine, die in der Rue Vielle-du-Temple wohnte, nicht anders eintrat, als die Stammgäste des Café Anglais in dieses Restaurant eintreten, um dort zu frühstücken. Frau Cibot, die eine sehr alte Kundin war, führte oft junge Personen und Gevatterinnen ein, die von Neugier verzehrt wurden.

Die alte Dienerin, die der Kartenschlägerin als Gehilfin diente, öffnete die Tür des Allerheiligsten, ohne ihre Herrin zu benachrichtigen.

„Es ist Frau Cibot! ... Treten Sie ein,“ fügte sie hinzu, „es ist sonst niemand da.“

„Nun, meine Kleine, was haben Sie denn, daß Sie so früh kommen?“ fragte die Hexe.
Die Fontaine, die damals achtundsiebzig Jahre zählte, verdiente diese Bezeichnung durch ihr Äußeres, das einer Parze würdig war.
„Es läßt mir keine Ruhe mehr, legen Sie das große Spiel, es handelt sich um Armut oder Reichtum!“ rief die Cibot, erklärte die Lage, in der sie sich befand, und verlangte eine Voraussage über die Aussicht ihrer schmutzigen Hoffnung.
„Sie wissen nicht, was das ist, das große Spiel?“ sagte feierlich die Fontaine.
„Nein, ich bin nicht reich genug, um das Zeug zu sehen ... Hundert Franken! Entschuldigen Sie, daß es nicht mehr ist! Woher hätte ich sie nehmen sollen? Aber heute muß es sein.“
„Oft lege ich es nicht, meine Kleine,“ antwortete die Fontaine, „sogar für die Reichen nur bei den großen Gelegenheiten, und sie zahlen dann fünfundzwanzig Louis; denn, sehen Sie, es strengt mich an, es braucht mich auf! Der Geist fährt mir in den Magen. Es ist gerade so wie das, was man früher den Hexensabbat nannte.“
„Aber wenn ich Ihnen sage, gute Mutter Fontaine, daß es sich um meine Zukunft handelt ...“
„Es sei; für Sie, die mir so viele Kunden zugeführt hat, will ich mich dem Geist ausliefern“, antwortete die Fontaine. Auf ihr hinfälliges Gesicht trat ein Ausdruck des Schreckens, der nicht gespielt war.
Sie verließ ihren fettigen alten Lehnstuhl in der Kaminecke und ging zum Tisch, den ein grünes Tuch bedeckte, dessen abgenutzte Fransen sich zählen ließen. Auf dem Tuch, in der Ecke, schlief

eine Kröte von außerordentlicher Größe, neben einem Käfig, der offen stand und von einem schwarzen Huhn mit zerzausten Federn bewohnt wurde.
„Astaroth! Hierher, mein Sohn!" sagte sie und berührte den Rücken der Kröte mit einer langen Stricknadel; das Tier schaute sie mit intelligentem Blick an. „Und Sie, Fräulein Kleopatra, Achtung!" fuhr sie fort und gab dem alten Huhn einen leichten Schlag auf den Schnabel.
Sie sammelte sich und blieb während einiger Augenblicke unbeweglich; sie sah wie eine Tote aus, ihre Augen verdrehten sich und wurden weiß; dann richtete sie sich steif auf und sagte mit Grabesstimme:
„Hier bin ich."
Nachdem sie mechanisch Hirsekörner für Kleopatra gestreut hatte, nahm sie ihr großes Spiel, mischte es krampfhaft und ließ es von der Cibot abheben, wobei sie tief seufzte. Als dieses Bild des Todes in fettigem Turban, in düstrer Jacke, die Körner betrachtete, die das schwarze Huhn aufpickte, und die Kröte Astaroth rief, damit sie über die ausgebreiteten Karten kröche, fühlte die Cibot einen Schauer im Rücken und zitterte. Nur der unbedingte Glaube verursacht große Erschütterung. Rente haben oder nicht haben, das war die Frage, hat Shakespeare gesagt.

☆

SIEBEN ODER ACHT MINUTEN DAUERTE DIESE Szene; die Hexe schlug ein Zauberbuch auf und las daraus mit Todesstimme vor; sie prüfte die Körner, die übrigblieben, und den Weg, den die Kröte einschlug, als sie sich zurückzog; sie entzifferte den Sinn der Karten, die sie mit ihren weißen Augen studierte.

„Sie gelangen zu Ihrem Ziel! Aber nichts wird in dieser Gelegenheit so verlaufen, wie Sie es glauben“, erklärte sie; „Sie werden viele Schritte unternehmen müssen, aber die Früchte Ihrer Mühe pflücken. Sie werden sich schlecht benehmen, wie alle, die mit Kranken zu tun haben, nach deren Erbschaft sie begierig sind. Leute von Ansehen werden bei diesem häßlichen Unternehmen Ihre Helfershelfer sein ... Später, in den Todesängsten, werden Sie bereuen, denn Sie werden von zwei entwichenen Sträflingen – von denen der eine ein Kleiner mit roten Haaren, der andere ein ganz kahler Alter ist – ermordet werden, um des Besitzes willen, den man Ihnen in dem Dorf zuschreibt, in das Sie sich mit ihrem zweiten Mann zurückziehen werden ... Nun gehen Sie, Töchterchen, es steht Ihnen frei, zu handeln oder sich ruhig zu verhalten.“

Die innere Erregung, die in den hohlen Augen des dem Anschein nach so kalten Skeletts Flammen entzündet hatte, erlosch. Nachdem sie das Horoskop gestellt hatte, fühlte die Fontaine sich wie geblendet und glich in jeder Beziehung einer erwachenden Somnabule. Sie blickte sich erstaunt

um, erkannte dann die Cibot und schien über den Ausdruck des Entsetzens, der sich auf ihrem Gesicht malte, überrascht zu sein.
„Nun, Töchterchen, sind Sie zufrieden?“ fragte sie mit einer Stimme, die ganz von derjenigen verschieden war, die sie beim Weissagen gehabt hatte.
Die Cibot sah sie starr an, ohne antworten zu können.
„Sie haben das große Spiel gewollt! Ich habe Sie wie eine alte Bekannte behandelt! Sie brauchen mir nur hundert Franken zu geben.“
„Cibot ... sterben ...?“ rief die Pförtnerin.
„Ich habe Ihnen also schlimme Dinge gesagt?“ fragte die Fontaine ganz naiv.
„Und was für Dinge!“ sagte die Cibot, während sie aus ihrer Tasche hundert Franken zog und auf die Tischkante legte, „ermordet werden!“
„Ja, da ist nichts zu machen, Sie haben das große Spiel gewollt! Aber trösten Sie sich, nicht jeder, der in den Karten ermordet wird, stirbt.“
„Aber möglich ist es doch, Mutter Fontaine?“
„Meine hübsche Kleine, ich weiß nichts darüber! Sie haben darauf bestanden, an das Tor der Zukunft zu klopfen, ich habe den Schlüssel umgedreht, das war alles, und ‚er‘ kam.“
„Wer er?“ fragte die Cibot.
„Nun, der Geist, wer sonst“, erwiderte die Hexe ungeduldig.
„Lebt wohl, Mutter Fontaine“, rief die Pförtnerin; „ich habe nicht gewußt, was das große Spiel ist, Sie haben mich schön erschreckt, Sie.“
„Das tut sie nicht zweimal in einem Monat,“ sagte die Dienerin, die die Pförtnerin bis zur Stiege

brachte, „sie würde draufgehen, so sehr strengt es sie an. Jetzt muß sie Koteletten essen und drei Stunden schlafen."

Unterwegs tat die Cibot, was alle tun, die von irgendeiner Konsultation kommen. Sie glaubte an das Günstige, das die Weissagung enthalten hatte, und zweifelte an der Wahrheit des angekündigten Schlimmen. So in ihren Entschlüssen bestärkt, gedachte sie am nächsten Tag alles ins Werk zu setzen, was nötig war, um reich zu werden, und einen Teil des Ponsschen Museums auf ihre Seite zu bringen. Daher beschäftigte sie sich in der nächsten Zeit nur noch damit, die besten Mittel und Wege zu finden.

Bei der Cibot ließ sich mit der äußersten Klarheit das schon erwähnte Phänomen der Konzentration der seelischen Energie studieren: alle gewöhnlichen Leute, die nicht wie die Leute von Welt ihre Erkenntniskräfte durch täglichen Gebrauch abgenutzt haben, treten in den Vollbesitz in dem Augenblick, wo ihr Geist sich mit der so gefährlichen Waffe der sogenannten fixen Idee ausrüstet; die fixe Idee bringt alle Wunder der Entweichung und alle Wunder des Gefühls hervor. Diese Pförtnersfrau wurde dank ihrer Habgier ebenso stark wie ein Nucingen im Augenblick der äußersten Schwierigkeit, und verfügte in ihrer Stumpfheit über ebensoviel Geist wie der verführerische la Palférine*).

Ein paar Tage später, gegen sieben Uhr morgens, als Rémonencq seinen Laden öffnete, ging sie schmeichlerisch auf ihn zu und fragte ihn:

---

*) Figuren aus anderen Erzählungen Balzacs. D. Ü.

„Wie macht man es, um den wahren Wert der Sammlung meiner Herren festzustellen?"
„Nichts einfacher als das," antwortete der Antiquitätenhändler in seinem schrecklichen Kauderwelsch, „wenn Sie offenes Spiel mit mir spielen wollen, verschaffe ich Ihnen einen Taxator, einen sehr ehrlichen Mann, der den Wert der Bilder angibt, ohne sich um nur zwei Sou zu irren."
„Wer ist das?"
„Herr Magus, ein Jude, der nur noch zu seinem Vergnügen Aufträge übernimmt."
Elias Magus, der aus der „Menschlichen Komödie" zu genau bekannt ist, als daß man von ihm zu berichten brauchte, hatte sich vom Bilder- und Antiquitätenhandel zurückgezogen, in dem er als Kaufmann die Methode nachahmte, die Pons als Kunstliebhaber befolgt hatte. Die berühmten Taxatoren, der selige Henry, die Herren Pigeot und Moret, Théret, Georges und Röhn, kurz die Sachverständigen des Museums, waren alle Kinder im Vergleich zu Elias Magus, der unter einer Schmutzschicht von Jahrhunderten ein Meisterwerk erriet, alle Schulen und die Unterschriften aller Künstler kannte.
Dieser Jude, der von Bordeaux nach Paris gekommen war, hatte den Handel im Jahre 1835 aufgegeben, ohne die jämmerlichen äußeren Lebensumstände aufzugeben, die er vielmehr nach der Gewohnheit der meisten Juden beibehielt, so sehr bleibt diese Rasse dem Herkommen treu. Im Mittelalter zwang die Verfolgung die Juden, Lumpen zu tragen, um dem Verdacht zu begegnen, sie zwang sie, unaufhörlich zu klagen, zu jammern, den Himmel zum Zeugen ihres Elends an-

zurufen. Der Zwang von ehemals ist, wie es immer geschieht, ein Instinkt, ein angeborenes Laster geworden.

Elias Magus hatte sich durch den Kauf und Verkauf von Diamanten, Bildern, Spitzen, hohen Seltenheiten, Schmelzarbeiten, Kleinplastiken und Stücken alter Goldschmiedekunst ein ungeheures Vermögen erworben, das gleichwohl unbekannt geblieben war. Der Handel mit diesen Dingen ist inzwischen viel beträchtlicher geworden, die Zahl der Händler hat sich in den letzten zwanzig Jahren in Paris verzehnfacht, da ja in dieser Stadt die Merkwürdigkeiten der ganzen Welt zusammenfließen. Was Gemälde betrifft, so lassen sie sich nur noch in drei Städten verkaufen, in Rom, in London und in Paris.

Elias Magus wohnte in der Chaussee des Minimes, einer kleinen, breiten Straße, die zur Place Royal führt. Er besaß dort ein altes Privathotel, das er 1831, wie man sagt, für ein Stück Brot gekauft hatte. Dieses prächtige Gebäude, das ehemalige Hotel Maulaincourt, enthielt eine im prunkvollsten Stil Ludwigs XV. eingerichtete Wohnung. Vom berühmten Präsidenten des Obersteuergerichtes erbaut, war dieses Hotel dank seiner Lage während der Revolution nicht geplündert worden. Wenn der alte Jude sich, gegen die israelitischen Gesetze, entschlossen hatte, Eigentümer zu werden, so darf man annehmen, daß er seine Gründe dafür hatte. Der Greis endete, womit wir alle enden, mit einer bis zur Manie gesteigerten Leidenschaft.

Obwohl er geizig wie sein verstorbener Freund Gobseck war, brachte er der Bewunderung für die

Meisterwerke, mit denen er handelte, Opfer. Sein Geschmack hatte sich immer mehr gereinigt, war immer schwieriger geworden, und es entstand eine jener Passionen, die nur den Königen erlaubt sind, und auch nur den reichen und kunstverständigen. Ähnlich dem zweiten König von Preußen, der sich für einen Grenadier nur begeisterte, wenn er sechs Fuß erreichte, und sinnlose Summen opferte, um den Mann in sein lebendes Grenadiermuseum einreihen zu können, geriet der ehemalige Händler nur für Bilder in Glut, die ohne Fehl waren, zu den Hauptwerken eines Meisters zählten und keine Veränderung erlitten hatten. Daher versäumte Elias Magus keine einzige der großen Versteigerungen, besuchte alle Märkte und bereiste ganz Europa. Diese dem Gewinst verschriebene Seele, die kalt wie ein Eiszapfen war, erhitzte sich beim Anblick eines Meisterwerkes, genau wie ein der Frauen müder Lüstling vor einem vollkommen schönen Mädchen in Erregung gerät und die Jagd nach der Vollkommenheit beginnt. Dieser Don Juan der Leinwand, dieser Anbeter des Ideals fand in seiner Bewunderung höhere Genüsse als der Geizhals in der Betrachtung des Goldes. Er lebte in einem Serail schöner Bilder!

Seine Meisterwerke breiteten sich wie Fürstenkinder im ganzen ersten Stockwerk des Hotels aus, das Elias Magus – mit welchem Glanz! – hatte wieder herstellen lassen. An den Fenstern hingen als Vorhänge die schönsten Goldbrokate Venedigs. Auf dem getäfelten Boden lagen die prächtigsten Teppiche der sogenannten Savonnerie. Die Rahmen der etwa hundert Bilder gehörten zu den reichsten und waren alle mit Geist von dem einzigen Vergolder neu vergoldet worden, der Elias gewissenhaft genug erschien, von Servais, den der alte Jude den Gebrauch englischen Goldes gelehrt hatte – dieses Gold ist dem der französischen Schläger unendlich überlegen. Servais ist in der Kunst der Vergoldung, was Thouvenin im Buchbinden war, ein in sein Werk verliebter Künstler. Die Fenster dieser Wohnung waren mit eisenbeschlagenen Läden geschützt. Aber Elias Magus selbst bewohnte zwei armselig möblierte Dachzimmer des zweiten Stocks, in denen seine Lumpen herumhingen; diese Räume rochen jüdisch – er lebte am Ende seiner Tage, wie er an ihrem Anfang gelebt hatte.

Das Erdgeschoß war ganz vollgestopft mit den Bildern, die der Jude immer noch verschacherte, und mit Kisten, die aus dem Ausland kamen. Es enthielt ferner ein ungeheures Atelier, in dem fast ausschließlich für ihn Moret arbeitete, der geschickteste der Restauratoren, das Museum müßte ihn verwenden. Dort befanden sich auch die Räume seiner Tochter. Diese Frucht seines Alters war schön, wie es immer Jüdinnen sind, wenn sie den asiatischen Typus rein und edel darstellen. Naemi wurde von zwei fanatischen jüdischen Dienerinnen zusammen mit einem polnischen Juden namens Abramko bewacht, der durch einen fabelhaften Zufall während des polnischen Aufstandes bloßgestellt worden war und den Elias Magus aus Berechnung gerettet hatte. Abramko war der Pförtner dieses stummen, düsteren und verlassenen Hotels. Seine Loge wurde von drei Hunden von bemerkenswerter Wildheit bewacht; der eine war ein Neufundländer, der zweite eine englische Bulldogge, der dritte stammte aus den Pyrenäen. Es wird interessieren zu hören, auf welchen tiefgründigen Beobachtungen die Sicherheit des Juden ruhte, der ohne Angst auf Reisen ging, sich unbesorgt schlafen legte und weder einen Anschlag auf seine Tochter, die sein erster Schatz war, noch auf seine Gemälde, noch auf sein Gold fürchtete. Abramko erhielt jedes Jahr zweihundert Franken mehr als im vorangehenden und hatte ausdrücklich nichts mehr beim Tod seines Herrn zu erwarten, der ihn dazu anhielt, im Viertel Wucher zu treiben.

Abramko öffnete niemals, ohne durch ein vergittertes, unheimlich aussehendes Fensterchen gespäht zu haben. Er hatte die Statur eines Herkules und betete Magus an, wie Sancho Pansa Don Quixote anbetet. Die Hunde waren tagsüber eingeschlossen und bekamen nichts zu fressen; nachts ließ Abramko sie los und seine List verteilte sie folgendermaßen: der eine bezog im Garten am Fuß eines Pfostens Wache, auf dessen Spitze ein Stück Fleisch steckte; der zweite im Hof am Fuß eines ähnlichen Pfostens; der dritte im großen Saal des Erdgeschosses. Man begreift, daß diese Hunde, die schon aus Instinkt das Haus bewachten, ihrerseits von ihrem Hunger bewacht wurden; nicht für die schönste Hündin hätten sie den Platz am Fuß ihrer Kletterstange verlassen, und ließen sich nie verlocken. Sobald ein Fremder auftauchte, bildeten sie sich alle drei ein, er habe es auf ihr Fleisch abgesehen, das ihnen erst in der Frühe gegeben wurde, wenn Abramko herunterkam.

Das höllische System hatte einen ungeheuren Vorteil. Die Hunde bellten niemals, dank dem glänzenden Einfall des Magus waren sie heimtückische Wilde wie die Mohikaner geworden. Eines Tages hatte sich folgendes begeben. Einbrecher legten diese Schweigsamkeit der Hunde falsch aus und glaubten mit der Kasse des Juden ein leichtes Spiel zu haben. Der eine, den das Los traf, als erster den Sturm zu wagen, stieg über die Gartenmauer und wollte sich hinablassen: die Bulldogge hatte alles gehört, sich aber nicht gerührt: sobald der Fuß des Einbrechers in Reichweite war, schnappte sie zu und verschlang ihn. Der Dieb hatte die Geistesstärke, sich wieder über die Mauer zu schwingen, und trat mit dem bloßgelegten Knochen auf, dann fiel er ohnmächtig in die Arme seiner Genossen, die ihn forttrugen. Dieser Beitrag zum Pariser Allerlei – denn die „Gerichts-Zeitung" verfehlte nicht, den reizenden Augenblick aus dem Pariser Nachtleben zu berichten – wurde für einen Bluff angesehen.
Magus, der damals fünfundsiebzig Jahre alt war, konnte auf hundert rechnen. Er war reich und lebte wie die Rémonencq. Mit dreitausend Franken bestritt er seine Ausgaben, die für seine Tochter bestimmten einbegriffen. Man konnte kein geregelteres Leben als der Greis führen. Er stand bei Tagesanbruch auf und aß zum Frühstück Brot, das mit Knoblauch abgerieben worden war; das mußte bis zum Mittagessen reichen. Das Mittagessen war von mönchischer Dürftigkeit und fand in der Familie statt. Die Stunden bis Mittag brachte Magus damit zu, daß er in der Wohnung, die seine Galerie enthielt, auf und ab ging. Er

staubte alles, Möbel und Bilder, ab und war in einem ewigen Taumel des Entzückens. Dann ging er zu seiner Tochter hinunter, berauschte sich am Glück der Väter und begann danach seine Gänge durch Paris, auf denen er die Versteigerungen überwachte, Ausstellungen besuchte usw. Fand er ein Meisterwerk in dem Zustand, den er zur Bedingung machte, dann belebte sich der ganze Mann: er hatte einen Streich zu führen, einen Feldzug zu leiten, eine Schlacht von Marengo zu gewinnen. Er häufte List auf List, um seine neue Sultanin billig zu bekommen. Er besaß seine eigene Karte von Europa, auf der die Hauptwerke angezeigt waren, und unterhielt an jedem Ort unter seinen Glaubensgenossen Spione, die ihm Winke zukommen ließen. Aber soviel Mühe lohnte sich auch!

Die beiden Gemälde Raffaels, die verloren gingen und von den Raffaelenthusiasten mit so großer Hartnäckigkeit gesucht werden – Magus besitzt sie! Er besitzt das Original der Geliebten Giorgiones, für die der Künstler starb; die angeblichen Originale sind Kopien des berühmten Bildes, das nach Magusscher Schätzung einen Wert von fünfhunderttausend Franken hat. Magus besitzt das Meisterwerk Tizians, die Grablegung, das der große Maler für den großen Kaiser malte; am Fuß des Bildes hängt der eigenhändige Begleitungsbrief Tizians. Er besitzt von demselben Maler das Original, das Mutterbild, nach dem alle Porträts Philipps II. gemacht worden sind. Die siebenundneunzig anderen Bilder sind alle gleich stark und bemerkenswert. Darum lacht auch Magus über unser Museum, in dem die Sonne die schönsten

Bilder verwüstet, denn die Fenster, durch die sie fällt, spielen die Rolle von Linsen. Gemäldegalerien dürfen nur Oberlicht empfangen.
Magus schloß und öffnete die Läden seines Museums selbst und wandte an seine Bilder ebensoviel Sorgfalt und Vorsicht wie an seine Tochter, sein zweites Idol. Der alte Sammler verstand sich auf die Gesetze der Malerei: die Meisterwerke hatten ein Leben für sich, sie waren unbeständig, ihre Schönheit hing von dem Licht ab, das sie färbte. Er sprach darüber wie einst die Holländer über ihre Tulpen, und besuchte manches Bild zu der Stunde, in der es in seinem ganzen Glanz strahlte und das Wetter klar und rein war.
Der kleine Greis mit dem abscheulichen Rock, der Weste aus jahrzehntealter Seide, der fettigen Hose war ein lebendes Bild unter den gemalten Bildern. Der Kopf war kahl, das Gesicht hohl, der weiße Bart stechend, das Kinn drohend und spitz, der Mund zahnlos, das Auge glänzend wie das seiner Hunde, die Hände knochig und entfleischt, die Nase ein spitzzulaufender Obelisk, die Haut runzlig und kalt: so stand er da und lächelte dem Schönsten zu, was der Genius erfunden hat. Ein Jude inmitten dreier Millionen wird immer eines der schönsten Schauspiele sein, das die Menschheit geben kann. Robert Medal, unser großer Schauspieler, reicht, ungeachtet seiner ganzen Begabung, an solche Poesie nicht heran.
Paris birgt eine größere Anzahl dieser Originale, die eine Religion im Herzen tragen, als jede andere Stadt der Welt. In London enden die exzentrischen Leute immer damit, daß der Gegenstand ihrer Verehrung sie anekelt, wie sie das Leben

anekelt; in Paris dagegen hausen die Monomanen mit ihrer fixen Idee in einem glücklichen geistigen Konkubinat. Man kann in Paris täglich Gestalten wie Pons oder Magus treffen, die ärmlich gekleidet sind und die Nase wie der immerwährende Sekretär der französischen Akademie gen Westen strecken; sie geben sich den Anschein, als hingen sie an nichts, empfänden nichts, schenkten den Frauen so wenig Aufmerksamkeit wie den Läden, ließen sich mit leeren Taschen und leerem Hirn vom Zufall treiben, so daß man sich fragt, welcher Pariser Klasse sie angehören können. In Wahrheit sind sie Millionäre und Sammler, Leute mit den größten Leidenschaften und fähig, es auf einen Zusammenstoß mit der Strafpolizei ankommen zu lassen, nur weil sie einer Tasse, einem Bild, einem seltenen Stück nachjagen; Elias Magus machte eines Tages diese Erfahrung in Deutschland.

Das war also der Sachverständige, zu dem Rémonencq geheimnisvoll die Cibot führte. Rémonencq holte sich bei Elias Magus Rat, so oft er ihn auf den Boulevards traf. Der Jude hatte dem ehemaligen Dienstmann, dessen Ehrlichkeit ihm bekannt war, zu verschiedenen Malen durch Abramko Geld geliehen. Da die Chaussée des Minimes ein paar Schritt von der Rue de Normandie lag, brauchten die beiden Verschwörer nicht mehr als zehn Minuten zu gehen. Rémonencq sagte:

„Sie werden den reichsten aller ehemaligen Altertumshändler und den größten Kenner sehen, den es in Paris gibt.“

Die Cibot war verblüfft, als ihr ein kleiner Greis entgegentrat, dessen Rock zu schlecht war, als daß

Cibot ihn zum Ausbessern in die Hand genommen hätte. Er überwachte seinen Restaurator, der damit beschäftigt war, in einem kalten Zimmer des geräumigen Erdgeschosses Bilder auszubessern; aber als aus seinen Katzenaugen ein Blick voll kalter Bosheit auf sie fiel, zitterte sie.
„Was wollen Sie, Rémonencq?“ fragte er.
„Es handelt sich darum, Bilder zu schätzen, und nur Sie können einem armen Kesselflicker wie mir sagen, was er dafür geben darf, wenn er nicht wie Sie Tausende und Hunderte hat.“
„Wo?“ erwiderte Elias Magus.
„Das ist die Pförtnerin und Wirtschafterin des Herrn, mit der ich übereingekommen bin ...“
„Wie heißt der Eigentümer?“
„Pons“, antwortete die Cibot.
„Kenne ich nicht“, sagte Magus, ohne eine Miene zu verziehen, gab aber ganz leise seinem Restaurator ein Zeichen mit dem Fuß.
Dieser, der Maler Moret, kannte den Wert der Ponsschen Sammlung und hatte rasch den Kopf gehoben. Magus konnte seine Verstellung nur bei Leuten wie Rémonencq und Frau Cibot wagen. Der Jude hatte die Pförtnersfrau durch einen Blick geistig abgeschätzt, bei dem die Augen die Funktion einer Goldwage versahen. Keiner der beiden wußte, daß Pons und Magus oft genug ihre Kräfte gemessen. Einer war als Kunstliebhaber so besessen wie der andere und dachte voll Neid an seinen Gegner.
Deshalb fühlte der alte Jude einen Blitz durch sich fahren. Nie hatte er gehofft, in ein so wohl behütetes Serail eindringen zu können. Die Sammlung Pons war die einzige in Paris, die mit der

Sammlung Magus in Wettbewerb treten konnte. Der Jude hatte zwanzig Jahre später als Pons denselben Gedanken gehabt; aber ihm, dem Händler, waren die Ponsschen Räume ebenso wie Dusammerard verschlossen geblieben.
Pons und Magus trugen dieselbe Eifersucht im Herzen. Beide liebten sie nicht die Berühmtheit, der gewöhnlich die Besitzer eines Bilderkabinetts nachstreben. Daß er die prachtvolle Sammlung des armen Musikers besichtigen konnte, das war für Elias Magus derselbe Glücksfall wie für einen Liebhaber von Frauen die Möglichkeit, sich in den Ankleideraum einer von seinem Freund verborgen gehaltenen Schönheit einzuschleichen. Der große Respekt, den Rémonencq dieser seltsamen Persönlichkeit bezeugte, und die Wirkung, die von jeder wirklichen Macht ausgeht, selbst wenn diese nicht begriffen wird, machten die Pförtnerin bereitwillig und lenksam. Die Cibot verlor den selbstherrlichen Ton, den sie in ihrer Loge und bei ihren beiden Herren anwandte, nahm die Bedingungen des alten Magus an und versprach, ihn noch am gleichen Tag in die Ponsschen Räume zu lassen. Das hieß, den Feind ins Herz der Festung führen und einen Dolch in die Brust des armen Pons stoßen, der seit zehn Jahren der Cibot verbot, irgend jemand einzulassen, der immer alle Schlüssel bei sich trug, und dem die Cibot gehorcht hatte, solange sie wie Schmucke der Meinung gewesen war, es handle sich um Trödlerkram. Der gute Schmucke hatte in der Tat das Museum Pons auf lange Zeit vor jedem Eindringling geschützt, als er seine Mißachtung für dieses „Sammelsurium“ auf die Pförtnerin übertrug.

Seitdem Pons das Bett hütete, vertrat ihn Schmucke im Theater und in den Pensionaten. Der arme Deutsche, der seinen Freund nur morgens und mittags bei Tisch sah, tat alles, um die gemeinsamen Kunden zu erhalten, aber seine ganzen Kräfte verbrauchten sich dabei umso mehr, als der Schmerz ihn niederdrückte. Die Schülerinnen und die Theaterleute, die ihn so niedergeschlagen sahen, verfehlten nicht, sich bei ihm nach dem Befinden seines Freundes zu erkundigen, und der Kummer des Pianisten war so groß, daß alle diese Menschen ihre Teilnahmslosigkeit hinter derselben Maske des Mitgefühls versteckten, die man sonst in Paris nur bei den größten Katastrophen aufsetzt.

Der gute Deutsche fühlte sich so gut in seinem Lebenskern angegriffen wie Pons selbst; Schmucke litt zugleich an seinem Schmerz und der Krankheit des Freundes. Daher redete er auch in den Stunden, die er gab, die halbe Zeit von Pons und unterbrach sich so naiv während einer Übung, um sich selbst die Frage vorzulegen, wie es seinem Freund gehen mochte, daß die junge Schülerin ihn um Einzelheiten über die Krankheit des armen Pons bat. Zwischen zwei Stunden lief er in die Rue de Normandie und setzte sich eine Viertelstunde an das Bett des Kranken. Durch die Leere der gemeinsamen Kasse erschreckt und von der Cibot alarmiert, die seit vierzehn Tagen aus Leibeskräften die Ausgaben für Pons anschwellen ließ, fühlte der Klavierlehrer in aller seiner Besorgnis einen Mut, dessen er sich nicht fähig geglaubt hätte. Er wollte zum erstenmal in seinem Leben Geld verdienen, damit das Geld nicht in der Wohnung fehlte. Wenn eine Schülerin, die sich wirkliche Sorgen um die beiden Freunde machte, ihn fragte, wie er Pons ganz allein lassen konnte, antwortete er mit dem rührenden Lächeln der Betrogenen:

„Wir haben ja Frau Cibot! Sie ist ein Schatz, eine Perle, Pons wird wie ein Prinz gepflegt!"

Sobald Schmucke die Straße betrat, war die Pförtnerin Herr in der Wohnung des Kranken. Wie hätte Pons diesen angeblichen Schutzengel überwachen sollen? Seit vierzehn Tagen hatte er nichts zu sich genommen und lag so kraftlos da, daß die Cibot ihn in den Lehnstuhl tragen mußte, wenn sie das Bett machen wollte. Natürlich war sie zu Elias Magus gegangen, während Schmucke frühstückte. Sie war schon zurück, als der Deutsche sich von dem Kranken verabschiedete; seitdem sie entdeckt hatte, daß Pons am Ende ein reicher Mann war, verließ sie ihren Hagestolz nicht mehr, sie bebrütete ihn gleichsam!

Sie setzte sich in den bequemen Lehnstuhl zu Füßen des Kranken und begann, um Pons zu zerstreuen, eine jener Klatschereien, worin Frauen dieser Art glänzen. Man konnte nicht schmeichlerischer, zärtlicher, aufmerksamer, besorgter sein: man wird sehen, mit welcher machiavellischen Geschicklichkeit sie sich in den Geist des biederen Pons einschlich.

☆

GESCHWÄTZ UND POLITIK EINER ALTEN PFÖRTNERSFRAU

VON DEN PROPHEZEIUNGEN DRR FONtaine in Schrecken versetzt, hatte sie sich vorgenommen, durch milde Mittel, durch eine streng moralische Gewissenlosigkeit zum Ziel zu kommen und sich in das Testament ihres Herrn einzuschmuggeln. Zehn Jahre lang, in denen sie nichts von dem Wert der Sammlung gewußt hatte, war sie sachlich, uninteressiert, treu gewesen, welch ein Schatz! Sie beschloß, ihn zu klingender Münze zu machen.

Seit dem Tag, an dem durch ein gleißendes Wort Rémonencqs im Herzen dieser Frau ein Keim zum Wachsen gekommen war, der schon fünfundzwanzig Jahre darin schlummerte, hatte das Verlangen nach Reichtum sich an allen schlechten Trieben genährt, die den Seelengrund ausfüllen. Die Cibot hatte den Rat der Schlange vernommen, wir werden sehen, wie sie ihn befolgte.

„Nein, hat unser Herzchen getrunken? Geht es ihm besser?" fragte sie Schmucke.

„Nicht besser, meine liebe Frau Cibot, nicht besser!" antwortete der Deutsche und trocknete eine Träne.

„Sie regen sich aber auch gar zu sehr auf, man muß sich abfinden und Geduld haben. Wenn Cibot auf den Tod läge, wäre ich nicht so verzweifelt wie Sie. Mut, unser Engel ist von kräftiger Gesundheit. Und dann, sehen Sie, er scheint ja wirklich vernünftig gelebt zu haben. Sie wissen nicht, wie lange man bei vernünftiger Aufführung lebt! Er ist recht krank, das schon, aber bei der Sorgfalt, mit der ich ihn pflege, bekomme ich ihn durch. Seien Sie ruhig, gehen Sie Ihren Geschäften nach, ich leiste ihm Gesellschaft und sorge dafür, daß er sein Gerstenwasser trinkt."

„Ohne Sie würde ich vor Unruhe sterben", sagte Schmucke und preßte in seinen Händen vertrauensvoll die Hand seiner guten Wirtschafterin. Als die Cibot bei Pons eintrat, wischte sie sich die Tränen ab.

„Was haben Sie, Mutter Cibot?" fragte Pons.

„Ach, Herr Schmucke wühlt mir die Seele auf, er beklagt Sie, als wenn Sie schon gestorben wären," sagte sie; „obwohl Sie nicht wohl sind, geht es Ihnen doch auch noch nicht so schlecht, daß man jammern muß; aber es regt mich so auf. Mein Gott, bin ich töricht, daß ich die Menschen so sehr liebe und mich an Sie mehr als an Cibot gehängt habe. Denn schließlich stehen Sie mir doch nicht nahe und verwandt sind wir auch nur von Eva her – gleichwohl, es dreht sich alles in mir um und um, wenn Sie im Spiel sind, mein Ehrenwort! Die Hand ließe ich mir abhacken, die linke versteht sich, ja, vor Ihren Augen, nur damit Sie wieder wie immer kommen und gehen, essen und die Händler hineinlegen . . . Ich stelle mir vor, wenn ich ein Kind gehabt hätte, würde ich es wie Sie geliebt haben! Trinken Sie doch, mein bester Herr Pons, nein wirklich, ein ganzes Glas! Wollen Sie wohl trinken! Herr Poulain hat gesagt: ‚Wenn er nicht zum Père Lachaise gefahren werden will, muß er am Tag ebensoviel Wasser zu sich nehmen, wie ein Auvergnate austrägt.' Darum trinken Sie!"

„Aber ich trinke ja, meine brave Cibot, der Magen ist schon ganz überschwemmt."

„Gerade das ist gut“, sagte die Pförtnerin und nahm ihm das leere Glas ab. „So werden Sie gesund. Herr Poulain hatte einen Kranken wie Sie, der nicht gepflegt wurde, den sie Kinder im Stich ließen, und er ist an dieser Krankheit gestorben, warum? Weil er nicht genug zu trinken bekam . . . Darum gilt es zu trinken, mein Kindchen; erst vor zwei Monaten hat man ihn eingescharrt. Wissen Sie, daß Sie den braven Herrn Schmucke nach sich ins Grab ziehen würden? Er ist wie ein Kind, mein Ehrenwort! Wie er Sie liebt, das Lamm Gottes! Nein, nie liebt eine Frau einen Mann so sehr! Er trinkt und ißt nicht mehr, er ist seit vierzehn Tagen ebenso mager wie Sie geworden, der nur noch aus Knochen und Haut besteht . . . Er macht mich eifersüchtig, denn ich mag Sie sehr gern; aber so weit bin ich doch nicht, den Appetit habe ich nicht verloren, im Gegenteil! Wenn man unaufhörlich die Treppen hinauf- und hinunterlaufen muß, spürt man es in den Beinen und fällt abends wie ein Stück Blei ins Bett. Vernachlässige ich nicht den armen Cibot um Ihretwillen? Fräulein Rémonencq kocht ihm sein Essen und mich schilt er aus, weil alles schlecht ist. Aber ich sage ihm dann, daß man ohne Murren für die anderen leiden muß und daß Sie zu krank sind, als daß man Sie verlassen könnte . . . Vor allem sind Sie zu schwach, um ohne Pflegerin durchzukommen. Aber nie würde ich dulden, daß eine Fremde herkommt, nachdem ich seit zehn Jahren alles für Sie besorge. Und wie die auf ihren Vorteil bedacht sind! Sie essen für zehn, wollen Wein, Zucker, Wärmpfannen und jede Bequemlichkeit . . . Und man weiß, wie sie die Kranken bestehlen, wenn diese sie nicht in ihr Testament bringen . . . Setzen Sie heute eine Pflegerin hier her, morgen fehlt schon ein Bild oder sonst ein Gegenstand . . .“

„Oh, Frau Cibot,“ rief Pons außer sich, „verlassen Sie mich nicht! Daß man ja an nichts rührt!“

„Ich bin da,“ antwortete die Cibot, „solange ich die Kraft dazu habe, bin ich da . . . Keine Sorge. Herr Poulain wollte eine Pflegerin hersetzen, am Ende hat er Absichten auf Ihre Schätze? Aber ich habe ihm den Standpunkt klar gemacht! Nur von mir, hab ich gesagt, will der Herr etwas wissen, er ist an mich gewöhnt wie ich an ihn. Worauf er nichts mehr sagte. Aber eine Pflegerin – das sind alles Diebinnen! Mir sind sie verhaßt bis in die Seele! Sie sollen sehen, wie sehr sie intrigieren. War da ein alter Herr – aber beachten Sie, daß Herr Poulain mir das erzählt hat – also, eine gewisse Sabatier, eine Frau von sechsunddreißig Jahren, die ehemals Muschelverkäuferin im Palais war – Sie kennen die Kaufgalerie, die man im Palais zerstört hat –“

Pons nickte bejahend.

„Also, . . . diese Frau hat es zu nichts gebracht, weil ihr Mann alles vertrank und an einem zu heftigen Schluck starb – aber sie war eine schöne Frau, alles was wahr ist, nur hat es ihr nichts genützt, obwohl sie, wie man sagt, Advokaten zu Freunden hatte . . . Also in der Klemme wurde sie Pflegerin bei Wöchnerinnen und wohnt Rue Barre-du-Bec. So pflegte sie einen alten Herrn, der, mit Respekt zu sagen, an einer Blasenkrankheit litt –, so daß man ihn wie einen Springbrunnen anbohren mußte – und so viel Pflege brauchte, daß sie auf einem Gurtbett im Zimmer des Herrn schlief. Ist so etwas glaublich? Aber Sie werden mir sagen, die Menschen machen vor nichts halt, alle sind Egoisten. Also, sie plauderte mit ihm, sie erheiterte ihn, sie erzählte ihm Geschichten, sie brachte ihn zum Schwatzen, ganz wie wir beide hier auch im besten Zug sind, nicht wahr, – kurz, sie war immer bei ihm. Sie hört, daß seine Neffen – der Kranke hatte Neffen – Ungeheuer waren, die ihm Kummer machten, und kurz und gut, daß seine Krankheit von diesen Neffen herrührte. Was soll ich lange erzählen, Herr Pons – sie hat den alten Mann gerettet und ist seine Frau geworden, und sie haben ein Kind, das sich sehen lassen kann, und seine Patin ist Mutter Bordevin, die Metzgerin in der Rue Charlot, eine Verwandte der Dame ... Das nennt man Glück haben ... Ich, ich bin verheiratet, aber ich habe keine Kinder und darf sagen, daß das der Fehler Cibots ist, der mich zu sehr liebt ... denn was ich wollte ... genug, Sie verstehen. Was wäre aus uns mit Kindern geworden. – Cibot und ich haben keinen Sou, nach dreißig Jahren Redlichkeit, mein lieber Herr! Aber was mich tröstet, ist, daß ich nicht einen Fingerbreit vom Gut eines anderen besitze. Nie habe ich jemand ein Unrecht zugefügt. Sehen Sie, einmal angenommen, – da Sie in sechs Wochen wieder auf den Beinen sein und über die Boulevards bummeln werden, kann man ja einmal so tun – also angenommen, Sie bedächten mich in Ihrem Testament, so gäbe ich keine Ruhe, bis ich Ihre Erben gefunden hätte, um ihnen ihr Eigentum wieder zurückzugeben ... so sehr scheue ich Gut, das nicht mit dem Schweiß meiner Stirn erworben ist. Und wenn Sie mir sagen: ‚Aber, Mutter Cibot, seien Sie doch nicht überempfindlich, Sie haben das Geld wohl verdient, Sie haben diese Herren wie Ihre Kinder gepflegt, Sie haben ihnen tausend Franken im Jahr gespart . . .' Denn an meinem Platz, müssen Sie wissen, hätte gar manche Köchin schon zehntausend Franken untergebracht . . . ‚Es ist also nur gerecht, wenn der würdige Herr Ihnen eine kleine Leibrente hinterläßt' . . . immer angenommen, man spräche so, meine ich, so würde ich doch ganz uninteressiert bleiben . . . Mir geht es nicht in den Kopf, wie Frauen aus Interessiertheit Gutes tun können . . . Das heißt doch nicht mehr Gutes tun, nicht wahr? . . . Ich gehe nicht in die Kirche, dazu habe ich keine Zeit; aber mein Gewissen sagt mir auch so, was das Gute ist . . . Seien Sie nicht so unruhig, mein herzensguter Herr Pons, kratzen Sie sich nicht! Mein Gott, wie gelb Sie geworden sind! So gelb, daß Sie schon ganz braun erscheinen . . . Wie komisch, daß man in zwanzig Tagen wie eine Zitrone wird! . . . Die Rechtlichkeit, das ist der Schatz der armen Leute, etwas muß man doch besitzen! Wieder angenommen, Ihr letztes Stündlein schlüge, so wäre ich die erste, um Ihnen zu sagen, daß Sie alles, was Ihnen gehört, Herrn Schmucke vermachen müssen. Das ist Ihre Pflicht, denn er für sich allein macht Ihre ganze Familie aus. Er liebt Sie, wie ein Hund seinen Herrn liebt."

„Ja, das ist wahr, in meinem ganzen Leben bin ich nur von ihm geliebt worden", sagte Pons.

„Oh, Sie sind nicht nett," fiel die Cibot ein, „wo bleibe ich? Ich liebe Sie also nicht?"

„Das sage ich nicht, meine gute, teure Frau Cibot."
„Gut! Halten Sie mich nur für eine Putzfrau, eine gewöhnliche Köchin, die kein Herz hat! Gerechter Gott, da reißt man sich elf Jahre lang für zwei alte Junggesellen in Stücke, denkt an nichts als ihr Wohlergehen, läßt sich von zehn Händlerinnen Dummheiten sagen, nur um guten Briekäse für die Herren zu finden, läuft bis zu den Hallen, weil dort die Butter frischer ist, und hat obendrein in der ganzen Zeit nichts zerbrochen, nichts abgestoßen, kurz man ist wie eine Mutter zu ihren Kindern, und was kommt dabei heraus? Daß man ‚meine gute Frau Cibot' genannt wird, was beweist, daß nicht das kleinste Gefühl für einen im Herzen des alten Herrn ist, den man wie einen Königssohn gepflegt, denn der kleine König von Rom ist nicht so wie Sie gepflegt worden ... Wollen Sie wetten, daß man ihn nicht so wie Sie gepflegt hat? Der beste Beweis ist, daß er in der Jugendblüte gestorben ist... Sehen Sie, Herr Pons, das ist nicht gerecht von Ihnen... Sie sind undankbar! Warum? Weil ich nur eine arme Pförtnersfrau bin. Mein Gott, auch Sie glauben also, daß wir Hunde sind?"
„Aber, meine liebe Frau Cibot..."
„Sie, der Sie ein gelehrter Mann sind, erklären Sie mir doch, warum gerade wir Pförtnersleute so behandelt werden, warum man uns kein Gefühl zutraut, sich über uns lustig macht, das alles in einer Zeit, in der man von Gleichheit redet... Ich, ich bin also weniger als andere Weiber, ich, die eine der hübschesten Frauen von Paris war, die das schöne Austernmädchen genannt wurde und die sieben, acht Liebeserklärungen im Tag

erhielt? ... Und noch heute brauchte ich nur zu wollen! Sie kennen doch den schwächlichen Eisenhändler, der neben uns wohnt? Angenommen, ich wäre Witwe, so würde er mich mit geschlossenen Augen heiraten, so offen hält er sie, wenn er mich sieht – sagt er mir doch den ganzen Tag: ‚Oh, was für schöne Arme Sie haben, Mutter Cibot! Heute nacht träumte ich, Sie wären Brot und ich Butter, und ich verginge darauf!' Sehen Sie nur her, Herr Pons, das sind Arme!"

Sie streifte den Ärmel zurück und ließ den prächtigsten Arm der Welt sehen, der ebenso weiß und frisch wie ihre Hand rot und verblüht war, einen vollen, runden Arm mit Grübchen; wie eine Klinge, die aus der Scheide gezogen wird, schaute er aus seiner gemeinen Wollhülle und blendete Pons, der ihn nicht lange anzuschauen wagte.

„Was sagen Sie nun zu diesen Armen, die soviel Herzen geöffnet haben, wie meine Messer Austern? Und sie gehören Cibot, und ich war so töricht und vernachlässigte für Sie den armen lieben Mann, der sich beim ersten Wort, das ich sage, in einen Abgrund stürzt, für Sie, Herr Pons, der mich ‚meine gute Frau Cibot' nennt, ohne zu wissen, daß ich das Unmögliche für Sie tun würde ..."

„Aber so hören Sie doch nur," sagte der Kranke, „ich kann Sie nicht meine Mutter noch meine Frau nennen."

„Nein, niemals wieder, so lange ich lebe, hänge ich mein Herz an jemand ..."

„Aber lassen Sie mich doch ausreden," wiederholte Pons, „zunächst habe ich von Schmucke gesprochen."

„Herr Schmucke! Der hat Herz!“ sagte sie, „der liebt mich, weil er arm ist! Reichtum macht unempfindlich, und Sie sind reich! Aber nehmen Sie nur eine Pflegerin und Sie werden sehen, was für ein Leben sie Ihnen bereitet. Wie einen Maikäfer wird sie Sie quälen! ... Der Arzt wird sagen, daß Sie trinken müssen, sie aber wird Ihnen nichts als zu essen geben! Einscharren wird sie Sie, um stehlen zu können! Eine Mutter Cibot verdienen Sie gar nicht! Nur zu! Wenn Herr Poulain kommt, verlangen Sie eine Pflegerin von ihm!“

„Aber zum Kuckuck, nun hören Sie endlich auf mich!“ rief der Kranke, der zornig geworden war. „Ich sprach von meinem Freund Schmucke und nicht von Frauen! Ich weiß wohl, daß mich niemand anders aufrichtig liebt außer Ihnen und Schmucke!...“

„Wollen Sie sich nicht so aufbringen!“ rief die Cibot und stürzte sich auf Pons, um ihn gewaltsam aufs Kissen zurückzudrücken.

„Ich muß Sie ja gern haben“, meinte der arme Pons.

„Wirklich? Ist es wahr? ... Ach Gott, verzeihen Sie“, erwiderte sie weinend und die Tränen trocknend. „Nun ja, Sie lieben mich, wie man einen Dienstboten liebt ... einen Dienstboten, dem man eine Rente von sechshundert Franken hinwirft, wie einem Hund ein Stück Brot...“

„Frau Cibot, für wen halten Sie mich? Sie kennen mich nicht!“

„Oh, Sie werden mich noch mehr lieben lernen“, fuhr sie fort, als sie einen Blick des Kranken bemerkte. „Sie werden Ihre gute dicke Cibot wie eine Mutter lieben lernen. Ja, das ist es, ich bin Ihre Mutter, Sie sind alle beide meine Kinder. Oh, wenn ich die kennte, die Ihnen Kummer bereitet haben, würde ich mich vor die Geschworenen und selbst ins Zuchthaus bringen lassen, denn ich hätte ihnen schon längst die Augen ausgerissen ... An der Barrière-Saint-Jacques müßten solche Leute sterben, und das wäre noch zu mild für die Verbrecher ... Sie sind ja so gut, so sanft, Sie haben ein Goldherz, das dazu geschaffen ist, eine Frau glücklich zu machen ... Ja, Sie hätten sie auch glücklich gemacht ... Das sieht man, Sie waren dazu geboren ... Als ich sah, wie Sie mit Schmucke umgehen, sagte ich mir gleich: ‚Nein, Herr Pons hat sein Leben verfehlt, er hätte einen vorzüglichen Gatten abgegeben.' Seien Sie ehrlich, Sie lieben die Frauen."

„Nun ja," antwortete Pons, „und habe nie eine gehabt."

„Was Sie nicht sagen", rief die Cibot herausfordernd, näherte sich Pons und ergriff seine Hand; „Sie wissen nicht, was es heißt, eine Geliebte haben, die sich für ihren Freund umbringen läßt? Ist es möglich! Ich an Ihrer Stelle würde diese Welt nicht verlassen wollen, ohne das größte Glück kennengelernt zu haben, das es auf ihr gibt ... Armer Kleiner! Wenn ich wäre, was ich war, würde ich Cibot für Sie verlassen, mein Ehrenwort! Aber mit einer Nase wie dieser! Denn Sie haben eine stolze Nase! Wie fingen Sie es nur an, mein armer Engel? Sie werden mir antworten, die Frauen kennen sich in Männern nicht aus, und es ist wirklich ein Unglück, wie sie kreuz und quer heiraten, zum Erbarmen! Ich,

ich glaubte, daß Sie Freundinnen zu Dutzenden besitzen, Tänzerinnen, Schauspielerinnen, Herzoginnen – soviel waren Sie außer dem Hause! Wenn ich Sie fortgehen sah, sagte ich immer zu Cibot: ‚Da schau, Herr Pons geht wieder sich herumtreiben!' Auf Ehrenwort, ich sagte das, so sehr glaubte ich Sie von den Frauen geliebt! Der Himmel hat Sie für die Liebe geschaffen! ... Sehen Sie, mein lieber kleiner Herr, ich habe das an dem Tag gemerkt, als Sie hier zum erstenmal speisten. Oh, wie waren Sie über die Freude des guten Herrn Schmucke gerührt! Und er weinte noch am nächsten Tag darüber, und als er sagte ‚Frau Cibot, er hat hier gegessen,' fing ich auch wie ein Schloßhund zu heulen an. Und wie er traurig war, als Sie wieder in Gesellschaft gingen! Armer Mann, so etwas von Verzweiflung war noch nicht da! Sie tun sehr recht, wenn Sie ihn zu Ihrem Erben machen, ersetzt er Ihnen doch eine ganze Familie, der teure Mann! Vergessen Sie ihn nicht! Gott würde Sie nicht in sein Paradies aufnehmen, in das nur die Zutritt haben, die dankbar gegen ihre Freunde waren und sie bedachten."

Pons machte vergebliche Versuche zu antworten; die Cibot redete, wie der Wind bläst. Wenn man Mittel gefunden hat, um Dampfmaschinen anzuhalten, so übersteigt doch die Aufgabe, das Sprechwerkzeug einer Pförtnersfrau zum Stillstand zu bringen, die Erfindungskraft der Erfinder.

„Ich weiß, was Sie sagen werden," fuhr sie fort, „man stirbt noch nicht dadurch, daß man ein Testament macht, wenn man krank ist; ich an Ihrem Platz würde vorbauen und den armen Mann, der die beste Seele hat, nicht im Stich lassen. Er weiß sich gar nicht zu helfen und ist verloren, wenn er diesem Raubzeug, den Geschäftsleuten, in die Klauen gerät; mit Verwandten verhält es sich nicht anders, es sind alles Kanaillen. Überlegen Sie nur, ob in zwanzig Jahren jemand gekommen ist und Sie besucht hat... Und denen wollen Sie Ihr Hab und Gut hinterlassen! Wissen Sie, daß man behauptet, es lohne sich bei Ihren Sachen?"

„Das schon", erwiderte Pons.

„Rémonencq, der Sie als Sammler kennt und selber einen Kunsthandel hat, sagt, daß er Ihnen gern dreißigtausend Franken Rente zahlen wolle, wenn Sie Ihre Bilder auf ihn übertragen... Das wäre etwas! An Ihrer Stelle nähme ich an! Aber als er mir davon sprach, glaubte ich, er mache sich über mich lustig... Sie sollten Herrn Schmucke in den Wert Ihres Eigentums einweihen, denn er ist ein Mann, den man wie ein Kind betrügen würde; er hat keinen Begriff, was die schönen Sachen hier wert sind. Er ahnt es so wenig, daß er alles für ein Stück Brot verkaufen würde, wenn er es nicht aus Liebe zu Ihnen sein Leben lang unberührt läßt – angenommen, daß er Sie überhaupt überlebt, denn er wird vor Kummer sterben. Aber noch bin ich da, um ihn gegen jedermann zu verteidigen... ich und Cibot!"

Dieses entsetzliche Geschwätz rührte Pons, die Unbefangenheit, mit der die Cibot als echtes Kind des Volkes sich zu geben schien, hatte es ihm angetan.

„Was wäre ich ohne Sie, liebe Frau Cibot, und ohne Schmucke geworden?" sagte er.

„Ja, wir sind Ihre einzigen Freunde auf Erden!

Aber zwei gute Herzen wiegen eine ganze Familie auf!"
„Sprechen Sie mir nicht von der Familie! Mit ihr verhält es sich wie mit der Zunge, sagte jener alte Schauspieler, sie ist zugleich das Beste und Schlechteste ..."
„Wo sind denn Ihre Verwandten? Haben Sie welche? Ich habe nie jemand gesehen ..."
„Sie haben mich aufs Siechenbett geworfen!" rief Pons voll tiefer Bitterkeit.
„So, Sie haben Verwandte!" sagte die Cibot und fuhr in die Höhe, als wenn ihr Stuhl sich plötzlich in glühendes Eisen verwandelt hätte, „nun, dann benehmen sie sich reizend, diese Verwandten! Wie, seit zwanzig Tagen, genau zwanzig Tagen mit heute, liegen Sie auf den Tod, und sie haben sich noch nicht nach Ihnen erkundigt! Das ist ein etwas starker Tabak, das alles! ... Aber an Ihrer Stelle hinterließe ich meine Habe lieber dem Waisenhaus, als daß ich diesen Leuten einen Heller gäbe!"
„Mutter Cibot, sehen Sie, ich wollte alles, was ich besitze, der Tochter meines leiblichen Vetters, des Präsidenten Camusot, vermachen; Sie kennen ihn, er kam eines Morgens, es sind bald zwei Monate her."
„Aha, ein kleiner dicker Herr, dessen Leute zu Ihnen kamen und Sie um Verzeihung baten – wofür? Für die Dummheit seiner Frau. Was hat mich die alte Zierpuppe von Kammerfrau nach Ihnen ausgefragt! Am liebsten hätte ich ihren Samtmantel mit meinem Besen abgestaubt. Hat man je eine Kammerfrau einen Samtmantel tragen sehen! Nein, mein Ehrenwort, die Welt ist

auf den Kopf gestellt! Wozu macht man Revolutionen? Stopft euch zweimal am Tag den Magen voll, wenn ihr die Mittel dazu habt, reiches Pack! Ich aber sage, daß die Gesetze schlecht sind, daß nichts mehr heilig ist, wenn Louis-Philippe die Unterschiede nicht aufrecht erhält. Denn schließlich, nicht wahr, wenn wir alle gleich sind, darf eine Kammerfrau nicht einen Samtmantel tragen, solange ich, die Cibot, nach dreißig Jahren Rechtlichkeit noch keinen habe ... Das wäre noch schöner! Man muß doch sehen, wer sie sind! Eine Kammerfrau ist eine Kammerfrau, wie ich eine Pförtnerin bin! Warum gibt es denn beim Militär Achselstücke mit Quasten und Fransen? Jedem sein Grad! Soll ich Ihnen die Erklärung für das alles geben? Frankreich ist verloren! ... Und unter dem Kaiser, nicht wahr, Herr Pons, ging das alles anders. Darum habe ich auch Cibot gesagt: ‚Weißt du was? Eine Familie, in der die Kammerfrauen Samtmäntel tragen, ist eine Familie ohne Herz ...‘ “

„Ohne Herz! So ist es!“ rief Pons und erzählte seine schlimmen Erfahrungen und seinen Kummer. Die Cibot ließ es nicht an bitteren Ausfällen gegen seine Verwandten fehlen und bezeugte bei jedem Satz seines Berichtes die schrankenloseste Besorgtheit; zuletzt weinte sie.

Um diese plötzliche Vertraulichkeit zwischen dem alten Musiker und Frau Cibot zu verstehen, genügt es, sich die Lage eines Junggesellen vorzustellen, der zum erstenmal im Leben schwer krank auf seinem Leidenslager liegt, allein in der Welt ist, den ganzen Tag mit sich allein zubringen muß und diesen Tag um so länger findet, als die unbeschreiblichen Schmerzen der Leberentzündung das sanfteste Gemüt verfinstern. Alles, womit er seine Stunden ausfüllte, ist ihm genommen: so verfällt er dem Pariser Marasmus, der in dem sehnsüchtigen Verlangen nach allen Schauspielen besteht, die die Stadt umsonst bietet. Diese tiefe, düstere Einsamkeit, diese Schmerzanfälle, die dem seelischen Widerstand noch schlimmer als dem körperlichen zusetzen, das untätige Leben, alles das treibt einen Junggesellen, zumal wenn er schon schwachen Charakters, empfindlichen Herzens und von großer Leichtgläubigkeit ist, dazu, sich an das Wesen, das ihn pflegt, anzuklammern, wie ein Ertrinkender sich an eine Planke klammert.

So kam es, daß Pons dem Geschwätz der Cibot voll Entzücken lauschte. Schmucke und Frau Cibot und der Doktor Poulain waren die ganze Menschheit, wie sein Schlafzimmer das Weltall war. Wenn schon alle Kranken ihre Aufmerksamkeit auf den Raum konzentrieren, der im Bereich ihrer Augen liegt, und wenn ihre Selbstsucht sich darin äußert, daß sie alle Dinge ihrer Umgebung zwingen, sich ihnen unterzuordnen, so kann man sich vorstellen, wessen ein alter Junggeselle fähig ist, der nie Rücksicht und Liebe kennengelernt hat. In zwanzig Tagen war Pons so weit, daß er manchmal bedauerte, Madeleine Vivet nicht geheiratet zu haben! Ebenso machte in denselben zwanzig Tagen Frau Cibot ungeheure Fortschritte im Geist des Kranken, der sich ohne sie verloren sah; denn Schmucke war für den armen Musiker nur ein zweiter Pons. Die erstaunliche, übrigens ihr selbst unbekannte Kunst der

Cibot bestand darin, daß sie die eigenen Gedanken des guten Pons ausdrückte.
„Der Doktor kommt", sagte sie, als die Schelle ertönte.
Und sie ließ Pons allein, da sie wohl wußte, daß der Jude und Rémonencq geschellt hatten.
„Seien Sie ganz leise, meine Herren," mahnte sie, „daß er ja nichts merkt! Wenn es sich um seinen Schatz handelt, ist er wie eine Kratzbürste."
„Ein einfacher Rundgang wird genügen", antwortete der Jude, der mit seiner Lupe und einer Lorgnette bewaffnet war.

☆

PARLAMENTARISCHE VERDERBNIS

DER SALON, IN DEM SICH DER GRÖSSERE Teil der Sammlung befand, war einer jener alten Räume von fünfundzwanzig Fuß Höhe, dreißig Länge und dreizehn Breite, wie sie von den Architekten für den französischen Adel gebaut worden sind. Die Gemälde, die Pons besaß, siebenundsechzig an der Zahl, hingen alle an den vier getäfelten Wänden dieses in Weiß und Gold gehaltenen Zimmers. Aber das Holz war mit der Zeit gelb, das Gold rot geworden, und es hatten sich Töne gebildet, die mit denen der Bilder harmonierten. Vierzehn Plastiken standen auf Säulen, sei es in den Ecken, sei es zwischen den Bildern; die Säulen ruhten auf Boulleuntersätzen. Ebenholzschränke mit reichsten Schnitzereien umzogen in Ellenbogenhöhe die Wände und enthielten kleinere Stücke. In der Mitte des Raumes stand eine Reihe von geschnitzten Kredenzen und bot dem Auge die größten Seltenheiten menschlichen Könnens, Elfenbeinarbeiten, Bronzen, Schnitzereien, Schmelzwerke, Zeugnisse der Goldschmiedekunst, Porzellane u. a.

Kaum hatte der Jude den Raum betreten, so ging er geradenwegs auf vier Meisterwerke zu, die er sofort als die schönsten der Sammlung erkannt hatte: sie stammten von Meistern, die ihm fehlten. Sie waren für ihn das, was für den Naturforscher jene „Desiderata“ sind, um derentwillen man Reisen von Sonnenaufgang bis Sonnenuntergang, nach den Tropen, in die Wüste, die Steppe, die Urwälder unternimmt. Das erste Gemälde stammte von Sebastiano del Piombo, das zweite von Fra Bartolommeo della Porta, das dritte war eine Landschaft von Hobbema und das vierte ein Frauenbildnis von Albrecht Dürer – vier Diamanten!

Sebastiano del Piombo bedeutet in der Malerei einen Brennpunkt, in dem sich drei Schulen, jede mit ihren besten Eigenschaften, treffen. Dieser Venezianer nahm in Rom den Stil Raffaels an, übrigens unter der Leitung Michelangelos, der in einem der Schüler den Meister, den Papst der Kunst, treffen wollte. Der etwas träge Künstler vereinigte die venezianische Farbe, die florentinische Komposition und den Stil Raffaels auf den wenigen Gemälden, die er zu malen geruhte und deren Kartons, wie man behauptet, von Michelangelo gezeichnet wurden. Dank dieser dreifachen Kraft erreichte er eine Vollkommenheit, die sich im Pariser Museum an seinem Porträt des Baccio Bandinelli studieren läßt: man vergleiche es mit

Tizians Mann mit dem Handschuh, mit dem Porträt des alten Mannes, in dem Raffael seine Vollkommenheit mit derjenigen Correggios vereinigte, und mit dem Karl VIII. Leonardo da Vincis, und man wird sehen, daß es den Vergleich aushält. Diese vier Perlen zeigen dasselbe Wasser, denselben Glanz, dieselbe Rundung, sie sind gleichwertig. Die menschliche Kunst kann nicht weitergehen; die Natur ist übertroffen, lebt das Original in ihr doch nur einen Augenblick. Von diesem Genie, von dieser unsterblichen, aber unheilbar trägen Hand besaß Pons einen auf Schiefer gemalten betenden Malteserritter von einer Frische, Vollendung und Tiefe, die noch hervorragender als auf dem Porträt des Baccio Bandinelli waren. Sein Fra Bartolommeo, eine Heilige Familie, wäre von vielen Kennern für einen Raffael gehalten worden. Der Hobbema mußte es bei einer öffentlichen Versteigerung auf sechzigtausend Franken bringen. Was den Albrecht Dürer betrifft, so wies dieses Bild große Ähnlichkeit mit dem berühmten Holzschuher in Nürnberg auf, für den die Könige von Bayern, Holland und Preußen bei verschiedenen Gelegenheiten umsonst zweihunderttausend Franken angeboten haben. Handelte es sich hier um die Frau oder die Tochter des Ritters Holzschuher, des Freundes Albrecht Dürers? Diese Vermutung erscheint als Gewißheit angesichts der Tatsache, daß die Haltung der Frau in der Ponsschen Sammlung auf ein Gegenstück schließen läßt; auch ist das Wappen auf beiden Bildern in gleicher Weise angebracht. Und schließlich stimmt das Aetatis suae XLI vollkommen überein mit der Altersangabe auf dem Nürnberger Bild,

das vom Haus Holzschuher so treu gehütet wird; ein Stich nach diesem Porträt liegt seit kurzem vor.
Elias Magus hatte Tränen in den Augen, als er der Reihe nach die vier Meisterwerke betrachtete.
„Ich gebe Ihnen zweitausend Franken für jedes dieser Bilder, wenn Sie sie mir für vierzigtausend Franken verschaffen!" sagte er der Cibot ins Ohr, die über dieses vom Himmel gefallene Glück ganz erstarrt war.
Die Bewunderung oder, um genauer zu sein, der Taumel des Juden hatte in seinem Denkvermögen und in seiner gewöhnten Gier einen solchen Umsturz hervorgebracht, daß er, wie man sieht, darüber zu Fall kam.
„Und ich?" fragte Rémonencq, der sich nicht auf Bilder verstand.
„Hier ist alles gleich viel wert," flüsterte der Jude listig dem Auvergnaten ins Ohr, „nimm aufs Geratewohl und zu den gleichen Bedingungen zehn Bilder, und dein Glück wird gemacht sein."
Die drei Diebe schauten sich noch an, jeder das Opfer der stärksten Wollust, die es gibt, nämlich der begründeten Aussicht auf den großen Fischzug, durch den man ein gemachter Mann wird, da vernahmen sie die Stimme des Kranken, die wie die Schläge einer Glocke hallte:
„Wer ist da?" schrie Pons.
Die Cibot stürzte hinein und drängte Pons ins Bett zurück:
„Ins Bett, wollen Sie sich denn töten? Nein, es ist nicht Herr Poulain, sondern der brave Rémonencq, der sich so sehr Ihretwegen beunruhigt, daß er heraufkam, um sich zu erkundigen. Sie

sind so beliebt, daß das ganze Haus in Aufregung ist. Wovor hätten Sie also Angst?"

„Aber es scheint mir, daß da draußen mehrere Leute sind", antwortete der Kranke.

„Mehrere, das ist nicht übel! ... Ja, träumen Sie denn? Sie werden noch, auf Ehrenwort, den Verstand verlieren! ... Da, sehen Sie doch selbst!"

Sie öffnete eifrig die Tür, gab Magus ein Zeichen, damit er sich zurückzog, und ließ Rémonencq näher treten.

„Nun, mein lieber Herr," sagte der Auvergnate, der die Worte der Cibot vernommen hatte, „ich bin gekommen, um mich nach Ihnen zu erkundigen, denn das ganze Haus fragt nach Ihnen ... Niemand möchte, daß der Tod einzieht! Und der Vater Monistrol, den Sie ja gut kennen, läßt Ihnen für den Fall, daß Sie Geld brauchen, sagen, daß er zu Ihren Diensten steht ..."

„Er schickt Sie, damit Sie meine Sammlung ausspionieren", antwortete der Kranke scharf und mißtrauisch.

Leberkranke zeigen fast immer und zwar augenblicklich eine ausgesprochene Abneigung, sie konzentrieren ihre schlechte Laune auf den ersten besten Gegenstand oder Menschen. Pons bildete sich ein, daß man es auf seinen Schatz abgesehen hatte; der Gedanke, daß er ihn überwachen müsse, ließ ihm keine Ruhe, und Schmucke mußte unaufhörlich nachsehen, ob sich jemand in das Heiligtum eingeschlichen hatte.

„Ihre Sammlung ist auch schön genug," erwiderte schlauerweise Rémonencq, „um die Aufmerksamkeit der Spürhunde zu erregen; ich verstehe mich nicht auf die feineren Sachen, aber der Herr gilt für einen so großen Kenner, daß ich ungeachtet meiner Unsicherheit bereit wäre, mit geschlossenen Augen bei dem Herrn zu kaufen ... Wenn der Herr Geld brauchen sollte, denn nichts kostet mehr als diese verwünschten Krankheiten ... hat doch meine Schwester in zehn Tagen dreißig Sou für Medizin ausgegeben, als sie die Bluthitze hatte, und dabei wäre sie sicher auch so gesund geworden ... Die Ärzte sind Spitzbuben, die unseren Zustand benutzen, um ..."

„Ich danke Ihnen, gehen Sie jetzt", gab Pons zur Antwort und warf dem Eisenhändler unruhige Blicke zu.

„Ich will ihn hinausführen, damit er an nichts rührt", sagte die Cibot leise zu ihrem Kranken.

„Ja, ja", antwortete er und dankte ihr mit einem Blick.

Die Cibot schloß die Tür des Schlafzimmers, was das Mißtrauen des Kranken zu neuem Leben erweckte. Draußen stand Magus regungslos vor den vier Gemälden. Diese Regungslosigkeit, diese Verzückung können nur denen verständlich sein, die ihre Seele dem Schönen, der unaussprechlichen Wirkung der Vollkommenheit öffnen und im Museum ganze Stunden verbringen, vor der Gioconda Leonardo da Vincis, vor der Antiope, dem Hauptwerk des Correggio, der Geliebten Tizians, der Heiligen Familie des Andrea del Sarto, den Kindern im Blumenhag des Domenichino, dem kleinen in Grau gemalten Bild des Raffael und seinem Kopf eines Greises, dem ungeheuersten Meisterwerk der Kunst.

„Schnell fort und ganz leise!" sagte sie.

Der Jude gehorchte langsam und rückwärtsgehend, wobei er die Gemälde ansah, wie ein Liebender seine Geliebte ansieht, von der er Abschied nimmt. Als der Jude auf der Stiege war, gab ihm die Cibot, der angesichts dieser Versunkenheit Gedanken gekommen waren, einen Schlag auf den dürren Arm.

„Sie werden mir viertausend Franken für jedes Bild bewilligen," sagte sie, „oder es ist nichts zu machen."

„Ich bin ein armer Mann," antwortete Magus, „wenn ich nach diesen Bildern trachte, geschieht es nur aus Liebe zur Kunst, meine schöne Dame."

„Du bist so ausgetrocknet, mein Söhnchen, daß ich solche Liebe begreife. Aber wenn du mir nicht heute noch vor Rémonencq sechzehntausend Franken versprichst, so werden morgen zwanzig daraus."

„Ich verspreche dir die sechzehn", antwortete der Jude, den die Begehrlichkeit dieser Pförtnerin erschreckte.

„Wobei kann ein Jude schwören?" fragte sie den Auvergnaten.

„Sie können ihm trauen," erwiderte der Eisenhändler, „er ist ein so ehrlicher Mann wie ich."

„Und Sie," fragte die Pförtnerin, „was werden Sie mir geben, wenn ich den Verkauf durchsetze?"

„Halbpart beim Gewinn", sagte Rémonencq, ohne sich zu besinnen.

„Eine feste Summe sofort ist mir lieber, ich verstehe nichts vom Handel", entgegnete die Cibot.

„Sie verstehen sich sogar ausgezeichnet auf die Geschäfte," meinte Elias Magus lachend, „und gäben eine glänzende Handelsfrau ab."

„Ich biete ihr an, alles mit mir zu teilen, Leib und Gut“, sagte der Auvergnate und ergriff ihren vollen Arm, auf den er aus Leibeskräften klopfte; „sie braucht nichts als ihre Schönheit ins Geschäft zu bringen! Es ist Unrecht, wie Sie an Ihrem Türken Cibot und seiner Nadel hängen! Kann ein kleiner Hausmeister eine schöne Frau wie Sie reich machen? Ach, was für eine Figur gäben Sie ab in meinem Laden auf den Boulevards, unter lauter Seltenheiten, die Sie den Liebhabern verführerisch aufreden würden! Lassen Sie doch die Loge hinter sich, sobald Sie das Schäfchen hier in Sicherheit gebracht haben, und Sie werden sehen, was wir beide zusammen fertig bekommen.“

„In Sicherheit bringen!“ sagte die Cibot; „ich bin unfähig, hier den Wert auch nur einer Nadel wegzunehmen, wissen Sie das, Rémonencq; man kennt mich im Viertel als ehrliche Frau, jawohl!“ Ihre Augen flammten.

„Regen Sie sich nicht auf,“ fiel Elias Magus ein, „Rémonencq liebt Sie offenbar viel zu sehr, als daß er Sie beleidigen würde.“

„Das gäbe eine Geschäftsführung“, begann der Auvergnate von neuem.

„Seid doch gerecht, Kinder,“ sagte besänftigt die Cibot, „und beurteilt meine Lage hier selbst! Seit zehn Jahren lege ich mich für die beiden alten Burschen ins Zeug, ohne daß sie mir jemals mehr als Worte gegeben hätten ... Rémonencq kann bestätigen, daß ich die beiden zu festem Preis beköstige, daß ich dabei täglich zwanzig bis dreißig Sou verliere, daß alle meine Ersparnisse darauf gegangen sind, bei der Seele meiner Mutter, . . . dem einzigen mir bekannten Urheber meiner Tage! Aber ebenso wahr ist es, daß ich lebe und daß das Licht uns bescheint, und mein Kaffee soll mir Gift sein, wenn ich nur um einen Centime von der Wahrheit abgewichen bin! Also gut, nun liegt einer im Sterben, und zwar der reichste von den beiden, die ich wie meine eigenen Kinder behandelt habe! Würden Sie glauben, mein lieber Herr, daß in den ganzen zwanzig Tagen, in denen ich ihm wiederhole, daß er dem Tod nahe ist (denn Herr Poulain hat sein Todesurteil gesprochen), der alte Knauser nicht ein einziges Mal davon gesprochen hat, daß er mich in seinem Testament bedenken will! Mein Ehrenwort, wir bekommen das, was uns gebührt nur, wenn wir es uns nehmen, aufs Wort einer ehrlichen Frau; trauen Sie doch den Erben. Sehen Sie, die ganze Welt ist niederträchtig, das kann man ja sagen, von Worten wird niemand übel!"

„Das ist wahr," antwortete schlau Elias Magus, „und wir sind noch die ehrlichsten Leute", fügte er mit einem Blick auf Rémonencq hinzu.

„Lassen Sie mich in Ruhe," sagte die Cibot, „ich rede nicht Ihnen nach dem Mund! Die Anwesenden immer einbegriffen! Ich schwöre Ihnen, die beiden schulden mir fast dreitausend Franken, das wenige, das ich habe, ist schon für die Medizin und sonstwie für sie daraufgegangen, und es fehlt nur noch, daß sie meine Vorschüsse nicht anerkennen! . . . Ich bin so dumm, mit meiner Ehrlichkeit, daß ich nicht den Mut habe, ihnen ein Wort zu sagen. Sie, mein lieber Herr, verstehen Geschäfte; geben Sie mir doch einen Rat, soll ich mich an einen Advokaten wenden?"

„Einen Advokaten!" rief Rémonencq, „Sie verstehen mehr als alle Advokaten!"
Plötzlich dröhnte in dem weiten Treppenhaus dumpf ein Laut, der aus dem Eßzimmer kam: auf den Fliesen war ein schwerer Körper aufgeschlagen.
„Ohne Sie würde ich vor Unruhe sterben", sagte ~~geschehen! Der Herr ist uns nachgegangen."~~
Sie trieb ihre Gefährten an, die rasch Fersengeld gaben; dann machte sie kehrt, stürzte in das Eßzimmer und sah da den nur mit dem Hemd bekleideten und ohnmächtigen Pons in seiner ganzen Länge liegen. Sie nahm den alten Mann in die Arme, hob ihn wie eine Feder auf und trug ihn auf sein Bett. Als sie den Röchelnden gebettet hatte, ließ sie ihn eine verbrannte Feder riechen, benetzte ihm die Schläfen mit Kölnischem Wasser und rief ihn zum Leben zurück. Dann, als sie sah, daß er die Augen geöffnet hatte, wieder bei Bewußtsein war, stemmte sie die Arme in die Hüften und sagte:
„Ohne Pantoffeln! Im Hemd! Damit muß man sich ja umbringen! Und weshalb mißtrauen Sie mir? ... Wenn Sie das tun, dann sind wir geschiedene Leute! Nachdem ich zehn Jahre Ihnen gedient, mein Geld zugesetzt, meine Ersparnisse verloren habe, nur aus Mitleid mit dem armen Herrn Schmucke, der auf der Stiege wie ein Kind weint, wird mir so gelohnt! Sie spionieren mich aus – Gott hat Sie gestraft ... und er hat wohlgetan! Und ich muß mich aufraffen und Sie mit meinen Armen forttragen, auf die Gefahr hin, für den Rest meiner Tage ruiniert zu sein! O Gott, und die Tür, die ich offenstehen ließ ...!"

„Mit wem sprachen Sie?“

„Was fällt Ihnen nur ein!“ rief die Cibot. „Ja, bin ich denn Ihre Sklavin? Habe ich Ihnen Rechenschaft abzulegen? Wissen Sie, daß ich alles liegen und stehen lasse, wenn Sie mich so ärgern? Dann werden Sie eine Wärterin nehmen müssen!“

Pons wurde durch die Drohung derartig in Schrekken versetzt, daß er, ohne es zu ahnen, der Cibot klar machte, was alles sie mit diesem Damoklesschwert erreichen konnte.

„Meine Krankheit ist schuld daran“, sagte er in kläglichem Ton.

„Als ob das ein Grund wäre!“ fiel ihm die Cibot grob ins Wort.

Sie ließ Pons in großer Verwirrung, von Gewissensbissen gequält, zurück; er bewunderte die marktschreierische Selbstaufopferung seiner Pflegerin, machte sich Vorwürfe und merkte nicht einmal, wie sehr er durch den Fall auf die Fliesen des Eßzimmers seine Krankheit verschlimmert hatte. Auf der Treppe begegnete die Cibot Schmucke und sagte:

„Kommen Sie, Herr Schmucke, traurige Nachrichten! Wissen Sie, daß Herr Pons verrückt wird? ... Stellen Sie sich vor, er hat ganz nackt das Bett verlassen, um mir zu folgen, ... nein, er stürzte in seiner ganzen Länge hin ... Wenn Sie ihn nach dem Grund fragen, weiß er nichts ... Es geht schlecht mit ihm. Ich tat nichts, um eine derartige Erregung in ihm hervorzurufen, es sei denn, daß ich vielleicht durch ein Gespräch über erste Liebschaften gewisse Vorstellungen geweckt habe ... Wer kennt sich in den Männern aus!

Das sind alles alte Lüstlinge! . . . Ich tat Unrecht, ihm meine Arme zu zeigen, seine Augen glühten wie Karfunkel . . .“
Schmucke vernahm ihre Worte, wie wenn sie Hebräisch mit ihm geredet hätte.
„Ich habe mich so mit ihm überanstrengt, daß ich für den Rest meiner Tage werde büßen müssen“, fuhr die Cibot fort, während sie lebhaft Schmerzen vortäuschte und überlegte, wie sie den Umstand, daß ihre Muskeln ihr ein wenig weh taten, ausnützen konnte; „ich bin so dumm! Als er da auf dem Boden lag, hob ich ihn auf und trug ihn auf sein Bett wie ein Kind; aber jetzt spüre ich etwas! Oh, es verschlimmert sich! . . . Ich muß in meine Loge hinunter, bewachen Sie unseren Kranken! Cibot soll den Doktor Poulain für mich holen. Lieber tot, als zum Krüppel werden.“
Sie rutschte an der Rampe die Treppe hinab, wobei sie unter tausend Krümmungen so laut stöhnte, daß alle Mieter erschrocken auf die Treppen stürzten. Schmucke stützte die Frau mit Tränen in den Augen und berichtete von ihrer Aufopferung. Das ganze Haus, das ganze Viertel wußten bald, wie rührend oder wie heldenhaft die Cibot sich benommen hatte, als sie einen der Nußknacker aufhob.
Schmucke enthüllte Pons den schlimmen Zustand ihres Faktotums, sie schauten sich an und sagten beide: ‚Was soll ohne sie aus uns werden?‘
Schmucke wagte Pons nicht zu schelten, als er sah, wie tief dieser über die Folge seines unbedachten Streiches erschrak.
„Elendes Gerümpel!“ rief er, als Pons ihm den

Vorgang erzählte, „lieber soll es verbrennen, als daß ich den Freund verliere; Frau Cibot mißtrauen, die uns ihre Spargroschen leiht – das ist wirklich nicht schön, aber die Krankheit trägt die Schuld."

„Ich bin verändert, ich fühle es, was für eine Krankheit," sagte Pons, „wenn ich dir nur den Kummer ersparen könnte, mein guter Schmucke."

„Schimpfe mich aus und laß Frau Cibot in Ruhe", schlug Schmucke vor.

Der Doktor Poulain rettete in wenigen Tagen die Cibot vor der Verkrüppelung, die sie schon an die Wand gemalt hatte, und sein Ruf gewann durch diese an ein Wunder grenzende Heilung außerordentlich im Maraisviertel. Er schrieb bei Pons den Erfolg der ausgezeichneten Konstitution der Kranken zu, die ihren Dienst bei den beiden Herren zu deren größter Genugtuung am siebenten Tag wieder aufnahm.

Der ganze Vorfall vermehrte den Einfluß und die Alleinherrschaft der Pförtnerin um hundert Prozent. Während der Woche, in der sie fehlte, hatten die beiden Nußknacker Schulden gemacht, aber die Cibot bezahlte sie und benutzte diesen Umstand, um von Schmucke – mit welcher Leichtigkeit – einen Schuldschein auf zweitausend angeblich geliehene Franken zu erlangen.

„Was für ein Arzt, der Doktor Poulain!" sagte sie zu Pons, „er wird auch Sie retten, nachdem er mich aus dem Sarg gezogen hat. Mein armer Cibot hielt mich schon für tot... Aber der Doktor muß es Ihnen gesagt haben: so lange ich lag, dachte ich nur an Sie. Lieber Gott, dachte ich, nimm mich und laß meinen teuren Herrn Pons leben."

„Arme liebe Frau Cibot, fast wären Sie um meinetwillen zum Krüppel geworden."

„Oh, ohne Doktor Poulain trüge ich das Tannenhemd, das wir alle tragen müssen. Am Grabenrand muß man abwerfen, sagte jener alte Schauspieler, Philosophie ist nötig. Was haben Sie ohne mich getan?"

„Schmucke hat mich gepflegt," antwortete der Kranke, „aber unsere arme Kasse und unsere Kundschaft haben es büßen müssen . . . Ich weiß nicht, wie er es angestellt hat."

„Ruhe, Pons," rief Schmucke, „wir haben in Vater Cibot einen Bankier."

„Sprechen Sie nicht davon, mein liebes Männchen! Sie sind beide unsre Kinder," rief die Cibot, „unsere Ersparnisse sind bei Ihnen gut angelegt, Sie sind sicherer als die Bank. Solange wir ein Stück Brot haben, gehört die Hälfte Ihnen . . . es lohnt sich nicht, davon zu reden."

„Arme Frau Cibot", sagte Schmucke beim Fortgehen.

Pons schwieg.

„Ob Sie es glauben oder nicht, liebster Herr," sagte die Cibot, als sie die Unruhe des Kranken sah, „in meinen Todesahnungen, denn es fehlte wirklich nicht viel, quälte mich nichts so sehr wie der Gedanke, Sie allein, sich selbst ausgeliefert, und meinen armen Cibot ohne einen Centime zurücklassen zu müssen . . . Meine Ersparnisse sind eine so geringfügige Sache, daß ich sie nur erwähne, weil wir gerade von meinem Tod und von Cibot, der ein Engel ist, sprechen! Nein, wirklich, er hat mich wie eine Königin gepflegt und wie ein Kälbchen beweint. . . . Aber ich rechnete auf

Sie, Ehrenwort einer ehrlichen Frau, ich sagte immer zu ihm: Geh, Cibot, die Herren oben werden dich nie ohne Brot lassen."

Pons antwortete nichts auf diesen Angriff *ad testamentum*, und die Pförtnerin schwieg in Erwartung eines Wortes.

„Ich werde Sie Schmucke empfehlen", sagte endlich der Kranke.

„Oh," rief die Pförtnerin, „was Sie tun, wird wohlgetan sein. Ich überlasse das ganz Ihnen und Ihrem Herz . . . Sprechen wir nie davon, denn Sie demütigen mich, mein teuerster Herr, denken Sie lieber daran, gesund zu werden! Sie überleben uns noch alle."

Sie war die Beute einer tiefen Unruhe geworden. Sie beschloß, keine Ruhe zu geben, bis Pons von dem Vermächtnis sprach, das er hatte durchblikken lassen; sobald Schmucke, der seit der Erkrankung seines Freundes an dessen Bett zu essen pflegte, am Abend seine Mahlzeit eingenommen hatte, verließ sie das Haus und suchte den Doktor Poulain auf.

☆

GESCHICHTE ALLER PARISER ANFÄNGE

DER DOKTOR POULAIN BEWOHNTE IN DER Rue d'Orléans ein kleines Erdgeschoß, das aus Vorzimmer, Salon und zwei Schlafzimmern bestand. Eine Gerätkammer, die an das Vorzimmer stieß und mit einem der beiden Schlafzimmer – dem des Doktors – in Verbindung stand, war in ein Arbeitskabinett verwandelt worden. Seine Küche, eine Dienstbotenkammer und ein kleiner

Keller gehörten zu der Wohnung, die in einem Flügel des Hauses lag. Dieser selbst, ein Bau von ungeheuren Maßen, war unter dem Kaiserreich an Stelle eines alten Hotels erbaut worden, dessen Garten noch existierte, wenn auch unter den drei Wohnungen des Erdgeschosses aufgeteilt.

Seit vierzig Jahren war an der Wohnung des Doktors nichts mehr geändert worden. Die Tapeten, die Malereien, die Ausschmückung, alles trug den Stempel des Kaiserreichs. Vierzigjähriger Schmutz und Rauch hatten die Spiegel, die Täfelungen, die Tapetenmuster, die Decken und die Malereien verwischt. Diese kleine Wohnung im innersten Marais kostete noch tausend Franken Jahresmiete. Frau Poulain, die Mutter des Doktors, eine Greisin von siebenundsechzig Jahren, brachte ihr Lebensende in dem zweiten Schlafzimmer zu. Sie arbeitete für die Beutlergeschäfte, nähte Gamaschen, Lederhosen, Hosenträger, Gürtel, kurz alles, was in dieses Gebiet fällt, das heute merkbar zusammenschrumpft. Mit der Aufsicht über die Wirtschaft ihres Sohnes und über den einzigen Dienstboten beschäftigt, ging sie nie aus und begnügte sich, wenn sie Luft schöpfen wollte, mit dem Gärtchen, das man durch eine Fenstertür des Salons erreichte. Beim Tod ihres Mannes vor zwanzig Jahren hatte sie ihren Beutlerladen an den ersten Gehilfen verkauft, der ihr genug Arbeit verschaffte, so daß sie im Tag etwa dreißig Sou verdienen konnte. Sie hatte alles der Erziehung des einzigen Sohnes geopfert, er sollte unbedingt einen höheren Rang als sein Vater einnehmen. Sie war stolz auf ihren Äskulap und glaubte an seine Erfolge: so fuhr sie fort, ihm alles zu opfern,

verlangte nichts anderes als für ihn zu sorgen und zu sparen, träumte nur von seinem Wohlergehen und liebte ihn mit Verstand, was nicht alle Mütter können. Die gute Frau, die eingedenk blieb, daß sie einfache Arbeiterin gewesen war, wollte ihrem Sohn nicht schaden und verbarg sich aus eigenen Stücken in ihrem Zimmer, wenn aus Zufall ein paar bessere Patienten den Doktor aufsuchten oder wenn Schulfreunde und Studiengenossen kamen. Daher hatte auch der Doktor seinerseits nie über seine Mutter zu erröten brauchen, er verehrte sie, und ihr Mangel an Erziehung wurde durch diese große Zärtlichkeit aufgewogen.
Der Verkauf des Beutlerladens hatte ungefähr zwanzigtausend Franken eingebracht, die 1820 ins Grundbuch eingetragen worden waren; die elfhundert Franken Zinsen, die sie abgeworfen hatten, machten ihren ganzen Besitz aus. Kein Wunder, daß die Nachbarn gewohnt waren, die Wäsche des Doktors und seiner Mutter auf Seilen im Garten aufgehängt zu sehen; das Dienstmädchen und Frau Poulain wuschen alles sparsam im Hause selbst.
Dieser Umstand schadete dem Doktor viel; bei so viel Armut verweigerte man ihm den Glauben an sein Talent. Die elfhundert Franken Zinsen deckten die Miete. Die Arbeit der Mutter, einer guten dicken und kleinen Alten, hatte während der ersten Zeit für alle Ausgaben der ärmlichen Haushaltung genügt. Nach zwölf Jahren Ausdauer auf seinem steinigen Weg hatte der Doktor es bis zu tausend Talern im Jahre gebracht, so daß Frau Poulain über rund fünftausend Franken verfügen konnte. Wer Paris kennt, weiß, daß damit gerade das unbedingt Notwendige gedeckt war.

Der Raum, in dem die Patienten warteten, war dürftig möbliert: ein gewöhnliches Sofa aus Mahagoni, mit gelbem geblümten Utrechter Samt bezogen, vier Sessel, sechs Stühle, eine Konsole und ein Teetisch, alles Dinge aus dem Nachlaß des verstorbenen Beutlers und von ihm selbst ausgewählt. Die Uhr unter dem Glassturz zwischen den beiden ägyptischen Kandelabern stellte eine Leier dar. Man fragte sich, durch welches Wunder die Vorhänge an den Fenstern so lange hatten aushalten können, denn sie bestanden aus gelbem Kaliko, der mit den roten Rosen der Fabrik von Jouy bedruckt war. Oberkampf hatte für diese entsetzlichen Leistungen der Baumwollindustrie von 1809 Glückwünsche des Kaisers empfangen.
Das Kabinett des Doktors war in diesem Geschmack möbliert, mit Stücken aus dem väterlichen Schlafzimmer – alles trocken, ärmlich und kalt. Welcher Kranke konnte an die Wissenschaft eines Arztes glauben, der, vom Ruf ganz abgesehen, nicht einmal Möbel besaß, und das in einer Zeit, in der die Reklame allmächtig wird, in der man die Kandelaber der Place de la Concorde vergoldet, um den Armen zu trösten und ihm einzureden, daß er ein reicher Bürger ist?
Der Vorraum diente als Eßzimmer. Das Mädchen arbeitete darin, wenn es nicht in der Küche zu tun hatte oder der Mutter des Doktors nicht Gesellschaft leistete. Man erriet sofort beim Eintritt das verschämte Elend, das diesem Raum, der die Hälfte des Tages leer stand, den Stempel aufdrückte: es genügte ein Blick auf die kleinen roten Vorhänge des Fensters, das auf den Hof ging. Und man stellte sich vor, was die Wand-

schränke enthielten: Reste verschimmelter Pasten, Teller mit abgestoßenen Rändern, abgenutzte Pfropfen, eine Woche alte Mundtücher, kurz, die im übrigen wohl begreiflichen Jämmerlichkeiten eines kleinen Pariser Haushalts: wenn sie ausgedient haben, gibt es für sie nur noch den einen Weg: in den Tragkorb des Lumpenhändlers. So war in einer Zeit, in der das Fünffrankenstück in allen Hirnen nistet, durch alle Sätze rollt, der dreißigjährige Doktor, der für seine Mutter ohne Verbindungen zu sorgen hatte, unverheiratet geblieben. In zehn Jahren hatte er in den Familien, zu denen sein Beruf ihm Zutritt verschaffte, nicht den geringsten Vorwand zu einem Roman gefunden, bewegte er sich doch in einer Sphäre, in der die Existenzen seiner eigenen glichen: er sah nur Haushalte, die mit seinem eigenen die größte Ähnlichkeit besaßen, Haushalte von kleinen Angestellten oder kleinen Produzenten. Seine reichsten Klienten waren die Metzger, die Bäcker, die dicken Detaillisten des Viertels, Leute, die ihre Gesundung meistens der Natur zuschreiben, um die Besuche des Doktors mit zwanzig Sou bezahlen zu können, zumal da er zu Fuß kam. In der Medizin ist die Kutsche wichtiger als das Wissen.

Ein gemeines, ereignisloses Leben wirkt zuletzt auf den abenteuerlichsten Geist. Ein Mann formt sich nach seinem Schicksal, er streckt die Waffen vor der Gewöhnlichkeit seines Daseins. Nach zehn Jahren Praxis empfand der Doktor Poulain bei seiner Sisyphusarbeit nicht mehr die Verzweiflung seiner ersten bitteren Tage, liebkoste aber doch einen Traum – alle Menschen in Paris haben ihren Traum. Er hoffte, zu einem reichen Kranken von großem Einfluß gerufen zu werden, ihn zu heilen (was unfehlbar geschehen würde) und durch ihn die Stelle des Chefarztes an einem Spital zu erlangen; auch Arzt in den Gefängnissen oder in den Boulevardtheatern oder in einem Ministerium wäre er gern geworden. Übrigens hatte er seinen Posten als Gemeindearzt des Bürgermeisterbezirks auf diese Weise bekommen. Eines Tages hatte ihn die Cibot zum Eigentümer des Hauses geholt, in dessen Pförtnerloge die Cibot saßen, und es war ihm gelungen, Herrn Pillerault gesund zu machen. Dieser, der Großonkel mütterlicherseits der Gräfin Popinot, der Frau des Ministers, hatte bei einem Dankbesuch das heimliche Elend des jungen Mannes erkannt, Interesse für ihn gefaßt, und von seinem Großneffen, dem Minister, der ihn verehrte, den Platz verlangt, den der Doktor nun seit fünf Jahren versah, und dessen magere Einkünfte sich zur rechten Zeit einstellten, um ihn an der Auswanderung zu verhindern. Frankreich verlassen müssen, ist für einen Franzosen eine schlimme Angelegenheit. Der Doktor Poulain stattete dem Grafen Popinot seinerseits den Dankbesuch ab, mußte aber einsehen, daß er in diesem Haus nicht Fuß fassen konnte, da der berühmte Bianchon der Arzt des Staatsmannes war. Der arme Doktor hatte sich schon geschmeichelt, er werde die Protektion eines der einflußreichen Minister, einer der zwölf oder fünfzehn Karten erlangen, die seit sechzehn Jahren von kräftiger Hand auf dem grünen Tuch des Tisches im Ministerium gemischt werden – und fand sich in das Marais zurück-

gestoßen, wo er zwischen den Kleinbürgern und den Armen herumtrabte und das für zwölfhundert Franken im Jahr.
Der Doktor Poulain, dem es nicht an Erfahrung fehlte, war aus einem geschätzten Assistenzarzt ein geschickter Praktiker geworden. Außerdem machten seine Toten keinen Lärm, und er durfte alle Krankheiten *in anima vili* studieren. Man kann erraten, wieviel Galle er hervorbrachte. Der Ausdruck seines an sich langen und melancholischen Gesichtes war manchmal erschreckend. Man denke sich in einem gelben Pergament die brennenden Augen Tartuffes und die Verbissenheit Alkests, und man hat eine Vorstellung von Gang, Haltung, Blick eines Mannes, der sich für einen ebenso guten Arzt wie der berühmte Bianchon hielt und von einer eisernen Hand in seiner dunklen Sphäre festgehalten wurde. Er konnte nicht umhin, seine zehn Franken Einnahme (an den glücklichen Tagen) mit den fünf- oder sechshundert Bianchons zu vergleichen. Aller demokratische Haß läßt sich an diesem Beispiel verstehen. Übrigens hatte dieses Opfer des zurückgedrängten Ehrgeizes sich nichts vorzuwerfen, vielmehr das Glück schon mit der Erfindung von Abführpillen in der Art der Morissonschen versucht und die Ausbeutung einem seiner Studienfreunde, einem Spitalarzt, der Apotheker geworden war, anvertraut. Aber der Apotheker, Liebhaber einer Statistin vom Ambigu-Comique, hatte Bankrott gemacht und das Recht zur Herstellung der Pillen war, als auf seinen Namen eingetragen, auf den Nachfolger übergegangen, dem es große Summen einbrachte. Der ehemalige Assistenzarzt war nach Mexiko, dem

Mutterlande des Goldes, gegangen, nicht ohne tausend Franken aus den Ersparnissen des armen Poulain mitzunehmen, der obendrein von der Statistin als Wucherer behandelt wurde, als er sein Geld von ihr zurück verlangte. Seit der glücklichen Heilung des alten Pillerault hatte sich kein einziger reicher Patient mehr sehen lassen. Poulain lief, eine magere Katze, das ganze Marais zu Fuß ab, und auf zwanzig Besuche kamen zwei zu vierzig Sou. Der gut zahlende Klient war für ihn der phantastische Vogel, der überall unter dem Mond weißer Rabe genannt wird.

Der junge Anwalt ohne Prozesse, der junge Arzt ohne Kundschaft sind die krassesten Beispiele für die verschämte Verzweiflung, die Paris eigentümlich ist – eine stumme, kalte Verzweiflung, deren Kennzeichen sind: schwarzer Rock und schwarze Hose mit weiß gewordenen Nähten, die an das Zink der Dachfenster erinnern, eine Weste aus leuchtendem Satin, ein heilig gehaltener Hut, alte Handschuhe und Kalikohemden: es sind Gedichte der Trauer, düster wie die Geheimnisse des Gefängnisses. Das Elend des Dichters, des Künstlers, des Schauspielers, des Musikers kennt wenigstens die der Kunst natürliche Fröhlichkeit und die Unbekümmertheit der Boheme, in die man hineingerät und die zu den Einöden des Genies führt. Aber für die beiden Prozessionen der Schwarzgewandeten, die auf Schusters Rappen reiten, ist alles offne Wunde, und die Menschheit zeigt ihnen nur ihre häßlichen Seiten; daher ist allen diesen jungen Männern zur Zeit ihrer Erniedrigung derselbe finstere, herausfordernde Ausdruck zu eigen, brechen sich konzentrierter Haß und

Ehrgeiz durch Blicke Bahn, die an die ersten Wallungen einer verdeckten Feuersbrunst erinnern. Wenn zwei Studienfreunde sich nach zwanzig Jahren treffen, vermeidet der Reiche seinen armen Kameraden, erkennt ihn nicht wieder, entsetzt sich vor dem Abgrund, der das Schicksal zwischen ihnen geöffnet hat. Der eine hat das Leben auf den feurigen Rossen des Glücks oder den goldenen Wolken des Erfolgs gejagt; der andere kroch unterirdisch durch die Pariser Kloaken und zeigt alle Spuren dieses Wegs. Wieviel alte Freunde mochten den Doktor beim Anblick seines Rockes und seiner Weste meiden!

Jetzt begreift man leicht, daß der Doktor Poulain bei der angeblichen Lebensgefahr der Cibot seine Rolle so gut spielen konnte. Begehrlichkeit und Ehrgeiz lassen sich immer erraten. Als er an keinem Organ der Pförtnerin eine Verletzung fand, vielmehr die Regelmäßigkeit ihres Pulses und die vollkommene Mühelosigkeit aller ihrer Bewegungen bewunderte, verstand er trotz der lauten Schreie, die sie ausstieß, daß sie ein Interesse daran hatte, für todkrank zu gelten. Die blitzschnelle Heilung einer vorgeschützten Krankheit mußte seinen Namen im Viertel verbreiten: so übertrieb er den angeblichen Bruch der Cibot und sprach davon, ihn rechtzeitig operieren zu wollen. Er unterwarf die Pförtnerin einer ebenso angeblichen Behandlung und einem phantastischen Eingriff mit vollem Erfolg. Er suchte in der Reihe der außerordentlichen Kuren Despleins einen bizarren Fall hervor, wandte ihn auf die Cibot an, schrieb den Erfolg bescheiden dem großen Chirurgen zu und gab sich als seinen Nachfolger. Das

sind die Verwegenheiten, die man in Paris bei den Anfängern oft finden kann. Alles muß ihnen als Sprungbrett dienen, aber da sich alles abnutzt, sogar die Sprungbretter, wissen in allen Berufen die Anwärter nicht mehr, aus welchem Holz sie das Brett anfertigen sollen. In einem gewissen Augenblick will der Pariser nichts mehr vom Erfolg wissen, wird es müde, Götzen aufs Postament zu heben, und schmollt wie ein verzogenes Kind; oder, um bei der Wahrheit zu bleiben, manchmal fehlen auch nur seiner Eingenommenheit die Leute von Talent. Das Muttergestein, aus dem sich der Genius bildet, ist manchmal taub: dann versagt sich der Pariser und lehnt es ab, Mittelmäßigkeiten zu Geld oder Geltung zu verhelfen.
Die Cibot, die mit ihrer gewöhnlichen Heftigkeit eintrat, überraschte den Doktor und seine alte Mutter bei Tisch. Die Mahlzeit bestand aus einer Schüssel Rapunzelsalat, der der billigste aller Salate ist, einem spitzen Winkel von Briekäse, einem Teller mit ein paar Feigen und Nüssen und etwas mehr Rosinen, und einem zweiten Teller mit schlechten Kahnäpfeln.
„Mutter, du kannst bleiben," sagte der Arzt und hielt die alte Frau am Arm zurück, „das ist Frau Cibot, von der ich dir erzählt habe."
„Ich bin so frei", sagte die Cibot und nahm den angebotenen Stuhl. „Oh, das ist Ihre Frau Mutter? Sie muß glücklich sein, einen Sohn zu haben, der soviel Talent besitzt; denn er ist mein Retter, er hat mich vor dem Tod bewahrt."
Die Witwe Poulain fand Frau Cibot reizend, als sie derart das Lob ihres Sohnes vernahm.
„Ich bin gekommen, mein lieber Herr Poulain,"

fuhr die Cibot fort, „um Ihnen unter uns zu sagen, daß es dem armen Herrn Pons schlecht geht, und daß ich mit Ihnen deswegen sprechen muß."

„Gehen wir in den Salon", sagte der Doktor und wies mit einer Kopfbewegung auf das Dienstmädchen hin.

Im Salon setzte die Cibot weitschweifig ihre Beziehung zu den beiden Nußknackern auseinander, wiederholte die Geschichte ihres Darlehns, wobei sie nicht vergaß, es auszuschmücken, und erzählte die ungeheuren Dienste, die sie seit zehn Jahren den Herrn Pons und Schmucke erwies. Wenn man ihr Glauben schenkte, so lebten die beiden Männer nur noch dank ihrer mütterlichen Sorge. Sie machte sich zum Engel und tischte unter reichlichen Tränen so viele Lügen auf, daß die alte Frau Poulain schließlich ganz gerührt wurde.

„Sie verstehen, mein lieber Herr," schloß sie, „daß ich wissen müßte, was Herr Pons für mich zu tun gedenkt, falls er sterben sollte; ich wünsche diesen Tod nicht, denn sehen Sie, Frau Poulain, die Pflege der beiden Kinder ist mein Leben – fehlt der eine, so wird noch immer der andere auf mich angewiesen sein. Von Natur aus bin ich zur Mutterschaft bestimmt; wenn ich nicht jemand habe, für den ich mich interessieren, den ich zu meinem Kind machen kann, weiß ich nicht, was anfangen . . . Herr Poulain könnte daher, wenn er wollte, mir einen Dienst erweisen, den ich wohl zu schätzen wüßte; er brauchte nur mit Herrn Pons über mich zu sprechen. Mein Gott, tausend Franken Leibrente, ist das zu viel verlangt? Das wäre auch vom Vorteil für Herrn

Schmucke... Unser teurer Kranker hat gesagt, daß er mich dem armen Deutschen empfehlen werde: also darf man in diesem den Erben sehen... Aber was ist ein Mann, der keine zwei Gedanken auf Französisch aneinanderreihen kann und außerdem imstande ist, in der Verzweiflung über den Tod seines Freundes nach Deutschland zu gehen?"

„Meine liebe Frau Cibot," antwortete der Doktor, der nachdenklich geworden war, „das sind Dinge, die nicht zum Bereich des Arztes gehören, und die Ausübung meines Berufes würde mir verboten, wenn man erführe, daß ich mich in die Testamentsangelegenheiten eines meiner Patienten gemischt habe. Das Gesetz erlaubt einem Arzt nicht, von seinen Kranken ein Vermächtnis anzunehmen."

„Was für ein blödes Gesetz, das mich hindert, mein Legat mit Ihnen zu teilen!" erwiderte augenblicklich die Cibot.

„Ich gehe noch weiter," sagte der Doktor, „das Gewissen des Arztes verbietet mir, mit Herrn Pons von seinem Tod zu sprechen. Zunächst ist er dazu nicht krank genug; sodann könnte eine solche Unterhaltung ihn so erregen, daß er wirklich in Gefahr geriete und tödlich erkrankte."

„Aber ich nehme kein Blatt vor den Mund," rief die Cibot, „wenn ich ihn ermahne, für Ordnung in seinen Angelegenheiten zu sorgen, und er fühlt sich darum nicht schlechter! ... Er kanns vertragen, fürchten Sie nichts!"

„Verweilen Sie nicht länger bei diesem Thema, meine liebe Frau Cibot! Das alles gehört nicht zu den Aufgaben des Arztes, sondern des Notars."

„Aber, mein lieber Herr Poulain, wenn Herr Pons Sie selbst fragte, woran er sich halten soll, und wenn er gut täte, seine Maßregeln zu treffen, würden Sie dann ablehnen, ihm zu sagen, daß es nichts Besseres für die Gesundheit gibt, als für alles gesorgt zu haben? Und dabei könnten Sie ein Wörtchen zu meinen Gunsten einfließen lassen."

„Wenn er mir erzählt, daß er sein Testament machen will, werde ich es ihm nicht ausreden", sagte Doktor Poulain.

„Das ist ein Wort!" rief die Cibot, „übrigens bin ich noch die Behandlung schuldig," fügte sie hinzu und ließ in die Hand des Doktors ein Papier mit drei Goldstücken gleiten, „das ist alles, was ich im Augenblick tun kann. Oh, wenn ich reich wäre, mein lieber Herr Poulain, wären Sie mit Ihrer Engelsgüte es auch ... nein wirklich, Frau Poulain, das ist er, ein Engel ..."

Sie erhob sich, die alte Frau Poulain zeigte sich sehr liebenswürdig, und der Doktor geleitete sie bis zur Treppe. Hier durchfuhr ein höllisches Licht diese Lady Macbeth von der Straße: sie begriff, daß der Arzt ihr Mitschuldiger war, denn er hatte Bezahlung für eine falsche Behandlung angenommen.

„Wie, mein lieber Herr Poulain," sagte sie, „nachdem Sie mich geheilt haben, weigern Sie sich, mich durch ein paar Worte aus meinem Elend zu befreien?"

Der Arzt merkte, daß er dem Teufel den kleinen Finger gereicht hatte, und daß ihm nichts übrigblieb, als die ganze Hand daranzugeben. Entsetzt darüber, daß er seine Ehrlichkeit für so wenig verlieren sollte, antwortete er mit einem nicht weniger teuflischen Gedanken.

„Hören Sie, meine liebe Frau Cibot," sagte er, indem er sie in sein Kabinett zurückzog, „ich bin bei Ihnen in Schuld, Sie verschafften mir damals die Stelle als Gemeindearzt: nun gut, ich will diese Schuld abtragen."

„Wir werden teilen", sagte sie lebhaft.

„Was?" fragte der Doktor.

„Die Erbschaft", erwiderte die Pförtnerin.

„Sie kennen mich nicht," antwortete der Doktor und gab sich die Haltung des Valerius Publicola, „sprechen wir nicht mehr davon. Ich habe einen Studienfreund, einen sehr klugen Menschen, mit dem ich um so enger verbunden bin, als wir immer dieselben Aussichten im Leben hatten. Während ich Medizin studierte, hielt er es mit der Juristerei; während ich Assistenzarzt war, lernte er bei einem Anwalt, dem Meister Couture. Sohn eines Schuhmachers, wie ich der eines Beutlers bin, hat er keine lebhafte Sympathie auf seinem Weg gefunden, und ebensowenig Kapitalien, denn schließlich läuft es doch darauf hinaus, daß man Kapital nur durch Sympathie erhält. Bei ihm reichte es nur zu einer Anwaltsstube in der Provinz, in Mantes. Aber die Leute in der Provinz begreifen eine Pariser Intelligenz so wenig, daß man meinem Freund tausend Schwierigkeiten gemacht hat."

„Gesindel, das!" rief die Cibot.

„Ja, Gesindel," fuhr der Doktor fort, „denn man schloß sich mit so gutem Erfolg gegen ihn zusammen, daß er bei irgendeiner Gelegenheit dem Anschein nach sich ins Unrecht setzte und sein Bureau schließen mußte; der Staatsanwalt mischte sich hinein, er stammte aus der Gegend und nahm Partei für seine Landsleute. Der arme Teufel, der noch mehr als ich auf dem Trocknen sitzt und arm wohnt wie ich, suchte eine Zuflucht in unserm Bezirk; er darf nur noch vor dem Friedensrichter und dem gewöhnlichen Polizeigericht plädieren. Er heißt Fraisier und wohnt ganz in der Nähe, Rue-de-la-Perle. Steigen Sie in Nr. 9 drei Treppen hinauf und Sie werden im Treppenhaus auf einem kleinen Viereck aus rotem Saffian die Goldinschrift finden: ‚Fraisier, Rechtsfälle'. Fraisier befaßt sich besonders mit den Fällen der streitbaren Herrn Pförtner, der Arbeiter und aller Armen unseres Bezirks, zu mäßigen Preisen. Er ist ein ehrlicher Mann, denn ich brauche Ihnen nicht zu sagen, daß er bei seinem Können auf Rädern rollen würde, wenn er ein Spitzbube wäre. Ich sehe ihn heute abend. Gehen Sie morgen frühzeitig zu ihm, er kennt Herrn Louchard, den Häscher des Handelsgerichts, Herrn Tabareau, den Vollstrecker des Friedensgerichts, Herrn Vitel, den Friedensrichter, und Herrn Trognon, den Notar; er steht schon zu den wichtigsten Leuten des Viertels in Beziehungen. Wenn er sich mit Ihrer Angelegenheit beschäftigt, wenn Sie Herrn Pons bewegen können, ihn zum Berater zu nehmen, werden Sie an ihm, ich versichere Sie, Ihr zweites Ich haben. Nur machen Sie ihm nicht wie mir ehrenrührige Vorschläge – er hat Verstand, Sie werden sich schon einigen. Wenn der Augenblick kommt, wo Sie sich für seine Dienste erkenntlich zeigen sollen, benutzen Sie mich als Vermittler."

Die Cibot sah den Doktor listig an.
„Ist das nicht derselbe, der die Krämerin in der Rue-Vieille-du-Temple, Frau Florimond, aus der Schlinge gezogen hat, es handelte sich um das Erbe ihres Freundes?"
„Derselbe", antwortete der Doktor.
„Wie abscheulich," rief die Cibot aus, „daß sie ihn, der ihr die Rente von zweitausend Franken verschafft hatte, nicht heiraten wollte, als er es verlangte, und daß sie genug getan zu haben glaubte, wie man sagt, als sie ihm ein Dutzend Hemden aus holländischer Leinwand, zwei Dutzend Taschentücher, kurz eine Aussteuer gab!"
„Meine liebe Frau Cibot," sagte der Doktor, „die Aussteuer war tausend Franken wert, und Fraisier, der damals ganz neu im Viertel war, brauchte sie. Außerdem hat sie seine Kostenrechnung ohne Anstand bezahlt ... Und dieser Prozeß brachte Fraisier andere ein, so daß er jetzt sehr beschäftigt ist, aber ganz in meiner Weise: unsere Kunden sind einander wert."
„Nur die Gerechten leiden hienieden!" erwiderte die Pförtnerin, „also auf Wiedersehen und Dank, mein guter Herr Poulain."
Hier beginnt das Drama oder, wenn man will, die bittere Komödie vom Tod eines Junggesellen, der durch die Macht der Umstände der Raubgier der Leute in seiner Nähe ausgeliefert wurde und ihnen mit der stärksten aller Leidenschaften, der Sammelwut, entgegenkam; von der Begehrlichkeit Fraisiers, in dessen Höhle man das Zittern lernen wird; und vom Durst eines Auvergnaten, der zu allem, sogar einem Verbrechen fähig ist, um sich ein Kapital zu verschaffen. In dieser Komödie,

der das bisher Erzählte in gewissem Sinn als Vorspiel dient, wirken im übrigen alle Personen mit, die bisher die Bühne beherrscht haben.

☆

EIN MANN DES GESETZES*)

AM NÄCHSTEN MORGEN UM SECHS UHR unterzog in der Rue-de-la-Perle Frau Cibot das Haus, in dem ihr künftiger Ratgeber, der Gesetzeskundige Fraisier, wohnte, einer Prüfung. Es war eines der alten Häuser, in dem das kleine Bürgertum von ehemals hauste. Man betrat zunächst einen langen Flur, der zusammen mit dem von Salpeter und Feuchtigkeit zerfressenen Treppenhaus das Erdgeschoß in zwei Hälften teilte; in der einen lag die Pförtnerloge, in der anderen die Werkstatt eines Schreiners, dessen Magazine und Lager einen kleinen inneren Hof versperrten. Angesichts des Salpeters hatte man die Empfindung, das Haus sei vom Aussatz befallen.

Frau Cibot ging geradewegs in die Loge und traf dort einen der Kollegen ihres Mannes, einen Schuhmacher, seine Frau und zwei kleine Kinder,

*) Dieses Kapitel beginnt bei Balzac mit einer Abhandlung von einigen Seiten über die „Entwertung" der Worte, d. h. über den Wandel, den gewisse Bezeichnungen von Ständen und Berufen im Lauf der Zeit erfahren haben. Diese Untersuchung wurde hier ausgelassen, weil die Vorstellungsworte der erwähnten Bezeichnungen sich nicht übertragen lassen. Z. B. sind nicht nur die Worte gens de lettres und homme de lettres unübertragbar, sondern noch mehr der Wortunterschied zwischen ihnen: der Singular wird nach Balzac ironisch, der Plural ohne Herabsetzung gebraucht. D. Ü.

alles in einem Raum von zehn Quadratfuß untergebracht; das Licht kam von dem kleinen Hof. Die herzlichste Eintracht herrschte bald zwischen den beiden Frauen, nachdem die Cibot Beruf und Namen genannt und von ihrem Haus in der Rue de Normandie gesprochen hatte. In der ersten Viertelstunde tauschte man die Neuigkeiten aus und die Pförtnerin des Herrn Fraisier bereitete das Frühstück des Schuhmachers und der beiden Kinder; dann lenkte die Cibot das Gespräch auf die Mieter und den Mann des Gesetzes.

„Ich will ihn zu Rate ziehen,“ sagte sie, „einer meiner Freunde, der Herr Doktor Poulain, muß mich ihm empfohlen haben. Sie kennen Herrn Poulain?“

„Ich glaube wohl!“ antwortete die Pförtnerin aus der Rue-de-la-Perle, „er rettete meiner Kleinen, die die Bräune hatte, das Leben.“

„Ebenso mir ... Was für ein Mann ist dieser Herr Fraisier?“

„Ein Mann, meine liebe Dame, dem man am Ende des Monats recht schwer das Geld für die Briefauslagen entreißt“, sagte die Pförtnerin.

Diese Antwort genügte der klugen Cibot.

„Man kann arm und ehrlich sein“, bemerkte sie.

„Das hoffe ich wohl,“ erwiderte die Pförtnerin Fraisiers, „wir wälzen uns nicht in Gold und Silber und nicht einmal in Kupfersou, aber wir verdienen nicht einen Deut an wem es auch sei.“

Die Cibot erkannte sich in dieser Sprache wieder.

„Also, meine Kleine, man kann sich auf ihn verlassen?“ wiederholte sie.

„Wenn Herr Fraisier jemand wohlwill, habe ich

Frau Florimond sagen hören, hat er nicht seinesgleichen."

„Und weshalb hat sie ihn nicht geheiratet?" fragte lebhaft die Cibot, „da sie ihm doch ihr Geld verdankt? Für eine kleine, von einem Alten ausgehaltene Krämerin ist es etwas, die Frau eines Advokaten zu werden."

„Weshalb?" sagte die Pförtnerin und zog die Cibot in den Flur, „Sie gehen jetzt zu ihm, nicht wahr? Nun, wenn Sie in seinem Kabinett stehen, werden Sie wissen, weshalb."

Die Treppe, die von einem kleinen Hof her durch Schiebefenster erhellt wurde, verkündete, daß mit Ausnahme des Eigentümers und Fraisiers alle anderen Mieter mechanische Berufe ausübten. Die schmutzigen Stufen trugen die Spuren jedes Gewerbes, Kupferabfälle, zerbrochene Knöpfe, Gazefetzen, Mattenfasern. In den oberen Stockwerken hatten die Lehrlinge obszöne Bilder gezeichnet. Die letzte Bemerkung der Pförtnerin hatte zur Folge, daß die Cibot, deren Neugierde gereizt worden war, beschloß, den Freund des Doktors Poulain aufzusuchen, ihn aber nur dann in ihre Angelegenheiten einzuweihen, wenn er einen günstigen Eindruck machte.

„Ich frage mich manchmal, wie Frau Sauvage an ihrem Dienst hängen kann", erläuterte die Pförtnerin, die der Cibot folgte. „Ich begleite Sie," fügte sie hinzu, „ich bringe dem Eigentümer die Milch und die Zeitung."

Im zweiten Stock über dem Erdgeschoß fand die Cibot sich vor einer Tür, die den abstoßendsten Eindruck machte: der Untergrund von falschem Rot war in einem Umkreis von zwanzig Zentimetern mit jener schwärzlichen Schicht bedeckt, die sich nach einer gewissen Zeit durch die Berührung zahlloser Hände zu bilden pflegt und der die Architekten in den eleganten Wohnungen durch Glasplatten oberhalb und unterhalb des Schlosses zu begegnen suchen. Auf dem Schiebefenster dieser Tür lag eine Schicht von Spinnweben und Schmutz, Ideal von Wirten, die ihren Flaschen ein altes Aussehen geben wollen; es verlieh der Tür nur noch mehr das Aussehen eines Gefängnistores und paßte übrigens völlig zu den kleeblattförmigen Eisenbeschlägen, den mächtigen Haspen, den dicken Nagelköpfen. Ein Geizhals oder ein Pamphletist, der im Streit mit der ganzen Welt lag, konnte diese Zurichtung erfunden haben. Die Abflußrinne des Küchenausgusses trug sein Teil zum Geruch des Treppenhauses bei, auf dessen Wände allenthalben mit Kerzenrauch Arabesken gemalt worden waren, und was für Arabesken! Die Klingelschnur, an deren Ende eine fette Olive hing, setzte eine kleine Schelle in Bewegung, deren schwacher Ton auf einen Bruch im Metall schließen ließ. Jeder Gegenstand war ein Strich, der sich harmonisch in das Ganze des Gemäldes fügte.

Die Cibot vernahm das Geräusch eines schleppenden Schrittes und das asthmatische Atmen einer schweren Frau – Frau Sauvage trat auf. Es war eine Alte, wie Adrian Brouwer sie in seinen „Hexen beim Aufbruch zum Sabbath“ gemalt hat, eine Frau von fünf Fuß sechs Zoll mit einem soldatischen Gesicht, das einen viel stärkeren Bartwuchs aufwies als das der Cibot, und einer krankhaften Beleibtheit. Sie trug ein entsetzliches Kleid aus billigem, buntem Baumwollstoff, ein halbseidnes Kopftuch, unter dem die Haarwickel hervorsahen, die sie mit den Drucksachen aus dem Papierkorb ihres Herren herstellte, und in den Ohren eine Art Kutschenräder aus Gold. Dieser weibliche Zerberus hielt in der Hand einen zerbeulten Topf aus Weißblech mit kochender Milch, die über den Rand lief und die Gerüche der Treppe um einen neuen vermehrte, der aber trotz seiner widerlichen Schärfe hier wenig durchdrang.

„Was beliebt?" fragte Frau Sauvage.

Und mit drohender Miene warf sie auf die Cibot, die ihr ohne Zweifel zu gut gekleidet schien, einen Blick, der um so mörderischer war, als sie von Natur blutunterlaufene Augen hatte.

„Ist Herr Fraisier zu sprechen? Ich komme von seinem Freund, Doktor Poulain."

„Treten Sie ein", erwiderte die Sauvage, deren Miene mit einem Male sehr liebenswürdig geworden war, was bewies, daß dieser frühe Besuch ihr nicht unerwartet kam. Und nach einem Theaterknicks riß die halb männliche Dienerin des Herrn Fraisier die Tür des Kabinetts auf, in dem sich der ehemalige Anwalt aus Mantes befand.

Das Kabinett, das auf die Straße ging, glich durchaus den kleinen Bureaus der Gerichtsvollzieher dritten Ranges, in denen die Aktenständer aus schwarz gestrichenem Holz, die Aktendeckel so alt sind, daß sie Schimmel ansetzen, die roten Verschnürungen jämmerlich herunterhängen, die Kartons nach Mäusen riechen, der Boden grau von Staub und die Decke gelb von Rauch ist.

Der Spiegel des Kamins war trübe; die gußeisernen Feuerblöcke trugen einige wenige Scheite, die Wanduhr, eine moderne Holzarbeit im Wert von

sechzig Franken, war bei irgendeiner Versteigerung gekauft worden, die Leuchter daneben waren aus Zink, gaben sich aber Mühe, Rokokoformen nachzuahmen, und an mehreren Stellen war die Übermalung abgegangen, so daß das nackte Metall zum Vorschein kam.
Fraisier war ein kleiner trockner, kränklicher Mann mit einem roten Gesicht, dessen Pickeln auf ein sehr verdorbenes Blut schließen ließen, auch kratzte er sich unaufhörlich den rechten Arm. Die Perücke war weit zurückgeschoben und ließ einen ziegelroten Schädel und ein Gesicht sehen, das einen finsteren Ausdruck hatte. Er erhob sich aus einem Korbsessel, in dem ein Kissen aus grünem Leder lag, und sagte, während er zugleich einen Stuhl hinschob, mit zuvorkommender Miene und flötender Stimme:
„Frau Cibot, wenn ich mich nicht irre?"
„Dieselbe", bestätigte die Pförtnerin, die ihre gewöhnliche Sicherheit verlor. Denn sie erschrak über diese Stimme, die an die geborstene Schelle erinnerte, und über einen Blick, der noch grüner als die Augen ihres künftigen Ratgebers war. Das Kabinett roch so sehr nach diesem Mann, daß die Luft wie verpestet erschien: die Cibot begriff, weshalb Frau Florimond nicht Frau Fraisier geworden war.
„Poulain hat mir von Ihnen erzählt, meine liebe Frau", begann der Mann des Gesetzes mit seiner sanftesten Stimme, die aber sauer und dünn wie ein Landwein war. Zudem versuchte er, sich ein Ansehen zu geben, und zog über die spitzen Kniee, die in äußerst mitgenommenem Wollzeug steckten, die beiden Zipfel eines alten Schlafrocks aus

bedrucktem Kaliko, dessen Watte unbefangen aus mehreren Rissen quoll: aber das Gewicht eben dieser Watte hinderte die Zipfel zu gehorchen, so daß ein schwärzlich gefärbtes Flanellunterzeug sichtbar wurde. Nachdem er nachlässig die Schnur des widerspenstigen Schlafrocks zusammengezogen hatte, um seine Gertentaille zu zeigen, brachte er mit einem einzigen Griff der Zange zwei Stücke der Glut, die sich lange wie feindliche Brüder gemieden hatten, zusammen, dann erhob er sich plötzlich, als sei ihm ein Gedanke gekommen, und rief:

„Frau Sauvage?“

„Beliebt?“

„Ich bin für niemand da.“

„Weiß schon“, antwortete das Mannweib mit gebieterischer Stimme.

„Sie ist meine alte Amme“, erklärte der Mann des Gesetzes verwirrt der Cibot.

„An Milch der frommen Denkungsart fehlt es ihr auch nicht“, sagte die ehemalige Heldin der Hallen.

Fraisier lachte über den Kalauer und schob den Riegel vor, damit seine Wirtschafterin die Bekenntnisse der Cibot nicht störte.

„Und nun erklären Sie mir Ihren Fall,“ sagte er, setzte sich und fuhr fort, seinen Schlafrock zu ordnen, „wer durch den einzigen Freund, den ich auf der Welt habe, empfohlen wird, kann auf mich zählen ... vollständig ... zählen.“

Die Cibot redete eine halbe Stunde lang, ohne daß der Geschäftsagent sich die geringste Unterbrechung erlaubte; er hatte die Miene eines jungen Soldaten, der einem „Alten“ zuhört. Dieses Schweigen, die Unterwürfigkeit Fraisiers, die Aufmerksamkeit, die er dem Geschwätz, dessen Uferlosigkeit wir schon kennen, zu schenken schien, bewirkte, daß die Cibot einige der Vorurteile wieder aufgab, die sie unter dem Eindruck so vieler ungünstiger Einzelheiten gefaßt hatte. Als sie einhielt und einen Rat erwartete, wurde der kleine Mann, dessen grüne Augen mit den schwarzen Pünktchen seine künftige Klientin durchforscht hatten, von einem sogenannten Grabeshusten gepackt, so daß er Zuflucht zu einer mit Kräutersaft halbgefüllten Steingutschüssel nehmen mußte, die er leerte.

„Ohne Poulain wäre ich schon tot, meine liebe Frau Cibot," erwiderte er auf die mütterlichen Blicke, die ihm die Pförtnerin zuwarf, „er hat mir versichert, daß er mich noch ganz herstellen wird."

Es schien, als habe er alles vergessen, was die Cibot ihm erzählt hatte, und sie gedachte schon, den Todeskandidaten zu verlassen, da wurde er wieder ernst und sagte:

„Bei Erbschaftssachen muß man zwei Sachen wissen, bevor man sich vorwagt: erstens, ob die Erbschaft die Mühe, die man anwendet, lohnt, und zweitens, wer die Erben sind. Denn wenn die Erbschaft die Beute ist, sind die Erben der Feind."

Die Cibot sprach von Rémonencq und Elias Magus und berichtete, daß die beiden Gevattern den Wert der Bildersammlung auf sechshunderttausend Franken veranschlagt hatten.

„Würden Sie diese Summe für die Bilder geben?" fragte der ehemalige Anwalt aus Mantes, „Geschäftsleute glauben nicht an Bilder. Ein Bild, das sind für vierzig Sou Leinwand und für hunderttausend Franken Malerei. Aber die Malereien zu hunderttausend Franken Wert sind wohl bekannt, und auch dann noch muß man mit den seltsamsten Irrtümern rechnen. Ein großer Finanzmann, dessen Galerie gerühmt, besucht und gestochen (gestochen!) wurde, sollte Millionen ausgegeben haben ... er starb, denn man stirbt, und was stellt sich heraus? Seine feinen Bilder bringen nicht mehr als zweihunderttausend Franken! Sie müßten die Herren zu mir führen ... gehen wir zu den Erben über."

Und er wurde wieder der in sich versunkene Zuhörer. Als er den Namen des Präsidenten Camusot vernahm, hob er den Kopf und machte eine Grimasse, so daß die Cibot mit einem Schlag aufmerksam wurde. Sie versuchte auf dieser Stirn zu lesen, diese abstoßende Miene zu durchdringen, stieß aber auf undurchdringliche Züge.

„Ja, mein lieber Herr," wiederholte sie, „Herr Pons ist der richtige Vetter des Präsidenten Camusot de Marville, er setzt mir diese Verwandtschaft zehnmal im Tage vor. Die erste Frau des Seidenhändlers Camusot ..."

„Der jüngst zum Pair von Frankreich ernannt wurde ..."

„... War ein Fräulein Pons, Cousine meines Pons."

„Also sind sie sogenannte Andergeschwisterkinder ..."

„Sie sind gar nichts mehr, sie sind auseinander."

Herr Camusot de Marville war fünf Jahre lang Präsident am Gericht zu Mantes gewesen, bevor er nach Paris gekommen war. In Mantes hatte er nicht nur Erinnerungen hinterlassen, sondern auch Beziehungen zu dieser Stadt aufrecht erhalten; denn sein Nachfolger, derjenige unter den Richtern, mit dem er während seines Aufenthaltes am vertrautesten gewesen war, stand noch an der Spitze des Gerichtshofes und kannte demnach Fraisier von Grund aus.

„Wissen Sie, liebe Frau,“ sagte Fraisier, als die Cibot die roten Schleusen ihres strömenden Mundes geschlossen hatte, „wissen Sie, daß Sie zum Hauptfeind einen Mann haben, der die Leute aufs Schafott schicken kann?“

Die Pförtnerin fuhr in die Höhe wie ein federndes Spielzeug.

„Beruhigen Sie sich, meine liebe Frau,“ fuhr Fraisier fort, „daß Sie nicht wissen, was der Präsident der Anklagekammer am Königlichen Gericht zu Paris bedeutet, ist begreiflich; aber Sie müßten wissen, daß Herr Pons einen gesetzlichen Erben hat. Der Herr Präsident de Marville ist der einzige Erbe Ihres Kranken, aber nur ein Seitenverwandter dritten Grades, daher Herr Pons nach dem Gesetz mit seinem Vermögen machen kann, was er will. Sie wissen auch noch nicht, daß die Tochter des Präsidenten vor wenigstens zehn Wochen den älteren Sohn des Grafen Popinot geheiratet hat – der Graf ist Pair von Frankreich, ehemaliger Minister für Ackerbau und Handel, einer der einflußreichsten Politiker von heute. Diese Verbindung macht den Präsidenten noch gefährlicher, als der oberste Richter des Geschworenengerichtes schon ist.“

Die Cibot zitterte abermals bei diesem Wort.

„Ja, er kann Sie dahin bringen,“ fuhr Fraisier

fort, „meine liebe Frau, Sie wissen nicht, was eine rote Robe ist. Schon schlimm, wenn man eine einfache schwarze gegen sich hat. Wenn Sie mich hier zugrunde gerichtet, kahl, sterbenselend sehen, so nur darum, weil ich, ohne es zu wissen, einem simplen kleinen Provinzstaatsanwalt in die Quere gekommen bin. Man hat mich gezwungen, mein Bureau mit Schaden zu verkaufen, und ich konnte noch froh sein, daß ich mit dem Verlust meines Geldes davon kam. Hätte ich Widerstand geleistet, so wäre mir nicht einmal meine Anwaltschaft geblieben. Aber Sie wissen noch nicht alles: wenn es sich nur um den Präsidenten Camusot handelte, wäre es nichts; es kommt noch eine Frau dazu! Und wenn Sie ihr von Angesicht zu Angesicht gegenüberständen, würden Sie zittern, wie wenn Sie auf der ersten Stufe des Schafotts stünden, die Haare würden sich Ihnen auf dem Kopf sträuben. Die Präsidentin ist derart rachsüchtig, daß sie zehn Jahre daran wenden würde, um Ihnen eine Falle zu legen und Sie zu verderben. Sie setzt ihren Mann in Bewegung, wie ein Kind seinen Kreisel antreibt. Sie war schuld, daß sich ein reizender Bursche im Gefängnis umbrachte; sie hat einen Grafen, der der Fälschung angeklagt war, schneeweiß gewaschen, um ein Haar einen der größten Herren des Hofes Karls X. in die Verbannung getrieben, und zuletzt den Generalstaatsanwalt, Herrn von Granville, gestürzt..."

„Der in der Rue-Vieille-du-Temple, Ecke der Rue Saint-François wohnte?" fragte die Cibot.

„Denselben. Man sagt, sie wolle ihren Mann zum Justizminister machen, und ich weiß nicht, ob es ihr auch gelingen wird... Wenn sie sich in den Kopf setzte, uns zwei vor die Geschworenen und auf die Galeere zu bringen, so nähme ich, der unschuldig wie ein neugeborenes Kind ist, einen Paß nach Amerika... so gut kenne ich die Justiz. Sehen Sie, meine liebe Frau Cibot, um ihre einzige Tochter mit dem jungen Vicomte Popinot, dem vermutlichen Erben ihres Hausherren, Pilleraults, verheiraten zu können, hat die Präsidentin sich ihres ganzen Vermögens begeben, so daß im Augenblick sie und ihr Mann gezwungen sind, vom Gehalt des Präsidenten zu leben. Und Sie glauben, meine liebe Dame, daß unter diesen Umständen die Präsidentin keinen Wert darauf legen wird, Ihren Herrn Pons zu beerben? ... Ich ginge lieber gegen geladene Kanonen vor, als daß ich eine solche Frau zu meiner Feindin machte."

„Aber sie haben sich überworfen", erklärte die Cibot.

„Was will das besagen?" fragte Fraisier, „ein Grund mehr! Einen Verwandten, über den man sich zu beklagen hat, ins Grab bringen, das ist schon was; aber ihn beerben, das ist eine Wollust!"

„Aber der gute Mann verabscheut seine Erben, er erzählt mir fortwährend, daß diese Leute – ich erinnere mich der Namen, Herr Cardot und Herr Berthier – über ihn hinweggegangen sind, wie ein Karren über ein Ei hinweggeht."

„Wollen Sie selber so zermalmt werden?"

„Mein Gott, mein Gott," rief die Pförtnerin, „oh, die Fontaine hatte recht, als sie sagte, daß ich auf Hindernisse stoßen würde; aber sie hat auch gesagt, daß ich zum Ziel kommen werde."

„Hören Sie, meine liebe Frau Cibot... Daß Sie

aus dieser Sache dreißigtausend Franken ziehen, ist möglich, aber daran, daß Sie erben könnten, dürfen Sie nicht denken ... Wir haben über Sie und Ihre Angelegenheit gesprochen, der Doktor Poulain und ich, gestern abend ..."

Bei diesen Worten fuhr die Cibot abermals in die Höhe.

„Was haben Sie denn?"

„Ja, wenn Sie meine Angelegenheit kennen, warum haben Sie dann mich wie eine Elster schwatzen lassen?"

„Frau Cibot, ich kannte Ihre Angelegenheit, aber ich wußte nichts von Frau Cibot! So viele Kunden, so viele Charaktere."

Die Cibot warf auf ihren künftigen Berater einen finsteren Blick, aus dem ihr ganzes Mißtrauen hervorbrach; Fraisier war überrascht.

✩

FRAISIER ENTHÜLLT SICH

„ICH KEHRE ZUR SACHE ZURÜCK", SAGTE Fraisier; „also, unser Freund Poulain kam durch Sie in Verbindung mit dem alten Herrn Pillerault, dem Großonkel der Frau Gräfin Popinot, und das ist einer der Gründe, weswegen ich Ihnen meine Dienste weihe. Poulain besucht unseren Eigentümer – notieren Sie das! – alle vierzehn Tage und hat alle Einzelheiten von ihm bezogen. Der ehemalige Händler wohnte der Hochzeit seines Ururenkels bei (er ist ein Erbonkel mit gut fünfzehntausend Franken Rente und lebt seit fünfundzwanzig Jahren wie ein Mönch, kaum daß er tausend Taler im Jahr ausgibt), er wohnte also der Hochzeit bei und erzählte Poulain die ganze Vorgeschichte. Es scheint, daß das ganze Gezänk durch Ihren braven Musiker verursacht wurde, der aus Rache die Familie des Präsidenten entehren wollte. Man muß natürlich auch den anderen Teil hören, Ihr Kranker behauptet unschuldig zu sein, aber die Welt betrachtet ihn als ein Ungeheuer."

„Es würde mich nicht erstaunen, wenn er eines wäre!" rief die Cibot, „stellen Sie sich vor, daß ich zehn geschlagene Jahre seinetwegen zusetze, er weiß es, er hat sich mein Erspartes zunutze gemacht und will mich in seinem Testament nicht bedenken! ... Nein, Herr Fraisier, er will nicht, er ist hartnäckig wie ein richtiger Maulesel ... Seit zehn Tagen liege ich ihm in den Ohren, der Bursche rührt sich so wenig wie ein Grenzstein. Er bringt die Zähne nicht auseinander, er schaut mich mit einem Blick an ... als Höchstes hat er mir gesagt, er werde mich Herrn Schmucke empfehlen."

„Er beabsichtigt also, ein Testament zugunsten dieses Schmucke zu machen?"

„Und ihm alles zu hinterlassen."

„Hören Sie, meine liebe Frau Cibot, um ein begründetes Urteil zu erlangen, um einen Plan zu fassen, müßte ich Herrn Schmucke kennenlernen, die Gegenstände, die den Nachlaß bilden, sehen und eine Besprechung mit dem Juden haben, von dem Sie mir erzählen; dann lassen Sie nur mich machen ..."

„Wir werden sehen, mein guter Herr Fraisier."

„Wie, wir werden sehen!" sagte Fraisier, warf der

Cibot einen Schlangenblick zu und sprach mit seiner natürlichen Stimme, „bin ich Ihr Ratgeber oder bin ich es nicht? Verstehen wir uns wohl.“

Die Cibot fühlte sich erraten, es lief ihr kalt über den Rücken.

„Sie besitzen mein ganzes Vertrauen“, antwortete sie, als sie sich in den Klauen eines Tigers sah.

„Wir Anwälte sind daran gewöhnt, von unseren Klienten verraten zu werden. Prüfen Sie Ihre Lage genau; sie ist glänzend. Wenn Sie meinen Ratschlägen Punkt für Punkt folgen, fallen Ihnen aus dieser Erbschaft dreißig- oder vierzigtausend Franken zu ... Aber die Medaille hat eine Rückseite. Nehmen Sie an, die Präsidentin erfahre, daß der Nachlaß des Herrn Pons eine Million wert ist, und daß Sie sich etwas davon abschneiden wollen – denn es gibt immer Leute, die bereit sind, so etwas zu verraten ...“ schaltete er ein.

Diese Einschaltung, die durch zwei Pausen deutlich genug gemacht worden war, jagte der Cibot einen Schauer ein; sie dachte sofort, Fraisier sei wohl imstande, auf solche Weise den Angeber zu spielen.

„Meine liebe Frau, in zehn Minuten wird man Pillerault dazu bringen, daß er Sie vor Ihre Loge setzt, und man wird Ihnen zwei Stunden zum Umzug geben ...“

„Und wenn schon,“ rief die Cibot und richtete sich kriegerisch auf, „ich würde bei den beiden Herren als ihre Wirtschafterin bleiben.“

„Gut; dann machen Sie sich darauf gefaßt, daß man Ihnen eine Falle stellt, und daß Sie und Ihr Mann eines schönen Morgens im Gefängnis er-

wachen, beide eines Hauptverbrechens angeklagt.“
„Ich! Ich, die nicht einen Centime vom Nächsten genommen hat... Ich ... ich!“
Sie redete fünf Minuten lang, und Fraisier folgte dieser großen Künstlerin, die das Thema des Selbstlobes zu orchestrieren verstand. Er blieb kalt, spöttisch, sein Blick durchbohrte die Cibot wie ein Degen, er lachte nach innen, seine trockene Perücke hüpfte hin und her. Es war Robespierre zu der Zeit, da der französische Sulla Sonette machte.
„Und wie? Und weshalb? Und unter welchem Vorwand?“ fragte sie schließlich.
„Sie wollen wissen, wie Sie unter die Guillotine kommen könnten?...“
Die Cibot wurde bleich wie der Tod, der Satz ihres Gegenübers fiel ihr wie das Messer selbst auf den Nacken. Sie sah Fraisier verstört an.
„Hören Sie mich gut an, mein liebes Kind“, fuhr Fraisier fort, indem er eine Regung der Genugtuung über den Schrecken seiner Klientin unterdrückte.
„Ich würde lieber alles liegen lassen“, flüsterte sie und wollte sich erheben.
„Bleiben Sie, denn Sie müssen mit der Gefahr, die Ihnen droht, bekannt werden, das ist meine Pflicht“, sagte Fraisier gebieterisch; „Sie werden also von Herrn Pillerault vor die Tür gesetzt, daran zweifeln Sie nicht? Sie treten bei den zwei Herren als Wirtschafterin ein, sehr gut! Das ist eine Kriegserklärung zwischen der Präsidentin und Ihnen. Sie wollen alles tun, um sich der Erbschaft zu bemächtigen oder herauszuholen, was herauszuholen ist...“

Die Cibot machte eine Bewegung.
„Ich tadle Sie nicht, das ist nicht meine Aufgabe,“ gab Fraisier zur Antwort, „das ganze Unternehmen ist eine Schlacht, in der Sie weitergehen werden, als Sie denken. Man berauscht sich an seiner Vorstellung, man verbeißt sich ...“
Abermals eine verneinende Geste der Cibot, die sich in die Brust warf.
„Nun, nun, Mutter,“ fuhr Fraisier mit schrecklicher Vertraulichkeit fort, „Sie würden weit gehen ...“
„Wie denn? Halten Sie mich für eine Diebin?“
„Verstehen wir uns, Mutter, Sie haben einen Schuldschein Schmuckes, der Sie wenig gekostet hat ... Sie sind nicht im Beichtstuhl, meine schöne Dame, führen Sie Ihren Beichtvater nicht irre, zumal wenn er die Fähigkeit hat, in Ihrem Herzen zu lesen.“
Die Cibot erschrak über die Weitsicht dieses Mannes und begriff nun den Grund der tiefen Aufmerksamkeit, mit der er sie angehört hatte.
„Also,“ fuhr er fort, „Sie können ruhig annehmen, daß die Präsidentin sich durch Sie nicht entmutigen lassen wird ... Man wird Sie beobachten, ausspionieren ... Sie setzen es durch, daß Pons Sie in sein Testament bringt, einverstanden ... Eines schönen Tages dringt die Polizei bei Ihnen ein, beschlagnahmt einen Tee und findet im Satz Arsenik; Sie und Ihr Mann werden verhaftet, vor Gericht gestellt, verurteilt: Sie wollten den biederen Pons töten, um in den Besitz Ihres Legats zu kommen ... Ich habe in Versailles eine arme Frau verteidigt, die genau so unschuldig war wie Sie es in einem ähnlichen Fall

sein würden; die Dinge spielten sich in der geschilderten Weise ab, und alles, was ich tun konnte, bestand darin, ihr das Leben zu retten. Die Unglückliche bekam zwanzig Jahre Zwangsarbeit und büßt sie in Saint-Lazare ab.“

Der Schrecken der Cibot war vollkommen. Blasser und blasser geworden, schaute sie den kleinen vertrockneten Mann mit den grünlichen Augen an wie die arme Maurin, die ihrem Glauben treu geblieben war, den Inquisitor in dem Augenblick angeschaut haben muß, als sie zum Feuertod verurteilt wurde.

„Sie sagen also, mein guter Herr Fraisier, daß ich auf einen Anteil rechnen darf, wenn ich Sie schalten lasse, Ihnen meine Interessen anvertraue?“

„Ich garantiere Ihnen dreißigtausend Franken“, antwortete Fraisier als Mann, der seiner Sache sicher war.

„Gott, Sie wissen ja, wie ich den teuren Doktor Poulain liebe,“ fuhr sie mit ihrer schmeichlerischsten Stimme fort, „er hat mich ja hierher geschickt, und der brave Mann tat das gewiß nicht, um mich hören zu lassen, daß ich wie eine Giftmischerin unter die Guillotine kommen werde.“

Sie schmolz in Tränen hin, so sehr hatte die Vorstellung der Guillotine sie entsetzt. Ihre Nerven zuckten, der Schrecken preßte ihr das Herz zusammen, sie verlor den Kopf. Fraisier genoß seinen Triumph. Als er das Zögern seiner Klientin bemerkte, sah er sich das Geschäft entgleiten, und er hatte die Cibot zähmen, erschrecken, kopflos machen wollen, damit sie sich ihm an Händen und Füßen gebunden auslieferte. Die Pförtnerin war in dieses Kabinett gegangen, wie eine Fliege sich in ein Spinngewebe stürzt; sie mußte sich darin verfangen, hilflos werden und dem Ehrgeiz des kleinen Advokaten als Nahrung dienen. Fraisier wollte in der Tat dieser Angelegenheit den Unterhalt seiner alten Tage, leichtes Leben, Glück, Ansehen abgewinnen. Am Abend vorher war alles reiflich überlegt, sorgfältig bis ins einzelne von Poulain und ihm geprüft worden. Der Doktor hatte seinem Freund ein Bild von Schmucke entworfen, und ihr geschmeidiger Geist war in alle Möglichkeiten eingedrungen, unter genauester Berücksichtigung aller Hilfsmittel und Gefahren. In einem Anfall von Begeisterung hatte Fraisier ausgerufen: „Darin steckt unser beider Glück!" und Poulain eine Stelle als Chefarzt an einem Pariser Hospital versprochen, während er sich selbst gelobt hatte, Friedensrichter des Bezirks zu werden. Friedensrichter! Das war für diesen Mann voller Fähigkeiten, den Doctor juris, der auf zerrissenen Sohlen ging, ein so hohes Phantom wie für die Advokaten unter den Abgeordneten der Stuhl des Justizministers oder für die italienischen Priester die Tiara des Papstes – es war ein Wahnsinn! Der Friedensrichter, vor dem Fraisier plädierte, Herr Vitel, war ein ziemlich kränklicher Greis von neunundsechzig Jahren, der davon sprach, seinen Abschied zu nehmen, und Fraisier sprach Poulain davon, sein Nachfolger zu werden, wie Poulain ihm von einer reichen Erbin sprach, die er heiraten würde, nachdem er ihr das Leben gerettet hatte.

Man kennt die Heftigkeit nicht, mit der alle Stellungen begehrt werden, die an den Wohnort Paris geknüpft sind. Jedermann will in Paris wohnen. Wird ein Tabaks-, ein Briefmarkenverschleiß frei, so erheben sich hundert Frauen wie ein Mann und machen ihre sämtlichen Freunde mobil, um ihn zu erhalten. Es gibt in Paris vierundzwanzig Steuererheberstellen: so oft eine davon neu zu besetzen ist, geht ein Sturm von Begierden durch die Abgeordnetenkammer. Diese Plätze werden im Rat verteilt, sie sind Staatsangelegenheiten. Das Gehalt eines Friedensrichters in Paris beträgt ungefähr sechstausend Franken. Kanzleigebühren fließen etwa hunderttausend Franken zusammen: Kaum eine andere Richterstelle ist so begehrt. Fraisier als Friedensrichter verheiratete sich reich und verheiratete seinen Freund, den Chefarzt Poulain, ebenfalls reich – einer stützte sich auf den anderen.

Die Nacht hatte ihre Bleiegge über alle Gedanken des ehemaligen Advokaten gezogen und ein ungeheurer Plan, ein breiter Plan voller Intrigen und Aussichten, war in dem Acker seines Hirns aufgegangen. Die Cibot war der Drehpunkt dieses Unternehmens. Sie durfte nicht wider den Stachel löcken; ihr Widerstand war nicht vorgesehen gewesen, aber Fraisier hatte nicht umsonst alle Kräfte seiner bösen Natur entfaltet: die verwegene Pförtnerin lag willenlos zu seinen Füßen.

„Meine liebe Frau Cibot," sagte er und nahm ihre Hand, „beruhigen Sie sich, beruhigen Sie sich."

Seine Hand, die kalt wie die Haut einer Schlange war, hatte eine schreckliche Wirkung auf die Pförtnerin; es war wie eine physische Reaktion, die sie lähmte. Sie hätte die Kröte Astaroth der Fontaine lieber berührt als diesen Giftbehälter, diesen Mann mit der rötlichen Perücke und der Stimme, die an eine kreischende Tür erinnerte.

„Sie müssen nicht glauben, daß ich Sie für nichts in Schrecken versetze," fuhr Fraisier fort, nachdem er dieses neue Zeichen des Abscheus zur Kenntnis genommen hatte, „die schrecklichen Geschichten über die Präsidentin sind im Gerichtspalast dermaßen bekannt, daß Sie danach fragen können, wen Sie wollen. Der große Herr, den man beinahe in die Verbannung getrieben hätte, ist der Marquis d'Espard. Der Marquis d'Esgrignon ist der, den man vor der Galeere gerettet hat. Der junge Mensch, der sich durch Reichtum, Schönheit und Zukunft auszeichnete, ein Fräulein aus einer der ersten französischen Familien heiraten sollte und sich in einer Zelle der Conciergerie erhängte, ist der berühmte Lucien de Rubempré, dessen Fall seinerzeit ganz Paris aufwühlte. Es handelte sich da um die Erbschaft einer ausgehaltenen Frau, der allbekannten Esther, die mehrere Millionen hinterließ, und man beschuldigte Rubempré, sie vergiftet zu haben, denn er war der testamentarisch eingesetzte Erbe. Der junge Dichter war nicht in Paris, als die Esther starb, er wußte nichts von dem Testament...! Man kann nicht unschuldiger sein – nun also, nach dem Verhör des Herrn Camusot erhängte er sich in seinem Kerker... Die Justiz, das ist wie die Medizin, sie hat ihre Opfer. Dort stirbt man für die Gesellschaft, hier für die Wissenschaft," fügte er mit einem bösen Seufzer hinzu, „Sie sehen also, daß ich die Gefahr kenne ... mich hat die Justiz schon zugrunde gerichtet, mich, den armen kleinen Advokaten. Meine Erfahrung kommt mich teuer zu stehen – und Ihnen steht Sie zur Verfügung."

„Weiß Gott, nein, danke, ich verzichte auf alles! Ich habe mir einen Undankbaren aufgeladen; sei es ... ich will nichts, als was er mir schuldet. Dreißig Jahre Ehrlichkeit liegen hinter mir. Herr Pons sagt, daß er mich in seinem Testament seinem Freund Schmucke empfehlen wird – nun gut, dann endige ich meine Tage bei dem braven Deutschen."

Fraisier hatte übers Ziel geschossen und die Cibot entmutigt, nun mußte er die niederschlagenden Eindrücke, die sie empfangen hatte, verwischen und sagte:

„Verzweifeln wir nicht, gehen Sie jetzt ganz ruhig nach Hause. Mut, wir führen alles zu einem guten Ende."

„Ja, was muß ich denn dann tun, um zu einer Leibrente zu gelangen, und ...?"

„Keine Gewissensbisse zu haben?" fiel er ihr lebhaft ins Wort; „nun, genau dafür sind die Rechtsberater erfunden worden, man kann in solchen Fällen nichts erhaschen, ohne sich genau an die Grenzen zu halten, die das Gesetz zieht ... Sie kennen die Gesetze nicht, ich kenne sie ... Mit mir sind Sie auf der Seite der Gesetzlichkeit und sind in den Augen der Menschen unangreifbar, denn das Gewissen, das ist Ihre Sache."

„So reden Sie", antwortete die Cibot; diese Worte machten sie neugierig und glücklich.

„Ich weiß noch nichts, habe die Mittel noch nicht studiert, sondern mich nur um die Hindernisse bekümmert. Zuerst, sehen Sie, muß das Testament betrieben werden, und da werden Sie schon das

Richtige treffen; aber vor allem gilt es zu erfahren, zu wessen Gunsten Pons über sein Vermögen verfügen wird, denn wenn Sie seine Erbin wären ..."

„Nein, nein, er liebt mich nicht! Oh, wenn ich den Wert seiner Sachen gekannt hätte und wenn ich schon gewußt hätte, was er mir jüngst von seinen Liebesabenteuern erzählte, brauchte ich heute nicht in Unruhe zu sein ..."

„Immerhin," sagte Fraisier, „lassen Sie sich nicht abschrecken. Sterbende haben seltsame Launen, meine liebe Frau Cibot, und täuschen manche Hoffnung. Er soll testieren, dann werden wir sehen. Aber vor allem handelt es sich darum, den Wert des Nachlasses abzuschätzen. Setzen Sie sich also in Beziehung mit dem Juden, mit diesem Rémonencq, sie werden uns sehr nützlich sein . . . Haben Sie volles Vertrauen zu mir, ich stehe Ihnen ganz zur Verfügung. Ich bin der Freund meines Klienten, auf Leben und Tod – wenn er der meinige ist. Freund oder Feind, so ist mein Charakter."

„Abgemacht, ich übergebe alles Ihnen," sagte die Cibot, „und was das Honorar betrifft, so hat Herr Poulain ..."

„Sprechen wir nicht hiervon," fiel Fraisier ein, „sehen Sie zu, daß Poulain seinen Platz am Bett des Kranken versehen kann; der Doktor ist einer der ehrlichsten, der selbstlosesten Menschen, die ich kenne, und wir brauchen dort einen sicheren Gehilfen, Sie verstehen ... Poulain ist mehr wert als ich, ich bin schlecht geworden."

„Sie mögen so aussehen," sagte die Cibot, „aber ich hätte keine Angst, mich Ihnen anzuvertrauen."

„Und Sie hätten recht...! Kommen Sie, sooft ein neuer Umstand eintritt... Sie sind eine kluge Frau, alles wird gut gehen."

„Auf Wiedersehen, mein lieber Herr Fraisier, und gute Besserung."

Fraisier geleitete die Klientin bis zur Tür und hier sagte er ihr, ganz wie tags zuvor der Doktor, ein letztes Wort:

„Wenn Sie erreichen könnten, daß Herr Pons mich als Ratgeber verlangt, wären wir einen großen Schritt vorwärts gekommen."

„Ich will es versuchen", antwortete die Cibot.

„Hören Sie, Mutter," sagte nun Fraisier und zog sie in das Kabinett zurück, „ich kenne Herrn Trognon gut, er ist der Notar des Viertels. Wenn Herr Pons keinen Notar hat, empfehlen Sie ihm Trognon... machen Sie, daß er ihn nimmt."

„Einverstanden", erwiderte die Cibot.

Beim Fortgehen vernahm die Pförtnerin das Knistern eines Rockes und das Geräusch eines schweren Fußes, der sich leicht machen wollte. Als sie auf der Straße und allein war, genügten ein paar Minuten Bewegung, um ihr den freien Kopf zurückzugeben. Obwohl sie sich dem Einfluß dieser Unterredung nicht entziehen konnte und immer einen tiefen Schrecken vor Schafott, Justiz und Richtern hatte, faßte sie einen sehr natürlichen Entschluß, der sie in ein stummes Ringen mit ihrem gefährlichen Berater verwickeln mußte.

„Habe ich denn nötig," fragte sie sich, „mich nach Bundesgenossen umzusehen? Zuerst bringe ich mein Schäfchen ins Trockene, dann können sie ja noch weiter zahlen, um meine Freundschaft warm zu halten."

Man wird sehn, daß dieser Gedanke es war, der das Ende des unglücklichen Musikers beschleunigte.

☆

DIE CIBOT IM THEATER

„NUN, MEIN LIEBER HERR SCHMUCKE, WIE geht es unserem teuren Kranken?“ fragte die Cibot, als sie die Wohnung betrat.

„Nicht gut,“ antwortete der Deutsche, „Pons hat die ganze Nacht verworren geredet.“

„Was hat er denn gesagt?“

„Ungereimtes Zeug! Daß ich seinen ganzen Besitz bekommen soll, unter der Bedingung, daß nichts verkauft werden darf ... Und er weinte, der arme Mann! Es hat mir fast das Herz gebrochen.“

„Es wird vorübergehen, mein lieber Herr Schmucke. Ich habe Sie auf Ihr Frühstück warten lassen, es ist ja schon gleich neun; aber seien Sie mir nicht böse ... Ich habe eine Menge zu tun gehabt, alles für Sie. Wir hatten einfach nichts mehr, und ich mußte mir Geld verschaffen.“

„Und wie gelang es?“

„Na, die Tante!“

„Welche Tante?“

„Oh, der liebe Mensch! Wie töricht er ist! Nein, wirklich, Sie sind ein Heiliger, ein Engel an Unschuld, zum Ausstopfen, wie der alte Schauspieler gesagt hat. Wie, Sie leben in Paris seit neunundzwanzig Jahren, Sie haben die Julirevolution mit angesehen und kennen das Leihhaus nicht und nicht die Vermittler, die Ihre Sachen beleihen! Ich habe alle unsere Silberbestecke dahin gebracht,

acht mit Randarbeit. Macht nichts! Cibot wird von Alpakkasilber essen, das sehr gut aussieht. Und Sie brauchen es unserem teuren Herren gar nicht erst zu sagen, es würde ihn quälen, seine Gelbsucht befördern, er ist schon gereizt genug. Bringen wir ihn vor allem durch, das weitere wird sich finden. Man muß die Feste feiern, wie sie fallen, nicht wahr, und zum schlechten Spiel muß man gute Miene machen."

„Gute Frau, edles Herz!" sagte der arme Musiker, ergriff die Hand der Cibot und legte sie gerührt auf seine Brust. Der Engel schlug die Augen zum Himmel auf, sie standen voller Tränen:

„Genug, Papa Schmucke," sagte sie, „Sie sind komisch. Das ist doch stark, ich bin ein altes Kind aus dem Volk, das Herz fließt mir leicht über. Davon hab' ich, sehen Sie, (sie schlug sich auf die Brust) soviel wie Sie zwei goldenen Menschen. Lassen Sie nur ruhig mich für alles sorgen, denn sehen Sie, wenn Sie so fortfahren, habe ich bald zwei Kranke zu pflegen... Nach meiner bescheidenen Meinung müssen wir uns in die Arbeit hier teilen. Sie können keine Stunden mehr draußen geben, es macht Sie müde, so daß Sie hier zu nichts mehr zu gebrauchen sind, obwohl es bald nötig sein wird, die Nächte bei Herrn Pons zu wachen, er wird ja kränker und kränker. Ich laufe heute zu allen Ihren Schülern und sage, daß Sie krank sind, nicht wahr? In Zukunft verbringen Sie die Nächte bei unserem teuren Pons und schlafen von fünf Uhr früh bis, sagen wir, zwei Uhr nachmittags. Ich übernehme den anstrengendsten Dienst, den am Tage, gilt es da doch, Ihnen Frühstück und Abendessen zu bereiten, den Kranken zu pflegen und aufzunehmen, ihn die Wäsche wechseln zu lassen und ihm die Medizin zu geben... Wenn ich so fortführe wie bisher, würde ich es keine zehn Tage mehr aushalten. Es dauert ja auf diese Weise nun schon dreißig Tage. Und was soll aus Ihnen werden, wenn ich mich legen muß? Und Sie selbst, wie sehen Sie aus, nachdem Sie heute nacht gewacht haben! Man kann ja Angst bekommen..."

Sie führte Schmucke vor den Spiegel, und Schmucke fand sich sehr geändert.

„Und nun will ich Ihnen, wenn Sie einverstanden sind, hopphopp das Frühstück bereiten. Dann bewachen Sie unseren Liebling noch bis zwei, geben Sie mir aber die Listen Ihrer Schüler: im Handumdrehen habe ich Sie für die nächsten vierzehn Tage freigemacht. Wenn ich komme, legen Sie sich und ruhen sich bis zum Abend aus.

Der Vorschlag war so trefflich, daß Schmucke augenblicklich nachgab.

„Reinen Mund Herrn Pons gegenüber! Er würde sich für verloren halten, wenn wir ihm einfach erklärten, daß das Theater und die Stunden vorläufig ausfallen. Der arme Herr würde sich einbilden, daß er seine Schülerinnen nicht mehr vorfindet ... dummes Zeug ... Herr Poulain erklärt, daß wir unseren Benjamin nur durchbringen, wenn wir für die größte Ruhe sorgen."

„Ja, ja, bereiten Sie das Frühstück, ich fertige inzwischen die Liste aus und füge die Adressen hinzu . . . Sie haben recht, ich würde draufgehn."

Eine Stunde später putzte die Cibot sich heraus und verließ das Haus zum großen Staunen Rémonencqs in ihrem besten Staat, entschlossen, die Wirtschafterin der beiden Nußknacker würdig in allen Pensionaten und allen Haushalten zu vertreten.

Es ist unnötig, die verschiedenen Unterhaltungen zu berichten, die ebenso vielen Variationen auf ein Thema gleichen; es wird genügen, bei dem Auftritt zu verweilen, der sich in dem Direktorzimmer des „Berühmten Gaudissart" abspielte, nachdem die Pförtnerin unter unerhörten Schwierigkeiten Eintritt erlangt hatte.

In Paris sind Theaterdirektoren besser bewacht als Könige und Minister. Der Grund, weswegen sie zwischen sich und dem Rest der Sterblichen die höchsten Schranken errichten, ist leicht zu begreifen: ein König braucht nur die Bemühungen der Ehrgeizigen abzuwehren, ein Theaterdirektor aber muß die Eigenliebe von Künstlern und Autoren fürchten.

Die Cibot wurde aller Hindernisse Herr dank der plötzlichen Freundschaft, die sie mit dem Pförtner schloß. Die Pförtner erkennen einander wie alle Leute desselben Berufes. Jeder Stand hat sein Schiboleth, ganz wie er sein Schimpfwort und sein Kainszeichen hat.

„Oh, Sie sind die Theaterpförtnerin," hatte die Cibot zu der Frau gesagt, „ich bin nur eine arme Pförtnerin aus dem Haus in der Rue de Normandie, in dem Herr Pons, Ihr Kapellmeister, wohnt. Ach wie glücklich wäre ich an Ihrer Stelle, ich könnte die Schauspieler, die Tänzerinnen, die Autoren vorübergehen sehen! Ihr Posten ist, wie jener alte Schauspieler sagte, der Marschallstab in unserem Beruf."

„Und wie geht es denn dem braven Herrn Pons?" fragte die Pförtnerin.
„Aber gar nicht gut; er liegt schon zwei Monate, und das Haus wird er nur die Füße voran verlassen."
„Ein schlimmer Verlust..."
„Ja. Er schickt mich, damit ich dem Direktor seine Lage auseinandersetze; sehen Sie doch zu, daß ich mit ihm reden kann!"
„Herr Pons schickt eine Dame!"
Mit diesen Worten meldete der Theaterdiener die von der Pförtnerin empfohlene Frau Cibot an. Gaudissart hatte soeben das Haus betreten, eine Probe war angesetzt. Der Zufall wollte, daß niemand ihn zu sprechen wünschte, daß die Autoren des Stücks und die Schauspieler im Verzug waren; er freute sich, Nachricht von seinem Kapellmeister zu bekommen, und befahl mit einer napoleonischen Handbewegung, die Cibot einzulassen.
Der alte Handlungsreisende, der nun an der Spitze eines gutgehenden Theaters stand, betrog seine Gesellschaft, als wäre sie seine angetraute Frau gewesen. Daher hatte er auch eine finanzielle Entwicklung genommen, die auf seine Person abfärbte. Dick und stark geworden, unter dem guten Essen und dem guten Geschäftsgang aufblühend. hatte Gaudissart sich offenmütig in Mondor verwandelt.
„Bald reicht es zum Beaujon", sagte er bisweilen und versuchte als erster über sich selbst zu lachen *).
„Du bist erst bei Turcaret", antwortete ihm dann

---

*) Mondor: volkstümliche Marktschreierfigur; Beaujon: Bankier des 18. Jahrhunderts, der ein Spital gründete; Turcaret: Halsabschneider, nach dem Theaterstück Lesages. D. Ü.

Bixiou, der ihn oft bei der ersten Tänzerin des Theaters, der berühmten Heloise Brisetout, ersetzte.

In der Tat betrachtete der Exberühmte Gaudissart das Theater rücksichtslos als Ausbeutungsobjekt. Zuerst bestand er darauf, bei verschiedenen Balletts, Stücken und Possen als Mitarbeiter hinzugezogen zu werden; dann benutzte er die Geldverlegenheiten der Autoren und kaufte ihnen ihre Anteile ab. Diese Stücke, diese Possen wurden den Kassastücken stets angehängt und brachten Gaudissart täglich ein paar Louis ein. Es war ihm erlaubt, von den Eintrittskarten einen Zuschlag zu erheben, er beanspruchte eine gewisse Zahl für sich selbst als Entschädigung und brandschatzte die Einnahmen. Nachdem er so dreifach für sich gesorgt hatte, blieben ihm noch die verkauften Logen und die Geschenke der schlechten Schauspielerinnen, die Wert darauf legten, den Zipfel einer Rolle zu erwischen und sich als Pagen oder Königinnen zu zeigen: das alles ließ sein Drittel am Gewinn so anschwellen, daß die stillen Teilhaber, denen die beiden anderen Drittel zufielen, kaum den zehnten Teil des Ertrags einheimsten. Gleichwohl verzinste sich ihre Einlage noch immer mit fünfzehn Prozent. Gaudissart beeilte sich, angesichts dieser Dividende von seiner Klugheit und Ehrlichkeit, von seinem Eifer und dem Glück der Teilhaber zu sprechen. Als der Graf Popinot, um sein Interesse zu bekunden, Herrn Matifat, dessen Schwiegersohn, den General Gouraud, und Crevel fragte, ob sie mit Gaudissart zufrieden seien, antwortete Gouraud, der Pair von Frankreich geworden war:

„Man sagt uns, daß er uns bestiehlt; aber er ist ein so witziger, guter Kerl, daß wir zufrieden sind.“

„Ganz wie in der Erzählung La Fontaines“, meinte lächelnd der ehemalige Minister.

Gaudissart legte seine Kapitalien außerhalb des Theaters an. Er hatte Vertrauen zu den Graff, Schwab und Brunner: er beteiligte sich an den Eisenbahnunternehmungen, die dieses Haus ins Leben rief. Da er seine Verschlagenheit unter der Dicke und Unbesorgtheit des Genießers und Freudenjägers verbarg, hatte er ganz den Anschein eines Mannes, der sich nur mit seinen Vergnügungen und seinem Äußeren beschäftigt; aber er dachte an alles und verwertete die ungeheure Erfahrung in Geschäftssachen, die er sich durch seine Reisen erworben hatte. Dieser Emporkömmling, der sich nicht ernst nahm, bewohnte eine Wohnung, die von seinem Dekorateur mit allem Luxus ausgestattet worden war; er gab darin den Berühmtheiten Soupers und Feste. Prunkhaft und darauf bedacht, die Dinge gut zu machen, trug er die Miene eines willfährigen Mannes zur Schau und schien um so weniger gefährlich zu sein, als er die Zungenfertigkeit seines früheren Handwerks beibehalten und um die Kulissenausdrücke vermehrt hatte. Da beim Theater die Künstler die Dinge recht unverblümt nennen, entlieh er ihnen, denen es nicht an Geist fehlt, genügend Geist, um sich, im Verein mit der witzigen Lebhaftigkeit der Geschäftsreisenden, die Haltung eines überlegenen Kopfes zu geben.

Als die Cibot gemeldet wurde, überlegte er gerade, ob er seine Konzession verkaufen und sich auf etwas anderes werfen sollte, um seinen eigenen Ausdruck zu gebrauchen. Er sah sich schon an der Spitze einer Eisenbahn-Gesellschaft, als ernsten Geschäftsmann, als Organisator, und heiratete die Tochter einer der reichsten Pariser Bezirksbürgermeister, Fräulein Minard. Längs seiner ‚Linie' würde man ihn zum Abgeordneten wählen, und wenn der Graf Popinot nachhalf, war ihm der Staatsrat sicher.

„Mit wem habe ich die Ehre?" fragte er und warf auf die Cibot seinen Direktorblick.

„Ich bin die Wirtschafterin des Herrn Pons."

„Aha, wie geht es ihm denn, dem teuren Mann?"

„Schlecht, sehr schlecht."

„Teufel! Teufel! Das tut mir leid ... Ich werde ihn besuchen, ein ganz seltener Mann."

„O ja, ein wahrer Engel ... Ich frage mich immer, wie er sich in einem Theater zurechtfand."

„Aber teure Frau, das Theater ist eine Stätte der moralischen Besserung," sagte Gaudissart. „Armer Pons! Mein Ehrenwort, man müßte allmächtig sein, um etwas für solche Menschen tun zu können – ein Muster von einem Mann, und Talent! ... Wann, glauben Sie, kann er seinen Dienst wieder aufnehmen? Denn das Theater gleicht leider den Postwagen, die pünktlich aufbrechen, ob sie nun voll oder leer sind: der Vorhang hebt sich in diesem Haus täglich um sechs Uhr ... und da hilft alles Mitleid nicht, um gute Musik herbeizuschaffen ... also, wie steht es?"

Die Cibot zog ihr Taschentuch und preßte es auf die Augen:

„Ach, mein werter Herr," sagte sie, „es ist schrecklich zu sagen, aber ich fürchte, daß wir ihn bald verlieren werden, obwohl wir ihn wie unseren Augapfel hüten, Herr Schmucke und ich ... Leider muß ich Ihnen auch noch sagen, daß Sie auf den guten Herrn Schmucke, der jede Nacht an seinem Bett wacht, nicht länger zählen dürfen ... Man überläßt sich ja immer noch der Hoffnung, daß es gelingen könne, den würdigen, lieben Mann dem Tod zu entreißen ... aber der Arzt hat keine Hoffnung mehr."

„Und woran stirbt er?"

„An Kummer, an Gelbsucht, an der Leber, und das alles durch eine Menge Familiengeschichten erschwert."

„Und durch einen Arzt," sagte Gaudissart, „er hätte den Doktor Lebrun nehmen sollen, das ist unser Arzt, der ihn nichts gekostet hätte."

„Er hat einen, der ein Gott ist ... aber was vermag ein Arzt bei allem Talent gegen einen solchen Ansturm?"

„Ich hätte die beiden Nußknacker für die Musik des neuen Stückes gar zu nötig gehabt."

„Ist das etwas, das ich für sie tun könnte?" fragte die Cibot mit der harmlosesten Miene.

Gaudissart brach in ein Gelächter aus.

„Ich bin die Wirtschafterin der Herren, und habe manches ..."

Beim Gelächter Gaudissarts hatte eine Frau gerufen:

„Wenn du lachst, kann man eintreten."

Und die erste Tänzerin brach in das Kabinett ein und warf sich auf das einzige Sofa, das sich im Raum befand. Es war Heloise Brisetout, in der Hülle einer prachtvollen sogenannten algerischen Schärpe.

„Was hat dich denn zum Lachen gebracht? ... Die Dame? Zu welchem Zweck kommt sie?“ fragte die Tänzerin und hätte einem Maler Gelegenheit gegeben, einen jener Blicke zu studieren, die ein Künstler dem anderen zuwirft. Ungewöhnlich gut in der Literatur bewandert, was die ganze Boheme wußte, mit großen Künstlern befreundet, elegant, zart, geschmeidig, besaß Heloise mehr Geist als sonst erste Tänzerinnen haben. Während sie fragte, roch sie an einem Döschen durchdringenden Parfüms.
„Liebes Fräulein, alle Frauen, die schön sind, haben gleichen Wert, und wenn ich nicht die Pest aus einem Fläschchen einatme und mir nicht geriebenen Backstein auf die Backe bringe ...“
„Mit dem, was die Natur Ihnen schon gegeben hat, gäbe es einen hübschen Überschuß, mein Kind!“ sagte die Heloise und warf einen Blick auf ihren Direktor.
„Ich bin eine anständige Frau.“
„Um so schlimmer für Sie,“ erwiderte Heloise, „es wird nicht jede ausgehalten, die es möchte – ich bin es und versichre Sie, höllisch gut.“
„Wieso um so schlimmer! Tragen Sie nur Ihren algerischen Schal und Ihre Frisur dazu,“ gab die Cibot zurück, „so viele Erklärungen, wie ich sie gehabt habe, bringen Sie doch nicht zusammen! Und an die schöne Austernverkäuferin des Cadran bleu werden Sie nie heranreichen!“
Die Tänzerin sprang auf, kommandierte ‚Achtung, Stillgestanden!‘ und grüßte die Cibot wie ein Soldat seinen General, indem sie die rechte Hand an die Schläfe führte, die Fläche nach außen.

„Wie!" rief Gaudissart, „Sie wären das schöne Austernmädchen, von dem mir mein Vater sprach?"

„Madame kennt dann weder die Cachucha noch die Polka. Madame ist über die Fünfzig?" fragte Heloise.

Die Tänzerin warf sich darauf in die Brust und deklamierte: „Fortan, Cinna, laß Freund uns sein!"

„Genug, Heloise, Madame kann nicht mit, laß sie in Ruhe!"

„Das Fräulein ist die neue Heloise?" fragte die Pförtnerin mit gemachter Naivität und voller Spott.

„Nicht übel, die Alte!" rief Gaudissart.

„Altbackner Witz mit grauem Haar!" erwiderte die Tänzerin, „finde einen anderen, Alte, ... oder rauche eine Zigarette!"

„Verzeihen Sie, Fräulein," sagte die Cibot, „ich bin zu niedergedrückt, um Ihnen weiter zu antworten: meine beiden recht kranken Herren warten auf mich ... und heute morgen hab ich, um sie zu verköstigen und vor Kummer zu bewahren, die Kleider meines Mannes zum Pfandhaus getragen – da, sehen Sie die Quittung!"

„Oh, die Szene wird zum Trauerspiel!" rief die schöne Heloise, „worum handelt es sich?"

„Die Dame stürzt hier ..."

„... Wie eine erste Tänzerin herein," ergänzte Heloise, „ich suffliere weiter."

„Genug mit den Dummheiten, ich habe zu tun", wehrte Gaudissart ab; „Heloise, die Dame ist die Wirtschafterin unseres armen Kapellmeisters, der im Sterben liegt, sie rät mir, nicht länger auf ihn zu zählen; ich sitze in der Tinte."

„Der arme Mann! Man muß eine Benefizvorstellung für ihn geben."

„Um ihn zugrunde zu richten? Am nächsten Tag könnte er dem Spital fünfhundert Franken schulden, man weiß ja, wie geldgierig diese Anstalten sind. Nein, ich werde etwas anderes tun, meine gute Frau, da Sie ja nach dem Tugendpreis zu streben scheinen . . ."

Er klingelte, der Theaterdiener trat sofort ein.

„Sagen Sie dem Kassierer, er soll mir tausend Franken schicken. Nehmen Sie Platz, gute Frau."

„Die Arme, nun weint sie!" rief die Tänzerin, „zu dumm! . . . Also, Mutter, wir besuchen ihn, trösten Sie sich. Sag doch, Dicker," wandte sie sich an den Direktor und zog ihn in eine Ecke, „du willst, daß ich in Ariadne die erste Rolle tanze, du bist im Begriff zu heiraten, und du weißt, wie schlimm ich dir mitspielen kann! . . ."

„Heloise, mein Herz ist mit Kupfer überzogen wie eine Fregatte."

„Ich werde Kinder von dir vorzeigen und welche ausleihen."

„Ich habe unsere Verbindung gestanden . . ."

„Sei lieb, gib den Ponsschen Platz Garangeot. Der arme Bursche hat Talent, aber nicht einen Sou. Ich verspreche dir den Frieden."

„Aber so warte wenigstens, bis Pons tot ist . . . der gute Mann kann schließlich doch davonkommen."

„Das – nein, Herr," fiel die Cibot ein, „seit der letzten Nacht ist er nicht mehr bei Besinnung, er deliriert. Es wird leider bald zu Ende sein."

„So übergib Garangeot die Vertretung, er hat die ganze Presse für sich!“ sagte Heloise.
In diesem Augenblick trat der Kassierer mit dem Tausendfrankenschein ein.
„Geben Sie das der Dame,“ sagte Gaudissart, „und nun Gott befohlen, meine gute Frau; pflegen Sie den teuren Mann gut und sagen Sie ihm, daß ich ihn besuchen werde, morgen oder sobald ich Zeit habe.“
„Mann über Bord!“ rief Heloise.
„Oh, Herr Direktor, ein Herz, wie Sie es haben, gibt es nur bei dem Theater! Gott segne Sie!“
„Auf welches Konto soll das gebucht werden?“ fragte der Kassierer.
„Hier die Unterschrift, buchen Sie unter Zuwendungen.“
Die Cibot machte eine hübsche Verbeugung vor der Tänzerin und vernahm noch die Frage, die Gaudissart an seine alte Geliebte richtete:
„Ist Garangeot im Stand, innerhalb zwölf Tagen die Ballettmusik für die ‚Mohikaner‘ zu liefern? Wenn er mich aus dieser Verlegenheit zieht, ist ihm der Posten sicher.“
Die Pförtnerin wurde für das Unglück, das sie anrichtete, besser belohnt, als wenn sie eine schlechte Handlung begangen hätte. Sie beraubte die beiden Freunde aller Einkünfte, und wenn Pons davonkam, stand er mittellos da. In wenigen Tagen mußte dank diesem hinterlistigen Vorgehen die Cibot zu ihrem Ziel gelangen: der Veräußerung der von Elias Magus begehrten Bilder. Aber um diese erste Beute in Sicherheit zu bringen, mußte sie den gefährlichen Mitarbeiter, den sie sich selbst aufgeladen hatte, den Advokaten Frai-

sier, ausschalten und sowohl Elias Magus wie Rémonencq zu völliger Verschwiegenheit bewegen.
Was den Auvergnaten betrifft, so war er langsam einer der Leidenschaften verfallen, wie sie bei ungebildeten Leuten nicht selten sind: sie kommen aus der tiefsten Provinz mit Zwangsvorstellungen nach Paris, die der Einsamkeit auf dem Land entspringen, und mit der ganzen Unwissenheit einfacher Naturen; ein Gedanke beherrscht sie: wie sie ihre rohe Begierde verwirklichen können. Die etwas männliche Schönheit der Cibot, ihre Lebhaftigkeit, ihr Markthallengeist hatten ihren Eindruck auf den Althändler nicht verfehlt. Er wollte die Cibot nehmen und zu seiner Konkubine machen. Diese Abart der Bigamie ist in den niederen Klassen von Paris viel häufiger, als man glaubt.
Aber der Geiz war eine Schlinge, die sich jeden Tag enger um seinen Hals legte und schließlich seinen Verstand trübte. Als Rémonencq die Gebühren, die Elias Magus und er der Cibot zu zahlen hatten, auf vierzigtausend Franken schätzte, vollzog sich eine Änderung in ihm: er machte den Schritt vom Vergehen zum Verbrechen und wünschte die Cibot zu heiraten. Diese Liebe war rein spekulativ; kein Wunder, daß er auf den Tod des kleinen Schneiders zu sinnen begann, wenn er sich, an seine Tür gelehnt, den Träumereien des Rauchers überließ. Er sah sein Kapital fast verdreifacht, er bedachte, welche ausgezeichnete Figur die Cibot hinter dem Ladentisch oder gar in einem Geschäft auf dem Boulevard machen würde.
Er berauschte sich an diesen beiden Vorstellungen,

mietete einen Laden am Boulevard de la Madeleine und füllte ihn mit den schönsten Stücken aus der Sammlung des verstorbenen Pons. Nachdem er im Gold gewühlt und in den blauen Ringen seiner Pfeife Millionen gesehen hatte, fand er sich beim Erwachen Gesicht an Gesicht mit dem kleinen Schneider, der Hof, Tür und Gasse zu fegen pflegte, wenn der Auvergnate das Schaufenster hochzog und die Auslage ordnete; seitdem Pons krank war, hatte Cibot die Arbeit seiner Frau übernommen.

Für Rémonencq also war der kleine olivengrüne und kupferrote kümmerliche Schneider das einzige Hindernis, das sich seinem Glück entgegenstellte, und er überlegte, wie er ihn aus dem Weg schaffen konnte. Seine wachsende Leidenschaft machte die Cibot sehr stolz, denn sie erreichte das Alter, in dem die Frauen zu begreifen beginnen, daß sie alt werden können.

So geschah es, daß eines Morgens die Cibot dem Nachbarn, der im Schaufenster hantierte, träumerisch zusah und von der Begierde ergriffen wurde, zu erfahren, wie weit seine Liebe gehen mochte. Er trat auf sie zu und sagte:

„Wie steht's? Läuft alles nach Wunsch?"

„Sie beunruhigen mich," erwiderte sie, „Sie stellen mich bloß, die Nachbarn werden noch merken, mit was für schiefen Augen Sie mich ansehen."

Sie verließ die Tür und zog sich tiefer in den Laden des Auvergnaten zurück.

„Was Sie sagen!" meinte der Auvergnate.

„Kommen Sie, ich muß mit Ihnen sprechen," sagte die Cibot, „hören Sie. Die Ponsschen Erben werden sich regen und können uns allerlei Unannehmlichkeiten machen. Gott weiß, was uns blühen würde, wenn sie Geschäftsleute schickten, die wie Jagdhunde die Nase in alles stecken. Ich kann Herrn Schmucke nur dann überreden, ein paar Bilder zu verkaufen, wenn Sie mich genug lieben, um das Geheimnis zu wahren . . . noch auf dem Schafott zu wahren und weder zu verraten, woher die Bilder kommen, noch wer sie gekauft hat... Sie verstehen: angenommen, nach dem Tod und Begräbnis des guten Pons findet man statt siebzig Bildern nur dreiundfünfzig, so weiß niemand, wie das zugegangen ist! Übrigens, wenn Herr Pons zu Lebzeiten einige verkauft hat, geht das keinen etwas an."

„Mir ist das alles gleich," antwortete Rémonencq, „aber Herr Elias Magus wird Quittungen nach allen Regeln verlangen."

„Sie sollen auch Ihre Quittung bekommen! Glauben Sie, daß ich sie schreibe? Das soll der gute Schmucke tun. Aber Sie werden Ihrem Juden sagen, daß er ebenso verschwiegen wie wir sein muß."

„Wir werden stumm wie die Fische sein, das gehört zu unserem Beruf. Ich kann lesen, aber nicht schreiben, deshalb brauche ich eine kluge Frau, die etwas gelernt hat, wie Sie z. B.... Und ich, der immer nur daran gedacht hat, das Brot für seine alten Tage zu verdienen, ich möchte kleine Rémonencq haben ... Geben Sie Ihren Gibot auf!"

„Da kommt ja Ihr Jude, wir können gleich ins reine kommen", sagte die Pförtnerin.

„Nun, meine liebe Dame," sagte Elias Magus, der alle drei Tage in der Frühe kam, um sich zu erkundigen, wann er seine Bilder kaufen konnte, „wie weit sind wir?"

„Hat Ihnen jemand von Herrn Pons und seinen Sachen gesprochen?" fragte die Cibot.

„Ich erhielt einen Brief von einem Advokaten," erwiderte Magus, „aber ich habe nicht geantwortet, erstens scheint mir das ein Geschäftemacher zu sein, zweitens mißtraue ich diesen Leuten. Nach drei Tagen suchte er mich auf und hinterließ eine Karte: ich habe meinem Pförtner gesagt, daß ich nie für ihn zu Hause bin."

„Sie sind ein herziger Jude," sagte die Cibot, der die Vorsicht dieses Elias Magus wenig bekannt war, „also, meine lieben Herren, in wenigen Tagen habe ich Herrn Schmucke so weit, daß er Ihnen sieben oder acht, höchstens zehn Bilder verkauft. Aber ich stelle zwei Bedingungen. Zuerst: unbedingte Verschwiegenheit. Herr Schmucke wird Sie gerufen haben, nicht wahr, Herr Magus? Herr Rémonencq wird Sie Herrn Schmucke vorgeschlagen haben. Kurz, was immer auch eintritt, ich habe die Finger nicht im Spiel. Sie geben sechsundvierzigtausend Franken für die vier Bilder?"

„Sei es", antwortete der Jude mit einem Seufzer.

„Sehr gut", sagte die Pförtnerin; „die zweite Bedingung ist, daß Sie dreiundvierzigtausend Franken für mich zurückbehalten und dreitausend Herrn Schmucke als Kaufpreis geben. Rémonencq wird vier für zweitausend Franken kaufen und mir den Rest zahlen. Aber auch danach, mein lieber Herr Magus, kann ich Ihnen und Rémonencq ein feines Geschäft verschaffen, unter der Bedingung, daß wir den Gewinn zu dritt teilen.

Ich führe Sie zu diesem Advokaten, oder er kommt auch ohne Zweifel hierher. Sie werden dann alles, was bei Herrn Pons ist, zu dem Preis schätzen, den Sie wirklich geben können, damit Herr Fraisier sich vom Wert der Erbschaft überzeugt. Nur, er darf nicht vor unserem Verkauf kommen, verstehen Sie?"

„Ich verstehe," sagte der Jude, „aber ich brauche Zeit, um die Sachen anzusehen und zu bestimmen."

„Sie bekommen einen halben Tag, das ist meine Sache ... Also, Kinder, besprecht das unter euch, alsdann bis übermorgen, da werden wir zu Ende kommen. Ich suche Fraisier auf, um mit ihm zu sprechen, denn er erfährt alles, was hier geschieht, durch den Doktor Poulain, und es ist nicht so einfach, den Burschen ruhig zu halten."

Auf dem halben Weg zur Rue de la Perle traf die Cibot Fraisier, der sie aufsuchen wollte, so sehr trieb es ihn, wie er sagte, die Grundzüge der Angelegenheit zu beherrschen.

„Sieh an, ich war gerade auf dem Weg zu Ihnen", sagte sie.

Fraisier beklagte sich darüber, daß Elias Magus ihn nicht empfangen hatte; aber die Pförtnerin erstickte das Mißtrauen, das in den Augen des Mannes des Gesetzes aufglomm, indem sie ihm sagte, Magus sei von einer Reise zurückgekehrt, und spätestens am übernächsten Tag werde sie eine Begegnung in der Ponsschen Wohnung herbeiführen, bei der der Wert der Sammlung festgestellt werden könne.

„Behandeln Sie mich ehrlich," sagte Fraisier, „es ist mehr als wahrscheinlich, daß ich mit der

Wahrung der Interessen der Ponsschen Erben beauftragt werden werde. In dieser Eigenschaft bin ich im Stande, Ihnen selbst besser zu dienen."

Dies wurde so trocken gesagt, daß die Cibot zitterte. Dieser hungrige Advokat arbeitete wohl von seiner Seite her, wie sie von der ihrigen; sie beschloß, den Verkauf der Bilder zu beschleunigen.

Die Cibot täuschte sich in ihren Vermutungen nicht. Der Advokat und der Arzt hatten sich in Kosten gestürzt und Fraisier zum Schneider gebracht, damit er sich in einem ordentlichen Anzug bei der Frau Präsidentin Camusot de Marville melden lassen konnte. Die Zeit, die zur Anfertigung der Kleidungsstücke nötig war, verzögerte den Besuch, von dem das Schicksal der beiden Freunde abhing. Nach der Begegnung mit Frau Cibot beschloß Fraisier, zur Probe von Rock, Hose und Weste zu gehen. Er fand alles fertig vor, kehrte nach Hause zurück, setzte eine neue Perücke auf und fuhr in einem Mietswagen gegen zehn Uhr morgens nach der Rue de Hanovre, in der Hoffnung, bei der Präsidentin vorgelassen zu werden.

Mit der weißen Binde, den gelben Handschuhen, der neuen Perücke, und eingehüllt in den Geruch von Eau de Portugal, glich er einem jener Gifte, die in ein Kristallfläschchen gesperrt werden: vom Stückchen Pergament, das sie verschließt, bis zur Etikette und dem Faden ist alles kokett, aber der Inhalt verliert darum nichts von seiner Gefährlichkeit. Die scharfen Züge, aus denen Bosheit sprach, die vielen Pickel, die Hautkrankheit, die grünen Augen erschreckten wie Wolken in blauem Himmel.

In seinem Kabinett, so wie die Cibot ihn gesehen hatte, war er das gemeine Messer gewesen, mit dem der Mörder einen Mord begeht; an der Tür der Präsidentin war er der elegante Dolch, den eine junge Frau in ihr Schränkchen stellt.

☆

DER ERDBEERSTRAUCH BLÜHT*)

IN DER RUE DE HANOVRE HATTE EINE GROSSE Änderung stattgefunden. Der Vicomte und die Vicomtesse Popinot, der ehemalige Minister und seine Frau, hatten nicht geduldet, daß der Präsident und die Präsidentin eine Mietswohnung bezogen und das Haus verließen, das sie ihrer Tochter als Mitgift gaben. Der Präsident und seine Frau richteten sich im zweiten Stockwerk ein, das frei geworden war, da die alte Dame, die es bewohnte, ihren Lebensabend auf dem Land beschloß. Frau Camusot, die Madeleine Vivet, Köchin und Diener behielt, war nun zu den bescheidenen Verhältnissen ihrer Frühzeit zurückgekehrt – Verhältnisse, die immerhin durch den Ausfall der Miete von viertausend Franken und ein Gehalt von zehntausend Franken gemildert wurden.

Diese *aurea mediocritas* befriedigte die Frau de Marville, die ihr Vermögen in Einklang mit ihrem Ehrgeiz bringen wollte, sehr wenig; aber dadurch, daß sie allen Besitz ihrer Tochter abgetreten hatten, kam der Präsident auch in eine niedere Wählbarkeitsklasse, die sich nach der Steuer richtete. Und Amelie wollte ihren Gatten

*) Fraisier: Erdbeerstrauch. D. Ü.

als Abgeordneten sehen, sie verzichtete nicht leicht auf ihre Pläne und gab die Hoffnung nicht auf, die Wahl des Präsidenten in dem Kreis durchzusetzen, in dem Marville lag. Seit zwei Monaten quälte sie so den Baron Camusot (der neue Pair von Frankreich hatte, wie man sieht, den Titel Baron erhalten) und versuchte ihm hunderttausend Franken als Vorschuß auf die Erbschaft zu entreißen, um, so sagte sie, ein kleineres Gut zu kaufen, das sich in den Marviller Boden hineinschob und an Zins etwa zweitausend Franken netto einbrachte. Sie und ihr Mann hätten da eine Heimat, ganz in der Nähe ihrer Kinder; Marville werde abgerundet und entsprechend vergrößert. Die Präsidentin ließ bei ihrem Schwiegervater durchblicken, welch großes Opfer sie gebracht hatte, um ihre Tochter mit dem Vicomte Popinot zu verheiraten, und fragte den Greis, ob er seinem ältesten Sohn den Weg zu den höchsten Stufen der richterlichen Laufbahn verschließen werde, die nur noch dem zugänglich seien, der sich auf eine starke Stellung im Parlament stützen könne und von den Ministern gefürchtet werde – kein Zweifel, daß ihr Gatte die besten Aussichten habe.

„Alle diese Leute“, sagte sie, „lassen nur mit sich reden, wenn man ihnen einen Strick um den Hals legt und so fest zuzieht, daß sie die Zunge herausstrecken, sie sind undankbar... Was verdanken sie nicht Camusot! Camusot drängte zu den Juliverordnungen und trug so als erster zur Erhöhung des Hauses Orléans bei!...“

Der Greis antwortete, er sei über seine Mittel hinaus durch Eisenbahnspekulationen festgelegt,

und verschob den Vorschuß, dessen Notwendigkeit er im übrigen anerkannte, bis zum Eintritt der erwarteten Hausse seiner Aktien.
Dieses halbe Versprechen, das er sich vor wenigen Tagen hatte entreißen lassen, stürzte die Präsidentin in Verzweiflung. Es war zweifelhaft, ob der ehemalige Eigentümer von Marville vor den Neuwahlen zur Kammer über das Geld verfügen konnte, denn er mußte mindestens ein Jahr im Besitz des Gutes sein.
Fraisier drang ohne Mühe bis zu Madeleine Vivet vor. Die beiden Vipern erkannten sofort, daß sie demselben Ei entschlüpft waren.
„Fräulein," sagte Fraisier süßlich, „ich wünsche sehr, einen Augenblick mit der Frau Präsidentin über eine persönliche Angelegenheit, die ihr Vermögen betrifft, zu sprechen; es handelt sich, richten Sie das gut aus, um eine Erbschaft... Ich habe nicht die Ehre, der Frau Präsidentin bekannt zu sein, deshalb hätte mein Name keinen Wert für sie... Ich verlasse mein Bureau selten, weiß aber, welche Rücksicht sich der Frau eines Präsidenten gegenüber geziemt, und bin selbst gekommen. Zumal da die Angelegenheit nicht die geringste Verzögerung erlaubt."
Diese Ausdrücke, die von der Kammerfrau wiederholt und aufgebauscht wurden, verfehlten ihre Wirkung nicht. Die Tatsache, daß die Präsidentin ihn empfing, entschied über die Richtung, die Fraisiers Ehrgeiz einschlug. Trotzdem er so scharf und schneidig wie nur irgendein unerschrockener Provinzadvokat war, überkam ihn dasselbe Gefühl wie einen General am Anfang einer Schlacht, von der der Erfolg des ganzen Feldzuges ab-

hängt. Als er in den kleinen Salon trat, in dem Amelie ihn erwartete, verspürte er, was kein treibendes Mittel, selbst das stärkste nicht, auf seiner widerspenstigen, von abscheulichen Krankheiten verstopften Haut hatte hervorbringen können: einen leichten Schweiß im Rücken und auf der Stirn. „Selbst wenn es mit dem Geld nichts wird," dachte er, „bin ich gerettet, denn Poulain hat mir die Genesung für den Tag versprochen, an dem der Schweiß zurückkehrt." – „Frau Präsidentin", sagte er, als er Frau de Marville im Negligé eintreten sah, blieb stehen und beeilte sich, jenes unterwürfige Gesicht aufzusetzen, um mit der Miene des Entgegenkommens zu grüßen, mit der die öffentlichen Beamten die überlegene Stellung jemandes anerkennen.

„Setzen Sie sich, bitte", begann die Präsidentin, die sofort den Juristen erkannte.

„Frau Präsident, wenn ich mir die Freiheit genommen habe, mich an Sie in einer Angelegenheit zu wenden, die die Interessen des Herrn Präsidenten angeht, so geschah es, weil ich annehme, daß Herr de Marville bei der hohen Stellung, die er einnimmt, die Dinge vielleicht auf sich beruhen ließe und sieben- bis achthunderttausend Franken verlöre, eine Summe, deren Wert eine Frau viel mehr zu würdigen weiß, wie ich überhaupt der Meinung bin, daß Frauen sich weit besser auf Privatgeschäfte verstehen als die vorzüglichsten Beamten..."

„Sie haben von einer Erbschaft gesprochen..." fiel die Präsidentin ein.

Die Höhe blendete sie, aber sie wollte ihr Erstaunen und ihr Glück verbergen und machte es wie

die ungeduldigen Leser, die sich gleich der Entwirrung des Knotens zuwenden.
„Ja, Frau Präsident, von einer Erbschaft, die für Sie verloren, ganz verloren ging, die ich aber für Sie retten kann, retten werde ..."
„Sprechen Sie", erwiderte Frau de Marville kalt; indem sie Fraisier mit den Augen abmaß.
„Frau Präsident, ich kenne Ihre außerordentlichen Fähigkeiten, ich bin aus Mantes. Herr Leboeuf, der Gerichtspräsident, der Freund des Herrn de Marville, wird Auskunft über mich geben können ..."
Durch die Präsidentin ging ein so grausam deutlicher Ruck, daß Fraisier sich gezwungen sah, augenblicklich eine Zwischenbemerkung zu machen:
„Eine so scharfsinnige Frau wie die Frau Präsident wird sofort verstehen, weshalb ich zuerst von mir spreche. Es ist der kürzeste Weg, um zur Erbschaft zu gelangen."
Die Präsidentin antwortete auf diese feine Bemerkung mit einer Handbewegung. Fraisier fühlte sich ermächtigt, seine Geschichte zu erzählen, und sagte:
„Frau Präsident, ich war Anwalt in Mantes, mein Bureau war mein ganzes Vermögen, ich war der Nachfolger des Herrn Levroux geworden, den Sie ohne Zweifel kannten ..."
Die Präsidentin neigte den Kopf.
„Ich hatte mir Geld geliehen und besaß selbst zwölftausend Franken, als ich Desroches, einen der fähigsten Pariser Anwälte, nach sechsjähriger Tätigkeit als erster Gehilfe verließ. Ich hatte in Mantes das Unglück, dem Staatsanwalt zu mißfallen, Herrn ..."

„Oliver Vinet.“
„Dem Sohn des Generalstaatsanwalts, ganz recht, Frau Präsident. Er machte einer kleinen Dame den Hof...“
„Er?“
„Frau Vatinelle...“
„Aha, Frau Vatinelle . . . Sie war recht hübsch und annehmbar ... zu meiner Zeit...“
„Sie war liebenswürdig gegen mich: *inde irae,*“ fuhr Fraisier fort, „ich war fleißig, wollte meine Freunde auszahlen und mich verheiraten; ich brauchte Prozesse, suchte sie und hatte bald mehr zu tun als die Kollegen. Nun gut, rasch hatte ich die Anwälte, die Notare und was sonst Rat erteilte gegen mich. Man suchte mir Schwierigkeiten zu bereiten. Sie wissen, Frau Präsident: wenn man in unserem schlimmen Beruf einen Mann verderben will, ist es bald geschehen. Man kam dahinter, daß ich in einer Sache für beide Teile tätig war. Das ist nicht sehr gewissenhaft, aber in Paris tut man das in gewissen Fällen, die Anwälte sehen einander durch die Finger. In Mantes tut man das nicht. Herr Bouyonnet, dem ich diesen kleinen Dienst schon erwiesen hatte, wurde von seinen Kollegen getrieben und vom Staatsanwalt angestachelt – er verriet mich... Sie sehen, daß ich Ihnen nichts verberge. Allgemeines Zetergeschrei, ich war ein Spitzbube, man machte mich schwärzer als Marat. Ich mußte verkaufen, ich verlor alles. Ich wohne nun in Paris, wo ich mir eine Praxis als Berater zu schaffen suchte, aber meine zugrunde gerichtete Gesundheit ließ mir keine zwei gute Stunden auf die vierundzwanzig des Tages. Heute habe ich nur einen Ehrgeiz, er

ist klein. Sie werden eines Tages die Frau eines Großsiegelbewahrers, vielleicht eines ersten Präsidenten sein – ich, arm und unansehnlich, wie ich bin, hege nur den Wunsch, eine feste Stelle zu erlangen, in der ich meine Tage ruhig beendigen kann, einen stillen Winkel, einen Posten zum Vegetieren. Ich möchte Friedensrichter in Paris sein. Für Sie und den Herrn Präsidenten ist es eine Kleinigkeit, meine Ernennung durchzusetzen, denn Sie werden dem jetzigen Großsiegelbewahrer genügend Mißtrauen einflößen, so daß er wünschen muß, Sie sich zu verpflichten... Das ist nicht alles", fügte er hinzu, als sie eine Bewegung machte und sprechen wollte; „mein Freund ist der Arzt des alten Herren, den der Herr Präsident beerben sollte – Sie sehen, daß wir zur Sache kommen... Dieser Arzt, dessen Mitwirkung unentbehrlich ist, befindet sich in derselben Lage wie ich: Talent und kein Glück!... Durch ihn habe ich erfahren, wie schwer Ihre Interessen geschädigt werden, ist es doch wohl möglich, daß bereits alles verloren ging und in diesem Augenblick das Testament geschrieben wird, das den Herrn Präsidenten der Erbschaft beraubt... Der Arzt, von dem ich spreche, wünscht Chefarzt an einem Spital oder an den Königlichen Schulen zu werden, kurz, er braucht eine Stellung in Paris, die meiner eigenen gleichkommt ... Verzeihen Sie, wenn ich diese beiden so delikaten Punkte berühre, aber es darf nicht die geringste Unklarheit bestehen. Der Arzt ist im übrigen ein sehr geschätzter, tüchtiger Mann, der Herrn Pillerault, dem Großonkel Ihres Schwiegersohnes, des Herrn Vicomte Popinot, das Leben gerettet hat. Und nun: wenn Sie die Güte haben und mir die beiden Posten versprechen, den des Friedensrichters für mich und den des Chefarztes für meinen Freund, mache ich mich anheischig, dafür zu sorgen, daß die Erbschaft fast unangerührt Ihnen wieder zufällt... Ich sage fast unberührt, weil wir mit der Abfindung des Legators und mit einigen Personen rechnen müssen, deren Hilfe uns wahrscheinlich unentbehrlich sein wird. Sie werden Ihre Zusagen erst erfüllen, wenn ich meine erfüllt habe."

Die Präsidentin öffnete die Arme, die sie wie jemand, der eine Rede anhören muß, gekreuzt hatte, sah Fraisier an und sagte:

„Alles, was Sie von sich sagen, ist außerordentlich klar, alles, was mich betrifft, von einer Dunkelheit..."

„Zwei Monate genügen, um alles aufzuhellen", antwortete Fraisier. „Der Herr Präsident ist der einzige Erbe dritten Grades des Herrn Pons. Herr Pons ist schwer krank, er wird, wenn er es nicht schon getan hat, sein Testament machen – zugunsten eines Deutschen, seines Freundes Schmucke, und der Wert des Nachlasses wird sich auf mehr als siebenhunderttausend Franken belaufen. In drei Tagen hoffe ich eine Zahl von größter Genauigkeit geben zu können."

„Wenn dem so ist," sagte die Präsidentin laut zu sich selbst, von der Aussicht auf diesen Betrag geblendet, „habe ich einen schweren Fehler begangen, als ich mich mit ihm überwarf und ihn..."

„Nein, Frau Präsident, denn ohne diesen Bruch wäre er wohl wie ein Fisch im Wasser und lebte länger als Sie, der Herr Präsident und ich... Die Vorsehung hat ihre Wege, spüren wir ihr nicht nach!" fügte er hinzu, um das Gehässige seines Gedankens zu verschleiern. „Was wollen Sie, wir Geschäftsleute sehen das Positive an den Dingen. Sie verstehen nun, Frau Präsident, daß Herr de Marville bei seiner hohen Stellung in dieser Frage nichts täte, nichts tun könnte. Er ist mit seinem Vetter tödlich überworfen, Sie sahen Pons nicht mehr, Sie haben ihn aus der Gesellschaft verbannt, wobei Sie ohne Zweifel ausgezeichnete Gründe besaßen; aber der Biedermann ist krank, er vermacht seinen Besitz seinem einzigen Freund. Einer der Präsidenten des Königlichen Gerichtshofes in Paris kann nichts gegen ein Testament einwenden, das unter solchen Umständen in guter und richtiger Form abgefaßt ist. Aber unter uns, es ist sehr unangenehm, Frau Präsident, Anspruch auf eine Erbschaft von sieben- bis achthunderttausend Franken, am Ende gar von einer Million, zu haben, der einzige gesetzliche Erbe zu sein und doch auf sein Gut verzichten zu müssen... Nur, wenn man etwas in dieser Richtung unternimmt, gerät man in schmutzige, schwierige, kleinliche Intrigen; man muß sich mit ganz tiefstehenden Leuten, Dienstboten, Angestellten herumschlagen und ihnen so dicht auf den Leib rücken, daß in Paris kein Anwalt, kein Notar einer derartigen Angelegenheit folgen kann. Dazu ist ein Advokat nötig, der wie ich keine Prozesse zu führen hat, ein Mann von gründlichem Können, dessen Hingabe außer Zweifel steht und dessen leider kümmerliche Verhältnisse ihn auf gleichen Fuß mit diesen Leuten stellen ... Ich beschäftige mich in dem Bezirk, den ich bewohne, mit den Angelegenheiten der kleinen Bürger, der Arbeiter, der Leute aus dem Volk ... Ja, Frau Präsident, so weit hat mich die Feindschaft eines Staatsanwalts gebracht; heute ist er Staatsanwaltsvertreter in Paris geworden und hat mir meine Überlegenheit noch immer nicht verziehen ... Ich kenne Sie, Frau Präsident, ich weiß, was Ihre Befürwortung ausrichtet, und wenn Sie sich für einen Dienst, den ich Ihnen vielleicht leisten kann, erkenntlich zeigen wollten, so würde das das Ende meines Elends und das Glück meines Freundes, des Doktor Poulain, bedeuten ..."

Die Präsidentin blieb nachdenklich, Fraisier wurde von einer zehrenden Angst ergriffen. Vinet, einer der Redner der Mitte, Generalstaatsanwalt seit sechzehn Jahren und zehnmal in Begriff, die Toga des Kanzlers anzuziehen, Vater des Staatsanwalts in Mantes, der vor einem Jahr als Gehilfe nach Paris versetzt worden war: die gehässige Präsidentin kannte keinen größeren Widersacher ... Der hochmütige Generalstaatsanwalt machte kein Hehl daraus, daß er den Präsidenten Camusot mißachtete. Fraisier konnte diesen Umstand nicht kennen.

„Haben Sie nichts anderes auf dem Gewissen, als daß Sie für zwei Parteien tätig waren?" fragte die Präsidentin und sah Fraisier forschend an.

„Die Frau Präsident kann sich bei Herrn Leboeuf erkundigen, Herr Leboeuf war mir freundlich gesonnen."

„Sind Sie sicher, daß Herr Leboeuf Herrn de Marville und dem Grafen Popinot günstig über Sie berichten wird?"

„Ich stehe dafür ein. Zumal da Herr Olivier Vinet nicht mehr in Mantes ist; denn unter uns, dieser Anfänger jagte dem guten Herrn Leboeuf Furcht ein. Im übrigen, Frau Präsident, will ich, wenn Sie es erlauben, Herrn Leboeuf in Mantes aufsuchen. Eine Verzögerung entsteht dadurch nicht; den genauen Wert der Erbschaft erfahre ich erst in zwei, drei Tagen. Ich will und darf vor der Frau Präsident nicht das Triebwerk dieser Angelegenheit freilegen; ist aber der Preis, den ich für meine völlige Hingabe erwarte, nicht eine Gewähr dafür, daß wir Erfolg haben werden?"
„Nun gut, stimmen Sie Herrn Leboeuf zu Ihren Gunsten, und wenn die Erbschaft die Bedeutung hat, die Sie ihr zuschreiben – woran ich zweifle – verspreche ich Ihnen die zwei Stellen, wohlgemerkt, wenn wir Erfolg haben ..."
„Für den Erfolg stehe ich ein, Frau Präsident. Nur werden Sie die Güte haben, Ihren Notar und Ihren Anwalt hierher kommen zu lassen, sobald ich sie brauche, damit sie mir eine Vollmacht ausstellen, die mich befähigt, im Namen des Herrn Präsidenten zu handeln. Sie werden den beiden Herren sagen, daß sie meine Anordnungen zu befolgen haben und nichts selber unternehmen dürfen."
„Sie haben die Verantwortung, Sie bekommen auch die Vollmacht," sagte feierlich die Präsidentin und fügte lächelnd hinzu: „Aber ist denn Herr Pons wirklich so krank?"
„Nun, er wird davonkommen, zumal wenn ihn ein so gewissenhafter Mann wie Doktor Poulain pflegt – denn mein Freund, Frau Präsident, ist ein ahnungsloser Spion, den ich in Ihrem Inter-

esse verwende. Er ist zwar imstande, den alten Musiker zu retten, aber es ist da bei dem Kranken eine Pförtnerin, die ihn ins Grab stoßen würde, um dreißigtausend Franken zu bekommen. Sie würde ihn nicht gerade töten, sie wird ihm kein Arsenik geben, so barmherzig wird sie nicht sein; sie wird Schlimmeres tun und ihn seelisch ermorden, indem sie ihn tausendmal im Tag in die äußerste Ungeduld versetzt. Bei einem ruhigen, stillen Leben, bei guter Pflege in ländlicher Umgebung und in Gesellschaft von Freunden würde der arme Alte wieder zu Kräften kommen; von einer Frau Evrard gequält, die in ihrer Jugend eine der dreißig schönsten Austernverkäuferinnen war, von denen Paris sprach, in den Händen dieser habgierigen, geschwätzigen, rohen Person, die ihm keine Ruhe läßt, bis er sie in seinem Testament reichlich bedacht hat, wird er einer Leberverhärtung nicht entgehen. Vielleicht bilden sich bereits Steine, und man müßte zu einer Operation schreiten, die er nicht überstehen wird. Der Doktor, eine schöne Seele, ist in einer abscheulichen Lage. Er müßte das Weib entlassen ..."

„Aber das ist ja eine Megäre, ein Ungeheuer!" rief die Präsidentin und flötete mit ihrer süßesten Stimme.

Fraisier lächelte innerlich über diese Ähnlichkeit, die die Präsidentin mit ihm hatte. Er wußte, was davon zu halten war, wenn eine von Natur aus scharfe Stimme sich so künstlich sanft machte. Er erinnerte sich an jenen Präsidenten, der der Held einer der Geschichten über Ludwig XI. war. Der Präsident hatte eine Frau nach dem Muster der Xantippe, aber nicht die Philosophie des Sokrates und gab Befehl, seine Pferde nicht zu tränken und statt dessen Salz in ihren Hafer zu mengen. Als seine Frau längs der Seine zum Landhaus fuhr, stürzten sich die Pferde mit ihr ins Wasser, um zu trinken, und der Präsident dankte der Vorsehung, die ihn so „natürlich" von seiner Frau befreit hatte. Der König verurteilte ihn zum Tode, genau so dankte Frau de Marville ihrem Schöpfer dafür, daß er neben Pons eine Wärterin gesetzt hatte, die ihre eigenen Interessen besorgte. „Ich möchte keine Million, wenn ich sie durch eine Unanständigkeit erkaufen müßte," sagte sie, „Ihr Freund muß Herrn Pons aufklären und die Pförtnerin entlassen."

„Zunächst, Frau Präsident, halten Schmucke und Pons diese Frau für einen Engel und würden meinen Freund nach Hause schicken. Sodann ist diese abscheuliche Austernhändlerin die Wohltäterin des Doktors, denn sie hat ihn bei Herrn Pillerault eingeführt. Er empfiehlt dem Weib die größte Sanftmut dem Kranken gegenüber, aber damit zeigt er ihr nur das Mittel, mit dem sie die Krankheit verschlimmern kann."

„Was denkt Ihr Freund vom Zustand meines Vetters?" fragte die Präsidentin und zitterte über die Treffsicherheit seiner Antwort und über den Scharfsinn, mit dem er in ein Herz eindrang, das nicht weniger habsüchtig als das der Cibot war. Er sagte:

„In sechs Wochen wird Testamentseröffnung sein."

Die Präsidentin schlug die Augen nieder.

„Armer Mann", sagte sie mit einem vergeblichen Versuch, niedergeschlagen auszusehen.

„Haben die Frau Präsident Herrn Leboeuf etwas auszurichten? Ich fahre mit der Bahn nach Mantes."

„Ja, warten Sie, ich will ihn durch ein Briefchen bitten, morgen bei uns zu speisen; ich muß mich mit ihm verständigen, damit das Unrecht, dessen Opfer Sie gewesen sind, wieder gutgemacht werden kann."

Als die Präsidentin ihn verlassen hatte, glich Fraisier, der sich schon als Friedensrichter sah, nicht mehr sich selbst: er wuchs förmlich und atmete schon mit vollen Lungen die Luft des Glücks und den guten Wind des Erfolgs. Indem er sich so aus den unbekannten Tiefen des Willens eine neue, starke Dosis dieser göttlichen Essenz zuführte, war er wie Rémonencq bereit, durch ein Verbrechen zum Ziel zu kommen, vorausgesetzt, daß es ihm nicht nachgewiesen werden konnte. Er hatte sich unerschrocken bis zur Präsidentin vorgewagt, indem er Vermutungen als Wirklichkeit nahm und aufs Geratewohl Behauptungen in die Welt setzte, um von ihr mit der Rettung der Erbschaft beauftragt zu werden und ihren Schutz zu erlangen. Er vertrat zwei unsagbar kümmerliche Existenzen und ihre ebenso ungeheueren Lebensansprüche: so stieß er mit einem Fußtritt seinen schrecklichen Haushalt in der Rue de la Perle von sich. Er weidete sich an der Aussicht auf dreitausend Franken, die er von der Cibot erwartete, und auf fünftausend Franken, die Sache des Präsidenten waren. Das bedeutete, daß er eine gute Wohnung beziehen und seine Schulden beim Doktor Poulain bezahlen konnte. Leute wie er, gehässige, rücksichtslose und infolge Leiden oder Krankheit jeder

Bosheit zugängliche Naturen sind manchmal mit gleicher Leidenschaft der entgegengesetzten Empfindungen fähig: Richelieu war ein ebenso guter Freund wie grausamer Feind. Um sich für die von Poulain erwiesenen Wohltaten erkenntlich zu zeigen, hätte Fraisier sich in Stücke hacken lassen. Die Präsidentin, die mit einem Brief in der Hand zurückkehrte, betrachtete, ohne selber gesehen zu werden, den Mann, der an ein glückliches und einkömmliches Leben glaubte, und fand ihn weniger häßlich als beim ersten Blick, den sie auf ihn geworfen hatte; zudem stand er im Begriff, ihr einen Dienst zu erweisen, und wir betrachten ein Werkzeug, das uns gehört, mit anderen Augen als das Werkzeug des Nachbarn.

„Herr Fraisier," sagte sie, „Sie haben mir bewiesen, daß Sie ein Mann von Geist sind, ich traue Ihnen Offenheit zu."

Fraisier antwortete mit einer beredten Geste.

„Daher bitte ich Sie," fuhr die Präsidentin fort, „freimütig zu sagen, ob mein Mann oder ich im Verlauf Ihrer Unternehmungen bloßgestellt werden können."

„Ich hätte Sie nicht aufgesucht, Frau Präsident, wenn ich mir eines Tages sagen müßte, daß ich Schmutz auf Sie geworfen habe, sei es auch nur von der Größe eines Stecknadelkopfes, denn gerade dann erscheint er riesengroß. Sie vergessen, Frau Präsident, daß ich, um Friedensrichter in Paris werden zu können, Sie befriedigt haben muß. Ich habe in meinem Leben eine erste Lektion erhalten, die zu hart war, als daß ich mich einer ähnlichen Lage noch einmal aussetzen würde. Lassen Sie mich ein letztes Wort sagen: alle meine Maßregeln, die Sie angehen, sollen Ihnen vorher unterbreitet werden."

„Vorzüglich, hier ist der Brief für Herrn Leboeuf, ich erwarte jetzt die Angaben über den Wert der Erbschaft."

„Alles ist da", erwiderte Fraisier fein und grüßte die Präsidentin mit der ganzen Liebenswürdigkeit, deren sein Gesicht fähig war.

„Welche Vorsehung!" sagte sich Frau Camusot de Marville, „o ich werde reich sein! Camusot wird Abgeordneter werden, denn indem wir diesen Fraisier auf den Wahlkreis Bolbec loslassen, verschafft er uns die Stimmenmehrzahl. Was für ein brauchbares Werkzeug!"

„Welche Vorsehung!" sagte sich Fraisier beim Hinuntergehen, „und was für eine Mitarbeiterin! Solch eine Frau brauchte ich. Und nun ans Werk."

Und er fuhr nach Mantes, um die Fürsprache eines Mannes zu erlangen, den er sehr wenig kannte. Er rechnete dabei auf Frau Vatinelle, die unglücklicherweise an seinem ganzen Mißgeschick schuld war; Liebeskummer ist oft ein Wechselbrief, den ein guter Schuldner protestiert, er trägt Zinsen.

☆

WARNUNG FÜR JUNGGESELLEN

DREI TAGE SPÄTER HATTE DIE CIBOT EIN kleines Wortgefecht mit dem armen Pons gehabt, just zu der Zeit, wo Schmucke schlief, hatten doch die Pförtnerin und der alte Musiker sich in die Bewachung und Behütung des Kranken schon geteilt. Es ist nicht überflüssig, eine

traurige Besonderheit der Leberentzündung zu erwähnen. Die Kranken, die mehr oder weniger den Anfällen ausgesetzt sind, neigen zur Ungeduld und zum Zorn und fühlen dadurch eine vorübergehende Erleichterung, verspürt man doch in einem Fieberanfall sich ungeahnte Kräfte entwickeln. Nach dem Anfall kommt die Erschlaffung, der Kollaps, wie die Mediziner sagen, und der Kräfteverlust, den der Organismus erlitten hat, wird nun in seinem ganzen Umfang bemerkbar. So erliegen die Leberkranken, zumal wenn die Ursache in heftigem Kummer zu suchen ist, nach jeder Erregung eine Ermattung, die um so gefährlicher ist, als der Patient einer strengen Diät unterworfen wird. Eine Art Fieber überfällt den Apparat, der die Säfte reguliert – denn das Fieber findet sich weder im Blut noch im Hirn. Eine derartige Aufpeitschung bringt eine Melancholie hervor, die sich als Selbsthaß des Kranken äußert. Unter solchen Umständen ist jede Erregung gefährlich. Trotz der Warnungen des Arztes glaubte die Cibot als Frau aus dem Volk, die weder Erfahrung noch Bildung besaß, an diese Einwirkung des Säftesystems auf das Nervensystem. Die Erklärungen Poulains waren für sie „Ideen eines Arztes“. Sie wollte wie alle Leute aus dem Volk unbedingt Pons durch Nahrung kräftigen, und um zu verhindern, daß sie ihm insgeheim Schinken, eine gute Omelette oder Vanilleschokolade gab, war nicht weniger als folgende kategorische Anweisung des Arztes notwendig:
„Geben Sie ihm eine einzige Gabel von irgendeiner Speise, und Sie töten ihn mit einem Pistolenschuß.“

Die Starrköpfigkeit der niederen Klassen in dieser Hinsicht ist so groß, daß das Volk glaubt, man lasse in den Spitälern die Menschen verhungern. Die Lebensmittel, die von den Frauen ihren Männern heimlich zugesteckt werden, haben eine so große Sterblichkeit zur Folge gehabt, daß die Ärzte für die Tage, an denen Verwandte die Kranken besuchen, eine unerhört strenge körperliche Kontrolle vorschreiben mußten. Die Cibot, die einen momentanen Bruch nötig hatte, um sich in den Besitz der bereits übermittelten Liebesgaben zu setzen, erzählte Pons ihren Besuch beim Direktor des Theaters, ohne das Wortgefecht mit Fräulein Heloise, der Tänzerin, zu vergessen.

„Aber was haben Sie da angestellt?" fragte zum drittenmal der Kranke, der die Cibot nicht aufhalten konnte, wenn sie einmal in Redefluß gekommen war.

„... Sodann, als ich ihr die Meinung gesagt hatte, sah Fräulein Heloise ein, wer ich war, und gab klein bei, so daß wir als die besten Freundinnen der Welt auseinandergingen. Sie wollen jetzt wissen, was ich da angestellt habe", schloß sie, indem sie die Frage des Kranken wiederholte. Gewisse Schwätzer, sozusagen Schwätzer von Genie, benutzen so jede Zurredestellung, jeden Einwurf und jede Bemerkung, um ihren Redefluß zu beleben, als wenn er je zu versiegen drohte.

„Ich bin hingegangen, um Ihren Gaudissart aus der Verlegenheit zu ziehen; er braucht für ein Ballett eine neue Musik, und Sie, mein Lieber, sind nicht in der Lage, Papier zu bekritzeln und Ihre Pflicht zu erfüllen ... Es ist daher kein Wunder, daß ich gehört habe, wie man einen gewissen Garangeot dazu bestimmte, die ‚Mohikaner' in Musik zu setzen."

„Garangeot," rief Pons wütend, „Garangeot, ein Bursche ohne jedes Talent, den ich nicht einmal als erste Geige nahm. Es fehlt ihm nicht an Geist, und er schreibt die besten Feuilletons über Musik, aber eine Melodie traue ich ihm nicht zu ... Und wie zum Teufel sind Sie darauf gekommen, ins Theater zu gehen?"

„Sie sind zu hitzig, mein Lieber! Sie kochen ja wie eine Milchsuppe über! Können Sie in Ihrem Zustand vielleicht eine Musik schreiben? Sie haben sich, scheint es, noch in keinem Spiegel gesehen, wollen Sie einen Spiegel? Sie haben nur noch Haut auf den Knochen, Sie sind schwach wie ein Spatz ... und Sie wollen Noten schreiben? Es würde ja nicht einmal zu meinen Rechnungen reichen ... Das bringt mich auf den Gedanken, daß ich die Rechnung in den dritten Stock bringen muß, wo ich noch siebzehn Franken zu bekommen habe ... Es ist gut, wenn man siebzehn Franken einziehen kann, denn wenn der Apotheker bezahlt ist, bleiben uns keine zwanzig Franken mehr ... Also mußte ich wohl zu diesem Herrn Gaudissart gehen, der übrigens wie ein braver Mann aussieht ... Auch den Namen mag ich ... der reinste Till Eulenspiegel, das wäre etwas für mich ... Sie geben doch zu, daß ich ihm sagen mußte, wie es mit Ihnen steht ... Weiß Gott, es steht nicht gut mit Ihnen, und er hat Sie für den Augenblick ersetzt ..."

„Ersetzt!" rief Pons entsetzt aus und richtete sich in seinem Bett auf.

Es ist eine allgemeine Regel, daß Kranke, zumal

solche, die schon in den Klauen des Todes sind, sich an ihre Plätze mit derselben Hitze klammern, die die Anfänger anwenden, um sie zu erhalten. Daß er ersetzt wurde, erschien dem armen Sterbenden wie ein Tod vor dem Tod.

„Aber der Doktor sagt mir," fuhr er fort, „daß es mir sehr gut geht, und daß ich bald mein gewohntes Leben wieder aufnehmen werde. Sie haben mich zugrunde gerichtet, getötet, gemordet!..."

„Paperlapapp," meinte die Cibot, „es geht mit Ihnen durch! Jetzt bin ich also Ihr Henker, das sagen Sie ja immer schon zu Ihrem Freund Schmucke, sobald ich den Rücken gekehrt habe... Ich höre recht gut, was Sie sagen, Sie sind ein Ungeheuer an Undankbarkeit."

„Aber Sie wissen ja nicht, daß eine Verzögerung von vierzehn Tagen genügt, um mir, wenn ich mich wieder melde, sagen lassen zu müssen, daß ich eine alte Perücke bin, daß meine Zeit abgelaufen ist, daß ich zum Empire, zum Rokoko gehöre!" schrie der Kranke, der leben wollte.

„Garangeot wird sich Freunde im Theater gemacht haben, vom Parterre bis zum Dach. Er wird die Partie tiefer setzen, wenn eine Schauspielerin keine Stimme hat, er wird Gaudissart die Stiefel lecken, er wird jedermanns Lob in den Zeitungen singen lassen, und dann, meine liebe Frau Cibot, gehört in einem Betrieb wie diesem kein Kunststück dazu, um noch bei einem Kahlkopf... Welcher schreckliche Geist hat Sie nur getrieben!"

„Wenn Sie es wissen wollen, Herr Schmucke hat die Sache acht Tage lang mit mir hin und her besprochen. Überhaupt, Sie sehen nichts als sich selbst, Sie sind ein Egoist, der die Leute umbringt, wenn er nur selbst gesund wird ... Der arme Herr Schmucke, seit einem Monat hat er keine ruhige Minute mehr und geht fast darauf, er kann ja das Haus nicht verlassen und weder Stunden geben noch seinen Dienst im Theater versehen. Sind Sie denn blind, wissen Sie nicht, daß er nachts bei Ihnen wacht, wie ich es tagsüber tue? Wenn ich nachts aufbliebe, wie ich es anfangs versuchte, als ich Sie für arm wie eine Kirchenmaus hielt, müßte ich am Tage schlafen! Und wer würde für Wirtschaft und Kochtopf sorgen? Und überhaupt, Krankheit ist Krankheit, wenn Sie es wissen wollen!..."

„Es ist undenkbar, daß Schmucke auf diesen Gedanken gekommen ist..."

„Am Ende glauben Sie noch, ich stecke unter einer Decke mit ihm. Glauben Sie, daß wir von Eisen sind? Wenn Herr Schmucke wie bisher sieben oder acht Stunden gibt und abends von sechseinhalb bis elfeinhalb im Theater dirigiert, wäre er in zehn Tagen ein toter Mann ... Wollen Sie jemand, der sein Blut für Sie gäbe, ins Grab bringen? Bei meinen Erzeugern, einen Kranken wie Sie hat man noch nicht gesehen!... Was haben Sie mit Ihrer Vernunft gemacht? Vielleicht liegt sie im Leihhaus? Alles reißt sich hier für Sie die Beine aus, man tut, was man überhaupt kann, und Sie sind doch nicht zufrieden!... Wollen Sie uns denn alle verrückt machen? Zuerst komme ich daran, ich bin schon halb toll!"

Die Cibot konnte frei vom Leder ziehen, der Zorn hinderte Pons, ein Wort zu sagen; er warf sich im Bett hin und her, ächzte und machte ganz den

Eindruck eines Halbtoten. Wie es immer in diesem Stadium ihrer Auseinandersetzungen ging, der Zank schlug plötzlich in Zärtlichkeit um. Die Wärterin stürzte sich auf den Kranken, nahm seinen Kopf, zwang ihn, sich zu legen, und deckte ihn zu.

„Wie kann man sich nur in einen solchen Zustand bringen! Aber daran ist nur Ihre Krankheit schuld. Genau das sagt ja der gute Herr Poulain. Also beruhigen Sie sich. Seien Sie brav, mein Lieber, Bester. Jeder, der hierher kommt, verwöhnt Sie ja, der Doktor selbst sieht ja zweimal im Tag nach Ihnen! Was würde er sagen, wenn er Sie so aufgeregt fände. Sie bringen mich außer Rand und Band, das ist nicht recht von Ihnen... Wenn man Mutter Cibot zur Pflegerin hat, schuldet man ihr Rücksicht... Sie schreien, Sie reden ... das ist Ihnen verboten, wie Sie wohl wissen: Sprechen regt Sie auf... Und wozu sich aufregen? Immer sind Sie im Unrecht, Sie schelten mich fortwährend! Überlegen Sie einmal vernünftig, ob Herr Schmucke und ich, die Sie wie ihr eigenes Eingeweide liebt, nicht mit bestem Willen gehandelt haben. Nicht wahr, mein Engel, wir vertragen uns wieder?"

„Schmucke hat Sie unmöglich ins Theater schikken können, ohne mich zu befragen..."

„Soll ich den braven Mann, der wie im Paradies schläft, wecken und als Zeugen anrufen?"

„Nein, nein, wenn mein guter, sanfter Schmucke zu diesem Entschluß gekommen ist, bin ich vielleicht kränker, als ich weiß," antwortete Pons und warf auf die Kunstgegenstände, die sein Zimmer schmückten, einen entsetzlich schwermütigen

Blick, „ist es so weit, daß ich von den lieben Bildern und allem, was mir da ans Herz gewachsen war, und von meinem himmlischen Schmucke Abschied nehmen muß? ... Mein Gott, sollte es wahr sein?“

Die Cibot, die fürchterliche Schauspielerin, drückte ihr Taschentuch an die Augen. Diese stumme Antwort hatte zur Folge, daß der Kranke in tiefes Sinnen versank. Die wohlgezielten Degenstiche verfehlten ihre Wirkung nicht, er war in den beiden empfindlichsten Punkten, seiner Beschäftigung und seiner Gesundheit, getroffen; der Verlust seiner Stellung und die Aussicht auf den Tod brachen seinen Mut, und er fand nicht einmal mehr die Kraft, in Zorn zu geraten. Er lag regungslos wie ein Lungenkranker nach dem Todeskampf.

„Sehen Sie,“ sagte die Cibot, als sie ihr Opfer erledigt sah, „im Interesse Herrn Schmuckes läge es, wenn Sie den Notar des Viertels, Herrn Trognon, holen ließen, er ist ein sehr tüchtiger Mann.“

„Sie reden mir immer von diesem Trognon“, sagte der Kranke.

„Ob er oder ein anderer, ist mir gleichgültig bei dem wenigen, was Sie mir vermachen werden.“ Sie warf den Kopf zurück, um anzudeuten, daß sie Reichtümer verachtete. Es trat wieder Schweigen ein. Darauf kam Schmucke, den nach einem sechsstündigen Schlaf der Hunger geweckt hatte, ins Zimmer und betrachtete einige Augenblicke Pons, ohne ein Wort zu sagen, denn die Cibot hatte einen Finger auf die Lippen gelegt. Sie stand auf und flüsterte dem Deutschen ins Ohr:

„Gott sei Dank, er schläft endlich ein, nachdem er bockig wie ein alter Esel gewesen ist..."

„Was kann man da sagen, er wehrt sich eben gegen die Krankheit."

„Nein, ich bin im Gegenteil sehr geduldig," erwiderte das Opfer in einem wehmütigen Ton, der seine entsetzliche Niedergeschlagenheit verriet, „stellen Sie sich vor, mein lieber Schmucke, sie war im Theater und hat erreicht, daß man mich entließ."

Er machte eine Pause, er fand nicht mehr die Kraft, zu Ende zu sprechen. Die Cibot benutzte die Zeit, um Schmucke durch ein Zeichen auf den Zustand eines Kopfes hinzuweisen, aus dem die Vernunft gewichen ist, und sagte:

„Widersprechen Sie ihm nicht, es wäre sein Tod..."

„Und sie behauptet, du hättest sie geschickt", fuhr Pons mit einem neuen Anlauf fort.

„Ja," gab Schmucke heldenmütig zur Antwort, „es mußte so sein. Schweig und laß uns dich retten. Es ist töricht, sich zu Tode zu arbeiten, wenn man einen Schatz wie du besitzt... Bring dich wieder in Ordnung, wir verkaufen etwas von dem Zeug und beschließen unsere Tage ruhig in einem Winkel, zusammen mit der guten Mutter Cibot."

„Sie hat dir den Kopf verdreht!" erwiderte Pons schmerzlich. Er glaubte, sie sei gegangen. Sie hatte sich hinter das Bett gestellt, damit er die Zeichen, die sie Schmucke heimlich gab, nicht sah.

„Sie bringt mich um", fügte er hinzu.

„Wie, ich bringe Sie um?" fragte sie entflammten Blickes, die Fäuste auf die Hüften gestemmt.

„Das ist also die Belohnung für meine Hundetreue? Bei allen Himmeln!"
Sie zerschmolz in Tränen und ließ sich in einen Sessel fallen, die tragische Geste war der Beginn einer verhängnisvollen Wendung. Dann sprang sie auf, schaute die beiden Freunde mit den gehässigen, den Frauen eigentümlichen Blicken an, die zugleich Pistolenschüsse und Gift sprühen, und sagte:
„Ich bin es müde, hier beim besten Willen nichts recht machen zu können. Sie nehmen jetzt eine Wärterin!"
Die beiden Freunde schauten einander entsetzt an.
„Ja, spielen Sie nur Ihre Rolle weiter! Was ich gesagt habe, dabei bleibt's! Doktor Poulain soll eine Pflegerin für Sie besorgen, und wir wollen unsere Rechnung regeln. Sie geben mir zurück, was ich für Sie ausgelegt habe und nie von Ihnen zurückverlangt hätte, bin ich doch zu Herrn Pillerault gegangen und habe nochmals fünfhundert Franken bei ihm geborgt."
„Die Krankheit spricht aus ihm," sagte Schmucke, indem er sich auf die Cibot stürzte und sie um die Hüften nahm, „haben Sie doch ein wenig Geduld."
„Sie, Sie sind ein Engel, dessen Fußspur ich noch küssen würde," sagte sie, „aber Herr Pons hat mich nie geliebt, er hat mich immer gehaßt! Übrigens mag er glauben, daß ich in sein Testament kommen will..."
„Still, still... Sie töten ihn ja!" rief Schmucke.
Sie ging auf Pons zu und sagte mit einem niederschmetternden Blick:
„Leben Sie wohl, Herr Pons. Für das Böse, das

Sie mir zuschrieben, wünsche ich Ihnen alles Gute. Wenn Sie wieder freundlich zu mir sind, wenn Sie endlich glauben, daß ich aus bestem Willen handle, kehre ich zurück. Bis dahin lasse ich mich nicht mehr sehen. Sie waren mein Kind, seit wann hat man erlebt, daß Kinder sich gegen ihre Mutter auflehnen?
Nein, nein, Herr Schmucke, ich will nichts hören... Ich bringe Ihnen Ihr Essen, ich besorge Ihren Haushalt, aber nehmen Sie eine Pflegerin, Herr Poulain soll sie Ihnen besorgen."
Sie ging hinaus und schloß die Tür mit solcher Heftigkeit, daß die gebrechlichen und kostbaren Sammlungen zitterten. Der Kranke vernahm ein Klirren von Porzellan, das für den Gemarterten dasselbe wie für einen Geräderten der Gnadenstoß war. Eine Stunde später rief die Cibot, ohne bei Pons einzutreten, Schmucke an die Schlafzimmertür und ließ ihn wissen, daß sein Mahl im Eßzimmer auf ihn wartete. Der arme Deutsche ging bleich und weinend zu Tisch.
„Mein armer Pons ist ganz von Sinnen," sagte er, „er hält Sie für eine Verbrecherin. Es ist seine Krankheit", fügte er hinzu, um Pons nicht anklagen zu müssen und die Cibot zu besänftigen.
„Von dieser Krankheit habe ich nun gerade genug! Hören Sie, er ist weder mein Vater noch mein Mann, noch mein Bruder, noch mein Sohn. Er hat einen Zorn auf mich gefaßt – auch gut, aber ich habe genug! Ihnen, sehen Sie, würde ich bis ans Ende der Welt folgen, aber wenn man sein Leben, sein Herz und alle seine Ersparnisse hingibt, wenn man seinen Mann vernachlässigt, denn Cibot ist jetzt krank, und wenn man sich

dann noch als Verbrecherin behandeln lassen muß, so ist das ein etwas zu starker Toback!..."
„Toback?"
„Ja, Toback! Lassen wir doch die müßigen Worte und kehren wir zur Wirklichkeit zurück. Also, Sie schulden mir drei Monate zu je hundertneunzig Franken, das macht fünfhundertsiebzig Franken, dazu die Miete, die ich zweimal bezahlt habe, hier sind die Quittungen, macht sechshundert Franken mit den Prozenten vom Einkauf und Ihren Abgaben, zusammen zwölfhundert Franken weniger einer Kleinigkeit, und schließlich die zweitausend Franken, wohlverstanden ohne Zinsen. Summa dreitausendhundertzweiundneunzig Franken... Und denken Sie daran, daß Sie mindestens zweitausend Franken für die Pflegerin, den Arzt, die Arzeneien und die Kost der Pflegerin bereithalten müssen. Deshalb machte ich bei Herrn Pillerault eine Anleihe von tausend Franken", fügte sie hinzu und wies den Tausendfrankenschein vor, den sie von Gaudissart bekommen hatte.
Schmucke hörte dieser Rechnung mit einer Verblüffung zu, die wohl verständlich ist, denn er war für Rechnungswesen so begabt wie die Katze für die Musik.
„Frau Cibot, Frau Cibot, Pons hat ja seine fünf Sinne nicht zusammen! Verzeihen Sie ihm, pflegen Sie ihn weiter, bleiben Sie unsere Vorsehung... Ich flehe Sie auf den Knien an."
Und der Deutsche kniete vor der Henkerin nieder und küßte ihr die Hände. Sie hob ihn auf, küßte ihn auf die Stirn und sagte:
„Hören Sie, mein Kätzchen, Cibot ist krank und

liegt im Bett, eben habe ich zum Doktor Poulain geschickt. Unter diesen Umständen muß ich meine Angelegenheiten in Ordnung bringen. Außerdem geriet Cibot, als ich weinend herunterkam, in eine solche Wut, daß er mir verboten hat, noch einen Fuß hierher zu setzen. Er ist es, der das Geld verlangt, und sehen Sie, es gehört ihm. Wir Frauen können da nichts machen. Aber wenn Sie ihm sein Geld, dreitausendzweihundert Franken, zurückgeben, beruhigt er sich vielleicht. Es ist der ganze Besitz des armen Mannes, die Ersparnisse von sechsundzwanzig Jahren Arbeit im Haus, die Frucht seines Schweißes. Er braucht sein Geld morgen, und da gibt es nichts zu fackeln ... Sie kennen Cibot nicht: im Zorn schlägt er einen tot. Vielleicht kann ich von ihm erreichen, daß ich Sie beide weiter pflegen darf. Seien Sie ruhig, ich höre alles geduldig an, was ihm durch den Kopf geht. Ihnen zuliebe nehme ich dieses Martyrium auf mich, Sie sind ja ein Engel."

„Nein, ich bin nur ein armer Mann, der seinen Freund liebt und sein Leben hingäbe, um ihn zu retten ..."

„Aber das Geld! ... Mein guter Herr Schmucke, nehmen wir einmal an, Sie gäben mir nichts, müßten aber dreitausend Franken für Ihre Bedürfnisse auftreiben, wissen Sie, was ich an Ihrer Stelle täte? Ich würde nicht eintausend und nicht zweitausend auftreiben, ich würde sieben oder acht schlechte Bilder verkaufen und sie durch ein paar von denen ersetzen, die aus Platzmangel in Ihrem Schlafzimmer gegen die Wand gelehnt stehen. Denn ein Bild oder ein anderes, was ist das für Unterschied."

„Und wozu das?“

„Er ist so verschlagen! Das kommt von seiner Krankheit, denn in seinen gesunden Tagen ist er sanft wie ein Lamm. Er bringt es fertig, aufzustehen und herumzuschnüffeln; und wenn er zufällig in den Salon käme, obwohl er so schwach ist, daß er die Schwelle seines Zimmers nicht überschreiten kann, fände er immer die richtige Zahl der Bilder...“

„Es ist abgemacht.“

„Aber wir erzählen ihm von dem Verkauf erst, wenn er wieder ganz hergestellt ist. Wenn Sie ihn eingestehen wollen, so schieben Sie alles auf mich, auf die Notwendigkeit, mich zu bezahlen. Nur zu, ich habe einen breiten Rücken.“

„Ich kann über Sachen, die mir nicht gehören, unmöglich verfügen“, antwortete schlicht der gute Deutsche.

„Nun gut, ich kann Ihnen eine Zahlungsaufforderung zustellen, Ihnen und Herrn Pons.“

„Das hieße ihn töten ...“

„Wählen Sie! Lieber Gott, verkaufen Sie die Bilder und sagen Sie es ihm nachher, wenn Sie ihm die Aufforderung zeigen ...“

„Also schreiben Sie, das wird meine Entschuldigung sein, ich zeige ihm das Urteil.“

Um sieben Uhr desselben Abends rief Frau Cibot, die einen Gerichtsvollzieher gefragt hatte, Schmucke herbei. Der Deutsche wurde von Herrn Tabareau aufgefordert, zu zahlen, und auf die Antwort, die er, am ganzen Körper zitternd, gab, mit Pons vor Gericht geladen, um die Zahlungsforderung zu halten. Der Anblick dieses Mannes, das gestempelte Papier, machten einen solchen

Eindruck auf Schmucke, daß er nicht länger widerstand.

„Verkaufen Sie die Bilder", sagte er mit Tränen in den Augen.

Am nächsten Tag, es war erst sechs Uhr, nahmen Elias Magus und Rémonencq jeder die von ihm gewählten Bilder von der Wand. Folgende zwei Quittungen über zweitausendfünfhundert Franken wurden so vollkommen ordnungsmäßig ausgestellt:

„Ich Unterzeichneter bestätige als Vertreter des Herrn Pons, an Herrn Elias Magus vier Ölgemälde verkauft und die Summe von 2500 Franken erhalten zu haben, die für die Bedürfnisse des Herrn Pons bestimmt ist. Das eine dieser Gemälde ist ein Dürer zugeschriebenes Frauenbildnis, das zweite, der italienischen Schule zugehörig, ist ebenfalls ein Porträt, das dritte eine holländische Landschaft von Breughel, das vierte, von einem unbekannten Florentiner, stellt eine Heilige Familie dar."

Die von Rémonencq ausgestellte Bestätigung hielt sich in denselben Ausdrücken und umfaßte einen Greuze, einen Claude Lorrain, einen Rubens und einen van Dyck, die sich unter der Bezeichnung französische und flämische Schule verbargen.

„Fast möchte man glauben, daß der Schnickschnack etwas wert ist", sagte Schmucke beim Empfang der fünftausend Franken.

„Er ist schon etwas wert," meinte Rémonencq, „ich gäbe gern hunderttausend Franken für alle zusammen."

Der Auvergnate, den man um den kleinen Dienst gebeten hatte, wählte unter den Bildern geringeren Ranges, die von Pons in das Schlafzimmer Schmuckes verbannt worden waren, acht Stück vom selben Umfang aus und setzte sie in dieselben Rahmen. Sobald Elias Magus im Besitz der vier Meisterwerke war, nahm er die Cibot unter dem Vorwand der Zahlung mit in sein Haus, fing aber alsbald zu jammern an, fand die Leinwand beschädigt, sprach von Ausbesserungen und bot der Cibot als Vermittlergebühr dreißigtausend Franken an. Als sie die Scheine mit dem strahlenden Wort Tausend Franken vor Augen hatte, gab sie nach und nahm an. Er verurteilte Rémonencq dazu, der Cibot die gleiche Summe zu geben, indem er sie ihr auf die vier Bilder lieh, die sie bei ihm unterstellte. Die vier Gemälde Rémonencqs erschienen Magus so prachtvoll, daß er sich zur Rückgabe nicht entschließen konnte; am nächsten Tag brachte er dem Händler sechstausend Franken Gewinn, wofür er eine quittierte Rechnung, lautend auf vier Bilder, erhielt. Die Cibot, die sich im Besitz von achtundsechzigtausend Franken sah, empfahl ihren beiden Genossen von neuem tiefstes Schweigen, dann bat sie den Juden, er möge ihr sagen, wie sie diese Summe anlegen konnte, ohne daß jemand sie bei ihr vermutete.

„Kaufen Sie Aktien der Orléansbahn, sie stehen dreißig Franken unter pari, in drei Jahren ist das Doppelte daraus geworden, und dabei sind es ein paar Stücke Papier, die in eine Brieftasche gehen."

„Bleiben Sie hier, Herr Magus, ich gehe jetzt zum Interessenvertreter der Familie des Herrn Pons; er will wissen, zu welchem Preis Sie den ganzen Schmarren da oben nähmen . . . ich hole ihn und kehre mit ihm zurück."

„Wenn sie Witwe wäre," sagte Rémonencq zu Magus, „wäre sie mein Fall, das ist jetzt eine reiche Frau . . ."

„Zumal wenn sie ihr Geld in Orléansbahn anlegt, in zwei Jahren hat es sich verdoppelt. Auch ich habe meine kleinen Ersparnisse darin angelegt, – es ist die Mitgift meiner Tochter . . . Machen wir einen kleinen Gang über den Boulevard, bis der Sachwalter kommt."

„Wenn Gott diesen Cibot, der schon recht krank ist, zu sich rufen wollte, hätte ich die geeignete Frau für ein Geschäft und könnte den Handel im großen beginnen", wiederholte Rémonencq.

☆

SCHMUCKE ERHEBT SICH BIS ZUM THRON GOTTES

„GUTEN TAG, MEIN GUTER HERR FRAISIER," sagte die Cibot schmeichlerisch, als sie das Kabinett ihres Ratgebers betrat, „was sagt mir denn Ihr Pförtner, Sie wollen ausziehen?"

„Ja, meine liebe Frau Cibot, ich miete im Hause des Doktors Poulain die Wohnung im ersten Stock, über seiner eigenen. Ich versuche zwei- oder dreitausend Franken zu leihen, um diese Wohnung anständig zu möblieren, die weiß Gott sehr hübsch ist, der Besitzer hat sie neu instand setzen lassen. Wie ich Ihnen gesagt habe, bin ich beauftragt, die Interessen des Präsidenten de Marville sowie die Ihren zu wahren . . . Ich gebe den

Beruf eines Agenten auf, ich lasse mich ins Register der Advokaten eintragen, und dazu muß man gut wohnen. Die Pariser Advokaten lassen niemand in ihr Register eintragen, der nicht ein ansehnliches Mobiliar, eine Bibliothek usw. besitzt. Ich bin Doktor der Rechte, ich habe meine Station gemacht und ich verfüge schon über einflußreiche Beschützer ... Also, wie steht es?"

„Wenn Sie meine Ersparnisse annehmen wollten, die auf der Sparkasse liegen," antwortete die Cibot; „ich besitze nicht viel, dreitausend Franken, die Frucht von fünfundzwanzig Jahren an Sparsamkeit und Verzicht ... Sie würden mir einen Wechsel geben, wie Rémonencq sagt, denn ich bin unerfahren, ich weiß nur, was man mich lehrt ..."

„Nein, die Berufsvorschriften verbieten einem Advokaten, Wechsel zu unterschreiben; ich werde Ihnen eine Quittung darüber geben, die Ihnen fünf vom Hundert Zinsen zusagt, und Sie werden sie mir zurückgeben, wenn ich Ihnen eine lebenslängliche Rente von zwölfhundert Franken aus dem Nachlaß des guten Pons verschaffe."

Die Cibot, die in die Falle ging, blieb stumm.

„Schweigen gilt als Annahme," fuhr Fraisier fort, „bringen Sie mir das morgen."

„Oh, ich bin gern bereit, Ihnen Ihr Honorar im voraus zu zahlen," sagte die Cibot, „um so sicherer kann ich auf meine Leibrente zählen."

„Wie steht die Angelegenheit?" fragte Fraisier nochmals, während er zustimmend nickte, „gestern abend sah ich Poulain; es scheint, daß Sie Ihren Kranken ein tüchtiges Stück voranbringen. Noch ein Anfall wie der von gestern und in den

Bläschen der Galle bilden sich Steine ... Gehen Sie sanft mit ihm um; sehen Sie, meine liebe Frau Cibot, man muß sich nicht Gewissensbisse schaffen, man wird damit nicht alt."

„Lassen Sie mich zufrieden mit Ihren Gewissensbissen! ... Vielleicht kommen Sie noch einmal mit der Guillotine? Pons ist ein bösartiger alter Mann, Sie kennen ihn nicht, er fängt immer zuerst an und macht mich wütend! Es gibt nichts Schlimmeres als ihn, er ist heimtückisch, rachsüchtig und wie gesagt bösartig ... Herr Magus ist zu Hause und erwartet Sie, wie Sie wissen."

„Gut, ich werde zugleich mit Ihnen dort sein. Vom Wert der Sammlung hängt die Höhe Ihrer Rente ab; beträgt er achthunderttausend Franken, so bekommen Sie fünfzehnhundert Franken Rente, das ist schon etwas wert!"

„Ich werde die Herren bitten, gewissenhaft zu schätzen."

Eine Stunde später schlief Pons tief, nachdem er aus den Händen Schmuckes einen vom Doktor empfohlenen Beruhigungstrank empfangen hatte; was der Deutsche nicht wußte, war, daß die Cibot die Dosis verdoppelt hatte. So konnten Fraisier, Rémonencq und Magus, die drei Galgengesichter, Stück für Stück die siebzehnhundert Gegenstände besichtigen, aus denen die Sammlung des alten Musikers bestand. Da auch Schmucke sich gelegt hatte, hatten die Raben, die schon Leichen witterten, freies Feld.

„Machen Sie keinen Lärm", sagte die Cibot jedesmal, wenn Magus sich begeisterte und Rémonencq den Wert eines Meisterwerkes auseinandersetzte. Ein herzzerreißendes Schauspiel, diese vier verschiedenen Verkörperer der Habgier, die hier als Sachverständige auftraten, während der Gegenstand ihrer schlechten Wünsche schlief. Die Schätzung der allein im Salon befindlichen Werte dauerte drei Stunden.

„Im Durchschnitt", sagte der alte, fettige Jude, „ist jedes Stück hier tausend Franken wert."

„Das würde siebzehnhunderttausend Franken ausmachen!" rief Fraisier überwältigt aus.

„Nicht für mich," antwortete Magus, dessen Auge sichtlich kühler wurde, „ich würde nicht mehr als achthunderttausend Franken geben, denn man weiß nicht, wie lange das in einem Laden liegen bleibt ... Es gibt Meisterwerke, die sich nicht vor Ablauf von zehn Jahren verkaufen lassen, so daß man beim Erwerb die gesamten Zinsen berücksichtigen muß. Aber ich würde die Summe bar zahlen."

„Im Schlafzimmer sind Glasmalereien, Schmelzarbeiten, Miniaturen, goldene und silberne Tabaksdosen", bemerkte jetzt Rémonencq.

„Kann man sie besichtigen?" fragte Fraisier.

„Ich will sehen, ob er fest schläft", erwiderte die Cibot. Als sie ein Zeichen gab, traten die drei Raubgeier ein.

„Im Salon sind die Meisterwerke," sagte Magus, in dessen Bart jedes einzelne Härchen zitterte, „aber hier sind die Kostbarkeiten! Und was für Kostbarkeiten! Die regierenden Fürsten haben keine besseren Stücke in ihren Schlafzimmern."

Die Augen Rémonencqs, in denen die Gier nach den Tabaksdosen brannte, glänzten wie Karfunkeln. Fraisier mit seiner kalten Ruhe glich ganz der Schlange, die sich auf dem Schwanz aufgerichtet hat, er streckte den flachen Kopf vor und nahm die Haltung ein, die Mephisto auf den Bildern hat. Vom Durst nach dem Gold verzehrt wie der Teufel nach dem Tau des Paradieses, warfen die drei Hyänen, ohne sich verabredet zu haben, einen gemeinsamen Blick auf den Besitzer aller dieser Reichtümer, als Pons, wie von einem Alp gequält, sich herumwarf. Als wenn die drei teuflischen Blicke ihn geweckt hätten, öffnete er die Augen und schrie schrill auf:

„Diebe, da sind sie! Hilfe, man ermordet mich!"

Offenbar setzte er im Wachen seinen Traum fort, denn er hatte sich mit vergrößerten, starr weißen Augen aufgerichtet und konnte sich nun nicht mehr rühren. Elias Magus und Rémonencq erreichten die Tür, blieben aber wie festgenagelt stehen, als der Kranke rief:

„Magus hier! Ich bin verraten!"

Beim Gespräch über seinen Schatz war er instinktmäßig aufgewacht, der Instinkt für das Eigentum ist dem für die Erhaltung der Person mindestens ebenbürtig.

„Frau Cibot, wer ist der Herr?" rief er, beim Anblick des regungslosen Fraisier von einem Schauer ergriffen.

„Weiß Gott, ich konnte ihn doch nicht vor die Tür setzen," sagte sie mit einem Augenzwinkern, das Fraisier galt, „als der Herr auftauchte und sagte, daß er im Namen Ihrer Familie komme ..."

Fraisier konnte seine Bewunderung für die Cibot nicht unterdrücken.

„So ist es, Herr Pons," sagte er, „ich kam von seiten der Frau Präsident de Marville, ihres Gatten und ihrer Tochter, um Ihnen ihr Bedauern auszudrücken; die Herrschaften haben zufällig Ihre Erkrankung erfahren und möchten selber die Pflege in die Hand nehmen ... Sie machen Ihnen den Vorschlag, nach Marville zu gehen und auf dem Land Ihre Gesundheit wieder zu erlangen; die Frau Vicomtesse Popinot, die kleine Cécile, die Sie so gern mögen, wird Ihre Pflegerin sein ... Sie hat ihren Irrtum eingesehen und Ihre Verteidigung bei der Mutter übernommen."

„Und weil sie erben wollen," rief Pons unwillig, „haben sie Ihnen den geschicktesten Kenner, den besten Sachverständigen der ganzen Stadt mitgegeben! ... Nicht übel, nicht übel," fuhr er fort und brach in ein irres Gelächter aus, „Sie kommen, um meine Bilder, meine seltenen Stücke, meine Dosen, meine Miniaturen abzuschätzen ... Schätzen Sie nur ab! Der Mann, der Sie begleitet, versteht sich nicht nur auf die Sachen, sondern kann sie auch kaufen mit seinen zehn Millionen. Meine teueren Verwandten sollen nicht lange auf die Erbschaft warten," sagte er mit tiefer Ironie, „sie haben mir den Rest gegeben ... Und Sie, Frau Cibot, die sich meine Mutter nennt, Sie führen, während ich schlafe, die Händler ein, Sie geben meinem Nebenbuhler und den Camusot Zutritt! ... Gehen Sie alle hinaus! ..."

Und unter dem doppelten Antrieb seines Zornes und seiner Furcht erhob sich der Unglückliche, dessen Körper ganz entfleischt war. „Nehmen Sie meinen Arm," sagte die Cibot und sprang auf ihn zu, um ihn vor einem Sturz zu bewahren, „werden Sie doch nur ruhig, die Herren sind fort."

„Ich will den Salon sehen!" sagte der Sterbende. Die Cibot forderte die drei Raben durch ein

Zeichen auf, sich davonzumachen, dann ergriff sie Pons, hob ihn wie eine Feder auf und bettete ihn ungeachtet seiner Schreie. Als der unglückliche Sammler vollständig erschöpft dalag, schloß sie die Wohnungstür. Die drei Henker des armen Pons hielten sich auf der Treppe auf; die Cibot forderte sie auf, sie zu erwarten; sie hörte Fraisier zu Magus sagen:

„Schreiben Sie mir einen Brief, den Sie beide unterzeichnen und worin Sie sich verpflichten, neunhunderttausend Franken bar für die Sammlung des Herrn Pons zu zahlen; wir werden zusehen, daß ein tüchtiger Gewinn für Sie abfällt."

Dann flüsterte er der Cibot ein Wort ins Ohr, ein einziges Wort, das niemand hören konnte, und ging mit den beiden Händlern zur Loge hinunter.

„Frau Cibot," sagte der unglückliche Pons, als die Pförtnerin zurückkam, „sind sie fort? ..."

„Wer ... fort? ..." fragte sie.

„Diese Männer."

„Welche Männer? ... Was heißt das, Sie haben Männer gesehen?" sagte sie. „Sie haben eben einen so hitzigen Fieberanfall gehabt, daß Sie sich zum Fenster hinausgestürzt hätten, wenn ich nicht gewesen wäre, und nun reden Sie mir noch von Männern ... werden Sie immer so bleiben? ..."

„Wie, es war gerade vorhin kein Herr hier, der angab, er sei von meiner Familie geschickt worden?"

„Wollen Sie mich noch immer ärgern?" fuhr sie fort. „Lieber Gott, wissen Sie, wohin Sie gehören? Nach Charenton! ... Sie sehen Männer ..."

„Elias Magus! Rémonencq!"

„Oh, was Rémonencq anlangt, den mögen Sie gesehen haben, denn er war gekommen, um mir zu sagen, daß es meinem armen Cibot schlecht geht; es bleibt mir nichts übrig, als Sie sitzen zu lassen, um wieder auf einen grünen Zweig zu kommen. Mein Cibot kommt zuerst, sehen Sie. Wenn mein Mann krank ist, dann kenne ich niemand mehr. Versuchen Sie, ruhig zu bleiben und ein paar Stunden zu schlafen, denn ich habe nach Herrn Poulain geschickt und werde mit ihm zurückkommen ... Trinken Sie und seien Sie artig."

„Es war niemand hier in meinem Zimmer, vorhin als ich aufwachte?"

„Niemand", sagte sie. „Sie haben wohl Herrn Rémonencq in Ihren Spiegeln gesehen."

„Sie haben recht, Frau Cibot", sagte der Kranke und wurde so sanft wie ein Lamm.

„Nun also, nun sind Sie wieder vernünftig ... Leben Sie wohl, mein Engel, bleiben Sie ruhig, ich stehe in einem Augenblick wieder zur Verfügung."

Als Pons die Tür der Wohnung schließen hörte, raffte er seine letzten Kräfte zusammen, um aufzustehen, denn er sagte sich:

„Man betrügt mich! Man plündert mich aus! Schmucke ist ein Kind, das sich in einen Sack binden ließe! ..."

Der Wunsch, die schreckliche Szene aufzuklären, die ihm für einen Fieberwahn zu wirklich schien, feuerte den Kranken an, so daß er die Tür seines Zimmers erreichen konnte; er öffnete sie mühsam und befand sich in seinem Salon, wo ihn der Anblick seiner geliebten Gemälde, seiner Statuen, seiner florentinischen Bronzen, seiner Porzellane belebte. Der Sammler, im Schlafrock, mit bloßen Füßen und brennendem Kopf, konnte die beiden Gassen entlang gehen, die von den Kredenzen und Schränken gebildet wurden, deren Reihe den Salon in zwei Hälften teilte. Mit dem raschen Blick des Besitzers zählte er alles und fand sein Museum vollständig. Er wollte zurückkehren, als sein Auge auf ein Porträt von Greuze fiel, das an die Stelle des Malteserritters von Sebastian del Piombo gehängt worden war. Der Verdacht durchzuckte seinen Geist, wie ein Blitz den Gewitterhimmel durchfurcht. Er sah nach dem Platz seiner acht Hauptstücke und fand sie alle ersetzt. Ein schwarzer Schleier senkte sich plötzlich über die Augen des armen Mannes, Schwäche überfiel ihn, und er stürzte auf den Boden. Diese Ohnmacht war so tief, daß Pons zwei Stunden liegen blieb; er wurde von Schmucke gefunden, als der Deutsche erwacht war und sein Zimmer verließ, um nach seinem Freund zu sehen. Schmucke hatte die größte Mühe, den Sterbenden aufzuheben und wieder zu Bett zu bringen, aber als er den fast Leblosen anredete und einen erstarrten Blick, unklare und gestammelte Worte zur Antwort erhielt, verlor der arme Deutsche den Kopf nicht, sondern die Sorge um den Freund ließ ihn Wunderbares leisten. In seiner Verzweiflung hatte dieses halbe Kind Einfälle, wie sie liebenden Frauen oder Müttern kommen. Er machte Handtücher heiß (er fand Handtücher!), er verstand es, sie um die Hände des Freundes zu winden und ihm andere auf den Magen zu legen; darauf nahm er die feuchte, kalte Stirn zwischen die Hände und rief mit einer Willenskraft, die des Apollonius von Tyana würdig gewesen wäre, das Leben in sie zurück. Er küßte Pons auf die Augen, wie die Marien auf den Flachreliefs der großen italienischen Bildhauer Christus küssen. Seine überirdische Anstrengung, diese Übertragung der Lebensenergie auf einen anderen, diese Mütterlichkeit und Liebesbereitschaft wurden von vollem Erfolg gekrönt. Nach Verlauf einer halben Stunde kehrte die Wärme in den Körper des Kranken zurück, und das Gesicht nahm wieder menschliche Form an: die Augen nahmen die Farbe des Lebens an, alle Organe erinnerten sich ihrer natürlichen Bestimmung. Schmucke gab Pons mit Wein vermischte Limonade zu trinken, die Lebensgeister regten sich, das Licht des Verstandes lag wieder auf der Stirn, die schon gefühllos wie ein Stein gewesen war. Pons begriff, welcher heiligen Hingabe, welcher Macht er diese Wiederauferstehung verdankte.

„Ohne dich wäre ich gestorben“, sagte er und fühlte, wie sein Gesicht sanft von den Tränen des guten Deutschen, der zugleich lachte und weinte, gebadet wurde. Schmucke hatte im Taumel der Hoffnung, der dem der Verzweiflung gleichkommt, dieses Wort erwartet; aber als er es vernahm, sank er wie ein entleerter Luftballon zusammen, seine Kräfte waren erschöpft. Jetzt kam die Reihe an ihn zu versagen, er ließ sich in einen Sessel fallen, faltete die Hände und dankte Gott mit einem inbrünstigen Gebet. Für ihn hatte sich ein Wunder vollzogen. Er glaubte nicht an die Macht seines Gebetes, aber an die Macht Gottes, den er angerufen hatte. Indessen, das Wunder erklärte sich ganz natürlich, die Ärzte kennen es sehr wohl.

Ein Kranker, den Liebe umgibt und der von Leuten, die Interesse an seinem Leben haben, gepflegt wird, ist bei Gleichheit der Voraussetzungen gerettet, wo ein Kranker, für den nur entlohnte Kräfte sorgen, erliegt. Die Ärzte wollen darin nicht den Einfluß einer unwillkürlichen Übertragung sehen, sondern schreiben das Ergebnis vernünftiger Pflege und der genauen Befolgung ihrer Anweisungen zu; aber viele Mütter wissen, wie mächtig ein ununterbrochener Wunsch zu wirken vermag.

„Mein guter Schmucke? ..."

„Rede nicht, ich verstehe dich mit dem Herzen ... verhalte dich still, ganz still!" sagte der Musiker mit einem Lächeln.

„Armer Freund, edles Herz! Kind Gottes, das in Gott lebt! Einziges Wesen, das mich geliebt hat!" sagte Pons stoßweise, und seine Stimme schwang in unbekannten Tönen.

Seine Seele, die schon bereit war, sich zu flüchten, lag ganz in diesen Worten, und Schmucke wurden Empfindungen zuteil, die denen der Liebe fast gleichkamen.

„Lebe, lebe! ich will dich wie ein Löwe verteidigen, ich will für zwei arbeiten!"

„Höre zu, mein guter, mein treuer, mein wunderbarer Freund! Laß mich sprechen, die Zeit ist kurz, denn ich bin in den Händen des Todes und werde mich von diesen vielen Anfällen nicht erholen."

Schmucke weinte wie ein Kind. Pons fuhr fort:

„Also höre, weinen kannst du nachher ... Unterwirf dich, Christ. Man hat mich bestohlen, und zwar die Cibot ... Bevor ich dich verlasse, muß ich dich in das Leben einweihen, du kennst es nicht ... Man hat acht Bilder fortgenommen, die einen beträchtlichen Wert besitzen."

„Verzeihe mir, ich habe sie verkauft ..."

„Du?"

„Ich!" sagte der arme Deutsche. „Wir wurden vor Gericht geladen ..."

„Vorgeladen! ... Von wem? ..."

„Warte! ..."

Schmucke holte das Stempelpapier des Gerichtsvollziehers. Pons las die unleserlichen Sätze aufmerksam. Dann ließ er den Zettel sinken und schwieg. Er, der Beobachter menschlicher Arbeit, der bis dahin das Seelische vernachlässigt hatte, fand alle Fäden des Netzes, das die Cibot um ihn spann. Für ein paar Augenblicke kehrten die Tatkraft des Künstlers, der Scharfsinn des mit dem römischen Preis gekrönten Schülers der Akademie und seine ganze Jugend zurück.

„Mein guter Schmucke, versprich mir militärischen Gehorsam. Höre! Geh' hinunter und sage dem schlimmen Weib, daß ich die Person wiedersehen will, die mein Vetter, der Präsident, zu mir geschickt hat, und daß ich, wenn sie nicht kommt, die Absicht habe, meine Sammlung dem Staat zu vermachen, kurz, daß ich meinen letzten Willen niederlegen will."

Schmucke vollzog den Auftrag, aber beim ersten Satz antwortete die Cibot mit einem Lächeln:

„Unser lieber Kranker hat einen Anfall von hitzigem Fieber gehabt, mein guter Herr Schmucke, und hat Leute in seinem Zimmer zu sehen geglaubt. Ich gebe Ihnen mein Wort als ehrliche

Frau, daß von seiten der Familie unseres lieben Kranken niemand gekommen ist ..."

Schmucke kehrte mit dieser Antwort, die er wörtlich wiederholte, zu Pons zurück.

„Sie ist stärker, gerissener, listiger, verschlagener, als ich glaubte," sagte Pons lächelnd, „sie lügt noch in ihrer Behausung. Stelle dir vor, sie hat heute morgen einen Juden namens Elias Magus, Rémonencq und noch einen dritten hierher gebracht, der mir unbekannt ist, aber viel schrecklicher als die beiden anderen zusammen aussieht. Sie wollte meinen Schlaf benutzen, um meinen Nachlaß abzuschätzen; der Zufall wollte, daß ich aufwachte, und ich sah sie alle drei meine Tabaksdosen in der Hand wiegen. Endlich behauptete der Unbekannte, von den Camusot geschickt worden zu sein, ich habe mit ihm gesprochen ... Diese infame Cibot hat mir eingeredet, daß ich träumte ... Mein guter Schmucke, ich habe nicht geträumt! ... Ich habe diesen Mann wohl gehört, er hat mit mir gesprochen ... Die beiden Händler waren erschrocken und eilten zur Tür ... Ich glaubte, die Cibot würde sich widersprechen! ... Dieser Versuch ist umsonst, vergebens ... Ich werde eine andere Falle legen, in die das betrügerische Frauenzimmer gehen soll ... Mein armer Freund, du siehst in der Cibot einen Engel, sie ist ein Weib, das mich seit einem Monat aus Habgier mordet. Ich habe nicht an so viel Schlechtigkeit bei einer Frau, die uns ein paar Jahre lang treu gedient hat, glauben wollen. Dieser Zweifel war mein Verderben ... Wieviel hat man dir für die acht Gemälde gegeben? ..."

„Fünftausend Franken."

„Großer Gott, sie waren zwanzigmal soviel wert!" rief Pons aus, „es war die Krone meiner Sammlung. Mir bleibt keine Zeit mehr, einen Prozeß anzustrengen; außerdem würdest du als der Genasführte dastehen. Ein Prozeß würde dich töten. Du weißt nicht, was das ist, die Justiz! Nichts als die Gosse für alle Niederträchtigkeiten ... Seelen wie deine unterliegen, wenn sie so viel Schreckliches sehen. Und dann wirst du ziemlich reich sein. Diese Bilder haben mich vierzigtausend Franken gekostet, und ich besitze sie seit sechsunddreißig Jahren ... Aber wir sind mit erstaunlicher Geschicklichkeit bestohlen worden. Ich stehe am Rand des Grabes, ich sorge mich nur noch um dich ... um dich, das beste aller Wesen. Darum will ich nicht, daß du ausgeplündert wirst, denn alles, was ich besitze, gehört dir. Du mußt also aller Welt mißtrauen, und du hast das Mißtrauen nie gekannt. Gott beschützt dich, ich weiß es; aber er kann dich einen Augenblick lang vergessen, und du wirst wie ein Handelsschiff ausgeraubt. Die Cibot ist ein Ungeheuer, sie tötet mich! und dir scheint sie ein Engel; ich will dich sie kennen lehren; geh und bitte sie, dir einen Notar anzugeben, der mein Testament in Empfang nimmt, ... ich werde sie dir zeigen, und du sollst ihr wahres Gesicht kennen lernen."
Schmucke hörte Pons zu, als ob er versucht hätte, ihm die Apokalypse zu erklären. Daß es eine so verdorbene Natur geben sollte, wie die der Cibot sein mußte, wenn Pons recht hatte, das war für ihn die Verneinung der Vorsehung.

„Meinem armen Freund Pons geht es so schlecht," sagte der Deutsche, als er die Loge betrat und sich an Frau Cibot wandte, „daß er sein Testament machen will; holen Sie einen Notar ...“

Dies wurde in Gegenwart mehrerer Personen gesagt, denn der Zustand Cibots war beinahe hoffnungslos. Rémonencq, seine Schwester, zwei Pförtnerinnen, die aus den Nachbarhäusern herbeigelaufen waren, drei Dienstboten aus dem Haus und der Mieter des vorderen ersten Stockwerkes standen unter dem Torweg.

„Oh, Sie können wohl selbst einen Notar holen,“ schrie die Cibot mit Tränen in den Augen, „und Ihr Testament machen, mit wem Sie wollen! ... Ich werde nicht grad das Bett meines armen Cibot verlassen, wenn er im Sterben liegt ... Alle Pons der Welt würde ich hergeben, um Cibot zu behalten, ... einen Mann, der mir in den dreißig Jahren unserer Ehe nie für zwei Unzen Kummer gemacht hat! ...“

Und sie ging wieder hinein und ließ Schmucke ganz bestürzt stehen.

„Sagen Sie,“ wandte sich der Mieter aus dem ersten Stock an Schmucke, „es geht Herrn Pons also sehr schlecht? ...“

Es war Herr Jolivard, der im Justizpalast eine Stellung als Schreiber hatte.

„Er ist vorhin beinahe gestorben“, sagte Schmucke in tiefem Schmerz.

„Es gibt hier in der Nähe einen Notar, Herrn Trognon, in der Rue Saint-Louis“, bemerkte Herr Jolivard. „Er ist der Notar des Viertels.“

„Wollen Sie, daß ich ihn hole?“ fragte Rémonencq Schmucke.

„Ach gern,“ antwortete Schmucke, „denn wenn Frau Cibot bei meinem Freund nicht wachen will, möchte ich ihn nicht verlassen in dem Zustand, in dem er sich befindet ..."

„Frau Cibot sagte uns, daß er verrückt wird! ..." fing Jolivard wieder an.

„Pons, verrückt?" rief Schmucke entsetzt aus. „Niemals war er so gut bei Sinnen ... gerade das beunruhigt mich für seine Gesundheit."

Alle Anwesenden hörten der Unterhaltung mit einer Neugierde zu, die begreiflich war und ihre Aufmerksamkeit fesselte. Schmucke, der Fraisier nicht kannte, konnte auf diesen teuflischen Kopf und diese stechenden Augen nicht achten. Als Fraisier vorher der Cibot ein paar Worte ins Ohr geflüstert hatte, war er der Urheber des verwegenen Auftritts geworden, der vielleicht über die Kraft der Cibot ging, den sie aber nach allen Regeln der Kunst durchführte. Den sterbenden Pons als verrückt hinzustellen, war ein Eckstein in dem Gebäude, das der Sachwalter aufführte. Der Zwischenfall vom Vormittag war Fraisier zustatten gekommen, und ohne ihn hätte sich die Cibot in ihrer Verwirrung vielleicht verraten, als Schmucke in aller Unschuld ihr eine Falle legte und die Rückkehr des Interessenvertreters der Familie verlangte.

Rémonencq, der den Doktor Poulain kommen sah, wünschte sich nichts Besseres, als verschwinden zu können, den Grund wird man gleich hören.

☆

SEIT SECHS TAGEN SPIELTE RÉMONENCQ DIE Rolle der Vorsehung, was der Justiz außerordentlich mißfällt, denn sie erhebt Anspruch, ganz allein die Vorsehung darzustellen. Rémonencq wollte sich um jeden Preis das einzige Hindernis, das seinem Glück entgegenstand, vom Hals schaffen. Für ihn bestand das Glück darin, die Pförtnerin, deren Reize es ihm angetan hatten, zu heiraten und sein Kapital zu verdreifachen. So kam Rémonencq, als er den kleinen Schneider einen Aufguß trinken sah, auf den Gedanken, eine Unpäßlichkeit in eine tödliche Krankheit zu verwandeln, und sein Beruf als Alteisenhändler verschaffte ihm das Mittel.

Als er eines Morgens an den Türpfosten gelehnt seine Pfeife rauchte und wieder träumerisch an den schönen Laden auf dem Boulevard de la Madeleine dachte, in dem die Cibot in glänzender Kleidung thronte, fielen seine Augen auf ein kleines kupfernes Hohlmaß, das stark oxydiert hatte. Augenblicklich kam ihm der Gedanke, dieses Stück sparsam in dem Teeaufguß, den Cibot trank, zu säubern. Er band das Maß, das rund wie ein Fünffrankenstück war, an eine kleine Schnur, und während die Cibot bei ihren Herren zu tun hatte, ging er täglich zu seinem Freund, dem Schneider, um sich nach seinem Befinden zu erkundigen. Während dieses Besuchs, der ein paar Minuten dauerte, ließ er das Kupferstück in dem Tee liegen; wenn er wieder ging, nahm er es an der Schnur heraus. Diese leichte Zufuhr von Kupferoxyd, das gewöhnlich Grünspan genannt wird, verwandelte den wohltätigen Tee insgeheim in ein schlimmes Gift; allerdings waren die Mengen so gering, daß die verheerende Wirkung unverständlich bleiben mußte. Sie bestand darin, daß am dritten Tag die Haare des armen Cibot ausfielen, die Zähne sich in den Kiefern lockerten und der ganze Organismus angegriffen wurde. Der Doktor Poulain zerbrach sich den Kopf über die merkwürdige Wirkung des Tees, denn er verstand genug von seinem Fach, um den Einbruch eines zersetzenden Elements zu erkennen. Er nahm den Tee mit, ohne jemand etwas zu sagen, und machte die Untersuchung selbst, fand aber nichts darin, denn der Zufall wollte, daß an diesem Tag Rémonencq, den sein Werk erschreckt hatte, das verhängnisvolle Maß nicht benutzte. Der Doktor Poulain zog sich und die Wissenschaft aus der Verlegenheit, indem er annahm, bei sitzender Lebensweise und ewigem Aufenthalt in der feuchten Loge habe sich das Blut des Mannes, der mit übergeschlagenen Beinen auf dem Tisch vor dem vergitterten Fenster saß, wohl zersetzt, zumal da er unaufhörlich die Ausdünstungen eines stinkenden Baches einatmete. Die Rue de Normandie ist eine jener alten Gassen, in denen noch keine Kanalisation stattgefunden hat, daher die Abgußwasser aller Häuser sich zu einem trägen schwarzen Bach vereinigen, unter das Pflaster sickern und jenen Paris eigentümlichen kotigen Zustand hervorrufen.

Die Cibot kam und ging, während ihr Mann, der unermüdliche Arbeiter, immer wie ein Fakir vor dem Fenstergitter saß. Die Knie des Schneiders waren steif, das Blut staute sich im Rumpf, die abgemagerten und verkrümmten Beine wurden fast zu nutzlosen Gliedern. Daher fiel die ausgesprochen kupfrige Färbung seiner Haut nicht weiter auf. Die Gesundheit der Frau und die Krankheit des Mannes schienen dem Doktor natürlich zu sein.

„Welche Krankheit hat denn mein armer Cibot?" hatte die Pförtnerin den Doktor Poulain gefragt.

„Meine liebe Frau Cibot," antwortete der Doktor, „er stirbt an der Krankheit der Pförtner ... Sein allgemeiner Verfall kündet eine unheilbare Zersetzung des Blutes an."

Da er niemand fand, der bei diesem Verbrechen etwas gewann, so vergaß er bald seinen ursprünglichen Verdacht. Wer konnte Cibot töten wollen? Seine Frau? Der Doktor sah, daß sie den Tee beim Zuckern kostete. Es entgeht stets eine ganze Anzahl von Verbrechen der Rache der Gesellschaft, im allgemeinen alle, die wie dieses hier begangen werden, ohne die erschreckenden Beweise einer Gewalttat zu hinterlassen, als da sind vergossenes Blut, Erdrosselung, Stiche und Ungeschicklichkeiten; vor allem aber bleiben solche Vergehen ungesühnt, wenn kein offenkundiges Interesse vorliegt und die Angelegenheit in den unteren Klassen spielt. Verbrechen sind immer an einer Art Vorhut erkenntlich, ich verstehe darunter den Haß und die Begehrlichkeit, über die die Leute der Umgebung Bescheid wissen. Angesichts der Umstände dagegen, in denen der kleine Schneider, Rémonencq und die Cibot lebten, hatte mit Ausnahme des Arztes niemand ein Interesse daran, der Todesursache nachzuforschen. Der kränkliche, kupferfarbene Hauswart, den seine Frau anbetete, besaß kein Vermögen und keine Feinde. Die Motive und die Leidenschaft des Althändlers verbargen sich in demselben Dunkel, in dem sich das Geld der Cibot versteckte. Der Arzt kannte die Pförtnerin und ihre Empfindungen gründlich, er traute ihr zu, daß sie Pons quälte, aber nicht, daß sie ein Verbrechen beging, an dem sie kein Interesse haben konnte; außerdem trank sie einen Löffel Tee, so oft der Doktor kam und sie ihrem Mann das Getränk brachte. Poulain, der einzige, der Aufklärung bringen konnte, glaubte an eine zufällige Krankheit, an eine jener erstaunlichen Ausnahmen, die die Medizin zu einem so gefährlichen Handwerk machen. Und in der Tat befand sich unglücklicherweise der kleine Schneider dank seiner verkrüppelten Existenz in so schlechten gesundheitlichen Verhältnissen, daß die unmerkliche Dosis Grünspan ihm auf die Dauer den Tod bringen mußte. Die Gevattern der Nachbarschaft taten das ihrige, um Rémonencq zu entlasten, das plötzliche Ende des Schneiders erschien ihnen ganz natürlich.

„Oh," rief der eine aus, „ich habe es schon längst gesagt, daß es Herrn Cibot nicht gut geht."

„Er hat zu viel gearbeitet, der gute Mann," antwortete ein anderer, „er hat sich zu Tod geplagt."

„Er wollte nicht auf mich hören," rief ein Nachbar, „ich habe ihm geraten, Sonntags spazieren zu gehen, am Montag blau zu machen, denn es ist nicht zu viel, wenn man sich zwei Tage in der Woche zerstreut."

Kurzum, die öffentliche Meinung, die immer den Angeber spielt und auf die das Gericht mit den

Ohren des Polizeikommissars, dieses Königs der niederen Klasse, wohl zu hören versteht, erklärte vollkommen den Tod des kleinen Schneiders. Immerhin waren die nachdenkliche Miene und die unruhigen Augen Poulains Rémonencq sehr unangenehm, und als er den Doktor kommen sah, machte er Schmucke voll Eifer den Vorschlag, jenen Trognon zu holen, den Fraisier kannte.

„Ich werde in dem Augenblick wiederkommen, in dem das Testament gemacht wird," sagte Fraisier der Cibot ins Ohr, „und trotz Ihres Schmerzes müssen Sie gut aufpassen."

Der kleine Sachwalter, der mit der Leichtigkeit eines Schattens verschwand, begegnete seinem Freund, dem Arzt.

„He, Poulain!" rief er, „alles geht gut. Wir sind gerettet!... Ich werde dir heute abend sagen, auf welche Weise. Suche dir den Platz aus, der dir paßt, du bekommst ihn! Und ich bin Friedensrichter! Tabareau wird mir seine Tochter nicht mehr verweigern... Und was dich betrifft, so verpflichte ich mich, dir die Heirat mit Fräulein Vitel, der Enkelin unseres Friedensrichters, zu ermöglichen."

Fraisier ließ Poulain in der Verblüffung, in die ihn diese verrückten Worte versetzten, stehen und sprang wie eine Kugel über den Boulevard; er gab dem Omnibus ein Zeichen und wurde zehn Minuten später von diesem modernen Fahrzeug an der Ecke der Rue de Choiseul abgesetzt. Es war etwa vier Uhr, Fraisier war sicher, die Präsidentin allein zu treffen, denn die Richter verlassen das Gerichtsgebäude nicht vor fünf Uhr.

Die Auszeichnung, mit der Frau de Marville Fraisier empfing, bewies, daß Leboeuf sein Frau Vatinelle gegebenes Versprechen gehalten und günstig über den ehemaligen Anwalt von Mantes gesprochen hatte. Amélie war beinahe herzlich mit Fraisier, wie es die Herzogin von Montpensier wohl Jacques Clément gegenüber gewesen war; denn der kleine Anwalt war ihr Werkzeug. Als aber Fraisier den gemeinsamen Brief vorlegte, in dem Elias Magus und Rémonencq sich verpflichteten, die ganze Sammlung von Pons mit insgesamt neunhunderttausend Franken bar zu bezahlen, warf die Präsidentin dem Geschäftsmann einen Blick zu, der ihre Erregung über diese Summe verriet. Die Flamme der Begehrlichkeit schlug bis zu dem Anwalt hinüber.

„Der Herr Präsident", sagte sie zu ihm, „hat mich beauftragt, Sie für morgen zu Tisch einzuladen; wir werden unter uns sein, nämlich Herr Godeschal, der Nachfolger meines Advokaten Desroches, dann Berthier, unser Notar, mein Schwiegersohn und meine Tochter. Nach Tisch werden Sie und ich, der Notar und der Anwalt die kleine Konferenz abhalten, um die Sie baten, und ich werde Ihnen unsere Vollmachten aushändigen. Die beiden Herren werden, wie Sie es verlangen, nach Ihren Anordnungen handeln und darüber wachen, daß alles gut verläuft. Die Vollmacht von Herrn de Marville werden Sie bekommen, sobald Sie sie brauchen ..."

„Ich muß sie am Tage des Todes haben ..."

„Sie wird bereit liegen."

„Frau Präsident, wenn ich eine Vollmacht verlange und wünsche, daß Ihr Anwalt nicht er-

scheint, so geschieht das weniger in meinem Interesse als in dem Ihrigen. Wenn ich mich gebe, dann gebe ich mich ganz. Dafür fordere ich die gleiche Treue, dasselbe Vertrauen von meinen Beschützern; Ihnen gegenüber wage ich nicht, meine „Kunden“ zu sagen. Sie können glauben, ich wolle mir das Geschäft sichern, wenn ich so handle. Aber das ist nicht der Fall. Wenn sträfliche Handlungen vorkämen . . . . denn in Erbschaftsangelegenheiten wird man leicht verführt ... namentlich wenn es sich um neunhunderttausend Franken handelt... Also sehen Sie, Sie können nicht einen Mann wie Godeschal, der die Rechtlichkeit selbst ist, bloßstellen, wohl aber kann man alles auf den Rücken eines unscheinbaren kleinen Sachwalters schieben..."
Die Präsidentin schaute Fraisier bewundernd an: „Sie werden sehr hoch steigen oder sehr tief fallen,“ sagte sie, „an Ihrer Stelle würde ich mich nicht mit diesem Ruheposten eines Friedensrichters begnügen, sondern Staatsanwalt ... in Mantes werden wollen und dann Karriere machen.“
„Lassen Sie mich nur, Frau Präsident! Das Friedensgericht ist für Herrn Vitel ein Ackergaul, für mich wird es ein Schlachtpferd sein.“
So wurde die Präsidentin bewogen, Fraisier ihren letzten Gedanken anzuvertrauen:
„Sie scheinen mir so vollständig unserer Sache hingegeben zu sein, daß ich Sie in die Schwierigkeiten unserer Lage und in unsere Hoffnungen einweihen will. Als unsere Tochter mit einem Intriganten, der inzwischen Bankier geworden ist, sich verheiraten sollte, wünschte der Präsident lebhaft, Marville um mehrere Wiesen, die damals

verkäuflich waren, zu vergrößern. Wir haben, wie Sie wissen, auf den prächtigen Wohnsitz verzichtet, um unsere Tochter verheiraten zu können. Da diese aber das einzige Kind ist, wünsche ich lebhaft, den Rest jener Wiesen hinzu zu erwerben. Ein Teil davon ist schon verkauft worden und gehört jetzt einem Engländer, der nach England zurückkehrt, nachdem er zwanzig Jahre lang in der Gegend ansässig war und das reizendste Landhaus in entzückender Lage zwischen dem Park von Marville und den ehemals dazu gehörenden Wiesen gebaut hat; auch hat er, um sich selber einen Park zu schaffen, zu verrückten Preisen Scheuern, Wäldchen und Gärten zurückgekauft. Das Ganze bildet mit allem, was dazu gehört, einen ansehnlichen Komplex und stößt an die Parkmauer meiner Tochter. Man könnte die Wiesen und das Haus für siebenhunderttausend Franken bekommen, denn der Reinertrag der Wiesen beträgt zwanzigtausend Franken... Wenn aber Herr Wadman erfährt, daß wir die Käufer sind, verlangt er sicher zwei- oder dreihunderttausend Franken mehr, denn er verliert sie, wenn man, wie herkömmlich auf dem Land, das Wohngebäude für nichts rechnet..."

„Frau Präsident, Sie können nach meiner Meinung sich so sicher als Erbin ansehen, daß ich bereit bin, als Deckläufer aufzutreten, und mich verpflichte, den Besitz so billig wie möglich auf Grund eines Privatauftrags, wie es bei den Güteragenten üblich ist, für Sie zu erwerben. Ich werde mich bei dem Engländer als Agent einführen, ich verstehe mich auf solche Geschäfte, sie waren in Mantes meine Spezialität, Vatinelle durfte den

Wert seiner Praxis auf das Doppelte schätzen, ich arbeitete ja unter seinem Namen..."

„Daher Ihre Beziehungen zu der kleinen Frau Vatinelle... Der Notar muß heute ein recht reicher Mann sein?"

„Seine Frau gibt viel aus... Jedenfalls aber werde ich Ihnen den Engländer ganz nach Wunsch an den Spieß liefern können."

„Wenn Sie dieses Ziel erreichen, werden Sie Anspruch auf meine ewige Dankbarkeit haben. Auf Wiedersehen, mein lieber Herr Fraisier. Bis morgen..."

Fraisier grüßte die Präsidentin mit weniger Unterwürfigkeit als das letzte Mal, während er hinausging.

„Morgen speise ich bei dem Präsidenten de Marville!..." sagte sich Fraisier. „Gut, ich habe diese Leute in der Hand. Aber um unumschränkter Herr der Lage zu sein, muß ich der Berater des Deutschen werden, und zwar in der Person von Tabareau, des Gerichtsvollziehers des Friedensrichters. Tabareau, der mir seine Tochter, seine einzige Tochter, verweigert, wird sie mir geben, wenn ich Friedensrichter bin. Fräulein Tabareau ist zwar rothaarig und schwindsüchtig, besitzt aber von ihrer Mutter her ein Haus an der Place Royale; ich werde also wählbar sein. Wenn ihr Vater stirbt, bekommt sie sicher noch achttausend Livres Rente. Schön ist sie nicht; aber, lieber Gott, wenn man von Null zu einer Rente von achtzehntausend Franken gelangen will, darf man die Planke, die dahin führt, nicht so genau ansehen."

Und als er über die Boulevards zur Rue de Normandie zurückkehrte, überließ er sich diesem goldenen Traum; er überließ sich dem Glück, für immer aus der Not heraus zu sein; er dachte daran, Fräulein Vitel, die Tochter des Friedensrichters, mit seinem Freund Poulain zu verheiraten. Wenn er mit dem Doktor zusammen ging, war er einer der Könige des Viertels und machte alle Wahlen, die städtischen, militärischen und politischen. Die Boulevards erscheinen dem kurz, der seiner ehrgeizigen Phantasie die Zügel schießen läßt, wenn er auf ihnen spazieren geht.

Als Schmucke zu seinem Freund Pons zurückkehrte, erzählte er ihm, daß Cibot im Sterben liege, und daß Rémonencq den Notar, Herrn Trognon, hole. Pons horchte bei diesem Namen auf, den ihm die Cibot in ihren endlosen Reden so oft hingeworfen hatte, um den Notar als die Rechtschaffenheit selbst zu empfehlen. Und da hatte der Kranke, dessen Mißtrauen seit dem Morgen vollkommen geworden war, einen erleuchtenden Gedanken; dieser vollendete den Plan, den er sich zurechtgelegt hatte, um die Cibot hineinzulegen und vor der Leichtgläubigkeit Schmuckes ganz zu entschleiern.

„Schmucke," sagte er und nahm die Hand des armen Deutschen, den so viele Neuigkeiten und Ereignisse ganz verstört hatten, „es scheint im Hause eine große Verwirrung zu herrschen; wenn der Pförtner stirbt, sind wir für eine Weile fast ganz frei, das heißt, ohne Spione, denn man beobachtet uns, des kannst du sicher sein! Geh aus, nimm einen Wagen, fahre zum Theater, sage Fräulein Heloise, unserer ersten Tänzerin, daß ich sie sehen will, bevor ich sterbe; sie möchte um halb elf nach dem Auftreten hierher kommen. Von dort fährst du zu den beiden Freunden Schwab und Brunner und bittest sie, morgen früh um neun Uhr hierher zu kommen und nach mir zu fragen; sie sollen so tun, als wären sie nur zufällig vorübergekommen und folgten einem Einfall ...“

Der Plan, den der alte Künstler geschmiedet hatte, als er seinen Tod nahen fühlte, war folgender: Er wollte Schmucke reich machen, indem er ihn zu seinem Universalerben einsetzte, und um ihn vor allen Quertreibereien zu behüten, wollte er sein Testament in Gegenwart von Zeugen einem Notar diktieren, damit man nicht behaupten könne, er sei nicht bei vollem Verstand gewesen, und um den Camusot jeden Vorwand zu nehmen, seinen letzten Willen anzufechten. Der Name Trognon ließ ihn irgendeine Machenschaft vermuten, er glaubte, die Cibot wolle irgendeinen absichtlichen Formfehler einführen oder ihn auf andere Weise mit Vorbedacht betrügen, und er beschloß, sich Trognons zu bedienen, um sich ein eigenhändiges Testament diktieren zu lassen, das er versiegeln und in der Schublade seiner Kommode einschließen wollte. Er rechnete damit, daß er, wenn es in einer der Nischen seines Alkovens aufgehoben wurde, Schmucke werde zeigen können, wie die Cibot sich des Schriftstücks bemächtigte, es erbrach, las und neu versiegelte. Dann wollte er am anderen Morgen um neun Uhr das eigenhändige Testament vernichten und dem Notar ein anderes diktieren, gegen dessen Form nicht das geringste einzuwenden war. Als die Cibot ihn als Verrückten und Geisterseher behandelt hatte, erkannte er den Haß, die Rachsucht und die Habgier der Präsidentin, denn während der zwei Monate seiner Krank-

heit hatte der arme Mann in langen, schlaflosen Nächten Zeit gehabt, alle Ereignisse seines Lebens noch einmal zu durchdenken.
Alte und neue Bildhauer haben oft auf jede Seite des Grabes einen Genius mit entzündeter Fackel gestellt. Der Todesweg soll erhellt werden, dem Sterbenden soll ein Licht auf seine Fehler und Irrtümer fallen. Die Bildhauerei gestaltet da einen großen Vorwurf; sie drückt eine menschliche Gegebenheit aus. Der Todeskampf hat seine eigene Weisheit. Einfache junge Mädchen im zartesten Alter offenbaren plötzlich die Vernunft eines Hundertjährigen, werden hellseherisch, durchschauen ihre Familie und machen die ganze Komödie überflüssig. Man darf darin die Poesie des Todes sehen. Aber, wie seltsam und wie bemerkenswert: man stirbt auf zwei verschiedene Arten. Die Poesie der Hellsichtigkeit, die Fähigkeit, nach vorwärts oder rückwärts die Dinge zu durchschauen, wird nur denjenigen Sterbenden zuteil, die an einer Erkrankung der körperlichen Organe allein zugrunde gehen. Ludwig XIV., der am Krebs starb, die Schwindsüchtigen, die Kranken, die wie Pons von einem Fieber oder wie Frau de Mortsauf vom Magen her oder wie die Soldaten von plötzlichen Verwundungen hinweggerafft werfen – bei ihnen allen findet man diese hohe Entrückung, sie alle liefern die Beispiele für einen überraschenden, wunderbaren Tod, während Leute, deren Verstand oder Hirn durch die Krankheit berührt wird, vollständig sterben, weil der Nervenapparat nicht mehr dem Körper den Brennstoff des Gedankens zuführen kann. Bei ihnen verdunkeln sich Geist und Körper zur gleichen Zeit.

Die einen verwirklichen als Seelen ohne Leib die biblischen Gespenster, die anderen sind reine Kadaver.
Der unberührte Mann, der wählerische Cato, der Gerechte fast ohne Fehl, drang zögernd in den Abgrund von Galle, der das Herz der Präsidentin füllte. Im Begriff, die Welt zu verlassen, verstand er endlich die Welt. Seit ein paar Stunden hatte er fröhlich seinen Entschluß gefaßt, guten Mutes wie ein Künstler, für den alles Vorwand für Scherz und Spott geworden ist. Die letzten Bande, die ihn mit dem Leben verknüpften, die Bewunderung, die den Kenner an die Meisterwerke der Kunst fesselte, das alles war an diesem Morgen zerbrochen. Als er denken mußte, daß er von der Cibot bestohlen worden war, hatte er dem Prunk und der Eitelkeit der Kunst, seiner Sammlung und seiner Liebe zu den Schöpfern aller dieser schönen Dinge den Rücken gekehrt und wollte nur noch an den Tod denken – nach Art unserer Vorfahren, die den Tod einen der Festtage des Christen nannten. In seiner Zärtlichkeit versuchte er noch aus dem Sarg heraus die Hand über Schmucke zu halten. Diesem väterlichen Wunsch entsprang der Einfall, die erste Tänzerin kommen zu lassen; er wollte der Hinterhältigkeit, die ihn umgab, begegnen, zumal da es feststand, daß sie seinem Universalerben übel mitspielen werde.
Heloise Brisetout war eine jener Naturen, die in solcher Lage doch wahr bleiben und zu jeder Verspottung der zahlenden Anbeter fähig sind, kurz, sie stammte aus der Schule Jenny Cadine und der Josépha. Sie war ein guter Kamerad und fürchtete keine menschliche Gewalt, denn sie durch-

schaute sie alle in ihrer Schwäche, und sie war gewohnt, mit den Polizisten auf dem gar nicht ländlichen Ball bei Mabille oder während des Karnevals zu raufen.

„Wenn sie meine Stelle ihrem Schützling Garangeot geben ließ, so wird sie sich um so mehr verpflichtet fühlen, mir zu helfen", sagte sich Pons.

Dank der Verwirrung, die in der Loge herrschte, konnte Schmucke das Haus verlassen, ohne daß man auf ihn achtete, und er kam mit der größten Schnelligkeit zurück, um Pons nicht zu lange ganz allein zu lassen.

Gleichzeitig mit Schmucke kam Herr Trognon des Testaments wegen. Trotzdem Cibot im Sterben lag, begleitete seine Frau den Notar, führte ihn ins Schlafzimmer und zog sich dann unaufgefordert zurück, um Schmucke, Herrn Trognon und Pons allein zu lassen; aber sie bewaffnete sich mit einem kleinen Handspiegel von bemerkenswerter Arbeit und stellte sich bei der Tür auf, die sie ein wenig offen ließ. So konnte sie nicht nur hören, sondern auch sehen, was in diesem für sie so wichtigen Augenblick geschah und gesprochen wurde.

Pons sagte: „Ich besitze unglücklicherweise alle meine Geisteskräfte, denn ich fühle, daß ich bald sterben werde, und es bleibt mir, gewiß durch Gottes Willen, keiner der Todesschmerzen erspart! ... Hier ist Herr Schmucke ..."

Der Notar grüßte Schmucke.

„Er ist mein einziger Freund auf der Welt," sagte Pons, „und ich will ihn zu meinem Universalerben einsetzen; sagen Sie mir, welche Form mein Testament haben muß, damit mein Freund, der

Deutscher ist und von unseren Gesetzen nichts weiß, meinen Nachlaß ohne Widerspruch in Besitz nehmen kann."

„Man kann immer alles anfechten, mein Herr," sagte der Notar, „das ist die Unvollkommenheit des menschlichen Rechts. Aber es gibt dennoch unanfechtbare Testamente ..."

„Welche?" fragte Pons.

„Ein Testament, das vor dem Notar und in Gegenwart von Zeugen errichtet wird, die bestätigen, daß der Testierende im Besitz seiner Geisteskräfte ist; außerdem wenn der Erblasser weder Frau noch Kind, noch Vater noch Bruder hat ..."

„Ich habe nichts von alledem; alle meine Zuneigungen vereinigen sich in der Person hier meines teuren Freundes Schmucke ..."

Schmucke weinte.

„Wenn Sie also nur entfernte Verwandte haben, gibt Ihnen das Gesetz freies Verfügungsrecht über Ihre Mobilien und Immobilien, falls Sie sie nicht unter Bedingungen vermachen, die die Moral verletzen. Sie haben wohl schon von Testamenten gehört, die wegen der Seltsamkeit der Erblasser angefochten wurden; ein vom Notar aufgestelltes Testament ist unanfechtbar. Die Identität der Person kann tatsächlich nicht geleugnet werden, der Notar hat seinen Geisteszustand bezeugt, und die Unterschrift kann zu keinem Streit Anlaß geben. Übrigens ist auch ein eigenhändiges Testament in guter, klarer Form ziemlich unanfechtbar."

„Ich entschließe mich aus bestimmten, nur mir bekannten Gründen, nach Ihrem Diktat ein Testament eigenhändig zu schreiben und meinem Freund hier anzuvertrauen ... Geht das? ..."

„Sehr gut", sagte der Notar. „Wollen Sie schreiben? Ich diktiere..."

„Schmucke, gib mir meinen kleinen Boulle-Schreibkasten. Diktieren Sie mir ganz leise, Herr Notar; denn", fügte er hinzu, „man könnte uns hören."

„Sagen Sie mir vor allem, was Sie beabsichtigen", fragte der Notar.

Nach zehn Minuten sah die Cibot, die ihrerseits von Pons mit Hilfe eines Spiegels bemerkt worden war, wie Schmucke eine Kerze ansteckte, der Notar das Testament nach einer genauen Prüfung siegelte und Pons Schmucke auftrug, es in einem Geheimfach im Sekretär zu verbergen. Der Erblasser verlangte den Schlüssel des Sekretärs, band ihn in die Ecke seines Taschentuchs und schob das Taschentuch unter sein Kopfkissen. Aus Höflichkeit wurde der Notar zum Testamentsvollstrecker ernannt, und Pons hinterließ ihm ein wertvolles Bild, einen der Gegenstände, die man nach dem Gesetz einem Notar schenken darf. Trognon ging und traf Frau Cibot im Salon.

„Nun, Herr Notar, hat Herr Pons auch an mich gedacht?"

„Sie erwarten doch nicht, meine Beste, daß ein Notar die Geheimnisse verrät, die man ihm anvertraut hat?" antwortete Herr Trognon. „Ich kann Ihnen nur soviel sagen, daß manche Begehrlichkeit durchschaut und manche Hoffnung getäuscht worden ist. Herr Pons hat ein schönes Testament gemacht, ein kluges und patriotisches Testament, dem ich durchaus beistimme."

Man kann sich nicht vorstellen, bis zu welchem Grad sich die Neugier der Cibot steigerte, als sie diese Worte hörte. Sie ging hinunter und verbrachte die Nacht bei Cibot mit dem Vorsatz, sich von Fräulein Rémonencq vertreten zu lassen und in der Frühe zwischen zwei und drei Uhr das Testament zu lesen.

☆

DAS FALSCHE TESTAMENT

DER BESUCH VON FRÄULEIN HELOISE BRISEtout um halb elf Uhr abends erschien der Cibot ganz natürlich; aber sie hatte solche Angst, die Tänzerin könnte von den tausend Franken Gaudissarts sprechen, daß sie ihr unter einem Aufwand von Höflichkeiten und Schmeicheleien wie einer Fürstin das Geleite gab.

„Meine Liebe, auf diesem Boden bewegen Sie sich weit besser als im Theater", meinte Heloise beim Hinaufgehen. „Bleiben Sie ruhig bei Ihrem Leisten."

Heloise war von ihrem Herzensfreund Bixiou im Wagen hergebracht worden. Sie war wundervoll angezogen, denn sie ging zu einer Soiree bei Marietta, einem der berühmtesten Mitglieder der Oper. Herr Chapoulot, ehemaliger Posamentenhändler aus der Rue Saint-Denis, der Mieter des ersten Stockwerks, kam gerade mit seiner Tochter aus dem Ambigu-Comique; er war samt seiner Frau geblendet, als er einer solchen Toilette und einem so schönen Wesen auf der Treppe begegnete.

„Wer ist das, Frau Cibot?" fragte Frau Chapoulot.

„Jemand, der nichts taugt, eine, die man jeden Abend für vierzig Sous halb nackt herumspringen sehen kann ..." sagte die Pförtnerin der früheren Posamentenhändlerin ins Ohr.
„Victorine," rief Frau Chapoulot ihrer Tochter zu, „mein Kind, laß die Dame vorbeigehen."
Heloise verstand diesen Ausruf der entsetzten Mutter und drehte sich um.
„Ihre Tochter ist also leichter als Zunder, daß Sie fürchten, sie könnte sich entzünden, wenn sie mich berührt?"
Heloise sah Herrn Chapoulot mit freundlicher Miene lächelnd an.
„Auch ohne Rampenlicht ist sie meiner Treu sehr hübsch", sagte Herr Chapoulot und blieb auf der Treppe stehen.
Frau Chapoulot kniff ihren Mann, daß er aufschrie, und schob ihn in die Wohnung.
„Da haben wir", sagte Heloise, „einen zweiten Stock, der so aussieht, als ob er der vierte wäre."
„Fräulein Heloise ist doch gewöhnt zu steigen", sagte die Cibot und öffnete die Tür zur Wohnung.
„Nun, mein Alter," sagte Heloise, als sie ins Zimmer trat und den alten Musiker bleich und mit abgemagertem Gesicht liegen sah, „es geht Ihnen also nicht gut? Alle am Theater sorgen sich um Sie; aber Sie wissen ja, wenn man auch ein gutes Herz hat, so hat doch jeder seine Geschäfte und findet keine Stunde Zeit, um nach seinen Freunden zu sehen. Gaudissart spricht jeden Tag davon, daß er hierher gehen will, und jeden Morgen halten ihn die langweiligen Geschäfte der Verwaltung ab. Aber wir haben Sie doch alle lieb ..."

„Frau Cibot," sagte der Kranke, „lassen Sie uns freundlichst mit der Dame allein, wir haben vom Theater und meiner Stelle als Kapellmeister zu sprechen... Schmucke wird die Dame nachher hinunterbegleiten."

Auf ein Zeichen von Pons schob Schmucke die Cibot aus der Tür und riegelte zu.

„Oho, der verdammte Deutsche färbt auch schon ab," dachte die Cibot bei dem bedeutsamen Geräusch, „das bringt ihm alles Pons bei... Aber ihr sollt es büßen, meine Bürschchen. Ach was, wenn die Seiltänzerin ihm von den tausend Franken spricht, erkläre ich einfach, das Ganze sei ein Theaterstreich."

Und sie setzte sich an das Bett Cibots, der über den Brand in seinen Eingeweiden jammerte; Rémonencq hatte ihm in ihrer Abwesenheit zu trinken gegeben.

„Mein liebes Kind," wandte sich Pons an die Tänzerin, während Schmucke die Cibot vor die Tür setzte, „ich verlasse mich auf Ihre Ehrlichkeit: besorgen Sie mir einen zuverlässigen Notar, der morgen früh pünktlich um halb zehn hierher kommt und mein Testament aufnimmt. Ich will meinen ganzen Besitz meinem Freund Schmucke hinterlassen. Wenn der arme Deutsche Verfolgungen ausgesetzt werden sollte, soll ihn dieser Notar beraten und verteidigen. Deshalb brauche ich einen sehr angesehenen, sehr reichen Notar, der über den Gesichtspunkten steht, die manchmal die Juristen bewegen, sich bestechen zu lassen; mein armer Erbe soll eine Stütze an ihm finden. Ich mißtraue Berthier, dem Nachfolger Cardots, und Sie, die so viele Leute kennen..."

„Ich weiß etwas," erwiderte die Tänzerin, „ich denke an Leopold Hannequin, den Notar Florines, der Gräfin du Bruel; das ist ein so tugendhafter Mann, daß er nicht einmal weiß, was eine Lorette ist. Man hat das Gefühl, einen Vater bekommen zu haben, der dafür sorgt, daß man mit seinem Geld keine Dummheiten macht; ich nenne ihn den Rattenvater, denn er hat allen meinen Freundinnen vom Ballett die Grundsätze der Sparsamkeit beigebracht. Zuerst, mein Lieber, besitzt er sechzigtausend Franken Rente, abgesehen von seiner Praxis; dann ist er Notar, wie man früher Notar war! Er ist Notar, wenn er geht, und Notar, wenn er schläft. Gewiß hat er lauter kleine Notare und kleine Notarinnen gemacht ... Kurzum, ein schwerfälliger und pedantischer Mann, aber ein Mann, der die Interessen seiner Kunden vor jeder Macht verteidigt ... Er hat nie ein Verhältnis in der Stadt unterhalten, ein Familienvater, wie er im Buch steht; seine Frau betet ihn an und betrügt ihn nicht, obwohl sie Notarsfrau ist ... Was soll ich lange reden? In Paris gibt es nichts Besseres an Notar. Ein Patriarch, gar nicht lustig und amüsant wie Cardot, der mit der Malaga lebte; dafür wird er nie den Fuß erheben wie der kleine Dingsda, den die Antonia hatte. Ich sende also meinen Mann morgen früh um acht Uhr ... Du kannst ruhig schlafen. Zuerst hoffe ich, daß du gesund wirst und uns noch hübsche Musik machst, aber alles in allem, siehst du, ist das Leben nicht sehr fröhlich, die Unternehmer sparen, die Könige knausern, die Minister geizen und die reichen Leute halten die Tasche zu ... Die Künstler haben nichts mehr," meinte sie und schlug

sich auf die Brust, „es ist eine Zeit zum Sterben ... Leb wohl, mein Alter."
„Ich bitte dich vor allem um die tiefste Verschwiegenheit, Heloise."
„Das ist keine Theaterangelegenheit," sagte sie, „das ist heilig für eine Künstlerin."
„Wer ist dein Freund, Kleine?"
„Beaudoyer, der Bürgermeister deines Bezirks, ein Mann, so dumm wie der selige Crevel; denn weißt du, Crevel, einer der früheren Kommanditäre von Gaudissart, ist vor ein paar Tagen gestorben, und er hat mir nichts hinterlassen, nicht einmal ein Töpfchen Pomade. Deshalb sage ich dir, daß unser Jahrhundert ekelhaft ist."
„Und woran ist er gestorben?"
„An seiner Frau! ... Wenn er mit mir zusammen geblieben wäre, lebte er noch! Leb wohl, mein guter Alter! Ich spreche mit dir vom Krepieren, denn ich sehe dich heute in vierzehn Tagen auf dem Boulevard spazieren gehen und nach hübschen kleinen Raritäten wittern, du bist nicht krank, deine Augen sind lebhafter, als ich sie jemals gesehen habe ..."
Und die Tänzerin ging, überzeugt davon, daß ihr Günstling Garangeot das Kapellmeisterstöckchen für immer besaß. Garangeot war ihr entfernter Vetter ... Alle Türen standen ein wenig offen, und alle Haushaltungen sahen die erste Tänzerin vorübergehen. Es war ein Ereignis für das Haus. Fraisier, der jenen Bulldoggen glich, die das Stück Fleisch, in das sie sich verbissen haben, nicht mehr loslassen, stand in der Pförtnerloge neben der Cibot, als die Tänzerin sich die Tür öffnen ließ. Er wußte, daß das Testament geschrieben

war, er hatte sich über die Absichten der Pförtnerin unterrichtet, denn es war ihm so wenig wie ihr gelungen, von Trognon, dem Notar, ein Wort über das Testament zu erfahren. Es war ganz natürlich, daß er sich die Tänzerin anschaute und den Entschluß faßte, aus diesem im wörtlichen Sinn letzten Besuch Nutzen zu ziehen.

„Meine liebe Frau Cibot," sagte er, „der kritische Moment ist für Sie gekommen."

„Ach ja," erwiderte sie, „mein armer Cibot! ... Wenn ich denke, daß er sich an dem nicht mehr freuen wird, was ich haben könnte ..."

„Es handelt sich darum, zu erfahren, ob Herr Pons Ihnen etwas vermacht hat, kurz, ob Sie im Testament bedacht oder vergessen worden sind," fuhr Fraisier fort, „ich vertrete die natürlichen Erben, und von ihnen bekommen Sie in keinem Fall etwas ... Das Testament ist eigenhändig geschrieben, es ist also sehr verwundbar ... Wissen Sie, wohin es unser Mann getan hat?"

„In ein Geheimfach des Sekretärs," antwortete sie, „den Schlüssel band er in sein Schnupftuch, und das Schnupftuch steckte er unters Kopfkissen ... ich habe alles gesehen."

„Ist das Testament versiegelt worden?"

„Leider ja."

„Es ist ein Verbrechen, ein Testament zu entwenden und zu unterdrücken, aber es ist nur ein Vergehen, es anzusehen; und was will das schon besagen? Es ist nicht ganz gesetzlich, aber es sind auch keine Zeugen da. Hat der gute Mann einen festen Schlaf?"

„Das schon, aber als Sie jüngst alles untersuchen und schätzen wollten, wachte er auf, trotzdem er wie ein Klotz geschlafen haben muß. Aber ich muß das Testament sehen! Ich werde Herrn Schmucke um vier Uhr wecken, und wenn Sie kommen, können Sie es zehn Minuten lang studieren ..."

„Gut, ich komme um vier Uhr und klopfe leise an ..."

„Und ich sorge dafür, daß Fräulein Rémonencq, die mich bei Cibot vertreten soll, Bescheid weiß und öffnet; klopfen Sie aber ans Fenster, damit niemand aufwacht."

„Abgemacht," sagte Fraisier, „sorgen Sie auch für Licht, nicht wahr, eine Kerze genügt ..."

Um Mitternacht saß der arme Deutsche, den der Schmerz zerriß, in seinem Sessel und betrachtete Pons. Das verzerrte Gesicht, das an das eines Sterbenden erinnerte, erschlaffte nach all den Anstrengungen des Tages, und man konnte glauben, daß es zu Ende ging.

„Ich glaube, es bleibt mir gerade noch so viel Kraft, um mich bis morgen abend zu halten", sagte Pons philosophisch. „Kein Zweifel, daß der Todeskampf in der nächsten Nacht beginnt, mein armer Schmucke. Sobald der Notar und deine beiden Freunde fort sind, wirst du unseren guten Abbé Duplanty, den Vikar von Saint-François, holen. Der Gute weiß nicht, daß ich krank bin, morgen mittag wünsche ich die heiligen Sakramente zu erhalten ..."

Eine lange Pause trat ein.

„Gott wollte nicht, daß mein Leben sich so erfüllte, wie ich es gewünscht habe", fuhr Pons fort. „Ich hätte für eine Frau, für Kinder, für eine Familie so viel Liebe übrig gehabt! ... Von ein paar Herzen still im Winkel geliebt zu werden, das war mein ganzer Ehrgeiz! Für jeden ist das Leben hart. Ich habe Leute gesehen, die alles besaßen, was ich vergebens wünschte, und doch nicht glücklich waren ... Am Abend meines Lebens ließ mich der liebe Gott einen unerwarteten Trost finden, er gab mir dich zum Freund ... Ich brauche mir nicht vorzuwerfen, daß ich dich verkannt oder nicht genug gewürdigt habe, mein guter Schmucke; ich gab dir mein Herz und alle Liebeskraft, die in mir war ... Weine nicht, Schmucke, oder ich sage nichts mehr, und es tut doch so wohl, mit dir über uns zu sprechen ... Wenn ich auf dich gehört hätte, würde ich leben bleiben. Ich würde die Welt und meine Gewohnheiten aufgegeben haben und wäre der tödlichen Wunde entgangen. Aber jetzt will ich mich nur noch mit dir beschäftigen ..."

„Du hast unrecht! ..."

„Widersprich mir nicht, höre mich an, teurer Freund ... Du hast die Naivität, die Unschuld eines sechsjährigen Kindes, das nie seine Mutter verlassen hat: man muß es achten. Und es scheint mir, daß Gott selber für Menschen, die dir gleichen, sorgen muß. Aber die Menschen sind so schlecht, daß ich dich vor ihnen schützen will. Du sollst dein edles Vertrauen, deine heilige Leichtgläubigkeit verlieren, obwohl ich weiß, daß sie von genialen Menschen oder reinen Herzen wie du unzertrennlich sind ... Du wirst binnen kurzem Zeuge sein, wie die Cibot sich hier einschleicht, um das Testament zu lesen – sie hat uns durch die angelehnte Tür belauert ... Ich nehme an, daß die Gaunerin sich gegen Morgen dazu entschließen wird, wenn sie glauben muß, daß du eingeschlafen bist. Höre mich an und folge meinen Anweisungen wörtlich ... Du verstehst mich?" fragte der Kranke.

Schmucke, der in seinem maßlosen Schmerz heftig zitterte, hatte den Kopf auf die Rückenlehne des Sessels sinken lassen und machte den Eindruck eines Ohnmächtigen.

„Ja, ich höre dich, aber als wenn du hundert Schritte entfernt wärest ... Mir ist, als umfinge uns zusammen das Grab ..." sagte der Deutsche, den der Schmerz zerbrach. Er kam heran, legte eine Hand des Freundes zwischen seine beiden eigenen und sprach inbrünstig ein stilles Gebet.

„Was murmelst du da auf Deutsch?"

„Ich habe Gott gebeten, uns zusammen vor seinen Stuhl zu rufen", erwiderte er einfach, als das Gebet zu Ende war.

Pons beugte sich mühsam vor, seine Leber bereitete ihm unerträgliche Schmerzen, aber er konnte Schmucke erreichen und küßte ihn auf die Stirn. Seine ganze Seele ergoß sich segnend über den Freund, dessen Haltung an das Lamm erinnerte, das zu Füßen Gottes sitzt.

„Höre, mein guter Schmucke, man muß den Sterbenden gehorchen ..."

„Ich höre!"

„Unsere Schlafzimmer stehen durch die kleine Tür in Verbindung, die von deinem Alkoven in eine Nische des meinigen führt."

„Ja, aber der Weg ist durch Bilder versperrt."

„Geh und mache ihn frei, ohne zuviel Lärm zu verursachen."

„Ja ..."

„Der Zugang muß auf beiden Seiten frei sein, bei dir wie bei mir. Ist das geschehen, so lehnst du die Tür an. Wenn die Cibot kommt, um dich hier abzulösen (sie ist fähig und stellt sich heute eine Stunde früher ein), so begibst du dich wie immer zur Ruhe und stellst dich todmüde. Mach, daß du recht schlaftrunken aussiehst ... Sobald sie sich in ihren Sessel gesetzt hat, gehst du durch die Tür und beziehst deinen Posten; wenn du den kleinen Musselinvorhang ein wenig vom Glasfenster fortziehst, kannst du genau sehen, was sie tut ... Du verstehst?"
„Ich habe verstanden. Du glaubst, daß die Verbrecherin das Testament verbrennen wird ..."
„Was sie tun wird, weiß ich nicht, aber ich bin sicher, daß du sie nicht länger für einen Engel halten wirst. Und jetzt mache mir ein wenig Musik, erfreue mich noch durch eine deiner Improvisationen ... Das lenkt dich ab, du vergißt deine schwarzen Gedanken und füllst mir die Nacht mit Kunst aus ..."
Schmucke setzte sich an das Klavier.
Binnen kurzem schwebte der gute Deutsche, dessen Inspiration unter dem Einfluß des Schmerzes und der Erregung einen Aufschwung nahm, in höheren Welten. Es flossen ihm Themen zu, in die er bald den Schmerz und die raffaelsche Vollkommenheit Chopins, bald den großartigen dantehaften Schwung Liszts goß und so an die beiden musikalischen Genien erinnerte, die sich in Paganini am vollkommensten vereinigen. Wenn das Spiel einen solchen Grad der Erhabenheit erreicht hat, rückt es den ausübenden Künstler neben den Dichter, und jener ist für den Kom-

ponisten dasselbe, was der Schauspieler für den Dramatiker ist, der göttliche Übersetzer göttlicher Dinge. Schmucke aber war in dieser Nacht, in der er Pons einen Vorgeschmack vom Paradies gab, wenn die heilige Cäcilie selbst ihr Spiel unterbricht, wenn die himmlischen Konzerte erklingen, Schmucke war Beethoven und Paganini, Schöpfer und Dolmetsch in einem! Unermüdlich wie die Nachtigall, erhaben wie der Himmel, unter dem sie singt, sprudelnd an Melodien wie der Bach des Waldes, der von ihrem Schlagen hallt, übertraf er sich selbst und entrückte den alten Mann in die Extase, die Raffael so vollkommen gemalt hat, daß sie eine Wallfahrt nach Bologna wert ist. Die Stimmung dieser Stunde wurde grell durch die Klingel unterbrochen. Das Dienstmädchen aus dem ersten Stock erschien im Auftrag ihrer Herrschaft und bat Schmucke, dem Sabbat ein Ende zu machen. Frau, Herr und Fräulein Chapoulot waren aufgewacht, konnten nicht mehr einschlafen und gaben zu bedenken, daß der Tag lang genug war, um Bühnenmusik einzustudieren, und daß es in einem Haus des Marais nicht anging, die Nacht durch zu klimpern ... Es war ungefähr drei Uhr morgens.

Um dreieinhalb trat die Cibot auf, Pons behielt recht, ganz als ob er das Gespräch zwischen Fraisier und der Pförtnerin belauscht hätte. Der Kranke warf Schmucke einen verständnisvollen Blick zu, der zu sagen schien: „Habe ich gut geraten?“ Dann gab er sich den Anschein eines Mannes, der tief schläft. Die Cibot war so felsenfest von der Harmlosigkeit Schmuckes überzeugt – es ist dies eines der Mittel und einer der Gründe für den

Erfolg, den alle Kinderlisten haben – daß sie unmöglich an eine Lüge denken konnte, als er auf sie zukam und mit einer zugleich klagenden und freudigen Miene erklärte:
„Er hat eine schreckliche Nacht gehabt, es war einfach unerträglich, wie er sich herumwarf. Ich mußte Musik machen, um ihn zu beruhigen, und die Mieter aus dem ersten Stock haben heraufgeschickt! ... Das war entsetzlich, denn es ging um das Leben meines Freundes. Ich bin von dem langen Spielen so ermüdet, daß ich mich heute morgen selbst werde legen müssen."
„Meinem armen Cibot geht es auch sehr schlecht – noch ein Tag wie gestern, und es wird keine Hoffnung mehr sein! ... Was kann man tun? ... Der Wille Gottes geschehe!"
„Sie haben ein so ehrliches Herz, eine so gute Seele, daß wir zusammenziehen wollen, wenn Vater Cibot stirbt..." sagte Schmucke listig.
Wenn einfache, gerade Gemüter einmal zu heucheln beginnen, sind sie schrecklich und gleichen darin den Kindern, die ihre Fallen mit der Geschicklichkeit von Wilden legen.
„Aber nun gehen Sie schlafen, mein Herz," sagte die Cibot, „Ihre Augen sind von Müdigkeit riesengroß. Wenn mich etwas über den Verlust Cibots trösten könnte, wäre es der Gedanke, meine Tage bei einem braven Mann wie Sie zu beschließen. Seien Sie ruhig, ich werde der Frau Chapoulot schon die Meinung sagen... Wie kommt eine ehemalige Krämerin dazu, so aufzutreten..."
Schmucke bezog seinen Beobachtungsposten. Die Cibot hatte die Wohnungstür angelehnt, und Fraisier schloß sie leise, nachdem er gewartet

hatte, bis Schmucke in seinem Zimmer verschwunden war. Der Sachwalter brachte eine brennende Kerze und einen ganz leichten Messingdraht mit, um das Siegel von dem Testament zu entfernen. Die Cibot konnte das Taschentuch, an das der Schlüssel des Sekretärs gebunden war, um so leichter unter dem Kopfkissen herausziehen, als der Kranke absichtlich einen Zipfel des Tuchs hervorsehen ließ und der Diebin den Rücken zuwandte. Die Cibot begab sich zum Sekretär, öffnete ihn so leise wie möglich, fand die Feder des Geheimfachs und lief mit dem Testament in der Hand in den Salon. Dieser Umstand ärgerte Pons im höchsten Grad. Was Schmucke betraf, er zitterte vom Kopf bis zu den Füßen, als ob er selbst ein Verbrechen begangen hätte.
„Kehren Sie auf Ihren Posten zurück," sagte Fraisier zur Cibot, als er das Testament in Empfang nahm, „denn wenn er aufwacht, muß er Sie sehen."
Fraisier löste das Siegel mit einer Geschicklichkeit, die bewies, daß es nicht sein erster Versuch war, dann las er und fiel angesichts des folgenden merkwürdigen Schriftstücks in tiefes Staunen:

Dies ist mein Testament.

„Heute, den fünfzehnten April tausendachthundertfünfundvierzig, habe ich, im vollen Besitz meiner Geisteskräfte, wofür Beweis dieses zusammen mit dem Notar Herrn Trognon abgefaßte Testament ist, wohl fühlend, daß ich bald an der Krankheit sterben werde, die mich seit Anfang vergangenen Februars aufs Lager streckt, wie folgt letztwillig über mein Vermögen verfügt:

Von jeher habe ich mein Augenmerk auf die Schäden gerichtet, denen die Meisterwerke der Malerei ausgesetzt sind, derart, daß schon manches daran zugrunde gegangen ist. Ich habe immer bedauert, daß die wunderbaren Stücke unaufhörlich von Land zu Land wandern müssen, ohne jemals an einem Ort zur Ruhe zu kommen, wo sie allen Bewunderern zugänglich sind. Ich habe immer gedacht, die wirklich unsterblichen Leistungen der berühmten Meister müßten Nationalbesitz werden und stets vor dem Auge der Völker stehen, wie das Meisterwerk Gottes, das Licht, für alle seine Kinder da ist.
Da ich nun mein Leben damit zugebracht habe, einige der ruhmreichsten Werke der großen Meister aufzufinden und zu sammeln, und da diese Gemälde unverändert und nicht übermalt in meinen Besitz gelangten, habe ich nie ohne Kummer daran denken mögen, daß sie, die das Glück meines Lebens ausmachten, in einer Versteigerungshalle ausgeboten werden und die einen zu den Engländern, die andern nach Rußland gehen könnten, abermals zerstreut, wie sie vordem waren, daher habe ich beschlossen, sie vor diesem Schicksal zu bewahren, sie und die prächtigen Rahmen, in die sie gefaßt sind, und die alle den Händen der geschicktesten Arbeiter entstammen.
Aus diesen Gründen gebe und vermache ich dem König, der sie in das Museum des Louvre überführen soll, die Gemälde, die meine Sammlung bilden, unter der Bedingung, daß bei Annahme dieses Legats der König meinem Freund Wilhelm Schmucke eine lebenslängliche Rente von zweitausendvierhundert Franken aussetzt.

Wenn der König als Nutznießer des Museums das mit dieser Verpflichtung belastete Vermächtnis nicht annimmt, bilden die genannten Gemälde einen Bestandteil des Legats, das ich zugunsten meines Freundes Schmucke mache und in das ich alle Werte einschließe, die sich in meinem Besitz befinden; jedoch soll der Affenkopf von Goya an meinen Vetter, den Präsidenten Camusot, fallen, ferner das Blumenstück von Abraham Mignon, Tulpen darstellend, an Herrn Trognon, den Notar, den ich zu meinem Testamentsvollstrecker ernenne, und schließlich eine Leibrente von zweihundert Franken an Frau Cibot, die seit zehn Jahren meine Wirtschaft führt.
Mein Freund Schmucke soll die Kreuzabnahme von Rubens, eine Skizze des berühmten in Antwerpen hängenden Bildes, meiner Pfarrei geben, um damit eine Kapelle zu schmücken, ich will auf diese Weise dem Herrn Vikar Duplanty für seine Güte danken, die mir ermöglichte, als Christ und Katholik zu sterben" usw.
„Das ist der Ruin!" sagte sich Fraisier, „der Ruin aller meiner Hoffnungen! Oh, ich beginne alles zu glauben, was die Präsidentin mir von der Bosheit des alten Künstlers erzählt hat!..."
„Also, wie steht's?" fragte die Cibot, die hinzugekommen war.
„Ihr Herr ist ein Ungeheuer, er gibt alles dem Staat für sein Museum. Gegen den Staat kann man nicht Berufung einlegen!... Das Testament ist unangreifbar. Wir sind bestohlen, ruiniert, ausgeplündert, futsch!..."
„Was hat er mir vermacht?"
„Zweihundert Franken Leibrente."

„Der Mühe wert! Das ist ja ein Spitzbube, wie er im Buch steht!...“
„Gehen Sie wieder hinein,“ sagte Fraisier, „ich will das Testament Ihres Spitzbuben wieder in seine Hülle bringen.“

☆

DIE SAUVAGE ERSCHEINT WIEDER

KAUM HATTE DIE CIBOT DEN RÜCKEN GEkehrt, so vertauschte Fraisier rasch das Testament mit einem Bogen weißen Papieres; er steckte das Testament in seine Tasche und siegelte den Umschlag mit soviel Talent, daß er die Cibot, die zurückkam, fragen konnte, ob sie das geringste Zeichen entdecke. Die Cibot nahm den Umschlag, befühlte ihn und seufzte tief, als sie merkte, daß er gefüllt war. Sie hatte gehofft, daß Fraisier selber das verhängnisvolle Schriftstück verbrennen würde.
„Was kann man da machen, mein lieber Herr Fraisier?“ fragte sie.
„Das ist Ihre Sache! Ich bin nicht Erbe; wenn ich allerdings das geringste Recht auf die Sachen hier hätte,“ fügte er hinzu und zeigte auf die Sammlung, „wüßte ich wohl, was zu tun wäre...“
„Aber eben das möchte ich ja von Ihnen erfahren“, sagte die Cibot ziemlich albern.
„Es gibt zum Beispiel Feuer im Kamin“, meinte er und erhob sich zum Gehen.
„Ja, und niemand würde etwas davon wissen außer uns beiden“, sagte die Cibot.

„Man kann nie beweisen, daß ein Testament existiert hat", erläuterte der Sachwalter.
„Und Sie?"
„Ich? ... Wenn Herr Pons ohne Testament stirbt, sichere ich Ihnen hunderttausend Franken."
„Aha, ich weiß schon, man verspricht einem goldene Berge, und wenn es dann ans Zahlen geht, dann ist man die Hereingefallene ... man macht seine Erfahrungen ..."
Sie hielt noch rechtzeitig an, bevor sie Fraisier von Elias Magus erzählte.
„Ich muß jetzt fort", sagte Fraisier. „In Ihrem Interesse darf man mich nicht in der Wohnung sehn, wir treffen uns am besten unten in der Loge."
Die Cibot schloß die Tür hinter ihm und kehrte mit dem Entschluß zurück, das Testament, das sie in der Hand hielt, ins Feuer zu werfen; aber als sie das Schlafzimmer betrat und sich nach dem Kamin wandte, fühlte sie sich an beiden Armen gepackt – sie stand zwischen Pons und Schmucke, die sich zu beiden Seiten der Tür gegen den Rahmen lehnten.
„Um Gottes willen", schrie die Cibot und fiel, das Gesicht nach vorn unter schrecklichen Zuckungen hin, ob sie nun echt oder gemacht waren, man erfuhr nie die Wahrheit. Dieser Anblick hatte eine so heftige Wirkung auf Pons, daß ihn eine tödliche Schwäche überfiel. Schmucke ließ die Cibot am Boden liegen, um Pons zum Bett zu bringen. Die beiden Freunde zitterten wie Leute, die ihre Willenskräfte bei der Ausübung einer schwierigen Aufgabe überspannt haben. Als Pons lag und Schmucke sich ein wenig

erholt hatte, vernahm er ein Schluchzen. Die Cibot, die auf den Knien rutschte, schmolz in Tränen und flehte die beiden Freunde mit gerungenen Händen ausdrucksvoll genug an.
„Es war reine Neugierde," sagte sie, als sie die Blicke der beiden auf sich gerichtet sah, „reine Neugierde, mein guter Herr Pons! das ist ja das Laster der Frauen, Sie wissen schon. Aber ich wußte nicht, wie ich das Testament lesen sollte, und brachte es zurück..."
„Gehen Sie," befahl Schmucke, der sich in der ganzen Größe seines Unwillens aufrichtete, „Sie sind ein Ungeheuer, Sie haben meinen guten Pons zu töten versucht. Er hat recht, Sie sind schlimmer als ein Ungeheuer, Sie sind verrucht!"
Angesichts des Abscheus, der sich auf den reinen Zügen des Deutschen malte, stand die Cibot stolz wie Tartuffe auf, warf Schmucke einen Blick zu, vor dem er erzitterte, und ging ab, unter dem Kleid ein prächtiges kleines Bild von Metsu verbergend, von dem Elias Magus entzückt gesagt hatte: Ein Diamant. In ihrer Loge fand die Cibot Fraisier, der von ihr zu hören hoffte, sie habe den Umschlag und den weißen Bogen, den er eingeschmuggelt hatte, verbrannt; er war nicht wenig erstaunt, als er ihr bestürztes Gesicht sah.
„Was ist geschehen?"
„Was geschehen ist? Mein lieber Herr Fraisier, unter dem Vorwand, mich gut zu beraten und zu lenken, haben Sie mich für immer um meine Leibrente und das Vertrauen der Herren gebracht."
Und sie geriet in einen jener Wortschwalle, auf die sie sich so gut verstand.

„Keine überflüssigen Worte," unterbrach Fraisier trocken seine Klientin, „zur Tatsache, zur Tatsache, und rasch."

„Also hören Sie", sagte sie und erzählte den Vorgang.

„Ich habe Sie um gar nichts gebracht," erwiderte Fraisier, „die beiden Herren zweifelten an Ihrer Ehrlichkeit, sonst hätten sie Ihnen diese Falle nicht gelegt; sie lauerten Ihnen auf, sie erwarteten Sie ... Sie sagen mir nicht alles", fügte er hinzu und warf auf die Pförtnerin einen Tigerblick.

„Ich Ihnen etwas verbergen ... nach allem, was wir zusammen getan haben! ..." sagte sie zitternd.

„Aber meine Liebe, ich habe nichts Strafbares getan", sagte Fraisier und gab so zu verstehen, daß er seinen nächtlichen Besuch bei Pons verleugnete. Die Cibot fühlte, wie sich ihr die Haare auf dem Kopf sträubten und eine eisige Kälte sie überlief.

„Was sagen Sie? ..." fragte sie erstarrt.

„Die schönste Anklage ist fertig! ... Sie können wegen Unterschlagung eines Testaments angeklagt werden", antwortete Fraisier kalt.

Die Cibot konnte ihren Schrecken nicht verbergen.

„Beruhigen Sie sich, ich bin Ihr Ratgeber," fuhr er fort, „ich wollte Ihnen nur beweisen, wie leicht es auf die eine oder andere Art ist, eine Anklage zurechtzubrauen. Aber was haben Sie nur getan, daß der naive Deutsche sich ohne Ihr Wissen im Zimmer verbarg? ..."

„Nichts. Daran wird wohl der Vorfall neulich schuld sein, als ich Pons sagte, er sähe Gespenster.

Seit diesem Tage haben die Herren ihr Benehmen gegen mich ganz und gar geändert. Und Sie sind doch an allem meinem Unglück schuld, denn wenn ich auch nichts mehr über Herrn Pons vermochte, so war ich doch des Deutschen sicher, der schon davon sprach, mich zu heiraten oder mich mitzunehmen, was auf dasselbe herauskommt."
Dieser Gedankengang war so einleuchtend, daß Fraisier nichts einzuwenden fand. Er sagte:
„Fürchten Sie nichts, ich habe Ihnen eine Leibrente versprochen, ich halte mein Wort. Bis jetzt beruhte in dieser Geschichte alles auf Vermutungen, jetzt sind wir bei den Banknoten. Sie bekommen eine Leibrente von nicht weniger als zwölfhundert Franken, dafür müssen Sie allerdings, meine teure Frau Cibot, meinen Befehlen gehorchen und sich klug anstellen."
„Das will ich tun, mein lieber Herr Fraisier", sagte mit kriecherischer Geschmeidigkeit die Pförtnerin, die schachmatt war.
„Dann auf Wiedersehn", meinte Fraisier, verließ die Loge und nahm das gefährliche Testament mit sich. Das Schriftstück war eine fürchterliche Waffe, und er betrat sein Haus in bester Stimmung.
„Ich bin", dachte er, „gegen die Frau Präsidentin de Marville gedeckt, wenn sie die Absicht haben sollte, ihr Wort nicht zu halten, sie würde die Erbschaft verlieren."
Als es hell wurde, öffnete Rémonencq seinen Laden, überließ ihn der Obhut seiner Schwester und besuchte wie immer in den letzten Tagen die Pförtnerloge, um sich nach seinem guten Freund Cibot zu erkundigen. Diesmal fand er die Frau

in Betrachtung des Metsu versunken: sie fragte sich, wie ein kleines bemaltes Stück Holz so viel Geld wert sein konnte.

Er schaute ihr über die Schulter und sagte:

„Aha, das ist das einzige Bild, das Herr Magus noch gern gehabt hätte. Er sagte: Noch dieses Stück, und es fehlt mir nichts mehr an meinem Glück."

„Was würde er geben?" fragte die Cibot.

„Wenn Sie mir versprechen, mich in Ihrem Trauerjahr zu heiraten," erwiderte Rémonencq, „verpflichte ich mich, Elias Magus zwanzigtausend Franken abzunehmen. Wenn Sie mich nicht heiraten, können Sie für das Bild nie mehr als tausend Franken bekommen."

„Wieso das?"

„Weil Sie eine Quittung als Eigentümer ausstellen müssen und sofort einen Prozeß mit den Erben bekämen. Sind Sie meine Frau, so verkaufe ich das Bild an Magus, von einem Geschäftsmann wird nichts verlangt, als daß er in sein Einkaufsbuch eine Eintragung macht: ich werde eintragen, daß Herr Schmucke uns das Bild verkauft hat. Also bringen Sie es zu mir ... wenn Ihr Mann stirbt, können Sie schön in Ungelegenheiten kommen, während es niemand auffällig findet, wenn bei mir ein Bild steht ... Sie kennen mich zur Genüge. Außerdem will ich mich gern erkenntlich zeigen."

In der strafbaren Lage, in der der Händler sie überrascht hatte, nahm die habgierige Pförtnerin diesen Vorschlag an, was die beiden für immer zu Bundesgenossen machte.

„Sie haben recht, bringen Sie mir etwas Schriftliches darüber", sagte sie und schloß das Bild in ihre Kommode.

„Nachbarin," flüsterte der Händler ihr zu, indem er sie unter die Tür zog, „ich sehe wohl, daß wir unsern armen Freund Cibot nicht mehr retten können; Doktor Poulain verzweifelte gestern an ihm und sagte, er werde den Tag nicht überstehn. Ein Unglück ... aber schließlich waren Sie doch hier nicht an Ihrem Platz. Ihr Platz ist in einem schönen großen Altertumsladen am Boulevard des Capucines. Wissen Sie, daß ich in zehn Jahren nahezu an hunderttausend Franken verdient habe? Wenn Sie eines Tages ebensoviel mitbringen, mache ich Ihnen ein schönes Leben, wenn Sie meine Frau sind. Sie wollen eine richtige Bürgersfrau werden, der meine Schwester den Haushalt führt, und ..."

Der Verführer wurde von dem durchdringenden Wimmern des kleinen Schneiders unterbrochen, dessen Todeskampf begann.

„Gehen Sie," sagte die Cibot, „Sie sind ein Ungeheuer, mir von solchen Sachen zu sprechen, während mein armer Mann unter so schrecklichen Umständen stirbt."

„Wenn Sie wüßten, wie ich Sie liebe," sagte Rémonencq, „ich könnte alles tun, um Sie zu bekommen ..."

„Wenn Sie mich liebten, würden Sie mir nichts in diesem Augenblick sagen", antwortete sie.

Und Rémonencq ging mit der Gewißheit hinaus, daß er die Cibot heiraten würde. Gegen zehn Uhr gab es an der Haustür eine Art Aufruhr, denn Cibot empfing die Sakramente. Alle seine Freunde, die Pförtner und die Pförtnerinnen der

Rue de Normandie und der anstoßenden Gassen, füllten die Loge, den Toreingang und noch ein Stück Straße. So achtete man nicht weiter auf Herrn Leopold Hannequin, der mit einem seiner Kollegen kam, und ebensowenig auf Schwab und Brunner; sie alle erreichten die Wohnung, ohne von Frau Cibot gesehen zu werden. Die Pförtnerin des Nachbarhauses, bei der sich der Notar erkundigt hatte, in welchem Stock Pons wohnte, gab ihm Auskunft. Was Brunner betraf, der mit Schwab kam, so hatte er die Ponssche Sammlung ja schon besichtigt, stieg hinauf, ohne etwas zu sagen, und zeigte seinem Geschäftsbruder den Weg...

Pons widerrief förmlich das Testament vom vorangehenden Tage und setzte Schmucke als Universalerben ein. Als das geschehen war, fiel Pons, der noch eben Schwab und Brunner hatte danken und die Interessen Schmuckes dem Notar lebhaft ans Herz legen können, in die äußerste Schwäche. Das war nicht weiter verwunderlich nach der nächtlichen Szene und nach der letzten körperlichen Energie, die er soeben aufgewendet hatte. Schmucke bat Schwab, den Abbé Duplanty zu benachrichtigen, denn er wollte das Zimmer seines Freundes nicht mehr verlassen; Pons hatte die Sakramente soeben noch einmal begehrt.

Die Cibot, die am Fußende des Bettes ihres Mannes saß und übrigens von den beiden Freunden vor die Tür gesetzt worden war, kümmerte sich nicht um Schmuckes Frühstück; aber die Ereignisse dieses Morgens, der Todeskampf des armen Pons, der wie ein Held starb, zerrissen Schmuckes Herz so sehr, daß er keinen Hunger fühlte.

Da die Pförtnerin den alten Deutschen nicht sah, bat sie gegen zwei Uhr, ebensosehr aus Neugierde wie aus Interesse, die Schwester Rémonencqs, nachzusehen, ob Schmucke nichts brauchte. In diesem Augenblick gab der Abbé Duplanty dem armen Musiker die letzte Ölung, nachdem er ihm die heilige Beichte abgenommen hatte. Fräulein Rémonencq störte diese Zeremonie durch wiederholtes Klingeln. Aber Schmucke hatte Pons schwören müssen, niemand hereinzulassen, so sehr fürchtete er, bestohlen zu werden; Fräulein Rémonencq kehrte erschrocken in die Loge zurück und sagte der Cibot, Schmucke habe ihr nicht geöffnet. Fraisier nahm diesen Umstand ausdrücklich zur Kenntnis. Schmucke, der niemals jemand sterben gesehen hatte, wurde das Opfer aller Verlegenheiten, in die man in Paris bei einem Todesfall gesetzt wird, zumal wenn man ohne Beistand, Vertreter und Genossen dasteht. Fraisier, der wußte, daß Angehörige, die wirklich trauern, in solchen Fällen den Kopf verlieren, und der seit dem Frühstück in der Loge saß und in ewiger Besprechung mit dem Doktor Poulain begriffen war, faßte nun den Entschluß, alle Schritte Schmuckes selbst zu lenken. Die beiden Freunde, der Doktor Poulain und Fraisier, schlugen folgenden Weg ein, um zu diesem wichtigen Ziel zu gelangen.

Der Küster von Saint-François, ein ehemaliger Glashändler namens Cantinet, wohnte in der Rue d'Orléans in dem mittleren Gebäude des Poulainschen Hauses. Seine Frau, die das Geld für die vermieteten Stühle einzog, war von Doktor Poulain umsonst behandelt worden, so daß sie ihm eine natürliche Dankbarkeit bewahrte. Auch hatte es sich von selbst ergeben, daß sie ihm öfter die Schicksalsschläge ihres Lebens erzählte. Die beiden Nußknacker, die jeden Sonntag und an den Feiertagen das Hochamt in Saint-François besuchten, standen auf gutem Fuß mit dem Küster, dem Schweizer, dem Weihwasserreicher, kurz mit der ganzen Kirchendienerschaft, die in Paris als niederer Klerus bezeichnet wird und von den Gläubigen hier und da ein kleines Trinkgeld bekommt. Frau Cantinet kannte also Schmucke so gut, wie Schmucke sie kannte. Diese Frau litt an zwei Wunden, die es Fraisier ermöglichten, sie als blindes und unfreiwilliges Werkzeug zu benutzen. Der junge Cantinet hatte in seiner Leidenschaft fürs Theater die Kirchenlaufbahn, in der er es zum Schweizer bringen konnte, verschmäht und war unter die Statisten des Cirque-Olympique gegangen; er führte ein ungeregeltes Leben, zum Schmerz seiner Mutter, die ihre Börse oft seinen Zwangsanleihen öffnen mußte. Ferner war der alte Cantinet dem Likör und der Faulheit hingegeben, er hatte um dieser beiden Laster willen seinen Handel aufgeben müssen. Weit entfernt, sich zu bessern, fand der Unglückliche in seinem neuen Beruf das Mittel, um sowohl der einen wie der anderen Leidenschaft zu frönen: er tat nichts und trank mit den Kutschern der Hochzeitswagen, mit den Angestellten der Bestattungsgeschäfte, mit den Almosenempfängern des Pfarrers, und jeden einzelnen Tag färbte sich bereits um die Mittagszeit sein Gesicht purpurrot.

Frau Cantinet sah sich in ihren alten Tagen dem Elend ausgesetzt, obwohl sie, nach ihrer Aussage wenigstens, ihrem Mann zwölftausend Franken Mitgift zugebracht hatte. Die hundertmal vernommene Geschichte ihrer Leiden brachte den Doktor Poulain auf den Gedanken, mit ihrer Hilfe die Frau Sauvage als Köchin und Putzfrau leichter bei Pons und Schmucke unterzubringen. Frau Sauvage vorzustellen, war unmöglich; denn das Mißtrauen der beiden Nußknacker hatte sich aufs äußerste gesteigert, und der Umstand, daß Fräulein Rémonencq nicht zugelassen wurde, bewirkte, daß Fraisier sich in dieser Hinsicht keiner Täuschung hingab. Aber die beiden Freunde waren überzeugt, daß die frommen Musiker blindlings mit einer vom Abbé Duplanty empfohlenen Person zufrieden sein würden. Nach ihrem Plan sollte die Sauvage Frau Cantinet begleiten; war die Bonne Fraisiers erst einmal da, so wog sie Fraisier selbst auf.

Als der Abbé Duplanty unter dem Torbogen erschien, wurde er einen Augenblick von den zahllosen Freunden Cibots aufgehalten, die alle dem ältesten und angesehensten Pförtner des Viertels ihre Teilnahme bekundeten.

Der Doktor Poulain begrüßte den Abbé Duplanty, zog ihn zur Seite und sagte:

„Ich will gerade nach dem armen Pons sehen; er könnte noch davonkommen; er müßte einverstanden sein, daß eine Operation vorgenommen wird, um die Steine aus den Bläschen zu entfernen. Man kann sie von außen fühlen, sie verursachen eine Entzündung, die mit dem Tod enden wird; vielleicht ist es noch Zeit einzuschreiten. Sie müßten Ihren ganzen Einfluß bei Ihrem Beichtkind geltend machen; ich stehe für sein Leben ein, wenn während der Operation kein schlechter neuer Umstand eintritt."

„Sobald ich die heilige Hostie zur Kirche gebracht habe, kehre ich zurück," sagte der Abbé Duplanty, „denn Herr Schmucke ist in einem Zustand, der geistlichen Zuspruch nötig macht."

„Ich höre soeben, daß er allein ist," sagte der Doktor Poulain, „dieser gute Deutsche hat heute morgen einen kleinen Streit mit Frau Cibot gehabt, die seit zehn Jahren den beiden Herren die Wirtschaft führt; der Bruch ist wohl nur vorübergehend, aber Herr Schmucke kann unter den Umständen, die nun bald eintreten werden, nicht ohne Hilfe bleiben. Die Nächstenliebe verlangt, daß man für ihn denkt – Sagen Sie doch, Cantinet," rief der Doktor den Küster an, „Sie könnten Ihre Frau fragen, ob sie Herrn Pons pflegen und ein paar Tage lang an Stelle von Frau Cibot die Wirtschaft für Herrn Schmucke führen will ... Übrigens hätte sich Frau Cibot auch ohne diesen Streit immer vertreten lassen müssen. Die Cantinet ist eine ehrliche Frau", wandte sich der Doktor wieder zum Abbé Duplanty.

„Eine bessere Wahl kann man gar nicht treffen," erwiderte der gute Priester, „sie besitzt ja als Stuhlgeldeinnehmerin das Vertrauen des Kirchenvorstands."

Kurz danach beobachtete der Doktor Poulain am Bett des armen Pons den Fortschritt des Todeskampfs, Schmucke flehte den Freund umsonst an, sich operieren zu lassen. Der alte Musiker beantwortete die Bitten des verzweifelten Deutschen nur mit ablehnenden Kopfbewegungen, höchstens daß er dazwischen einmal ein Zeichen von Ungeduld zu erkennen gab. Zuletzt raffte der Sterbende seine Kräfte zusammen, warf Schmucke einen schrecklichen Blick zu und sagte:

„So laß mich doch ruhig sterben!“

Schmucke wurde vor Schmerz fast ohnmächtig, aber er ergriff die Hand seines Freundes, küßte sie sanft und hielt sie zwischen seinen beiden Händen fest, ihm so noch einmal sein eigenes Leben mitteilend. Jetzt hörte der Doktor Poulain die Klingel gehen, ging zur Tür und öffnete dem Abbé Duplanty.

„Unser armer Kranker“, sagte Poulain, „liegt bereits in den Armen des Todes, in ein paar Stunden wird er ausgelitten haben, Sie schicken ohne Zweifel einen Priester, der heute nacht die Totenwache übernimmt. Aber es ist Zeit, Herrn Schmucke Frau Cantinet und eine Putzfrau zu bringen, er ist ja unfähig, an irgend etwas zu denken, ich fürchte für seinen Verstand, und es gibt hier Werte, die von zuverlässigen Personen bewacht werden müssen.“

Der Abbé Duplanty, ein guter, würdiger Priester ohne Mißtrauen und Verschlagenheit, verschloß sich der Trefflichkeit dieser Bemerkungen nicht und war im übrigen von den guten Eigenschaften des Arztes seines Viertels überzeugt; er trat auf die Schwelle des Sterbezimmers und gab Schmucke zu verstehen, daß er ihn sprechen wollte. Schmucke konnte sich nicht entschließen, die Hand seines Freundes fahren zu lassen, sie klammerte und krümmte sich um die seinige, als wolle sich der Kranke in seinem Sturz in einen Abgrund an etwas festhalten. Aber wie man weiß, sind Sterbende Halluzinationen ausgeliefert, die bewirken, daß sie nach allem greifen, wie bei einer Feuersbrunst die Leute nach ihren wertvollsten Dingen suchen: so ließ Pons Schmucke los, um mit einer ebenso schrecklichen wie bezeichnenden Bewegung der Habsucht und der Hast nach seinen Decken zu greifen und sie um den Leib zu ziehen. Als der Deutsche zu dem Priester trat, sagte dieser:

„Was soll aus Ihnen werden, wenn Sie mit Ihrem toten Freund allein sind? Die Frau Cibot ist ja nicht mehr da ...“

„Ein Ungeheuer, das Pons getötet hat!“ sagte er.

„Aber Sie müssen jemand in Ihrer Nähe haben, der heute nacht bei dem Toten wacht“, mischte sich der Doktor Poulain ein.

„Ich werde bei ihm wachen, ich werde für ihn beten! ...“ antwortete der unschuldige Deutsche.

„Aber Sie müssen essen! ... Und wer soll Ihnen jetzt die Küche besorgen?“ fragte der Doktor.

„Der Schmerz nimmt mir den Appetit“, antwortete naiv Schmucke.

„Aber“, sagte Poulain, „man muß den Sterbefall mit Zeugen anmelden, man muß den Leichnam entkleiden und in ein Tuch nähen, man muß das Begängnis bestellen, man muß dem, der bei der Leiche wacht, und dem Priester, der dasselbe tut, zu essen geben: werden Sie das alles allein tun? ... Man stirbt in der Hauptstadt der zivilisierten Welt nicht wie ein Hund!“

Schmucke riß erschreckt seine Augen auf und erschien einen Augenblick wie wahnsinnig:

„Aber Pons wird nicht sterben, ich werde ihn erretten! ...“

„Lange können Sie es ohne Schlaf nicht aushalten, und wer soll Sie dann ersetzen? Denn man

muß sich fortwährend mit ihm abgeben, ihm zu trinken reichen und die Medizin bereiten ..."
„Ach, das ist wahr!" sagte der Deutsche.
„Nun also," meinte der Abbé Duplanty, „so will ich Ihnen sagen, daß ich an Frau Cantinet denke, eine brave, ehrliche Frau ..."
Die Ausmalung der einzelnen Pflichten, die er gegen seinen toten Freund hatte, lähmte Schmucke derart, daß er mit ihm hätte sterben mögen.
„Er ist ein Kind", sagte der Doktor Poulain zum Abbé Duplanty.
„Vorwärts! ..." wiederholte Schmucke mechanisch.
„Ja," sagte der Vikar, „ich spreche jetzt mit Frau Cantinet und schicke sie Ihnen."
„Unnötig, daß Sie sich die Mühe machen," bemerkte der Doktor, „sie ist meine Nachbarin, und ich gehe sowieso nach Hause."
Der Tod ist ein unsichtbarer Mörder, mit dem der Sterbende ringt; im Todeskampf empfängt er die letzten Stöße, versucht sie zu erwidern und sinkt zusammen. Pons befand sich in diesem letzten Stadium. Er ließ ein Stöhnen hören, das mit Schreien vermischt war. Augenblicklich eilten Schmucke, der Abbé Duplanty und Poulain an sein Bett. Plötzlich kam über Pons, der im Sitz des Lebens selbst jene letzte Wunde empfangen hatte, die die Bande zwischen Körper und Seele löst, für ein paar Augenblicke die vollkommene Ruhe, die auf den Todeskampf folgt; er fand das Bewußtsein wieder, die Heiterkeit des Todes lag auf seinem Gesicht, er schaute die Anwesenden an, und es sah fast aus, als lache er.
„O Doktor, was habe ich gelitten; aber Sie hatten

recht, es geht mir besser ... Dank, mein guter Abbé; ich fragte mich, wo Schmucke ist..."
„Schmucke hat seit gestern abend nichts gegessen, und es ist jetzt vier Uhr! Sie haben niemand mehr bei sich, und es wäre gefährlich, Frau Cibot wieder zu holen..."
„Die ist zu allem fähig", sagte Pons und verriet bei ihrem Namen seinen ganzen Schrecken. „Es ist wahr, Schmucke braucht jemand, der ganz ehrlich ist."
„Abbé Duplanty und ich," sagte nun Poulain, „wir haben Ihnen beiden diese Sorge abgenommen..."
„Danke vielmals," antwortete Pons, „ich hatte nicht daran gedacht..."
„Der Abbé schlägt Ihnen Frau Cantinet vor..."
„O die Stuhlvermieterin!" rief Pons. „Ja, das ist eine ausgezeichnete Person."
„Sie liebt die Cibot nicht", fuhr der Doktor fort, „und wird für Herrn Schmucke gut sorgen."
„Schicken Sie sie mir, mein guter Herr Duplanty ... sie und ihren Mann, ich werde ruhig sein. Man wird hier nichts stehlen..."
Schmucke hatte wieder die Hand seines Freundes ergriffen und hielt sie voll Freude fest, denn er glaubte, die Gesundheit sei zurückgekehrt.
„Gehen wir, Herr Abbé," sagte der Doktor, „ich werde die Frau Cantinet sofort schicken. Ich verstehe mich darauf, vielleicht trifft sie Herrn Pons nicht mehr lebend an."

☆

WÄHREND DER ABBÉ DUPLANTY DEN STERBENDEN bestimmte, Frau Cantinet als Wärterin zu nehmen, hatte Fraisier die Stuhlvermieterin zu sich kommen lassen und sie seiner verdorbenen Beredsamkeit, dem unwiderstehlichen Geist seiner verschlagenen Begabung ausgesetzt. Die Cantinet, eine vertrocknete gelbe Frau mit großen Zähnen, kalten Lippen, ein vom Unglück abgestumpftes Geschöpf, das auch darin den Frauen aus dem Volk glich, daß es das Glück im leichtesten täglichen Vorteil sah, hatte bald eingewilligt, die Sauvage als Putzfrau mitzunehmen.

Die Bonne Fraisiers hatte ihrerseits das Stichwort schon erhalten. Sie hatte versprochen, ein Netz aus Eisendraht um die beiden Musiker zu ziehen und sich auf die Lauer zu legen, wie die Spinne eine gefangene Fliege belauert. Sie sollte zum Lohn für ihre Mühe einen Tabakverschleiß bekommen; Fraisier fand so das Mittel, sich seiner angeblichen Amme zu entledigen, und setzte der Cantinet einen Spion und Hüter auf die Fersen.

Da zur Wohnung der beiden Freunde eine Dienstbotenkammer und eine kleine Küche gehörte, konnte die Sauvage auf einem Feldbett schlafen und für Schmucke kochen. Als die Frauen in Begleitung des Doktors die Wohnung betraten, hatte Pons gerade seinen letzten Seufzer ausgestoßen, ohne daß Schmucke es bemerkte. Der Deutsche hielt die Hand des Freundes, die langsam erkaltete, noch immer in den seinen. Er gebot Frau Cantinet durch ein Zeichen Stillschweigen; aber Frau Sauvage, die wie ein Dragoner auftrat, überraschte ihn dermaßen, daß ihm eine Bewegung des Schreckens entschlüpfte, woran dieses Mannweib schon gewöhnt war.

„Diese Frau", sagte Frau Cantinet, „ist eine Dame, für die Herr Duplanty bürgt; sie war Köchin bei einem Bischof und ist die Ehrlichkeit selbst; sie wird die Küche übernehmen."

„Oh, Sie können laut sprechen," rief die mächtige und asthmatische Sauvage aus, „der arme Herr ist tot ... er ist eben gestorben."

Schmucke stieß einen durchdringenden Schrei aus, er fühlte die eiskalte Hand Pons' steif werden, er heftete seine starren Augen auf die des Freundes, deren Ausdruck ihn verrückt gemacht hätte, wenn die Sauvage nicht gewesen wäre. Sie war ohne Zweifel an solche Szenen gewöhnt, ging mit einem Spiegel in der Hand zum Bett und hielt ihn vor die Lippen des Toten, und da kein Hauch den Spiegel trübte, löste sie rasch Schmuckes Hand aus der Hand des Toten.

„Lassen Sie sie los, sonst können Sie sie nicht mehr wegnehmen; Sie wissen nicht, wie hart die Knochen werden! Die Erstarrung der Toten vollzieht sich schnell. Wenn man einen Leichnam nicht zurechtlegt, solange er noch warm ist, muß man ihm nachher die Glieder zerbrechen ..."

So war es diese schreckliche Frau, die dem armen verschiedenen Musiker die Augen zudrückte; dann zog sie Pons aus mit der Selbstverständlichkeit der Krankenpflegerinnen – sie hatte diesen Beruf zehn Jahre lang ausgeübt – legte ihn zurecht, preßte ihm die Hände an die Seiten des Körpers und zog ihm die Decke bis zur Nase, gerade so wie ein Gehilfe in einem Laden ein Paket zurechtmacht.

„Ich brauche ein Bettuch, um ihn einzuhüllen; wo nehme ich es her? ..." fragte sie Schmucke, den dieses Schauspiel mit Entsetzen erfüllte. Nachdem er gesehen hatte, mit welch großem Respekt vorher der Priester mit dem Geschöpf umging, das für eine so große Zukunft im Himmel bestimmt ist, war diese Art, einen Menschen wie einen Gegenstand zu verpacken, ein Schauspiel, über dem man vollständig den Verstand verlieren konnte.

„Machen Sie, was Sie wollen," antwortete Schmucke mechanisch.

Das unschuldige Geschöpf sah zum erstenmal einen Menschen sterben, und dieser Mensch war Pons, der einzige Freund, das einzige Wesen, das ihn verstanden und geliebt hatte! ...

„Ich werde Frau Cibot fragen, wo die Bettücher sind", sagte die Sauvage.

„Wir werden ein Feldbett brauchen, auf dem diese Frau schlafen kann", sagte Frau Cantinet zu Schmucke.

Schmucke machte ein Zeichen mit dem Kopf und brach in Tränen aus. Frau Cantinet ließ den Unglücklichen in Ruhe, aber nach einer Stunde kam sie zurück und sagte:

„Herr Schmucke, können Sie uns Geld geben, um einzukaufen?"

Schmucke sah Frau Cantinet mit einem Blick an, der den wildesten Haß entwaffnen mußte; er zeigte auf das weiße, trockene und spitze Gesicht des Toten, als ob dieser Anblick alles erklärte.

„Nehmen Sie alles und lassen Sie mich weinen und beten", sagte er und kniete nieder.

Frau Sauvage hatte Fraisier Pons' Tod mitgeteilt,

er fuhr in der Droschke zur Präsidentin und verlangte für den nächsten Tag die Vollmacht, die ihm das Recht gab, die Erben zu vertreten.

Eine Stunde nach ihrer letzten Frage sagte Frau Cantinet zu Schmucke:

„Ich bin bei Frau Cibot gewesen, die in Ihrem Haushalt Bescheid weiß, damit sie mir sagt, wo ich die Sachen finde; aber da auch Cibot eben gestorben ist, hat sie das verworrenste Zeug geredet... Hören Sie doch, Herr Schmucke!..."

Schmucke sah die Frau an, die keine Ahnung davon hatte, wie roh sie war; denn das Volk ist daran gewöhnt, die größten seelischen Leiden stumpf zu ertragen.

„Wir müssen Leinwand für ein Leichentuch haben, wir brauchen Geld für ein Feldbett als Lager für Frau Sauvage; wir müssen Küchengeschirr kaufen, Schüsseln, Teller, Gläser, denn es wird während der Nacht ein Priester hierher kommen, und es ist rein nichts in der Küche zu finden."

„Ja," wiederholte die Sauvage, „ich brauche Holz und Kohlen, um das Mittagessen zu bereiten, und ich sehe nichts! Es ist übrigens kein Wunder, die Cibot hat Ihnen ja alles geliefert..."

„Liebe Frau Sauvage", sagte Frau Cantinet und zeigte auf Schmucke, der in einem Zustand vollkommener Unempfindlichkeit zu Füßen des Toten lag. „Sie wollen mir nicht glauben, er antwortet auf keine Frage."

„Schön, mein Kind," sagte die Sauvage, „ich will Ihnen zeigen, was man in solchen Fällen tut."

Die Sauvage schaute sich in dem Zimmer um, wie Diebe tun, die das versteckte Geld suchen. Sie ging geradenwegs auf Pons' Kommode zu, zog die erste Schublade heraus, sah den Beutel, in den Schmucke das Geld getan hatte, das von dem Bilderverkauf übriggeblieben war, und zeigte es Schmucke, der mechanisch nickte.

„Hier ist Geld, Kleine", sagte die Sauvage zu Frau Cantinet; „ich werde es zählen und davon nehmen, um das Nötige zu kaufen, Wein, Lebensmittel, Kerzen, kurz, alles, denn sie haben nichts... Suchen Sie in der Kommode ein Leintuch zum Einhüllen des Leichnams. Man hat mir wohl gesagt, daß der arme Herr einfältig sei; aber ich weiß nicht, was er ist, es ist schlimmer. Er ist wie ein neugeborenes Kind, man wird ihm sein Essen einflößen müssen..."

Schmucke betrachtete die beiden Frauen und was sie taten, genau wie ein Irrsinniger sie betrachtet hätte. Vom Schmerz zerbrochen, in einem Zustand der Erstarrung, hörte er nicht auf, Pons' Gesicht gebannt anzusehen, dessen Züge infolge der vollkommenen Todesruhe sich verklärten. Er hoffte, selbst zu sterben, und alles war ihm gleichgültig. Eine Feuersbrunst hätte das Zimmer verschlingen können, ohne daß er sich gerührt hätte.

„Es sind zwölfhundertsechsundfünfzig Franken", sagte die Sauvage.

Schmucke zuckte die Achseln. Als die Sauvage fortfahren wollte, Pons einzuhüllen, und die Leinwand an seinem Körper maß, um das Leichentuch zu schneiden und zu nähen, kam es zu einem fürchterlichen Kampf zwischen ihr und dem armen Deutschen. Schmucke glich ganz einem Hund, der jeden beißt, der den Leichnam seines Herrn berühren will. Die Sauvage wurde ungeduldig, ergriff den Deutschen, setzte ihn in einen

Lehnstuhl und hielt ihn dort mit herkulischer Kraft fest.
„Rasch, Kleine, nähen Sie den Toten in das Tuch“, sagte sie zu Frau Cantinet.
Nachdem diese Arbeit getan war, brachte die Sauvage Schmucke an seinen Platz zu Füßen des Bettes zurück und sagte zu ihm:
„Verstehen Sie jetzt? Wir mußten den armen toten Mann doch einkleiden.“
Schmucke begann zu weinen; die beiden Frauen ließen ihn allein und ergriffen Besitz von der Küche, in die sie beide allein in kurzer Zeit alles zum Leben Notwendige schafften. Nachdem die Sauvage eine erste Rechnung über dreihundertsechzig Franken aufgestellt hatte, begann sie, ein Mahl für vier Personen vorzubereiten, und was für ein Mahl! Es gab den Fasan der kleinen Leute, als Grundstock eine fette Gans, ein gefülltes Omelett, Gemüsesalat und den unumgänglichen Suppentopf, zu dem sie die Zutaten in solcher Menge nahm, daß die Brühe einem Fleischgelee glich. Um neun Uhr abends kam der von dem Vikar zur Totenwache geschickte Priester mit Cantinet, er brachte vier Kerzen und Kirchenleuchter. Der Priester fand Schmucke im Bett neben seinem Freund liegen, den er eng umarmt hielt. Nur die Macht der Kirche erreichte, daß Schmucke sich von dem Leichnam trennte. Der Deutsche kniete nieder, und der Priester richtete sich bequem im Lehnstuhl ein. Während der Priester seine Gebete las und Schmucke auf den Knien vor Pons Gott bat, ihn durch ein Wunder mit Pons zu vereinigen, damit er mit dem Freund zusammen begraben würde, war Frau Cantinet nach dem Tem-

ple gegangen, um ein Feldbett und das Bettzeug für Frau Sauvage zu kaufen; denn die zwölfhundertsechsundfünfzig Franken betrachteten sie als gute Beute. Um elf Uhr abends kam Frau Cantinet um zu fragen, ob Schmucke eine Kleinigkeit essen wollte. Der Deutsche machte ein Zeichen, daß man ihn in Ruhe lassen solle.

„Das Abendessen wartet auf Sie, Herr Pastelot", sagte darauf die Stuhlvermieterin zum Priester.

Als Schmucke allein war, lächelte er wie ein Verrückter, für den endlich die Zeit kommt, einen jener Wünsche zu erfüllen, die nur mit den Begierden schwangerer Frauen verglichen werden können. Er warf sich über Pons und hielt ihn noch einmal eng umschlungen. Um Mitternacht kam der Priester zurück und schalt Schmucke, der Pons losließ und wieder zu beten anfing. Bei Tagesanbruch ging der Priester weg. Um sieben Uhr morgens sah der Doktor Poulain voll Herzlichkeit nach Schmucke und wollte ihn zum Essen veranlassen; aber der Deutsche weigerte sich.

„Wenn Sie jetzt nicht essen, werden Sie bei Ihrer Rückkehr hungrig sein," sagte der Doktor, „denn Sie müssen jetzt mit einem Zeugen zum Standesamt gehen, den Tod von Herrn Pons anzeigen und den Totenschein ausstellen lassen..."

„Ich!" sagte der Deutsche entsetzt.

„Wer sonst?... Sie können sich dem nicht entziehen, denn Sie sind der einzige Mensch, der ihn hat sterben sehen..."

„Ich fühle meine Beine nicht mehr", ... antwortete Schmucke und flehte den Doktor Poulain um Hilfe an.

„Nehmen Sie einen Wagen", sagte der heuchlerische Arzt sanft. „Ich habe den Tod schon bescheinigt. Bitten Sie jemand aus dem Hause, Sie zu begleiten. Die beiden Frauen hüten die Wohnung während Ihrer Abwesenheit."

Man macht sich keinen Begriff davon, was die tausend Vorschriften des Gesetzes für den echten Schmerz bedeuten. Sie bringen einen dazu, die Zivilisation zu hassen und die Sitten der Wilden vorzuziehen. Um neun Uhr führte Frau Sauvage Schmucke hinunter, indem sie ihn stützte, und im Wagen war er genötigt, Rémonencq zu bitten, mit ihm im Rathaus das Ableben von Pons zu bezeugen. Überall und in allen Dingen zeigt sich in Paris der Standesunterschied, in diesem Land, das von der Idee der Gleichheit berauscht ist. Diese unbeugsame Macht der Dinge wird bei einem Todesfall ungeheuer. In den reichen Familien erspart ein Verwandter, ein Freund, ein bezahlter Vermittler den Weinenden diese schrecklichen Einzelheiten; aber in dieser Beziehung wie bei der Verteilung der Steuern trägt das Volk, das hilflose Proletariat, die ganze Last des Leidens.

„Oh, Sie haben schon recht, um ihn zu trauern," sagte Rémonencq, als dem armen Märtyrer eine Klage entschlüpfte, „denn es war ein guter Mann, ein ehrenwerter Mann, der eine schöne Sammlung hinterläßt; aber wissen Sie, Herr Schmucke, daß Sie als Ausländer in große Verlegenheit kommen werden, denn man erzählt überall, daß Sie der Erbe von Herrn Pons sind."

Schmucke hörte nichts, er war in einen Schmerz versunken, der dem Irrsinn nahe kam. Die Seele hat ihre Starrkrämpfe wie der Körper.

„Und Sie täten gut daran, sich nach einem Ratgeber, nach einem Vertreter Ihrer Interessen umzusehen."

„Einem Vertreter meiner Interessen!" wiederholte Schmucke mechanisch.

„Sie werden sehen, daß Sie ohne das nicht auskommen. An Ihrer Stelle nähme ich einen Mann von Erfahrung, der das Vertrauen des Viertels besitzt . . . ich selbst bediene mich bei allen meinen kleinen Geschäften Tabareaus . . . des Gerichtsvollziehers . . . Wenn Sie seinem ersten Schreiber Vollmacht geben, sind Sie aller Sorgen ledig."

Dieser Gedanke, der von Fraisier ersonnen und dann von Rémonencq und der Cibot gebilligt worden war, blieb im Gedächtnis Schmuckes haften; denn in den Augenblicken, wo der Schmerz die Seele lähmt und an ihren Funktionen hindert, bewahrt das Gedächtnis alle Eindrücke, selbst die zufälligsten.

Schmucke sah Rémonencq, während er ihm zuhörte, mit einem so vollständig leeren Blick an, daß der Händler nichts mehr sagte.

„Wenn er so idiotisch bleibt," dachte Rémonencq, „kann ich ihm den ganzen Plunder da oben für hunderttausend Franken abkaufen, vorausgesetzt, daß er ihm gehört."

„Hier ist das Standesamt," fügte er laut hinzu.

Er mußte Schmucke aus dem Wagen heben und mit beiden Armen stützen, bis sie das Zimmer des Standesbeamten erreichten, das mit einer Hochzeitsgesellschaft gefüllt war. Schmucke mußte warten, bis die Reihe an ihn kam, denn einer der in Paris häufigen Zufälle wollte, daß der Beamte fünf oder sechs Todesfälle aufzunehmen hatte.

Den armen Deutschen erwartete ein Leidensweg, der dem Christi gleichkam.
„Der Herr ist Herr Schmucke?“ fragte ein Mann in Schwarz den Deutschen, der nicht begriff, daß sein Name genannt wurde. Er sah den Mann mit derselben stumpfen Miene an wie vorher Rémonencq.
„Aber,“ wandte sich der Händler an den Unbekannten, „was wollen Sie von ihm? Lassen Sie doch den Herrn in Ruhe. Sie sehen, wie bedrückt er ist.“
„Der Herr hat seinen Freund verloren, und ohne Zweifel ist er entschlossen, das Gedächtnis des Toten würdig zu ehren, da er ihn beerbt“, sagte der Unbekannte. „Der Herr wird gewiß nicht knausern, sondern eine sogenannte ewige Grabstätte für den Stein kaufen. Herr Pons liebte die Künste so! Es wäre sehr schade, wollte man auf seinem Denkmal nicht die Musik, die Malerei und die Bildhauerei darstellen..., drei weinende Gestalten in Lebensgröße...“
Rémonencq machte eine richtige auvergnatische Bewegung, um den Mann zu entfernen, aber der Mann antwortete mit einer anderen, sozusagen kaufmännischen Geste, die zu sagen schien: „Lassen Sie mich doch meine Geschäfte machen“, und die der Händler verstand.
„Ich bin der Vertreter des Hauses Sonet und Kompanie, Unternehmen für Grabdenkmäler“, fuhr der Agent fort, den Walter Scott den „jungen Gräbermann“ genannt hätte. „Wenn der Herr uns seine Bestellung überträgt, spart er den Weg in die Stadt, wir kaufen ihm den Begräbnisplatz für den Freund, den die Künste betrauern...“

Zum Zeichen der Einwilligung nickte Rémonencq mit dem Kopf und stieß Schmucke mit dem Ellbogen an.

„Wir erfüllen täglich alle die Formalitäten für Familien“, redete der Agent weiter, durch die Bewegung des Auvergnaten ermutigt. „Im ersten Augenblick des Schmerzes ist es schwierig für einen Erben, sich selbst mit diesen Einzelheiten abzugeben, und wir sind gewöhnt, solche kleine Dienste für unsere Kunden zu übernehmen. Hier der Tarif für unsere Denkmäler aus Haustein oder Marmor ... Wir lassen Familiengräber ausheben ... wir befassen uns mit allem zum billigsten Preis. Unser Haus hat das prächtige Grabmal für die schöne Esther Gobsek und Lucien de Rubempré geliefert, es ist eine der größten Sehenswürdigkeiten des Père Lachaise. Wir haben die besten Arbeiter, und ich warne den Herrn vor den kleinen Unternehmern, die nur Schund herstellen“, fügte er hinzu, als er einen anderen ebenfalls schwarz gekleideten Mann herankommen sah, der sich anschickte, für ein anderes Haus in Marmordenkmälern eine Rede zu halten.

Man hat oft gesagt, der Tod sei der Abschluß einer Reise, aber man weiß nicht, wie sehr dieser Vergleich in Paris stimmt. Ein Toter, vor allem ein Toter von Rang, wird an dem „düsteren Ufer“ wie ein Reisender in Empfang genommen, der in einem Hafen landet und den alle Hotelagenten mit ihren Anpreisungen überfallen. Niemand denkt an den Tod und an seine gesellschaftlichen Folgen, niemand außer ein paar Philosophen oder ein paar Familien, die in ihrem Glauben an sich selbst Grabstätten bauen lassen, wie sie Paläste bauen. Der Tod kommt immer zu früh, und außerdem hindert ein begreifliches Gefühl die Erben, ihn für nur möglich zu halten. So kommt es, daß jeder, der Vater, Mutter, Frau oder Kind verliert, sich augenblicklich von den Agenten überrannt sieht, die sich die Verwirrung und Bestürzung zunutze machen, um eine Bestellung herauszuschlagen. Früher fanden sich die Unternehmer von Denkmälern alle in der Nähe des berühmten Père Lachaise zusammen, wo sie noch heute eine Straße bewohnen, die am besten Gräberstraße hieße; sie lauerten den Erben am Grabe oder am Tor des Kirchhofes auf, aber der Wettbewerb, der ganze Geist der Spekulation hat sie vorangetrieben, und in unseren Tagen sind sie zur Stadt hinuntergestiegen, bis in die Räume des Standesamtes. Manchmal dringen sie bis ins Totenhaus selbst, den Plan für das Denkmal in der Hand.

„Ich unterhandle mit dem Herrn", sagte der Agent des Hauses Sonet zu dem neuen Agenten.

„Todesfall Pons! ... Wo sind die Zeugen? ..." rief der Schreiber.

„Kommen Sie", wandte sich der Agent an Rémonencq.

Rémonencq bat ihn, Schmucke unterzufassen, der wie eine regungslose Masse auf seiner Bank verharrte; sie führten ihn an die Schranke, hinter der der Beamte für Todesfälle sich gegen den Schmerz des Publikums verschanzt. Rémonencq, die Vorsehung Schmuckes, wurde vom Doktor Poulain unterstützt, der die nötigen Angaben über Alter und Geburtsort machte. Der Deutsche wußte nur eines, daß Pons sein Freund war.

Nach vollzogener Unterschrift setzten Rémonencq und der Doktor den armen Deutschen in den Wagen; der eifrige Agent, dem es um einen Auftrag zu tun war, schlüpfte mit hinein. Zu Hause stand unter der Tür schon die Sauvage bereit, nahm den nahezu ohnmächtigen Schmucke in ihre Arme und schaffte ihn mit Hilfe Rémonencqs die Treppe hinauf; wiederum folgte der Agent.

„Er wird noch krank werden!" rief der Agent des Hauses Sonet, der das angeblich begonnene Geschäft zu Ende bringen wollte.

„Das kann schon sein," antwortete die Sauvage, „seit vierundzwanzig Stunden weint er und hat nichts zu sich genommen. Nichts höhlt den Magen so aus wie Kummer."

„Aber, mein teurer Herr," sagte der Agent des Hauses Sonet, „nehmen Sie doch eine Fleischbrühe. Sie haben eine Unmenge zu tun: Sie müssen ins Stadthaus gehen und den Boden für das Denkmal kaufen, das Sie zur Erinnerung an den edeln Freund der Künste und an Ihre eigene Dankbarkeit errichten wollen."

„Das hat wirklich keinen Sinn", sagte die Cantinet zu Schmucke und brachte ihm Fleischbrühe und Brot.

„Mein lieber Herr," fuhr Rémonencq fort, „wenn Sie so schwach sind, müssen Sie sich von jemand vertreten lassen, denn Sie haben einen Berg von Dingen abzutragen ... Zum Beispiel ist das Leichenbegängnis zu bestellen, Sie werden doch nicht wollen, daß man Ihren Freund wie einen Armen einscharrt."

„Vernunft, Vernunft, mein lieber Herr", fiel die Sauvage ein und benutzte den Augenblick, wo

Schmucke den Kopf gegen den Rücken des Sessels lehnte, um ihm einen Löffel Suppe einzuflößen und ihm beinahe wider seinen Willen wie einem Kind zu essen zu geben.

„Und jetzt, wenn Sie klug sind und sich Ihrem Schmerz ruhig überlassen wollen, bestellen Sie einen Vertreter."

„Da der Herr", sagte der Agent, „die Absicht hat, dem Gedächtnis seines Freundes ein prächtiges Denkmal zu errichten, braucht er nur mich zu betrauen, ich tue alle Schritte für ihn ..."

„Was ist das, was ist das?" fragte die Sauvage, „der Herr hat etwas bei Ihnen bestellt? Wer sind Sie denn?"

„Einer der Agenten des Hauses Sonet, meine liebe Dame. Sie kennen Sonet, die größten Unternehmer in Grabmälern?" antwortete er und hielt der kräftigen Sauvage eine Karte unter die Nase.

„Schon gut, schon gut ... Man wird sich an Sie wenden, wenn ein Bedürfnis vorliegt, aber Sie dürfen den Zustand, in dem sich der Herr befindet, nicht mißbrauchen. Sie sehen, daß er seine Sinne nicht beisammen hat ..."

„Wenn Sie dafür sorgen, daß die Bestellung uns erteilt wird," flüsterte der Agent des Hauses der Sauvage auf der Treppe ins Ohr, „so bin ich ermächtigt, Ihnen vierzig Franken anzubieten ..."

„Meinetwegen, geben Sie mir Ihre Adresse", meinte die Sauvage besänftigt.

Als Schmucke allein war und sich dank dem in die Suppe getauchten Brot besser fühlte, kehrte er sofort in das Zimmer des Freundes zurück, wo er zu beten begann. Er lag im Abgrund des Schmerzes, als er aus seiner tiefen Entrückung durch

einen jungen schwarz gekleideten Mann gerissen wurde, der ihn zum elftenmal „Mein Herr“ nannte, eine Anrede, die der arme Märtyrer um so besser vernahm, als er sich am Ärmel seines Rockes gezerrt fühlte.
„Was gibt es noch?“
„Wir verdanken dem Doktor Gannal eine großartige Entdeckung, wir machen ihm seinen Ruhm nicht streitig, er hat die Wunder Ägyptens erneuert. Aber inzwischen ist man nicht still gestanden, und wir haben überraschende Resultate erzielt. Darum, mein Herr, wenn Sie Ihren Freund wiedersehen wollen, wie er zu Lebzeiten war ...“
„Ihn wiedersehen! ...“ rief Schmucke, „wird er sprechen?“
„Nicht im Wortsinn! ... es wird ihm nichts als das Wort fehlen,“ antwortete der Agent für Einbalsamierung, „aber er wird in alle Ewigkeit die Gestalt behalten. Die Präparierung nimmt wenige Augenblicke in Anspruch; ein Einschnitt in die Halsschlagader und eine Einspritzung genügen, aber es ist höchste Zeit ... Wenn Sie noch eine Viertelstunde warten, verlieren Sie die süße Genugtuung, dem Körper seine Gestalt ...“
„Scheren Sie sich zum Teufel! ... Pons ist ein Geist geworden ... und schwebt jetzt schon im Himmel ...“
„Der Mann kennt keine Dankbarkeit,“ sagte der junge Agent, der einen der Rivalen des berühmten Gannal vertrat, unter der Torfahrt zur Cibot, „er weigert sich, seinen Freund einbalsamieren zu lassen!“
„Was wollen Sie,“ antwortete die Cibot, die soeben ihren Liebsten hatte einbalsamieren lassen,

„der Herr da oben hat geerbt, das erklärt alles. Wenn sie das Geld in der Tasche haben, kümmern sie sich nicht mehr um den Toten.“

☆

DAS MARTYRIUM SCHMUCKES WIRD FORTGESETZT UND MAN ERFÄHRT, WIE MAN IN PARIS STIRBT

EINE STUNDE SPÄTER TRAT DIE SAUVAGE in Begleitung eines schwarz gekleideten Mannes, der wie ein Arbeiter aussah, in das Zimmer.

„Herr Schmucke,“ sagte sie, „Cantinet war so gefällig, den Mann hier zu schicken, der die Särge in der Pfarrgemeinde liefert.“

Der Sargfabrikant drückte in seiner Verbeugung sein Mitgefühl und seine Erschütterung aus, aber doch ganz als Mann, der seiner Sache sicher ist und sich unentbehrlich weiß; den Toten betrachtete er mit Kennermiene ...

„Wie wünscht der Herr das, in Tanne, in einfacher Eiche oder in Eiche mit Bleibeschlag? Eiche mit Bleibeschlag ist das Schickste, was man hat. Der Körper hat normale Größe ...“

Er betastete die Füße, um das Maß zu nehmen.

„Ein Meter siebzig“, fügte er hinzu.

„Der Herr denkt offenbar daran, die Totenfeier in der Kirche zu bestellen?“

Schmucke warf dem Mann Blicke zu wie ein Irrsinniger, der einen Schlag fürchtet.

„Herr Schmucke,“ sagte die Sauvage, „Sie müßten jemand nehmen, der sich für Sie mit allen diesen Dingen abgibt.“

„Ja“, sagte endlich das Opfer.

„Soll ich Herrn Tabareau holen? Die Last wird ja immer größer. Herr Tabareau, sehen Sie, ist der ehrlichste Mann des Viertels."
„Ja, Herr Tabareau! Man hat von ihm gesprochen . . ." sagte Schmucke und gab sich besiegt.
„Das ist vernünftig, Sie dürfen nun auf Ruhe hoffen und sich Ihrem Schmerz überlassen, es ist nur noch eine Besprechung mit dem Bevollmächtigten nötig."
Gegen zwei Uhr trat bescheiden der erste Gehilfe Tabareaus ein, ein junger Mann, der die Laufbahn eines Gerichtsvollziehers ergreifen wollte. Jugend hat erstaunliche Vorrechte, sie verbreitet keinen Schrecken. Der junge Mensch, der Villemot hieß, setzte sich zu Schmucke und wartete den zum Sprechen geeigneten Augenblick ab. Diese Zurückhaltung rührte Schmucke sehr.
„Ich bin der erste Gehilfe Herrn Tabareaus, der mich beauftragt hat, hier Ihre Interessen zu vertreten und alle Einzelheiten des Begräbnisses Ihres Freundes zu übernehmen . . . Sind Sie damit einverstanden?"
„Das Leben werden Sie mir nicht retten, denn ich habe nicht mehr lange zu leben, aber Sie lassen mich in Ruhe?"
„Oh, Sie werden gar nichts mehr merken", antwortete Villemot.
„Was muß ich also tun?"
„Unterschreiben Sie dieses Schriftstück, worin Sie Herrn Tabareau die Vollmacht erteilen, in allen Fragen der Erbschaft Sie zu vertreten."
„Gut, geben Sie", sagte der Deutsche und wollte auf der Stelle unterschreiben.
„Nein, ich muß Ihnen den Text vorlesen."

„Lesen Sie.“
Schmucke schenkte der Vorlesung dieser Generalvollmacht nicht die geringste Aufmerksamkeit und unterschrieb. Der junge Mann nahm unter der Versicherung, ihn nicht weiter zu belästigen und auch mit keiner Geldforderung an ihn heranzutreten, die Aufträge entgegen, die Schmucke für den Leichenzug, den Kirchendienst und den Kauf des Grabstückes gab. Dieses sollte groß genug sein, um auch später Schmucke aufzunehmen.
„Um meine Ruhe zu haben, würde ich alles geben, was ich besitze“, sagte der Unglückliche, der von neuem vor dem Leichnam seines Freundes kniete. Fraisier triumphierte, Schmucke konnte keinen Schritt mehr aus dem Kreis heraus tun, in dem er ihn mit Hilfe der Sauvage und Villemots gefangen hielt.
Es gibt keinen Schmerz, den der Schlaf nicht zu besiegen verstände. Als der Tag sich neigte und die Sauvage ins Zimmer trat, schlief Schmucke am Fuß des toten Pons; sie hob ihn auf, legte ihn mütterlich in sein Bett, und der Deutsche schlief bis zum nächsten Morgen durch. Es war nur ein Waffenstillstand gewesen; beim Erwachen stürzte der Schmerz sich wieder auf ihn. Der tote Pons war in der Torfahrt aufgebahrt, er lag in der brennenden Kapelle, auf die ein Begräbnis dritter Klasse Anrecht gibt; so suchte er seinen Freund vergeblich in der Wohnung, die ihm ungeheuer groß und mit schrecklichen Erinnerungen gefüllt erschien. Die Sauvage, die Schmucke führte wie eine Amme ein kleines Kind, zwang ihn, vor dem Gang in die Kirche zu frühstücken. Während das arme Opfer sich alle Mühe gab, zu essen, wies die

Sauvage unter Klagen, die eines Jeremias würdig gewesen wären, darauf hin, daß er keinen schwarzen Anzug besaß. Die Garderobe Schmuckes war in den Händen Cibots vor der Krankheit des armen Pons, übrigens ganz wie die Mahlzeiten, auf den allereinfachsten Stand gelangt, nämlich zwei Hosen und zwei Röcke.

„Ja, wollen Sie denn so, wie Sie sind, zum Begräbnis gehen? Das wäre eine Schande, die das ganze Viertel uns nicht verzeihen würde."

„Und was soll ich anziehen?"

„Trauerkleidung!"

„Trauer!..."

„Wie es die Schicklichkeit verlangt..."

„Die Schicklichkeit! ... Ich schere mich wenig um alle diese Dummheiten!" sagte der arme Mann, der bis zum letzten Grad der Verzweiflung gelangt war, in den der Schmerz eine kindliche Seele versetzen kann.

„Aber das ist ja ein Ungeheuer an Undankbarkeit", sagte die Sauvage und wandte sich an einen Herrn, der plötzlich in der Wohnung auftauchte. Dieser Beamte, bei dessen Anblick Schmucke zitterte, war aufs prächtigste in schwarzes Tuch, in schwarze Kniehosen und in schwarze Seidenstrümpfe gekleidet; dazu trug er weiße Spitzenmanschetten, eine silberne Kette, an der eine Denkmünze hing, eine Halsbinde aus weißem Musselin, die höchst korrekt aussah, und weiße Handschuhe. Diese offizielle Figur, die eigens für die Öffentlichkeit der Trauer geprägt worden war, hielt in der Hand einen Ebenholzstab als Zeichen seines Standes und unter dem linken Arm einen Dreispitz, dessen Kokarde die nationalen Farben wies.

Mit gedämpfter Stimme sagte er:
„Ich bin der Zeremonienmeister.“
Von Amts wegen daran gewöhnt, täglich Leichenzüge anzuordnen und mit allen Familien zu tun zu haben, die denselben echten oder geheuchelten Schmerz verrieten, sprach dieser Mann ebenso wie seine Genossen leise und mild; er war höflich, unauffällig, von Beruf aus ein Muster des guten Tons; er glich förmlich der Statue, die den Genius des Todes darstellt.
Die Worte, mit denen er sich vorstellte, versetzten Schmucke in ein nervöses Zittern, als hätte er den Henker gesehen.
„Der Herr ist der Sohn, der Bruder, der Vater des Verblichenen?“ fragte der offizielle Herr.
„Ich bin das alles und mehr, ich bin sein Freund!“ antwortete Schmucke unter einem Strom von Tränen.
„Sind Sie der Erbe?“ erkundigte sich der Zeremonienmeister.
„Der Erbe? Alles in der Welt ist mir gleich“, wiederholte Schmucke und sank in seinen düstern Schmerz zurück.
„Wo sind die Verwandten, die Freunde?“ fuhr der Zeremonienmeister fort.
„Hier hängen sie alle zusammen,“ rief Schmucke und zeigte auf die Bilder und die übrigen Gegenstände, „sie wenigstens haben meinen armen Pons nie leiden gemacht ... und sie hat er neben mir über alles geliebt!“
„Er ist verrückt,“ sagte die Sauvage zu dem Zeremonienmeister, „es hat keinen Sinn, ihm zuzuhören.“
Schmucke hatte sich gesetzt und die Haltung eines

Schwachsinnigen wieder angenommen, mechanisch trocknete er seine Tränen. Zur rechten Zeit erschien Villemot, der erste Gehilfe Tabareaus. Der Zeremonienmeister erkannte in ihm den, der die Beerdigung bestellt hatte, und sagte:
„Es ist Zeit, aufzubrechen ... Der Wagen ist da, aber ich habe selten einen Leichenzug gesehen, der diesem glich, wo sind die Eltern, die Freunde?"
„Wir haben wenig Zeit gehabt," erwiderte Herr Villemot, „der Herr ist das Opfer eines solchen Schmerzes, daß er an nichts gedacht hat; aber es ist nur ein Verwandter da ..."
Der Zeremonienmeister sah Schmucke mitleidig an, denn dieser Sachverständige in Schmerzensangelegenheiten wußte das Echte vom Falschen zu unterscheiden. Er trat zu Schmucke und sagte:
„Mut, mein teurer Herr, trachten Sie nun danach, das Gedächtnis Ihres Freundes zu ehren."
„Wir haben vergessen, die Traueranzeige zu versenden, aber ich habe dafür gesorgt, daß der Herr Präsident de Marville, wie gesagt der einzige Verwandte, durch einen Boten benachrichtigt worden ist ... Es gibt keine Freunde ... Ich glaube nicht, daß die Leute des Theaters, an dem der Verstorbene Kapellmeister war, kommen werden ... aber der Herr ist, glaube ich, Universalerbe."
„Dann gehört er an die Spitze," sagte der Zeremonienmeister. „Sie haben keinen schwarzen Anzug?" wandte er sich an Schmucke mit einem Blick auf sein Kostüm.
„Mein Inneres ist ganz schwarz! ..." sagte der arme Deutsche mit herzzerreißender Stimme, „so schwarz, daß ich den Tod in mir fühle ... Gott

wird mir die Gnade erweisen und mich mit meinem Freund im Grab vereinigen. Und ich will Gott danken ..."

Und er faltete die Hände.

„Ich habe es unserer Verwaltung, die so viele andere Neuerungen eingeführt hat, schon gesagt," wandte sich der Zeremonienmeister an Villemot, „sie müßte ein Kleiderlager unterhalten und Anzüge für Erben vermieten ... das ist eine Sache, die Tag für Tag dringender wird ... Aber da der Herr erbt, soll er einen Trauermantel tragen, und der, den ich mitgebracht habe, wird ihn ganz einhüllen, so daß man das Unpassende seines Anzugs nicht bemerken wird ... Wollen Sie die Güte haben, sich zu erheben?" fragte er Schmucke.

Schmucke erhob sich, aber er schwankte auf seinen Beinen.

„Führen Sie ihn," sagte der Zeremonienmeister zu dem ersten Schreiber, „Sie sind sein Bevollmächtigter."

Villemot griff Schmucke unter die Arme, und nun näherte sich der Zeremonienmeister mit dem weiten, schrecklichen schwarzen Mantel, den der Erbe trägt, wenn er vom Sterbehaus bis zur Kirche dem Leichenwagen folgt. Der Mantel wurde mit schwarzen Seidenschnüren unter dem Kinn befestigt und Schmucke als Erbe ausstaffiert.

„Jetzt erhebt sich noch eine große Schwierigkeit," sagte der Zeremonienmeister, „die vier Quasten des Leichentuchs müssen besetzt werden ... Wer soll sie halten, wenn niemand da ist? ... Es ist halb elf", schloß er mit einem Blick auf seine Uhr. „Man erwartet uns in der Kirche."

„O da ist Fraisier!" rief sehr unklug Villemot.

Aber es war niemand da, der von diesem Eingeständnis der Mitwisserschaft Kenntnis nahm.
„Wer ist der Herr?“ fragte der Zeremonienmeister.
„Die Familie.“
„Welche Familie?“
„Die enterbte Familie. Er ist der Bevollmächtigte des Herrn Präsidenten Camusot.“
„Gut,“ sagte der Zeremonienmeister befriedigt, „wir werden wenigstens zwei Quasten besetzt haben, die eine von Ihnen, die andere von ihm.“
Glücklich, für die zwei Quasten gesorgt zu haben, holte er zwei prächtige Paare weißer Handschuhe aus Hirschleder und bot sie Fraisier und Villemot höflich der Reihe nach an.
„Wollen die Herren die Güte haben, jeder ein Ende des Tuchs zu halten?“ fragte er.
Fraisier, der betont schwarzen Anzug und weiße Binde und dazu das offiziellste Gesicht trug, sah zum Fürchten aus, so viele Prozesse konnte man aus seinen Mienen lesen.
„Gern“, sagte er.
„Wenn wenigstens noch zwei Personen zu Hilfe kämen,“ meinte der Zeremonienmeister, „dann wären die vier Ecken besetzt.“
In diesem Augenblick stellte sich der unermüdliche Agent des Hauses Sonet ein, und es folgte ihm der einzige Mensch, der sich an Pons erinnerte und daran dachte, ihm die letzten Ehren zu erweisen. Es war ein Statist des Theaters, der die Partituren auf die Pulte des Orchesters zu legen hatte und dem Pons, um den Familienvater zu unterstützen, jeden Monat ein Fünffrankenstück gegeben hatte.

„Oh, Topinard!" rief Schmucke beim Anblick des Burschen aus, „du liebst Pons, du..."

„Ich bin jeden Morgen gekommen, um mich nach seinem Befinden zu erkundigen."

„Jeden Morgen! Armer Topinard!" sagte Schmucke und drückte dem Theaterdiener die Hand.

„Man hielt mich ohne Zweifel für einen Verwandten, denn man empfing mich sehr schlecht! Ich sagte zwar, ich wäre vom Theater und käme, um mich nach Herrn Pons zu erkundigen – es hieß nur immer, diese Töne kenne man schon. Ich verlangte, den armen lieben Kranken zu sehen, aber man ließ mich nicht hinauf."

„Das niederträchtige Frauenzimmer!" sagte Schmucke und preßte die schwielige Hand des Theaterdieners an sein Herz.

„Der brave Herr war der beste aller Menschen, jeden Monat gab er mir hundert Sou... er wußte, daß ich drei Kinder und eine Frau habe, meine Frau ist in der Kirche!"

„Ich werde mein Brot mit dir teilen!" rief Schmucke in seiner Freude, einen Mann zu treffen, der Pons liebte.

„Will der Herr eine der Quasten des Leichentuchs halten?" fragte der Zeremonienmeister, „wir werden so alle vier besetzen können."

Er hatte den Agenten des Hauses Sonet schon ohne Mühe zu bestimmen gewußt, eine der Quasten zu tragen, zumal nachdem er ihm das schöne Paar Handschuhe gezeigt hatte, das der Sitte gemäß im Besitz des Trägers blieb.

„Dreiviertel elf! ... Wir müssen unbedingt aufbrechen, die Kirche wartet", sagte der Zeremonienmeister, worauf sich die sechs Personen in Bewegung setzten.

„Schließen Sie gut ab und hüten Sie die Wohnung," befahl der schlimme Fraisier den beiden Frauen, die bis zur Treppe mitgegangen waren, „und zumal Sie, Frau Cantinet, wenn Sie Wärterin bleiben wollen! Es bringt vierzig Sou im Tag ein!"

Durch einen Zufall, der in Paris nichts Außerordentliches hat, standen in dem Torweg zwei Katafalke, und es gab folglich zwei Begängnisse, dasjenige Cibots, des verstorbenen Pförtners, und dasjenige unseres Freundes Pons. Niemand erwies dem glänzenden Katafalk des Freundes der Künste irgendwelchen Anteil; alle Pförtner der Nachbarschaft eilten herbei, um die sterbliche Hülle ihres Genossen mit dem Weihwedel zu besprengen. Dieser Unterschied zwischen der Menge, die zum Begängnis Cibots strömte, und der Vereinsamung, die Pons umgab, zeigte sich nicht nur an der Haustür, sondern auch noch unterwegs, als dem Sarge des armen Pons nur Schmucke folgte, der seinerseits bei jedem Schritt von einem Leichenträger gestützt werden mußte. Zwischen der Rue de Normandie und der Rue d'Orléans, in der Saint-François liegt, bewegten sich die beiden Züge zwischen zwei Reihen von Neugierigen, denn, wie es einmal jemand ausgedrückt hat, in diesem Viertel wird alles Ereignis. Man bemerkte also den Pomp des weißen Wagens, von dem ein Wappen herabhing, auf das ein großes P gestickt war, welchem Wagen ein einziger Mann folgte; während hinter dem Wagen letzter Klasse eine ungeheure Menge einherging. Schmucke, den die

Menge an den Fenstern und die Reihe der Schwätzer verwirrt gemacht hatte, hörte zum Glück nichts und sah das Hin und Her von Menschen nur durch den Schleier seiner Tränen.

„Oh, das ist der Nußknacker," sagte jemand, „der Musiker, Sie wissen!"

„Wer hält denn die Zipfel?"

„Pah, Schauspieler!"

„Schau her, der Leichenzug des armen guten Cibot! Ein tüchtiger Arbeiter weniger! Schade um ihn!"

„Nie kam er aus dem Haus."

„Nie machte er blauen Montag."

„Und wie er seine Frau gern hatte!"

„Die Arme!"

Rémonencq folgte dem Wagen seines Opfers und nahm als Nachbar des guten Pons die Beileidsbezeugungen entgegen.

Die beiden Leichenzüge kamen zur Kirche, wo Cantinet im Einvernehmen mit dem Schweizer darüber wachte, daß kein Bettler Schmucke ansprach; Villemot hatte dem Deutschen nicht umsonst Ruhe versprochen, auch übernahm er alle Auslagen und wachte über seinem Klienten. Der bescheidene Sarg Cibots wurde von sechzig bis achtzig Personen bis zum Kirchhof gebracht. Als die kirchliche Zeremonie vorüber war, folgten dem Sarge des Musikers vier Trauerwagen; der eine war für die Geistlichkeit, die drei anderen für die Verwandten bestimmt, aber ein einziger wurde benötigt, denn der Agent des Hauses Sonet war während der Messe ins Geschäft gegangen, um Herrn Sonet instand zu setzen, dem Universalerben beim Verlassen des Friedhofs die Zeichnung und den Kostenanschlag für das Denkmal zu überreichen. Fraisier, Villemot, Schmucke und Topinard fanden in einem einzigen Wagen Platz. Statt in die Remise zurückzukehren, folgten die beiden andern leer. Man kann dieses Schauspiel der leeren Wagen oft bei Begräbnissen sehen. Wenn die Toten keine Berühmtheit genießen und die Leute nicht anziehen, sind immer zu viel Wagen da. In Paris, wo alle am liebsten dem Tag noch eine fünfundzwanzigste Stunde wünschen, muß jemand bei Lebzeiten viel geliebt worden sein, damit er Verwandte oder Freunde findet, die ihm bis zum Kirchhof folgen. Aber die Kutscher würden ihr Trinkgeld verlieren, wenn sie nicht bis zum Schluß mitführen. Ob voll oder leer, die Wagen fahren zur Kirche, zum Friedhof und kehren zum Trauerhause zurück, damit der Kutscher sein Trinkgeld verlangen kann. Man macht sich keinen Begriff von der Zahl der Leute, für die der Tod eine Einnahmequelle ist. Der sogenannte niedere Klerus, die Armen, die Leichenträger, die Kutscher, die Totengräber, alle diese Existenzen ziehen sich erst zurück, wenn sie sich bei einem Begängnis wie Schwämme vollgesogen haben.

Von der Kirche, wo ein Schwarm von Armen über ihn herfiel, aber sofort vom Schweizer zurückgetrieben wurde, bis zum Père Lachaise ging der arme Schmucke wie einst die Verbrecher vom Palast zum Richtplatz. Er führte seinen Zug selbst an, indem er in seiner Hand die Hand des Dieners Topinard hielt, als des einzigen Mannes, der über den toten Pons wirklich getrauert hatte. Topinard war außerordentlich gerührt, daß man ihm die

Ehre erwiesen hatte, einen der Zipfel zu tragen; zufrieden, in dem Wagen fahren zu können und Besitzer eines Paares Handschuhe zu sein, begann er das Begräbnis des guten Pons als einen der großen Tage seines Lebens anzusehen. Schmucke in seinem Schmerz hielt sich an dieser Hand, die ihm von einem Herzen sprach, sozusagen aufrecht, im übrigen saß er in dem Wagen ungefähr in der Haltung jener unglücklichen Tiere, die auf einem Karren ins Schlachthaus geschleppt werden. Auf den Vordersitzen saßen Fraisier und Villemot.

Wer das Unglück gehabt hat, viele der Seinigen zur letzten Ruhe zu begleiten, weiß, daß im Wagen die Heuchelei ihre Maske fallen läßt; die Fahrt von der Kirche bis zum Friedhof ist oft sehr lang, zumal wenn es sich um den Westfriedhof, d. h. denjenigen der Pariser Friedhöfe handelt, auf dem sich alle Eitelkeiten, aller Luxus Stelldichein gegeben haben. Beweis: seine prunkenden Denkmäler. Im Wagen beginnen die Gleichgültigen zuerst mit der Unterhaltung, und zuletzt hören ihnen die Betrübtesten zu, froh, sich zerstreuen zu können.

„Der Herr Präsident war schon zur Sitzung gegangen," sagte Fraisier zu Villemot, „und ich hielt es nicht für nötig, ihn seiner Beschäftigung zu entreißen; er wäre in jedem Fall zu spät gekommen. Da er der natürliche und gesetzmäßige Erbe ist, aber zugunsten Schmuckes enterbt wurde, dachte ich, es genüge hier die Anwesenheit seines Vertreters..."

Topinard spitzte die Ohren:

„Was ist denn das für ein merkwürdiger Mensch.

der die vierte Quaste hielt?" fragte Fraisier Villemot.
„Der Vertreter eines Lieferanten von Grabdenkmälern; er bemüht sich, den Auftrag auf ein Monument zu erhalten: die Musik, die Malerei und die Bildhauerei weinen über den Verschiedenen."
„Das ist ein Gedanke," meinte Fraisier, „der Biedermann verdient das. Aber das Denkmal kostet sicher sieben- bis achttausend Franken."
„Sicher."
„Wenn Herr Schmucke den Auftrag gibt, kann das die Erbschaft nicht berühren, denn es wäre ja denkbar, daß eine Erbschaft durch solche Kosten aufgezehrt wird..."
„Man müßte prozessieren, würde aber gewinnen..."
„Also berührt es die Erbschaft doch", sagte Fraisier und flüsterte Villemot ins Ohr: „Man könnte da den Unternehmern einen schönen Streich spielen, denn angenommen, das Testament verliert seine Gültigkeit, wofür ich einstehe, oder es ist überhaupt keines da – wer würde dann zahlen?"
Villemot grinste wie ein Affe. Der erste Schreiber Tabareaus und der Mann des Gesetzes unterhielten sich hierauf leise und einander in die Ohren flüsternd; aber ungeachtet der rollenden Räder und aller anderen Hindernisse erriet der Theaterdiener, der daran gewöhnt war, in der Welt der Kulissen auf alles einen Reim zu finden, daß die beiden da überlegten, wie sie dem armen Deutschen Schwierigkeiten bereiten konnten, und zuletzt vernahm er das bezeichnende Wort: Clichy. Der brave

Diener der komischen Muse beschloß, über den Freund des toten Pons zu wachen.

Villemot hatte durch den Agenten des Hauses Sonet der Stadt drei Meter Boden abgekauft, um angeblich ein großartiges Denkmal zu errichten. Schmucke wurde von dem Zeremonienmeister durch eine Menge Neugieriger zu dem Grab geführt, in das Pons hinabgelassen werden sollte. Aber beim Anblick des viereckigen Loches, über dem, von vier Männern an Stricken gehalten, der Sarg des Freundes schwebte, während der Priester sein letztes Gebet darüber sprach, preßte sich das Herz des Deutschen zusammen, und er wurde ohnmächtig.

☆

MAN SIEHT, DASS DIE SOGENANNTE ERÖFFNUNG EINES TESTAMENTES DAZU FÜHRT, ALLE TÜREN SCHLIESSEN ZU LASSEN

MIT HILFE DES AGENTEN DES HAUSES SONET und des Herrn Sonet selbst schaffte Topinard den armen Deutschen in die Werkstätte der Steinmetzen, wo Frau Sonet und Frau Vitelot, die Gattin des Mitinhabers, ihm die eifrigste und herzlichste Hilfe angedeihen ließen. Topinard wich nicht von der Stelle, hatte er doch gesehen, wie Fraisier, dessen Gesicht ihn an den Galgen gemahnte, insgeheim mit dem Agenten des Hauses Sonet verhandelte.

Nach Verlauf einer Stunde, gegen halb drei, kam der arme unschuldige Deutsche wieder zu Sinnen. Er glaubte seit zwei Tagen zu träumen, jetzt zu erwachen und Pons lebend zu finden. Er trug so viel nasse Tücher auf der Stirn, er atmete so viel Essenzen und Salze ein, daß er die Augen aufschlug. Frau Sonet zwang ihn, eine gute Fleischbrühe mit Fettaugen zu trinken, man hatte bei den Steinmetzen den Suppentopf aufs Feuer gestellt.

„Oft geschieht das nicht, daß die Kunden so lebhaft ergriffen werden, es kommt ungefähr alle zwei Jahre einmal vor."

Schließlich sprach Schmucke davon, wieder nach der Rue de Normandie zu gehen.

„Wenn der Herr sich das ansehen will," sagte nun Sonet, „hier ist die Zeichnung, die Vitelot eigens für Sie angefertigt hat, was ihn die ganze Nacht kostete, dafür kam ihm auch eine gute Eingebung."

„Es wird eines der schönsten Denkmäler des Père Lachaise", bestätigte die kleine Frau Sonet. „Aber Sie müssen auch die Erinnerung an einen Freund ehren, der Ihnen sein ganzes Vermögen hinterlassen hat."

Die angeblich eigens verfertigte Zeichnung war für de Marsay, den vielbesprochenen Minister, gemacht worden; aber die Witwe hatte Stidmann mit der Aufgabe betraut, weil der Entwurf des Steinmetzen fürchterlich gewesen war. Die drei Figuren stellten die Julitage dar, in denen der große Minister aufgetreten war. Inzwischen hatten Sonet und Vitelot mit Hilfe einiger Änderungen drei Träger des Ruhmes, nämlich die Armee, die Finanz und die Familie, daraus gemacht und für das Denkmal von Charles Keller bestimmt – der Auftrag war abermals Stidmann zugefallen. Seit elf Jahren war er allen Familienereignissen angepaßt worden, aber beim Durchpausen hatte Vitelot die drei Gestalten in die der Musik, der Bildhauerei und der Malerei verwandelt.

„Man braucht jetzt nicht an die Einzelheiten und an die Konstruktion zu denken, aber in sechs Monaten kommen wir zum Ziel; darf ich den Herrn bitten, hier der Kostenanschlag, hier der Auftrag. – Siebentausend Franken, die Gehilfen nicht gerechnet."

„Wenn der Herr Marmor wünscht," sagte Sonet, dessen Besonderheit Marmor war, „kostet es zwölftausend Franken und der Herr wird mit seinem Freund sozusagen unsterblich sein ..."

„Ich habe gehört, daß das Testament angefochten wird," flüsterte Topinard Vitelot ins Ohr, „und daß die Erben wieder zu ihrem Recht kommen. Suchen Sie den Herrn Präsidenten Camusot auf, der arme Narr da hat keinen Sou ..."

„Sie führen uns auch immer nur solche Kunden zu!" sagte Vitelot zu dem Agenten und begann einen Streit.

Topinard geleitete Schmucke zu Fuß nach der Rue de Normandie, wohin die Trauerwagen sich begeben hatten.

„Verlassen Sie mich nicht", bat Schmucke Topinard.

Dieser wollte gehen, nachdem er den armen Musiker an die Sauvage abgeliefert hatte.

„Es ist vier Uhr, mein lieber Herr Schmucke," sagte er, „ich muß zu Tisch gehen. Meine Frau, die Schließerin ist, würde sich ängstigen. Sie wissen, das Theater öffnet um dreiviertel sechs ..."

„Ja, ich weiß. Aber bedenken Sie, daß ich allein auf der Welt bin, ohne einen Freund. Sie, der

Pons beweint hat, müßten auch mir helfen. Es ist finstere Nacht um mich, und Pons hat mir gesagt, daß ich von Schurken umgeben bin..."

„Das habe ich schon gemerkt und Sie davor bewahrt, nach Clichy zu gehen."

„Clichy!" rief Schmucke. „Ich verstehe nicht..."

„Armer Mann! Armer Mann! Aber bleiben Sie nur ruhig, ich komme bald zu Ihnen. Leben Sie wohl."

„Leben Sie wohl, kommen Sie bald wieder", antwortete Schmucke und fiel halbtot vor Erschlaffung nieder.

Die Sauvage beantwortete den Gruß Topinards auf eine so merkwürdige Art, daß er stutzig wurde.

„Was haben Sie denn?" fragte er spöttisch. „Sie stehen ja wie ein Verräter auf der Bühne da."

„Selbst Verräter! Worein mischen Sie sich hier? Wollen Sie vielleicht ins Handwerk pfuschen und dem Herrn einen Bären aufbinden?"

„Einen Bären aufbinden!" sagte Topinard stolz, „ich bin nur ein armer Theaterdiener, gehöre aber doch zu den Künstlern und habe, merken Sie sich das, nie etwas von jemand gewollt! Hat man von Ihnen etwas gewollt? Schuldet man Ihnen etwas? Steh Antwort, Alte!"

„Sie sind Theaterdiener, und wie heißen Sie?" fragte das Mannweib.

„Topinard, Ihnen zu dienen..."

„Alles Gute und meine Empfehlung an die Frau, wenn der Herr verheiratet ist! Das ist alles, was ich wissen wollte."

„Was haben Sie denn, meine Liebe?" fragte Frau Cantinet, die hinzukam.

„Bleiben Sie hier, geben Sie auf das Essen acht, ich laufe einmal rasch nach Hause zum Herrn..."

„Er ist unten, er redet mit der armen Frau Cibot, die sich die Seele aus dem Leib weint", erwiderte die Cantinet.

Die Sauvage rannte so schnell die Treppe hinunter, daß die Stufen zitterten:

„Herr Fraisier, Herr Fraisier", sagte sie und zog den Sachwalter in eine Ecke. Hier zeigte sie ihm Topinard, der mit dem stolzen Bewußtsein das Haus verließ, seine Schuld schon seinem Wohltäter dadurch zurückgezahlt zu haben, daß er dank der Erinnerung ans Theater, wo jedermann mehr oder weniger Sinn für Komik besitzt, den Freund des armen Pons davor bewahrt hatte, in eine Falle zu gehen. Auch war er entschlossen, den Musiker seines Orchesters vor den Fallen zu schützen, die man vielleicht seiner Gutgläubigkeit legte.

„Sehen Sie den kleinen Dummkopf da? Das ist eine Art ehrlichen Mannes, der seine Nase in die Angelegenheiten des Herrn Schmucke stecken will."

„Was ist er?" fragte Fraisier.

„O gar nichts..."

„Niemand ist gar nichts, wenn es um das Geschäft geht..."

„Dann also ein Theaterdiener namens Topinard."

„Gut gemacht, Frau Sauvage! Fahren Sie so fort, Sie sollen zu Ihrem Tabakverschleiß kommen."

Und Fraisier nahm die Unterhaltung mit der Cibot wieder auf.

„Ich sage also, daß Sie, trotzdem ich Ihr Berater bin, kein offenes Spiel mit uns getrieben haben, und daß wir keine Rücksicht gegen einen Gefährten zu nehmen brauchen, der uns täuscht."

„Und worin habe ich Sie getäuscht?" fragte die Cibot und stemmte die Hände in die Hüften. „Glauben Sie, daß Sie mich mit Ihren giftigen Blicken und sauertöpfischen Mienen ins Bockshorn jagen können? Sie suchen nach einem faulen Grund, um sich Ihres Versprechens zu entledigen, und Sie nennen sich einen ehrlichen Mann? Wissen Sie, was Sie sind? Sie sind ein Betrüger! Ja, ja, kratzen Sie sich nur, aber das stecken Sie ein!"

„Keine Worte, keine Aufregung, meine Liebe", sagte Fraisier. „Hören Sie mich an! Sie haben Ihr Schäfchen ins Trockne gebracht ... Heute morgen, während der Vorbereitungen zum Leichenbegräbnis, habe ich diese Abschrift eines Kataloges gefunden, den Pons von Anfang bis zu Ende eigenhändig geschrieben hat, und zufällig fielen meine Augen auf diese Stelle."

Und indem er den geschriebenen Katalog öffnete, las er:

„Nr. 7. Herrliches Porträt, auf Marmor gemalt von Sebastian del Piombo, 1546, von einer Familie verkauft, die es aus der Kathedrale von Termi wegnehmen ließ. Das Porträt, dessen Gegenstück, ein Bischof, ein Engländer gekauft hat, stellt einen betenden Malteserritter dar und befand sich oberhalb der Grabstätte der Familie Rossi. Ohne das Datum könnte man das Gemälde Raffael zuschreiben. Scheint mir kostbarer zu sein als das Porträt des Baccia Bandinelli im Museum, das ein wenig trocken wirkt, während der Malteserritter dadurch, daß er auf Lavagna

(Schiefer) gemalt ist, seine Frische behalten hat."

„Als ich an dem Platz Nr. 7 nachsah," fuhr Fraisier fort, „fand ich ein mit Chardin gezeichnetes Damenbildnis ohne Nr. 7! ... Während der Zeremonienmeister Leute zusammensuchte, die die Quasten des Leichenwagens tragen sollten, untersuchte ich die Bilder und fand, daß an Stelle von acht Werken, die der verstorbene Pons als Hauptstücke bezeichnet hat, und die ich nicht finden konnte, gewöhnliche Bilder ohne Nummer untergeschoben worden sind ... Und endlich fehlt ein kleines auf Holz gemaltes Bild von Metsu, das als Meisterwerk bezeichnet ist ..."

„War ich etwa Bilderwärterin?" sagte die Cibot.

„Nein, aber Sie waren Wirtschafterin, Sie führten den Haushalt und die Geschäfte von Pons, und es ist gestohlen worden ..."

„Gestohlen! Lassen Sie sich sagen, daß die Gemälde im Auftrag von Herrn Pons durch Herrn Schmucke verkauft worden sind, um die nötigen Mittel zum Leben zu beschaffen."

„An wen?"

„An Elias Magus und Rémonencq."

„Für wieviel?"

„Das weiß ich nicht mehr."

„Hören Sie, meine liebe Frau Cibot, Sie haben Ihren Schnitt gemacht und zwar tüchtig ..." fuhr Fraisier fort. „Ich werde Sie im Auge behalten, ich habe Sie in der Hand! Folgen Sie mir, und ich werde schweigen! Sie werden begreifen, daß Sie auf jeden Fall vom Herrn Präsidenten de Camusot nichts erwarten können, sobald Sie im Verdacht stehen, ihn bestohlen zu haben."

„Ich habe es mir doch gleich gedacht, mein lieber Herr Fraisier, daß die Sache noch schief gehen wird“, antwortete die Cibot, durch die Aussicht auf seine Verschwiegenheit besänftigt.

„Oho,“ sagte Rémonencq, der dazu kam, „suchen Sie Streit mit Frau Cibot? Das ist nicht gut. Der Verkauf der Bilder erfolgte im vollen Einverständnis mit Herrn Pons, nachdem Magus und ich drei Tage mit dem Verstorbenen, der ja von seinen Bildern nicht loslassen wollte, verhandelt hatten! Unsere Quittungen sind in Ordnung, und wenn wir, wie es üblich ist, Frau Cibot etwa vierzig Franken gegeben haben, so ist das nichts anderes, als was wir in allen Bürgerhäusern geben, in denen wir ein Geschäft abschließen. Oh, mein lieber Herr, wenn Sie glauben, eine wehrlose Frau betrügen zu können, haben nicht Sie den Vorteil davon. Hören Sie, Herr Geschäftemacher! Magus ist Herr der Lage, und wenn Sie Frau Cibot nicht anständig behandeln, wenn Sie ihr nicht geben, was Sie ihr versprochen haben, dann wollen wir uns bei der Versteigerung der Sammlung wieder sprechen; Sie werden sehen, was Sie verlieren, wenn Sie Magus und mich gegen sich haben und wir die Händler gegen Sie aufbringen... Statt sieben- oder achthunderttausend Franken lösen Sie nicht einmal zweihunderttausend.“

„Schön, schön, wir werden sehen! Wir versteigern gar nicht,“ sagte Fraisier, „oder wir versteigern in London.“

„Wir kennen London!“ sagte Rémonencq, „und Herr Magus ist dort ebenso einflußreich wie in Paris.“

„Auf Wiedersehen, Frau Cibot, ich werde Ihre

Geschäfte genau untersuchen," sagte Fraisier, „wenn Sie es nicht vorziehen, mir doch zu gehorchen", fügte er hinzu.
„Spitzbube!"
„Nehmen Sie sich in acht," sagte Fraisier, „ich werde bald Friedensrichter sein!"
Man trennte sich unter Drohungen, deren Tragweite von beiden Seiten wohl abgewogen wurde.
„Danke schön, Rémonencq," sagte die Cibot, „es ist wirklich gut für eine arme Witwe, wenn sie einen Verteidiger findet."
Am Abend gegen zehn Uhr ließ Gaudissart im Theater den Orchesterdiener in sein Kabinett kommen. Gaudissart stand vor dem Kamin in napoleonischer Haltung, die er sich angewöhnt hatte, seitdem er ein Heer von Schauspielern, Tänzern, Statisten, Musikern und Maschinisten führte und mit Autoren verhandelte. Er steckte gewöhnlich die rechte Hand so in den Westenausschnitt, daß er den linken Hosenträger festhielt, und gab dem Gesicht die Dreiviertelwendung, wobei der Blick ins Leere hinaus drohte.
„Hören Sie mal, Topinard, Sie beziehen wohl eine Rente?"
„Nein, Herr Direktor."
„Dann suchen Sie eine bessere Stelle als die jetzige?"
„Nein, Herr Direktor", antwortete der Statist und wurde bleich.
„Was, zum Teufel, deine Frau ist Schließerin im ersten Rang ... ich übernahm sie getreulich von meinem verkrachten Vorgänger ... Am Tag darfst du die Kulissenlampen putzen, und außerdem bist du Notenverteiler, das ist aber nicht einmal alles!

Du beziehst zwanzig Sou, um die Ungeheuer zu spielen und die Teufel anzuführen, wenn es Höllenszenen gibt. Kurz, du versiehst eine Stellung, um die dich alle Statisten beneiden; kein Wunder, mein Freund, daß du Feinde hast."

„Feinde!" sagte Topinard.

„Und du hast drei Kinder, und der Älteste spielt die Kinderrollen mit einem Gehalt von fünfzig Centimes! ..."

„Herr Direktor ..."

„Laß mich reden," rief Gaudissart mit vernichtender Stimme, „in dieser Lage willst du das Theater verlassen ..."

„Herr ..."

„Du willst dich in andrer Leute Angelegenheiten mischen und hast die Finger in Erbschaftsgeschichten! ... Unglücklicher, du würdest wie ein Ei zerdrückt werden! Ich habe zum Beschützer seine Exzellenz den Herrn Grafen Popinot, einen Mann von Geist und bemerkenswerter Charakterstärke, der König in seiner Weisheit hat geruht, ihn in seinen Rat zu berufen ... Dieser Staatsmann, dieser große Politiker, ich spreche vom Grafen Popinot, hat seinen ältesten Sohn mit der Tochter des Präsidenten de Marville verheiratet, und das ist wieder eines der angesehensten Mitglieder des höchsten Gerichts, eine der Leuchten im Justizpalast. Du kennst den Justizpalast? Merke dir, er ist der Erbe seines Vetters Pons, der bei uns Kapellmeister war und den du heute morgen zum Kirchhof gebracht hast. Ich tadle es nicht, daß du dem armen Mann die letzte Ehre erwiesen hast ... aber du würdest deinen Posten nicht behalten, wenn du dir einfallen ließest, dich in die Angelegenheiten des guten Herrn Schmucke zu mischen, dem ich alles Gute wünsche, ohne hindern zu können, daß die Erben unseres Pons ihm das Leben heiß machen werden ... Und da der Deutsche mich wenig, der Präsident und der Graf Popinot mich viel angehen, so fordere ich dich auf, den guten Deutschen sich allein den Kopf darüber zerbrechen zu lassen, wie er sich aus der Sache zieht. Es gibt einen besonderen Gott für die Deutschen, und du würdest dich sehr schlecht als Untergott ausnehmen! Weißt du was, bleibe Statist! Du kannst nichts Besseres tun!"

„Abgemacht, Herr Direktor", sagte Topinard zerknirscht.

Schmucke, der am nächsten Morgen den armen Theaterdiener, das einzige Geschöpf, das um Pons trauerte, zu sehen hoffte, verlor so den Beschützer, den der Zufall ihm geschickt hatte. Am nächsten Morgen empfand der arme Deutsche den ungeheueren Verlust, der ihn getroffen hatte, als er beim Aufwachen die Wohnung leer fand. Gestern und vorgestern hatten die Ereignisse und die Folgen des Todesfalles den Wirbel um ihn geschaffen, an dem die Sinne sich zerstreuen. Aber das Schweigen, das auf das Hinscheiden eines Freundes, eines Vaters, eines Sohnes, einer geliebten Frau folgt, das finstere, kalte Schweigen des nächsten Tages ist fürchterlich, es ist eisig. Eine unwiderstehliche Macht zog ihn in das Zimmer des Freundes, aber dann konnte der arme Mann den Anblick nicht ertragen, er wich zurück und ging in das Eßzimmer, wo Frau Sauvage das Frühstück auftrug. Schmucke setzte sich und konnte nichts essen. Plötzlich wurde ziemlich lebhaft geklingelt und drei schwarze Männer erschienen, denen Frau Cantinet und Frau Sauvage den Weg freigaben. Voran ging Herr Vitel, der Friedensrichter. Hinter ihm folgte sein Schreiber. Den Schluß bildete Fraisier, trockener und steifer als je, denn er hatte die Enttäuschung erlebt, ein unangreifbares Testament auftauchen zu sehen, durch das die mächtige Waffe, die er sich durch seinen verwegenen Diebstahl verschafft hatte, zunichte geworden war.

„Wir kommen," erklärte der Friedensrichter Schmucke sanft, „um die Siegel anzulegen."

Schmucke, für den das spanisch war, schaute die drei Männer verwirrt an.

„Wir kommen auf Verlangen des Herrn Anwalt Fraisier, Bevollmächtigten des Herrn Camusot de Marville, der wiederum Erbe seines Vetters, des verstorbenen Herrn Pons, ist", fügte der Schreiber hinzu.

„Die Sammlungen befinden sich im großen Salon und im Schlafzimmer des Verstorbenen", sagte Fraisier.

„Gehen wir hinein. Verzeihen Sie, lassen Sie sich nicht stören, frühstücken Sie weiter", wandte sich der Friedensrichter an Schmucke.

Der Einbruch der drei schwarzen Männer hatte den armen Deutschen vor Schreck erstarren lassen. Fraisier warf auf Schmucke einen jener giftigen Blicke, die ihr Opfer magnetisieren, wie eine Spinne eine Fliege magnetisiert, und sagte:

„Der Herr, der es ja verstanden hatte, vor dem Notar ein Testament zu seinen Gunsten machen zu lassen, mußte mit einem Widerstand der Familie rechnen. Eine Familie läßt sich nicht widerstandslos von einem Fremden plündern, und wir werden ja sehen, wer stärker ist, Betrug und Bestechung oder die Familie! ... Wir haben als Erben das Recht, die Versiegelung zu verlangen, die Siegel werden angelegt werden, und ich will darüber wachen, daß diese erhaltende Handlung mit der äußersten Gewissenhaftigkeit begangen wird, ich stehe dafür ein."

„Mein Gott, mein Gott, was habe ich dem Himmel getan?" fragte der unschuldige Schmucke.

„Man schwatzt vieles von Ihnen im Haus", sagte die Sauvage. „Während Sie schliefen, kam ein kleiner, schwarzgekleideter junger Mann, ein Stutzer, der erste Gehilfe von Herrn Hannequin, und wollte Sie unter allen Umständen sprechen; aber da Sie schliefen und von der gestrigen Zeremonie so müde waren, sagte ich ihm, daß Sie dem ersten Gehilfen von Tabareau, Herrn Villemot, eine Vollmacht ausgestellt haben, und daß er zu ihm gehen solle, wenn es sich um Geschäfte handle. ‚Oh, um so besser', sagte der kleine junge Mann, ‚mit ihm kann ich mich gut verständigen. Wir werden das Testament bei Gericht niederlegen, nachdem wir es dem Präsidenten gezeigt haben.' Ich habe ihn dann gebeten, Herrn Villemot so bald wie möglich zu uns zu schicken. Seien Sie ruhig, lieber Herr Schmucke," sagte die Sauvage, „es werden Leute da sein, um Sie zu verteidigen. Man wird Ihnen nicht die Haare vom Kopfe fressen. Sie werden jemand haben, der zu beißen und zu kratzen weiß! Villemot wird ihnen die Meinung sagen! Ich bin schon in Zorn geraten gegen die Gans, die Dame Cibot, eine Pförtnerin, die sich in die Angelegenheiten ihrer

Mieter mischt und behauptet, daß Sie diesen Reichtum den Erben abjagen, daß Sie Herrn Pons eingesperrt, daß Sie ihn schikaniert haben, und daß er in die Zwangsjacke gehörte. Ich habe ihr schön heimgeleuchtet, diesem ruchlosen Frauenzimmer: ‚Sie sind eine Diebin und eine Gaunerin,' habe ich ihr gesagt, ‚und Sie werden ins Gefängnis kommen für alles, was Sie den Herren gestohlen haben.' Und sie hat das Maul gehalten."
Der Schreiber kam, um Schmucke zu holen, und sagte: „Will der Herr anwesend sein, wenn wir die Siegel im Schlafzimmer anlegen?"
„Machen Sie, was Sie wollen," sagte Schmucke, „ich hoffe, daß man mich wenigstens ruhig sterben läßt."
„Man hat stets das Recht zu sterben," sagte der Schreiber lachend, „und die Erbschaften sind unsere besten Geschäfte. Aber ich habe selten gesehen, daß die Universalerben den Erblassern ins Grab folgen."
„Ich werde es tun", sagte Schmucke, der nach all den Schlägen unerträgliches Herzeleid empfand.
„Ach, da kommt Herr Villemot!" rief die Sauvage.
„Herr Villemot," sagte der arme Deutsche, „vertreten Sie mich ..."
„Ich bin herbeigeeilt," sagte der erste Gehilfe, „um Ihnen mitzuteilen, daß das Testament vollständig in Ordnung ist und sicher vom Gericht bestätigt wird. Sie werden ein reicher Mann sein."
„Ich ein reicher Mann", rief Schmucke voller Verzweiflung darüber, daß man ihn der Habgier verdächtigen könne.
„Was macht denn aber der Friedensrichter hier mit seinen Kerzen?"

„Oh, er legt die Siegel an ... – Kommen Sie, Herr Schmucke, Sie haben das Recht, dabei zu sein."

„Nein, gehen Sie hinein..."

„Aber wozu denn die Siegel, wenn doch Herr Schmucke hier wohnt und alles ihm gehört?" sagte die Sauvage und machte von dem Recht der Frauen Gebrauch, das Gesetz nach ihrer Phantasie auszulegen.

„Herr Schmucke ist nicht bei sich zu Hause, sondern bei Herrn Pons; ohne Zweifel wird ihm alles gehören, aber als Erbe kann man von den Gegenständen des Nachlasses nur Besitz ergreifen, wenn das Gericht das Recht dazu erteilt hat. Wenn aber die von der Erbschaft ausgeschlossenen natürlichen Erben dagegen Einspruch erheben, so muß prozessiert werden ... Und da man nicht weiß, wem die Erbschaft zugesprochen wird, so klebt man auf alle Werte Siegel, und die Notare des vorläufigen und des endgültigen Erben schreiten innerhalb der vom Gesetz vorgeschriebenen Frist zur Bestandaufnahme. So ist's."

Schmucke, der zum erstenmal im Leben eine solche Sprache hörte, verlor vollständig den Kopf. Er ließ ihn auf die Lehne des Sessels sinken, in dem er saß; er kam ihm so schwer vor, daß er ihn unmöglich aufrecht halten konnte. Villemot ging, um mit dem Schreiber und dem Friedensrichter zu plaudern, und wohnte mit der Kaltblütigkeit des Praktikers dem Auflegen der Siegel bei, was, wenn keine Erben zugegen sind, nicht ohne einige Witze und Bemerkungen über die Dinge abgeht, die man so bis zum Tag der Verteilung dem Gebrauch entzieht. Endlich schlossen die vier Beamten den Salon und kehrten in das Speisezimmer zurück, der Schreiber folgte ihnen. Schmucke sah geistesabwesend ihren Maßnahmen zu, die darin bestanden, bei Türen mit zwei Flügeln auf jeden Flügel das Siegel des Friedensrichters mit dem Stückchen Schnur zu kleben oder bei Schränken oder einfachen Türen die Öffnung auf beiden Seiten ebenfalls zu verkleben.

„Gehen wir in diesen Raum", sagte Fraisier und bezeichnete Schmuckes Zimmer, das unmittelbar mit dem Speisezimmer verbunden war.

„Aber das ist ja das Zimmer von Herrn Schmucke!" rief die Sauvage und stürzte vor, um sich zwischen die Tür und die Beamten zu stellen.

„Hier ist der Mietsvertrag," sagte der schreckliche Fraisier, „wir haben ihn zwischen den Papieren gefunden, und er ist nicht auf die Namen von Pons und Schmucke ausgestellt, er lautet nur auf Herrn Pons. Die ganze Wohnung gehört also zum Nachlaß... Und übrigens", sagte er, indem er die Tür zu Schmuckes Zimmer öffnete, „sehen Sie nur, Herr Friedensrichter, es ist mit Gemälden gefüllt."

„Tatsächlich", sagte der Friedensrichter, der sofort Fraisiers Ansicht teilte.

☆

FRAISIERS ERNTE

„HALT, MEINE HERREN", SAGTE VILLEMOT. „Glauben Sie denn, Sie können den Universalerben, dessen Recht bis jetzt nicht bestritten ist, einfach vor die Tür setzen?"

„Ja, ja," sagte Fraisier, „wir widersetzen uns der Auslieferung des Nachlasses."

„Und unter welchem Vorwand?"

„Sie werden ihn erfahren, mein Kleiner", sagte Fraisier spöttisch. „Für den Augenblick erheben wir keinen Widerspruch dagegen, daß der Erbe an sich nimmt, was er in diesem Zimmer als sein Eigentum erklärt, aber es wird versiegelt werden. Und der Herr kann wohnen, wo es ihm beliebt."

„Nein," sagte Villemot, „Herr Schmucke bleibt in seinem Zimmer!..."

„Wie das?"

„Ich werde Sie vorladen", erwiderte Villemot, „und feststellen lassen, daß wir Mieter der Hälfte dieser Wohnung sind und von Ihnen nicht vertrieben werden können... Nehmen Sie die Bilder, trennen Sie alles, was dem Verstorbenen gehörte, von dem, was meinem Klienten gehört, mein Klient aber bleibt wohnen!..."

„Ich ziehe aus", sagte der alte Musiker, der beim Anhören dieses häßlichen Zankes seine Energie wieder fand.

„Daran tun Sie auch wohl," meinte Fraisier, „dieser Entschluß wird Ihnen Kosten sparen, denn Ihr Einspruch würde abgewiesen werden, der Mietsvertrag ist eindeutig..."

„Der Vertrag, der Vertrag", sagte Villemot, „muß nach Recht und Billigkeit ausgelegt werden."

„Man kann nicht wie bei Strafsachen Zeugen vorladen... Wollen Sie sich auf Sachverständigenurteile, Feststellungen, vorläufige Entscheidungen und Erzwingung des Urteils einlassen?"

„Nein, nein," rief Schmucke entsetzt, „ich ziehe aus, ich räume das Feld..."

Schmucke führte, ohne es zu wissen, das Leben eines zynischen Philosophen, so sehr hatte er es auf das Äußerste beschränkt. Er besaß nur zwei Paar Schuhe, ein Paar Stiefel, zwei vollständige Anzüge, zwölf Hemden, zwölf Halstücher, zwölf Taschentücher, vier Westen und eine prächtige Pfeife, die Pons ihm zusammen mit einem gestickten Tabaksbeutel gegeben hatte. Er ging im höchsten Unwillen in sein Zimmer und legte seine ganze Habe auf einen Stuhl:

„Das alles gehört mir,“ sagte er mit einer Einfachheit, die des Cincinnatus würdig gewesen wäre, „das Piano ist auch mein eigen.“

„Nehmen Sie jemand zu Hilfe“, wandte sich Fraisier an die Sauvage, „und schaffen Sie das Piano aus der Wohnung.“

„Sie sind gar zu hart,“ sagte Villemot zu Fraisier, „der Herr Friedensrichter kann anordnen, was er will, er ist in dieser Beziehung souverän.“

„Es gibt hier Werte“, antwortete der Schreiber und wies auf das Zimmer.

„Übrigens räumt ja der Herr freiwillig den Platz“, gab der Friedensrichter zu bedenken.

„So etwas von Klienten hat man nie gesehen,“ meinte Villemot unwillig und wandte sich an Schmucke, „Sie sind weich wie ein Waschlappen.“

„Es ist gleichgültig, wo man stirbt,“ antwortete Schmucke und ging hinaus, „diese Leute sehen wie Tiger aus ... ich werde meine paar Sachen holen lassen“, fügte er hinzu.

„Wohin gehen Sie denn?“

„Wohin Gott will“, sagte der Universalerbe und machte eine Bewegung der erhabensten Gleichgültigkeit.

„Lassen Sie es mich wissen“, bat Villemot.
„Folgt ihm“, flüsterte Fraisier dem ersten Schreiber ins Ohr.
Frau Cantinet wurde zur Wächterin der versiegelten Räume eingesetzt und auf die vorgefundenen Werte hin bewilligte man ihr eine Provision von fünfzig Franken.
„Alles geht gut;“ sagte Fraisier zu Herrn Vitel, als Schmucke gegangen war, „wenn Sie Ihren Rücktritt zu meinen Gunsten erklären wollen, so besuchen Sie die Frau Präsident de Marville, Sie werden sich mit ihr verstehen.“
„Sie haben meinen Mann weich wie Ton gefunden“, meinte der Friedensrichter und zeigte auf Schmucke, der im Hof ein letztes Mal die Fenster der Wohnung betrachtete.
„Ja, die Geschichte ist zum Schluß gebracht,“ antwortete Fraisier, „Sie können unbesorgt Ihre Enkelin mit Poulain verheiraten, er wird Chefarzt am Spital der Quinze-Vingts.“
„Wir werden sehen! Auf Wiedersehen, Herr Fraisier“, sagte der Friedensrichter kameradschaftlich.
„Ein Mann, der um die Mittel nicht verlegen ist,“ sagte der Schreiber, „er wird es weit bringen, der Bursche.“
Es war elf Uhr, der alte Deutsche schlug, in seinen Gedanken bei Pons weilend, mechanisch den Weg ein, den er mit Pons zu machen pflegte; er sah ihn unaufhörlich, er fühlte ihn an seiner Seite; so gelangte er vor das Theater, aus dem Topinard herauskam, der eben die Lampen aller Gerüste gereinigt hatte, nicht ohne an die Tyrannei seines Direktors zu denken.
„Das ist mein Mann!“ rief Schmucke und hielt

den armen Statisten an, „Topinard, du hast eine Wohnung?“
„Gewiß.“
„Du führst eigene Wirtschaft?“
„Gewiß.“
„Willst du mich als Kostgänger aufnehmen? Oh, ich zahle gut, ich habe neunhundert Franken Rente, und lang wird es auch nicht mehr mit mir dauern ... Ich werde dir gar nicht zur Last fallen ... ich esse alles ... Ich habe nur ein Bedürfnis, meine Pfeife zu rauchen ... und da du der einzige bist, der mit mir an Pons gedacht hat, so liebe ich dich.“
„Herr Schmucke, ich täte es mit Vergnügen, aber zuerst müssen Sie wissen, daß Herr Gaudissart mir tüchtig eins aufgebrummt hat.“
„Aufgebrummt?“
„Ein Ausdruck, um zu sagen, daß er mir den Kopf gewaschen hat.“
„Den Kopf gewaschen?“
„Er kam mir grob, weil ich mich um Sie kümmerte ... es müßte also ganz unauffällig geschehen, wenn Sie zu mir kämen. Aber ich zweifle, daß Sie bleiben, denn Sie wissen nicht, wie ein armer Bursche wie ich Wirtschaft führt ...“
„Lieber die armselige Wirtschaft eines Mannes, der Herz hat und um Pons trauert, als die Tuilerien mit Leuten, die wie Tiger aussehen! Bei Pons in der Wohnung habe ich sie gesehen und bin ausgezogen, sie haben sich auf alles gestürzt.“
„Kommen Sie“, sagte der Statist, „und prüfen Sie selbst ... Aber ... nun, es ist ein Hängeboden da. Fragen wir meine Frau.“
Schmucke folgte dem Statisten wie ein Hammel,

Topinard führte ihn in eine jener abscheulichen Gegenden, die man die Krebsgeschwüre von Paris nennen könnte. Diejenige, in der Topinard wohnte, nennt sich nach einem gewissen Bordin und ist ein enger Durchgang, der von Häusern eingefaßt wird, wie man sie überall aus Spekulation baut; er mündet auf die Rue de Bondy, dort wo diese Straße von dem ungeheuern Gebäude des Theaters an der Porte-Saint-Martin, einer wahren Warze, verfinstert wird. Der Durchgang senkt sich zur Rue-des-Mathurins-du-Temple und stößt zuletzt auf eine innere Gasse, mit der sie sich in Form eines T verbindet. Die beiden Gassen enthalten etwa dreißig Häuser von je sechs oder sieben Stockwerken: alle Innenhöfe, alle Wohnungen bergen Lager, Fabrikationsräume und Unternehmungen aller Art. Es ist der Faubourg Saint-Antoine im Kleinen. Man stellt hier Möbel her, man bearbeitet Kupfer, man näht Theaterkostüme, man schleift Glas, man bemalt Porzellan, man fabriziert mit einem Wort alle Spielarten des Artikels Paris. Schmutzig und produktiv wie der Handel bietet dieser Durchgang, den immer die Reihen der Kommenden und Gehenden, der Karren und Wagen füllen, einen abstoßenden Anblick, und die Bevölkerung, die in ihm lebt, stimmt durchaus mit der Örtlichkeit und den Dingen zusammen. Sie besteht aus den Fabrikarbeitern, die sich in allen Handfertigkeiten auszeichnen, aber nicht über diesen Rahmen hinausdenken. Topinard wohnte in diesem Durchgang, der auf seine Art blühte, aus Rücksicht auf die niedere Miete, im zweiten Haus gleich links am Anfang. Die Wohnung lag im sechsten Stock und hatte Aussicht auf jenen

Gürtel von Gärten, der dank den drei oder vier großen Hotels der Rue de Bondy noch existiert. Topinard hatte eine Küche und zwei Kammern inne. In der ersten Kammer hielten sich die Kinder auf, man sah zwei kleine Betten aus weißem Holz und eine Wiege. Die zweite Kammer diente dem Ehepaar. Man aß in der Küche. Über dieser lag ein falscher Speicher, sechs Fuß hoch und mit Zink bedeckt, eine Luke diente als Fenster. Man gelangte zu diesem Raum mit Hilfe einer Treppe aus weißem Holz, die bei den Hausbewohnern die Müllerleiter hieß. Die Existenz dieses für einen Dienstboten bestimmten Zimmers erlaubte, die Behausung Topinards als vollständige Wohnung zu bezeichnen und mit einem Mietspreis von vierhundert Franken zu belegen. Im Eingang war, um die Küche zu verbergen, ein Winkel überwölbt worden. Er empfing sein Licht durch ein rundes Fenster, das auf die Küche ging, und verdankte sein Dasein der Verbindung der Tür der ersten Kammer mit derjenigen der Küche, was im ganzen drei Türen ergab. Der Boden der drei Räume war mit Ziegeln gepflastert, die Wände waren mit scheußlichen Tapeten, die Rolle zu sechs Sou, beklebt und mit sogenannten Kapuzinerkaminen geschmückt, deren Bemalung in Holzfarbe zur gemeinsten Art gehörte.
Das war die Wohnung für fünf Personen, darunter drei Kinder. Man sah allenthalben die tiefen Kratzer von den Händen der Kinder, sie reichten genau so hoch, als diese Hände reichten. Reiche Leute können sich die Einfachheit der Kücheneinrichtung nicht vorstellen; sie bestand aus einem Herd, einem Kessel, einem Bratrost,

einem Kochtopf, zwei oder drei Kannen und einer Backpfanne. Das irdene Geschirr in braunen und weißen Mustern hatte einen Wert von zwölf Franken. Der Küchentisch diente zugleich als Eßtisch. Das Mobiliar umfaßte zwei Stühle und zwei Schemel. Unter dem Rauchfangherd ruhte der ganze Vorrat an Kohlen und Holz. Und in einem Winkel stand der Zuber, in dem oft über Nacht die Wäsche der Familie in der Lauge lag. In dem Raum, den die Kinder bewohnten, waren Schnüre zum Trocknen der Wäsche gespannt, an den Wänden Plakate von Schauspielen und Zeichnungen aus Zeitungen, auch Prospekte von illustrierten Büchern angenagelt. Offenbar übernahm der älteste Sohn der Familie Topinard, dessen Schulbücher man in einer Ecke sah, den Haushalt, sobald um sechs Uhr die Eltern ihren Dienst im Theater antraten. In vielen Familien der unteren Klasse spielt ein Kind, das das sechste oder siebente Jahr erreicht hat, seinen Schwestern und Brüdern gegenüber die Rolle der Mutter.

Man kann dieser leichten Skizze entnehmen, daß die Topinard nach dem sprichwörtlich gewordenen Ausdruck arm, aber ehrlich waren. Topinard mochte vierzig Jahre zählen, seine Frau dreißig; ehemals war sie eine der schönsten Choristinnen und dem Vernehmen nach die Geliebte des Direktors gewesen, der als Vorgänger Gaudissarts Bankrott machte. Das Ende dieses Direktors hatte die Wirkung gehabt, daß die schöne Lolotte mit Topinard eine Theaterehe einging. Aber sie ließ durchblicken, daß Topinard in dem Augenblick, wo der Haushalt auf hundertfünfzig Franken Einnahme rechnen konnte, seine Schwüre vor dem

Standesbeamten wiederholen müsse, sei es auch nur, um die Kinder, die er anbetete, zu legitimieren. Morgens, in den freien Stunden, nähte Frau Topinard für das Theatermagazin. Das mutige Statistenpaar verdiente mit ungeheuerer Arbeit jährlich neunhundert Franken.

„Noch ein Stock“, sagte vom dritten an Topinard zu Schmucke, der in seinem Schmerz nicht einmal wußte, ob er aufwärts oder abwärts ging.

Als der Statist, der wie alle arbeitenden Leute in weißes Leinen gekleidet war, die Tür zur Kammer öffnete, hörte man Frau Topinard rufen:

„Ruhe, Kinder, Papa ist da!“

Und da die Kinder ohne Zweifel mit ihrem Papa tun konnten, was sie wollten, fuhr der älteste fort, in Erinnerung an den Zirkus auf einem Besenstiel als Pferd reitend Feuer zu kommandieren, der mittlere eine Blechflöte zu blasen und der jüngste lief, so gut es ging, der Heeresmacht nach. Die Mutter nähte ein Theaterkostüm.

„Ruhe jetzt“, rief Topinard mit furchtgebietender Stimme, „oder es setzt etwas! Man muß ihnen das immer sagen“, erklärte er Schmucke leise. Dann wandte er sich an die Schließerin und sagte:

„Hier, Frauchen, bringe ich Herrn Schmucke, den Freund des armen Herrn Pons, er weiß nicht, wohin er sich wenden soll, und möchte bei uns wohnen. Ich habe ihm zwar gesagt, daß es bei uns nicht glänzend zugeht, daß wir im sechsten Stock hausen, daß wir ihm nur einen Hängeboden anbieten könnten, er will doch kommen ...“

Die Frau schob Schmucke einen Stuhl hin, und die Kinder stellten sich interessiert um den Fremden, um jene tiefgehende, stumme und ganz kurze Prüfung vorzunehmen, die allen Kindern eigentümlich ist, sind doch Kinder ganz wie die Hunde mehr gewohnt zu wittern als zu urteilen. Schmucke seinerseits beschaute die hübsche Schar, unter der sich ein kleines fünfjähriges Mädchen befand, dasselbe, das die Trompete blies und prächtige blonde Locken hatte.

„Sie sieht wie eine kleine Deutsche aus!" sagte Schmucke und machte ihr ein Zeichen, zu ihm zu kommen.

„Herr Schmucke würde sich da sehr unwohl fühlen," meinte die Schließerin, „wenn ich nicht die Kinder bei mir haben müßte, würde ich ihm unsere Kammer anbieten."

Sie öffnete die Kammer und ließ Schmucke eintreten. Dieser Raum war der Stolz der Familie. Das Mahagonibett schmückten Vorhänge aus blauem Baumwollstoff, den weiße Fransen säumten. Derselbe blaue Stoff kehrte als Vorhang am Fenster wieder. Die Kommode, der Sekretär, die Stühle waren aus Mahagoni, aber rein gehalten. Auf dem Kamin standen Uhr und Leuchter, offenbar Geschenke des Verflossenen, der Bankrott gemacht hatte; sein Bild, ein fürchterliches Bild von der Hand Pierre Grassous, hing über der Kommode. Die Kinder, die diesen Raum nicht betreten durften, versuchten, neugierige Blicke hineinzuwerfen.

„Hier wäre Herr Schmucke gut aufgehoben", sagte die Schließerin.

„Nein, nein," antwortete Schmucke, „ich habe nicht mehr lange zu leben, ich brauche nur einen Winkel zum Sterben."

Man verließ das Schlafzimmer und stieg in die Mansarde hinauf. Alsbald rief Schmucke:

„Das ist, was ich brauche! ... Bevor ich zu Pons zog, war ich niemals besser als hier untergebracht."

„Nun, man braucht nur ein Feldbett, zwei Matratzen, ein Keilkissen, ein Kopfkissen, zwei Stühle und einen Tisch zu kaufen – das kostet nicht das Leben, höchstens hundertfünfzig Franken, mit der Waschschüssel, dem Topf und einem kleinen Bettvorleger."

Alles wurde abgemacht, nur die hundertfünfzig Franken fehlten.

Schmucke dachte naturgemäß an das Theater, das zwei Schritte entfernt lag, und beschloß, angesichts der bedrückten Lage seiner neuen Freunde, den Direktor um sein Gehalt zu bitten. Er ging sofort hinüber und traf Gaudissart an. Der Direktor empfing ihn mit der ein wenig gedehnten Höflichkeit, die er seinen Künstlern gegenüber zur Schau trug, und war erstaunt über Schmuckes Verlangen. Indessen bei der Nachprüfung stellte es sich heraus, daß Schmucke in der Tat noch einen Monat zu bekommen hatte.

„Oho, Teufel, mein Lieber!" meinte der Direktor, „die Deutschen sind immer gute Rechner, sogar wenn sie weinen ... Ich glaubte, Sie würden sich mit der Zuwendung von tausend Franken zufrieden geben, dem Gehalt für ein ganzes Jahr!"

„Wir haben nichts bekommen," sagte der gute Deutsche, „und wenn ich zu Ihnen komme, so geschieht es, weil ich ohne einen Centime auf der Straße sitze ... Wem haben Sie die tausend Franken gegeben?"

„Ihrer Pförtnerin!"
„Frau Cibot!" rief Schmucke aus. „Sie hat Pons getötet, sie hat ihn bestohlen, sie hat seine Bilder verkauft ... Sie wollte sein Testament verbrennen ... Sie ist eine Schurkin, ein Ungeheuer!"
„Aber, mein Guter, wie kommt es, daß Sie ohne einen Sou auf der Straße stehen, ohne Obdach, in Ihrer Eigenschaft als Universalerbe? Das ist nicht logisch, wie wir sagen."
„Man hat mich vor die Tür gesetzt ... Ich bin Ausländer, ich kenne die Gesetze nicht ..."
„Armer Kerl", dachte Gaudissart, der das wahrscheinliche Ende eines ungleichen Kampfes voraussah. „Hören Sie," sagte er zu Schmucke, „wissen Sie, was Sie zu tun haben?"
„Ich habe einen Vertreter für das Geschäftliche."
„Gut, finden Sie sich sofort mit den Erben ab; Sie werden von ihnen eine gewisse Summe und eine lebenslängliche Rente erhalten und ruhig leben ..."
„Ich verlange nichts anderes!" antwortete Schmucke.
„Schön, lassen Sie mich das für Sie in Ordnung bringen", sagte Gaudissart, dem Fraisier am Abend vorher seinen Plan mitgeteilt hatte.
Gaudissart hoffte, sich beim Abschluß dieser schmutzigen Angelegenheit die junge Gräfin Popinot und ihre Mutter zu verpflichten, und er sagte sich, daß er eines Tages mindestens Staatsrat sein werde.
„Ich gebe Ihnen Vollmacht ..."
„Gut, lassen Sie uns sehen! Zuerst, hier," sagte der Napoleon der Boulevardtheater, „hier sind dreihundert Franken ..."

Er nahm fünfzehn Goldstücke aus seiner Börse und hielt sie dem Musiker hin.

„Sie sind für Sie, es ist das Gehalt für sechs Monate, das ich Ihnen gebe; falls Sie das Theater verlassen, erstatten Sie sie mir zurück. Lassen Sie uns rechnen! Wieviel geben Sie im Jahr aus? Wieviel brauchen Sie, um glücklich zu sein? Los, los, schaffen Sie sich ein Leben wie Sardanapal! ..."

„Ich brauche nur einen Anzug für den Winter und einen für den Sommer ..."

„Dreihundert Franken", sagte Gaudissart.

„Schuhe, vier Paar ..."

„Sechzig Franken."

„Strümpfe ..."

„Zwölf Paar! Das macht sechsunddreißig Franken."

„Sechs Hemden."

„Sechs Baumwollhemden, vierundzwanzig Franken, ebenso viele leinene, achtundvierzig: wir sagen zweiundsiebzig. Wir haben nun vierhundertachtundsechzig; sagen wir fünfhundert mit den Krawatten und den Taschentüchern und hundert Franken für das Waschenlassen ... sechshundert Franken! Weiter, was brauchen Sie zum Leben? – Drei Franken im Tag?"

„Nein, das ist zu viel! ..."

„Nun, Sie brauchen auch Hüte ... Das macht fünfzehnhundert Franken und fünfhundert Franken Miete, zweitausend. Wollen Sie, daß ich Ihnen eine lebenslängliche, wohlverbürgte Rente von zweitausend Franken verschaffe? ..."

„Und mein Tabak?"

„Zweitausendvierhundert Franken! ... Ei, Papa Schmucke, Sie nennen das Tabak? ... Gut, Sie

sollen ihn haben, Ihren ... Tabak! Das macht also zweitausendvierhundert Franken Rente..."
„Das ist nicht alles! Ich will einen Betrag in bar..."
„Das Draufgeld! – So ist's! Diese Deutschen! Das nennt sich naiv! Alter Eulenspiegel!..." dachte Gaudissart; „wieviel wollen Sie?" wiederholte er; „aber nachher nichts mehr."
„Ich muß eine heilige Schuld begleichen."
„Eine Schuld!" sagte sich Gaudissart; „was für ein Spitzbube! Der ist schlimmer als ein Familiensohn, er wird Wechsel erfinden! Ich muß ein Ende machen! Fraisier geht nicht aufs Ganze!... Was für eine Schuld, mein Guter? Lassen Sie hören!"
„Es gibt nur einen Menschen, der mit mir um Pons weinte ... Er hat eine reizende kleine Tochter mit wundervollem Haar, es war mir, als sähe ich den Genius meines armen Deutschlands, das ich niemals hätte verlassen sollen ... Paris ist nicht gut zu den Deutschen, man macht sich über sie lustig, ..." sagte er mit der Kopfbewegung eines Mannes, der die schlechte Welt zu durchschauen glaubt.
„Er ist verrückt", sagte sich Gaudissart. Und das Mitleid für den harmlosen Musiker trieb ihm eine Träne ins Auge.
„Oh, Sie verstehen mich, Herr Direktor! Nun, der Mann mit dem kleinen Mädchen ist Topinard, der das Orchester bedient und die Lampen anzündet; Pons liebte ihn und half ihm, er allein folgte dem Sarg meines einzigen Freundes zur Kirche, zum Friedhof ... Ich will dreitausend Franken für ihn und dreitausend Franken für das kleine Mädchen ..."

„Armer Mensch! ...“ sagte sich Gaudissart.
Der grimmige Emporkömmling war gerührt über diesen Edelmut und diese Dankbarkeit für eine Sache, die in den Augen der Welt nichts bedeutete, aber das himmlische Lamm da, wie Bossuet das Glas Wasser, wichtiger dünkte als alle Siege der Eroberer. Gaudissart verbarg ein gutes Herz, eine gute Veranlagung unter seiner Eitelkeit, unter seiner brutalen Gier, emporzukommen und so hoch zu steigen wie sein Freund Popinot. Er strich also das voreilige Urteil über Schmucke und ging auf seine Seite über.
„Sie werden das alles bekommen! Aber ich werde noch mehr tun, mein lieber Schmucke. Topinard ist ein rechtschaffener Mann ...“
„Ja, das habe ich vorhin gesehen, in seinem armseligen Haushalt, wo er mit seinen Kindern ein zufriedenes Leben führt.“
„Ich werde ihm die Stelle des Kassierers geben, denn der alte Baudrand verläßt mich ...“
„Oh, Gott segne Sie!“ rief Schmucke.
„Nun, mein guter, wackerer Schmucke, kommen Sie heute abend um vier Uhr zu dem Notar, Herrn Berthier; alles wird bereit sein, und Sie sollen für den Rest Ihrer Tage ohne Sorgen leben können ... Sie erhalten Ihre sechstausend Franken, und Sie werden bei gleichem Gehalt unter Garangeot tun, was Sie unter Pons getan haben.“
„Nein!“ sagte Schmucke, „ich werde nicht mehr lange leben! ... Ich habe zu nichts mehr Lust, ... ich fühle mich angegriffen ...“
„Armer Hammel!“ sagte sich Gaudissart und grüßte den Deutschen, der sich zurückzog. „Schließlich sind die Hämmel dazu da, Rippchen zu liefern,

oder wie Béranger köstlich sagt: ‚Arme Hämmel, immer wird man euch scheren!‘“
Und er summte diese politische Weisheit vor sich hin, um seine Ergriffenheit zu verscheuchen.
„Laß meinen Wagen vorfahren!“ sagte er zu seinem Bürodiener. Dann ging er hinunter und rief dem Kutscher zu:
„Rue de Hanovre!“
Der Ehrgeiz hatte wieder die Oberhand gewonnen, Gaudissart sah sich schon als Staatsrat.

☆

SCHLUSS

SCHMUCKE KAUFTE UNTERDES BLUMEN UND Kuchen und eilte nahezu fröhlich zu den Kindern Topinards.
„Ich bringe Geschenke! ...“ sagte er mit einem Lächeln.
Dieses Lächeln war das erste, das seit drei Monaten auf seine Lippen trat, und wer es gesehen hätte, wäre davon erschüttert worden.
„Ich gebe sie unter einer Bedingung.“
„Sie sind zu gut, Herr Schmucke“, sagte die Mutter.
„Das kleine Mädchen soll mich küssen und die Blumen ins Haar stecken, ins offene Haar, wie die kleinen Deutschen es tragen.“
„Olga, mein Kind, tue alles, was der Herr wünscht...“ sagte die Schließerin, indem sie eine strenge Miene aufsetzte.
„Schelten Sie meine kleine Deutsche nicht! ...“ rief Schmucke, der in dem Kind sein liebes Deutschland sah. Topinard trat ein und sagte:

„Der ganze Kram kommt auf den Schultern von drei Dienstmännern!"

„O mein Freund," sprach der Deutsche, „hier sind zweihundert Franken, um alles zu bezahlen. Aber Sie haben ein hübsches Weibchen, Sie werden sie heiraten, nicht wahr? Ich gebe Euch tausend Taler ... Das kleine Mädchen bekommt eine Mitgift von tausend Talern, die ich auf seinen Namen hinterlegen werde. Und Sie werden nicht länger Statist sein ..., Sie sollen Kassierer des Theaters werden ..."

„Ich, an Vater Baudrands Stelle?"

„Ja!"

„Wer hat Ihnen das gesagt?"

„Herr Gaudissart."

„O man möchte vor Freude verrückt werden! ... – ha, was meinst du, Rosalie, die werden im Theater sich ärgern! ... Aber es ist nicht möglich", sagte er dann.

„Unser Wohltäter kann nicht in einer Mansarde wohnen."

„Ach, wegen der paar Tage, die ich noch zu leben habe!" erwiderte Schmucke, „dafür ist es gerade gut ... Lebt wohl, ich gehe zum Friedhof ... um nachzusehen, was man mit Pons gemacht hat ... und Blumen für sein Grab zu bestellen!"

Frau Camusot de Marville war die Beute der größten Aufregungen. Fraisier beriet bei ihr mit Godeschal und Berthier. Der Notar Berthier und der Sachwalter Godeschal hielten das von zwei Notaren vor zwei Zeugen errichtete Testament für unanfechtbar; Leopold Hannequin hatte ihm die klarste Fassung gegeben. Nach der Meinung des ehrenwerten Godeschal gewann man nichts, wenn sein jetziger Ratgeber Schmucke zu täuschen verstand: sofort würde einer jener Anwälte einspringen, die in ihrer Begierde, sich auszuzeichnen, gern bereit sind, den Edelmütigen, den Uneigennützigen zu spielen. Die beiden Beamten verließen also die Präsidentin mit dem Rat, Fraisier, über den sie Erkundigungen eingezogen hatten, zu mißtrauen. In diesem Augenblick setzte Fraisier, der der Versiegelung beigewohnt hatte, im Zimmer des Präsidenten eine Vorladung auf. Frau de Marville hatte ihn auf den Wunsch der beiden Beamten eintreten lassen. Die beiden behaupteten, die Angelegenheit sei zu schmutzig, als daß ein Präsident sich hineinmischen dürfte, und sie hatten darauf bestanden, ihre Ansicht Frau de Marville mitzuteilen, ohne daß Fraisier zuhörte.

„Nun, wo sind die Herren?“ fragte der ehemalige Advokat von Mantes.

„Fort! ... mit dem Bemerken, ich solle auf die Angelegenheit verzichten!“ antwortete Frau de Marville.

„Verzichten!“ sagte Fraisier mit unterdrückter Wut. „Hören Sie, Frau Präsident ...“

Und er las ihr folgendes Aktenstück vor:

„Auf Ersuchen von usw.... (ich übergehe den Wortschwall): In Anbetracht, daß bei dem Herrn Präsidenten des Gerichts erster Instanz von den Notaren Leopold Hannequin und Alexander Crottat, beide in Paris, in Gegenwart der Zeugen Brunner und Schwab, fremder Nationalität, wohnhaft in Paris, ein Testament niedergelegt wurde, in dem der verstorbene Pons zum Nachteil des Ansuchers, seines natürlichen und gesetzlichen Erben,

zum Vorteil eines gewissen Schmucke, deutscher Nationalität, über seinen Besitz verfügt hat;
in Anbetracht, daß der Ansucher Beweis führen will, daß das Testament das Ergebnis einer verdächtigen Beeinflussung und gesetzlich nicht zulässiger Schliche ist; daß Personen in hervorragender Stellung bezeugen können, daß die Absicht des Erblassers war, sein Vermögen Fräulein Cécile, der Tochter des genannten Herrn de Marville, zu hinterlassen; und daß das Testament, dessen Ungültigkeitserklärung der Ansucher verlangt, der Schwäche des Erblassers entrissen worden ist, als er sich bereits nicht mehr im Besitz seiner Sinne befand;
in Anbetracht, daß genannter Schmucke in der Absicht, Universalerbe zu werden, den Erblasser in privater Gefangenschaft hielt, daß er die Familie hinderte, bis zum Bett des Toten vorzudringen, und daß er sich nach erreichtem Erfolg notorischen Handlungen der Undankbarkeit überließ, zum Unwillen des Hauses und aller Leute des Viertels, die zufällig Zeugen wurden, weil sie dem Pförtner des Sterbehauses die letzten Ehren erwiesen;
in Anbetracht, daß noch schwerer wiegende Tatsachen, deren Beweise der Ansucher in diesem Augenblick beschafft, vor den Herren Richtern werden ausgebreitet werden, habe ich, der unterzeichnete Gerichtsvollzieher usw. usw., den genannten Schmucke mündlich aufgefordert, vor den Herren Richtern der ersten Kammer zu erscheinen und die Mitteilung in Empfang zu nehmen, daß das von den Notaren Hannequin und Crottat übergebene Testament als Ergebnis offen-

sichtlicher Beeinflussung für null und nichtig erklärt werden wird; auch habe ich außerdem gegen die Eigenschaft und Befähigung zum Universalerben, auf die sich der genannte Schmucke berufen könnte, Einspruch erhoben, in der Voraussicht, daß der Ansucher, wie er es in der Tat durch seine Eingabe vom heutigen Tag getan hat, zu Händen des Herrn Präsidenten gegen die von dem genannten Schmucke verlangte Ermächtigung zum Antritt des Testaments Protest erheben werde, und habe ich eine Abschrift des Gegenwärtigen hinterlassen, deren Kosten sich belaufen auf ... usw."

„Ich kenne den Mann, Frau Präsident. Wenn er dieses Briefchen gelesen hat, wird er auf einen Vergleich eingehen. Er wird Tabareau zu Rat ziehen: Tabareau wird ihm empfehlen, unsere Vorschläge anzunehmen! Geben Sie die tausend Taler Rente?"

„Gewiß, ich möchte so bald wie möglich in die Lage kommen, die erste Rate zu bezahlen."

„Alles wird binnen drei Tagen in Ordnung sein... Die Vorladung wird ihn erreichen, solange er noch von seinem Schmerz betäubt ist, denn er trauert um Pons, der arme Mann. Er hat diesen Verlust sehr ernst genommen."

„Kann die Vorladung, wenn sie erlassen ist, wieder zurückgenommen werden?" fragte die Präsidentin.

„Gewiß, man kann immer darauf verzichten."

„Nun gut, Herr Fraisier," sagte Frau Camusot, „nehmen Sie die Sache in die Hand, versuchen Sie es immerhin!"

„Gern, die Erbschaft, die Sie mir verschafft

haben, ist der Mühe wert. Ich habe übrigens die Sache mit der Abdankung Vitels in Ordnung gebracht, aber ich verlange, daß Vitel seine sechzigtausend Franken auf Konto der Erbschaft bekommt."

„So, sehen Sie, muß es gelingen ..."

„Sie haben seinen Verzicht in der Tasche?"

„Ja; Herr Vitel vertraut Herrn de Marville ..."

„Nun, Frau Präsident, ich habe Sie bereits um sechzigtausend Franken erleichtert, die ich dieser gemeinen Pförtnerin, der Cibot, geben zu müssen glaubte. Aber es liegt mir noch daran, den Tabakverschleiß für Frau Sauvage zu erhalten, ferner für meinen Freund Poulain die freie Stelle als leitender Arzt am Krankenhaus der Quinze-Vingts."

„Natürlich, alles ist erledigt."

„Nun, dann ist alles gesagt ... Jedermann ist in dieser Angelegenheit auf Ihrer Seite, auch Gaudissart, der Theaterdirektor, den ich gestern aufgesucht habe; er hat mir versprochen, den Statisten, der unsere Pläne stören könnte, unschädlich zu machen."

„Oh, ich weiß, Herr Gaudissart steht ganz im Bann der Popinot."

Fraisier ging. Unglücklicherweise traf er Gaudissart nicht, und die verhängnisvolle Vorladung wurde vom Stapel gelassen.

Zwanzig Minuten, nachdem Fraisier gegangen war, teilte Gaudissart der Präsidentin seine Unterhaltung mit dem armen Schmucke mit, und alle habgierigen Leute werden ihre Freude so gut verstehen, wie die ehrlichen sie verabscheuen werden. Die Präsidentin war mit allem einverstanden, sie war dem Theaterdirektor unendlich dankbar dafür, daß er ihr durch seine Bemerkungen, die sie durchaus richtig fand, alle Gewissensbisse nahm.

„Frau Präsident," sagte Gaudissart beim Eintritt, „ich glaubte, der arme Teufel würde nicht wissen, was er mit seinem Reichtum anfangen solle. Er ist ein Geschöpf von patriarchalischer Einfachheit. Das ist naiv, das ist deutsch, man muß ihn ausstopfen, man muß ihn unter Glas setzen wie einen kleinen Jesus aus Wachs! ... Bereits seine zweitausendfünfhundert Franken Rente bringen ihn in Verwirrung, und Sie verführen ihn zur Ausschweifung ..."

„Es zeugt von einem edlen Herzen," sagte die Präsidentin, „diesen Burschen zu bereichern, der um unseren Vetter trauert. Aber ich bedauere den kleinen Zwist, der uns entzweit hat, Pons und mich; wäre er wiedergekommen, so würde ihm alles vergeben worden sein. Wenn Sie wüßten, wie er meinem Mann fehlt. Herr de Marville war in Verzweiflung, daß er keine Todesanzeige erhalten hatte, denn er pflegt die Familienpflichten, er hätte dem Gottesdienst, dem Zug, der Beerdigung beigewohnt, und ich selbst, ich wäre zur Messe gegangen ..."

„Nun, Verehrteste," sagte Gaudissart, „belieben Sie, die Verhandlung vorzubereiten; um vier Uhr bringe ich Ihnen den Deutschen ... Empfehlen Sie mich, Frau Präsident, dem Wohlwollen Ihrer reizenden Tochter, der Frau Gräfin Popinot; sie möge meinem erlauchten Freund, ihrem guten und ausgezeichneten Vater, dem großen Staatsmann, sagen, wie sehr ich allen seinen Angehörigen ergeben bin, damit er mir seine wertvolle Gunst erhalte. Seinem Onkel, dem Richter, verdanke ich mein Leben, und ihm verdanke ich mein Vermögen... Ich möchte wie Sie und Ihre Tochter das Ansehen haben, das den einflußreichen und gutgestellten Leuten zufällt. Ich will das Theater aufgeben und ein ernsthafter Mensch werden."

„Das sind Sie, Herr Gaudissart", sagte die Präsidentin.

„Anbetungswürdige!" rief Gaudissart, indem er Frau de Marville die hagere Hand küßte.

Um fünf Uhr fanden sich in dem Arbeitszimmer des Herrn Berthier, des Notars, nacheinander ein: Fraisier, der Leiter der Verhandlung, Tabareau, der Bevollmächtigte Schmuckes, und Schmucke selbst, den Gaudissart mitbrachte. Fraisier hatte dafür gesorgt, daß die ausbedungenen sechstausendsechshundert Franken, die erste Rate der Lebensrente, in Banknoten auf dem Schreibtisch des Notars dem Deutschen in die Augen stachen. Und in der Tat, in der Verwirrung, soviel Geld zu sehen, schenkte Schmucke der Vorlesung des Aktenstückes nicht die geringste Aufmerksamkeit. Schmucke hatte sich mit Pons unterhalten und ihm versprochen, ihn bald wieder zu treffen; er war nicht mehr im Besitz seiner Kräfte und von all den Schicksalsschlägen schon stark erschüttert. In diesem Zustand hatte er sich von Gaudissart vom Kirchhof führen lassen. Er überhörte die Vorrede des Schriftstückes, in der er mit Meister Tabareau, dem Gerichtsvollzieher, seinem Bevollmächtigten und Berater, aufgeführt wurde, und in der an die Ursachen des Prozesses erinnert wurde, den der Präsident im Interesse seiner Tochter angestrengt hatte. Der Deutsche spielte eine traurige Rolle, denn indem er das Schriftstück unterzeichnete, gab er den ungeheuerlichen Aussagen Fraisiers einen Rechtsgrund; aber er war so froh, das Geld für die Familie Topinard zu erhalten, und so glücklich, seinen kleinen Einfällen gemäß den einzigen Menschen, der Pons liebte, bereichern zu können, daß er nicht ein Wort von der Beweisführung hörte. Mitten in der Verhandlung trat ein Gehilfe ins Zimmer.

„Es ist draußen", sagte er zu seinem Herrn, „ein Mann, der Herrn Schmucke sprechen will."

Auf ein Zeichen von Fraisier hin zuckte der Notar bedeutungsvoll mit den Achseln.

„Stören Sie uns doch nicht, wenn wir Akten unterschreiben! Fragen Sie nach dem Namen dieses Fremden ... Ist es ein Mann oder ein Herr? Ist es ein Gläubiger?"

Der Gehilfe kam zurück und sagte:

„Er will durchaus Herrn Schmucke sprechen."

„Sein Name?"

„Er heißt Topinard."

„Ich gehe hinaus. Unterschreiben Sie ruhig", sagte Gaudissart zu Schmucke. „Machen Sie es fertig; ich werde sehen, was er von uns will."

Gaudissart hatte Fraisier verstanden, und jeder von ihnen witterte eine Gefahr.

„Was willst du hier?" fragte der Direktor den Statisten, „du willst also nicht Kassierer werden? Das erste Verdienst eines Kassierers ist Verschwiegenheit."

„Herr Direktor ..."

„Geh doch an deine Geschäfte, du wirst es nie

zu etwas bringen, wenn du dich in die anderer mengst."

„Herr Direktor, ich will kein Brot essen, von dem mir jeder Bissen im Halse stecken bleiben wird! – Herr Schmucke!" rief er.

Schmucke, der unterschrieben hatte und sein Geld in der Hand hielt, kam auf den Ruf Topinards.

„Hier für die kleine Deutsche und für Sie . . ."

„Oh, mein lieber Herr Schmucke, Sie haben Ungeheuer bereichert, Leute, die Ihnen die Ehre rauben wollen. Ich habe das da zu einem ehrlichen Mann, einem Anwalt, der diesen Fraisier kennt, gebracht, und er sagt, Sie sollen soviel Ruchlosigkeit bestrafen, indem Sie den Prozeß annehmen; tun Sie es und Ihre Feinde werden sich zurückziehen . . . Lesen Sie."

Und der unvorsichtige Freund gab ihm die Zustellung, die auf Schmucke in der Cité Bordin lautete.

Schmucke nahm das Papier, las es und sah, daß man ihn so behandelt hatte, wie er, der nichts von den Kniffen des Rechtsverfahrens verstand, es verdient hatte; das versetzte ihm den Todesstreich, das Herz zog sich ihm zusammen.

Topinard fing Schmucke in seinen Armen auf; sie befanden sich jetzt beide unter der Tür des Notars. Ein Wagen fuhr vorüber, Topinard ließ den Deutschen einsteigen, der die Schmerzen eines schweren Blutandrangs zum Gehirn erlitt. Seine Sehkraft war getrübt; aber der Musiker hatte noch die Kraft, Topinard das Geld hinzuhalten. Schmucke erlag diesem ersten Anfall nicht, aber er fand den Verstand nicht wieder; er machte nur bewußtlose Bewegungen; er aß nichts. Er starb nach zehn Tagen, ohne sich zu beklagen, denn er sprach nicht mehr. Er wurde von Frau Topinard gepflegt und im Stillen beerdigt, Seite an Seite mit Pons. Dafür sorgte Topinard, die einzige Person, die dem Leichenzug des Sohnes Germaniens folgte.

Fraisier, der zum Friedensrichter ernannt wurde, ist in dem Hause des Präsidenten sehr intim und sieht sich von der Präsidentin sehr geschätzt; sie gab nicht zu, daß er die Tochter Tabareaus heiratete; sie verspricht dem geschickten Mann unendlich Besseres; sie verdankt ihm, wie sie sagt, nicht nur den Erwerb der Wiesen von Marville und das Landhaus, sondern auch die Ernennung des Präsidenten zum Abgeordneten bei den allgemeinen Neuwahlen von 1846.

Jedermann wünscht gewiß zu erfahren, was aus der Heldin dieser Geschichte wurde, die leider in ihren Einzelheiten zu wahrheitsgetreu ist und beweist, daß die große gesellschaftliche Kraft im Charakter liegt. Ihr erratet, o Liebhaber, Kenner und Händler, daß es sich um die Sammlung des guten Pons handelt. Es wird genügen, einer Unterhaltung bei Popinot beizuwohnen, der vor wenigen Tagen seine prachtvolle Sammlung Freunden zeigte.

„Herr Graf," sagte ein hochstehender Ausländer, „Sie besitzen Schätze!"

„Oh, Mylord," meinte Graf Popinot bescheiden, „was Bilder anlangt, so kann niemand – ich sage nicht in Paris, aber in Europa – sich Hoffnung machen, mit einem Unbekannten in Wettbewerb zu treten, einem Juden namens Elias Magus, einem verrückten Greis, dem ersten aller Bildernarren.

Er hat hundert und einige Bilder zusammengebracht, die den Liebhabern den Mut nehmen können, Galerien anzulegen. Frankreich sollte sieben bis acht Millionen opfern und diese Sammlung beim Tod des reichen Kauzes erwerben ... Was die Raritäten anlangt, so verdient meine Sammlung eher, daß man von ihr spricht ..."
„Aber wie konnte ein Mann, der so beschäftigt ist wie Sie, dessen ursprünglicher Reichtum so redlich im Handel ..."
„... mit Drogen gewonnen wurde," unterbrach Popinot, „fortfahren, sich mit Farben abzugeben?"
„Nein," antwortete der Fremde, „aber wo nehmen Sie die Zeit zum Suchen her? Die Raritäten kommen nicht zu Ihnen ..."
„Mein Vater besaß schon", sagte die Gräfin Popinot, „den Kern einer Sammlung, er liebte die Künste, die schönen Werke; aber der größte Teil dieser Reichtümer stammt von mir!"
„Von Ihnen, Frau Gräfin? ... So jung! Sie haben solche Laster?" fragte ein russischer Fürst. Die Russen sind in solchem Grade Nachahmer, daß alle Krankheiten der Zivilisation bei ihnen ihre Auferstehung feiern. Die Sammlerwut ist in Petersburg zur Tollheit geworden und hat zur Folge, daß dank dem Mut, der diesem Volk eigen ist, die Russen für den „Artikel", wie Rémonencq sagen würde, die Preise aufs äußerste hinaufgetrieben haben; fortan ist das Sammeln unmöglich geworden. Und der Fürst war lediglich zum Sammeln in Paris.
„Fürst," sagte die Gräfin, „dieser Schatz ist mir als Erbteil eines Vetters zugefallen, der mich sehr

liebte und der vierzig und einige Jahre, seit 1805, damit zugebracht hat, in allen Ländern, und besonders in Italien, Meisterwerke zusammenzuraffen ..."

„Und wie heißt er?" fragte Mylord.

„Pons!" sagte der Präsident Camusot.

„Er war ein reizender Mensch," fing die Präsidentin mit ihrer dünnen, flötenähnlichen Stimme wieder an, „geistvoll, originell und dazu voller Herz. Diesen Fächer, den Sie bewundern, Mylord, und der Frau von Pompadour gehört hat, brachte er mir eines Tages mit einer reizenden Bemerkung, dic zu wiederholen Sie mir erlassen werden ..."

Und sie sah ihre Tochter an.

„Spannen Sie uns nicht auf die Folter, Frau Gräfin", bat der russische Fürst.

„Sie war den Fächer wert! ..." lautete die Antwort, die längst stereotyp geworden war; „er sagte zu meiner Mutter, es sei wohl an der Zeit, daß das, was in den Händen des Lasters gewesen war, nun in die Hände der Tugend gelangte."

Der Mylord sah Frau Camusot de Marville mit einer zweifelnden Miene an, die für eine so dürre Frau außerordentlich schmeichelhaft war.

„Er aß drei- oder viermal in der Woche bei mir", erzählte sie. „Er liebte uns so sehr! wir wußten ihn zu schätzen, es gefällt den Künstlern bei denen, die ihren Geist würdigen. Mein Mann war übrigens sein einziger Verwandter. Und als Herrn de Marville diese Erbschaft, die er nicht im geringsten erwartete, zufiel, hat der Graf vorgezogen, lieber alles zusammenzukaufen, als die Sammlung versteigern zu lassen; und auch wir wollten sie lieber im ganzen verkaufen, denn es ist so schrecklich, die schönen Dinge zerstreut zu sehen, an denen der liebe Vetter so viel Freude gehabt hatte! Elias Magus hat sie damals abgeschätzt, und so, Mylord, konnte ich das von Ihrem Onkel gebaute Landhaus erwerben, in dem Sie zu sehen uns ein Vergnügen und eine Ehre wäre."

Der Kassierer des Theaters, das nach dem Rücktritt Gaudissarts seit einem Jahr in andere Hände überging, ist immer noch Herr Topinard; aber Herr Topinard ist finster und menschenfeindlich geworden und spricht wenig; man nimmt an, er habe ein Verbrechen begangen und den schlechten Witzbolden des Theaters zufolge rührt sein Kummer daher, daß er Lolotte geheiratet habe. Der Name Fraisier versetzt dem ehrlichen Topinard einen Stoß. Vielleicht scheint es merkwürdig, daß man die einzige Seele, die Pons' und Schmuckes würdig war, in den untersten Regionen eines Boulevardtheaters findet.

Frau Rémonencq will sich, von der Weissagung der Frau Fontaine erschüttert, nicht auf das Land zurückziehen, sie bleibt in ihrem wundervollen Laden am Boulevard de la Madeleine; sie ist zum zweitenmal Witwe. Der Auvergnate stellte, nachdem er im Ehevertrag alle Habe dem Überlebenden hatte zusprechen lassen, ein kleines Glas Vitriol in Reichweite seiner Frau auf und hoffte auf eine Verwechslung; da seine Frau in einer vortrefflichen Eingebung das Gläschen irgendwo anders hinstellte, trank Rémonencq es seinerseits aus.

☆

BALZAC

Die Menschliche Komödie

Werkausgabe in vierzig Bänden in Übersetzungen
von Walter Benjamin, Otto Flake, Emmi Hirschberg,
Else von Hollander, Hugo Kaatz, Paul Mayer,
Rosa Schapire, Ernst Weiss, Paul Zech
und vielen anderen

im Diogenes Verlag

Das Haus zur ballspielenden Katze
Erzählungen. detebe 130/I

Zwei Frauen
Roman. detebe 130/II

Modeste Mignon
Roman. detebe 130/III

Albert Savarus
Erzählungen. detebe 130/IV

Die falsche Geliebte
Erzählungen. detebe 130/V

Die Grenadière
Erzählungen. detebe 130/VI

Honorine
Erzählungen. detebe 130/VII

Beatrix
Roman. detebe 130/VIII

Die Frau von dreißig Jahren
Roman. detebe 130/IX

Vater Goriot
Roman. detebe 130/X

Oberst Chabert
Erzählungen. detebe 130/XI

Der Ehekontrakt
Erzählungen. detebe 130/XII

Ursula Mirouet
Roman. detebe 130/XIII

Eugenie Grandet
Roman. detebe 130/XIV

Pierrette
Erzählungen. detebe 130/xv

Junggesellenwirtschaft
Roman. detebe 130/xvi

Nebenbuhler
Erzählungen. detebe 130/xvii

Verlorene Illusionen
Roman. detebe 130/xviii

Geschichte der Dreizehn
Erzählungen. detebe 130/xix

Cäsar Birotteaus Größe und Niedergang
Roman. detebe 130/xx

Das Bankhaus Nucingen
Erzählungen. detebe 130/xxi

Glanz und Elend der Kurtisanen
Roman in zwei Bänden. detebe 130/xxii–xxiii

Die Geheimnisse derFürstin von Cadignan
Erzählungen. detebe 130/xxiv

Tante Lisbeth
Roman. detebe 130/xxv

Vetter Pons
Roman. detebe 130/xxvi

Volksvertreter
Erzählungen. detebe 130/xxvii

Die Kleinbürger
Roman. detebe 130/xxviii

Eine dunkle Geschichte
Erzählungen. detebe 130/xxix

Die Königstreuen
Roman. detebe 130/xxx

Die Bauern
Roman. detebe 130/xxxi

Der Landarzt
Roman. detebe 130/xxxii

Der Landpfarrer
Roman. detebe 130/xxxiii

Die Lilie im Tal
Roman. detebe 130/xxxiv

Die tödlichen Wünsche
Roman. detebe 130/xxxv

Buch der Mystik
Erzählungen. detebe 130/xxxvi

Das ungekannte Meisterwerk
Erzählungen. detebe 130/xxxvii

Der Alchimist
Roman. detebe 130/xxxviii

Der verstoßene Sohn
Erzählungen. detebe 130/xxxix

Katharina von Medici
Roman. detebe 130/xl

Diogenes Taschenbücher

Alphabetisches Verzeichnis

Titel mit * sind Erstausgaben oder deutsche Erstausgaben.
Titel mit o sind auch als Studienausgaben empfohlen.

Diogenes Kinder Taschenbücher

Alphabetisches Verzeichnis